THE FOREVER Marked

LE HÉROS

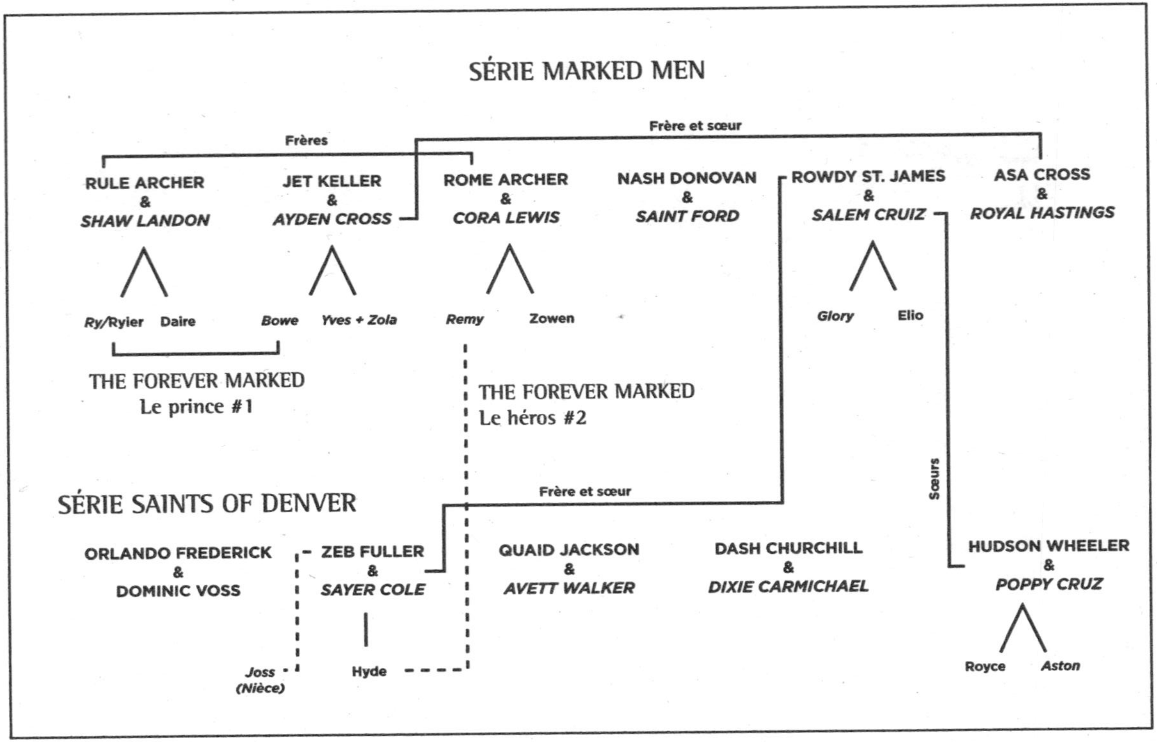
SÉRIE MARKED MEN
Frères
Frère et sœur
RULE ARCHER
&
SHAW LANDON
JET KELLER
&
AYDEN CROSS
ROME ARCHER
&
CORA LEWIS
NASH DONOVAN
&
SAINT FORD
ROWDY ST. JAMES
&
SALEM CRUIZ
ASA CROSS
&
ROYAL HASTINGS
Ry/Ryler
Daire
Bowe
Yves + Zola
Remy
Zowen
Glory
Elio
THE FOREVER MARKED
Le prince #1
THE FOREVER MARKED
Le héros #2
Sœurs
SÉRIE SAINTS OF DENVER
Frère et sœur
ORLANDO FREDERICK
&
DOMINIC VOSS
ZEB FULLER
&
SAYER COLE
QUAID JACKSON
&
AVETT WALKER
DASH CHURCHILL
&
DIXIE CARMICHAEL
HUDSON WHEELER
&
POPPY CRUZ
Joss
(Nièce)
Hyde
Royce
Aston

JAY CROWNOVER

THE FOREVER Marked

LE HÉROS

ROMAN

Traduit de l'anglais (États-Unis) par
LÉA TOZZI

&H

Titre original :
PRODIGAL SON

Ce livre est publié avec l'aimable autorisation de Donaghy Literary Group.

HARPERCOLLINS FRANCE
83-85, boulevard Vincent-Auriol, 75646 PARIS CEDEX 13.

www.harlequin.fr

ISBN 978-2-2804-7937-0 — ISSN 2271-0256

Cette histoire s'adresse à tous les gens pour qui singularité ne rime pas avec mesure, et qui ont dû composer avec un esprit qui n'était pas branché comme celui de tout le monde.

J'ai néanmoins écrit le personnage de Remy comme un espoir secret, un souhait formulé pour une personne de mon entourage à qui elle me fait tant penser. Jamais au grand jamais elle ne me croirait si je disais que je lui ai dédié tout un roman…

L'amour n'est jamais tendre.

Avertissement de l'autrice

Bienvenue, vous qui me lisez – peut-être depuis longtemps, peut-être pour la première fois. Me voici de retour pour un autre opus avec ma nouvelle génération de personnages. Je n'avais pas prévu qu'ils seraient aussi attachants que leurs parents. Mais ça, c'était avant que je me prenne de passion pour leurs histoires !

Je n'ai pas l'habitude d'insérer ce genre d'avertissement dans mes romans. En règle générale, mes livres parlent des difficultés que chacun peut rencontrer au quotidien, sans que celles-ci aient forcément un effet traumatique pour la plupart des gens. Enfin, dans mon petit esprit d'autrice.

Cette fois, ce n'est pas tout à fait pareil. Remy, l'héroïne de ce roman, est confrontée à de gros soucis de santé mentale. Il est d'emblée question de pulsions autodestructrices et d'idées suicidaires. Si vous-même ou l'un de vos proches êtes dans la même situation, appelez le 3114, le numéro national de prévention du suicide en France.

Plus tard dans le récit, c'est au risque de perdre un enfant que le couple formé par Remy et Hyde se retrouve confronté.

De telles situations sont susceptibles de vous mettre mal à l'aise. Il me semblait donc important de vous prévenir.

Remy a un trouble de la personnalité *borderline*, un état mental que je connais bien. Je n'en souffre pas personnellement mais quelqu'un de mon entourage, si. J'ai passé ma vie entière dans son ombre, et ses difficultés ont largement façonné mon caractère et mon existence. Elles ont influencé les relations que j'ai pu nouer tout au long de ma vie, à des degrés divers. Et, surtout, elles ont pesé sur ma façon d'aimer et d'accepter l'amour des autres. Il ne m'appartient pas de raconter cette histoire-là. Il serait malvenu de ma part de divulguer des informations personnelles ou des détails qui me légitimeraient à aborder ce sujet avec justesse. Je me contenterai simplement de dire ceci : vivre dans l'entourage d'une personne atteinte d'un trouble de la personnalité *borderline* ne m'est pas inconnu. J'ai donc puisé dans mon expérience personnelle pour faire naître le personnage de Remy, à qui j'ai toujours été très attachée. Mais elle occupe désormais une place encore plus particulière dans mon cœur de créatrice. Dans ce livre, vous verrez Remy grandir et trouver sa voie. Idéalement, je souhaite un parcours similaire à la personne de mon entourage qui est confrontée aux mêmes soucis.

Toujours dans cette optique, ce livre a fait l'objet d'une relecture spécifique avant publication. J'ai fait appel à quelqu'un que je considère comme une véritable experte dans la manière d'envisager la santé mentale et de la représenter. Attention, cela ne veut pas dire qu'elle aura identifié chaque élément susceptible de heurter votre sensibilité. Nous suivons tous des itinéraires différents dans la vie, certaines expériences et problématiques n'appartiennent qu'à nous. Ce qui risque de blesser telle ou telle personne passera peut-être complètement sous le radar de quelqu'un d'autre. Bref, j'ai veillé à ce qu'aucune ligne rouge ne soit franchie au détour de ce que doit affronter Remy : pas question d'être blessante, même sans le vouloir. Mon équipe de bêta-lectrices est constituée de femmes plus intelligentes et talentueuses les unes que les autres. En matière de santé mentale, plusieurs d'entre elles ont fait l'expérience d'un large éventail de problèmes de cet ordre. J'ai bon espoir qu'une majorité de lecteurs trouve convaincante la description de la situation de Remy. Et si quelques-uns la trouvent ratée, soit. Comme je l'ai dit, je peux simplement parler de ce qu'on ressent au contact d'une personne atteinte d'un trouble de la personnalité, de manière indirecte. Mais, après une année particulièrement éprouvante sur le plan personnel, j'avais envie de proposer un personnage capable de montrer à quel point il est dur de garder la tête haute. Et d'aller de l'avant quand votre esprit travaille contre vous.

Une fois encore, *Le héros* se déroule à Denver, dans un futur proche. Mais ce saut dans le temps reste vague, allusif. Aucun personnage ne se balade en voiture volante ou avec un casque de cosmonaute sur la tête. Si ce n'est pas assez futuriste à votre goût, j'en suis navrée. Pas facile de s'ancrer dans un univers contemporain *et* réaliste quand vous ne savez absolument pas à quoi ressemblera le monde à l'époque dans laquelle vous vous projetez.

Je le répète : je n'ai pas l'intention de répondre aux critiques concernant ma précédente génération de personnages. L'avertissement qui figurait dans mon précédent livre a été légèrement mal interprété, me semble-t-il. Certains ont cru que je les dissuadais d'exprimer publiquement ce qu'ils aiment et ce qu'ils n'aiment pas dans mon écriture. Au contraire, j'encourage les conversations animées entre lecteurs. Je voulais simplement dire ceci : même si je réponds à tous mes mails, même si je gère l'ensemble de mes pages personnelles sur les réseaux, ne vous attendez pas forcément à recevoir une réaction de ma part. Je me fais une joie de répondre d'une manière ou d'une autre à mes lecteurs, y compris quand leurs remarques ne sont ni très gentilles ni très flatteuses. Je n'hésiterai jamais à remercier quelqu'un qui a pris sur son temps pour me contacter. Mais je n'ai pas l'intention de défendre mes choix artistiques ou de prouver que je connais mes personnages mieux que personne. Si le résultat final ne vous plaît pas pour une raison ou une autre, n'hésitez pas à en parler aux autres lecteurs. Mais sachez une chose : ce que chacun peut aimer ou ne pas aimer dans un de mes livres n'est plus de mon ressort après sa publication. Une fois qu'il est sorti, il n'y a plus rien à faire ! Voilà qui clarifie ma position, j'espère. Et si vous avez hâte de retrouver vos personnages favoris des séries d'origine, patience, je vous en supplie ! J'ai encore prévu de consacrer quelques livres à la nouvelle génération. Mais allez savoir si certains protagonistes ne passeront pas faire un petit coucou par là… Vous risquez d'être surpris !

Ma longue tirade touche à sa fin. J'espère que vous aimerez ces enfants autant que vous avez aimé leurs parents. Voilà près de dix ans que Rule a fait son apparition, non mais vous imaginez ? C'est fou ce que le temps passe vite… Mais je me suis bien amusée et il n'y a pas une seule histoire que j'aie regretté d'avoir racontée en cours de route.

Merci infiniment de m'avoir suivie dans ce long voyage mouvementé. Hâte de voir jusqu'où il nous emmènera.

Amour et encre.

Jay

Prologue

— L'amour qu'elle te porte…

Le petit bout de femme face à moi secoua la tête et planta ses yeux au fond des miens. Des yeux qui n'avaient pas la même couleur. Et qui ne reflétaient pas les mêmes sentiments. L'œil bleu débordait de chagrin et laissait miroiter une tristesse insondable. Dans l'autre, plus foncé, on voyait briller de la hargne et ce genre de colère que seule une mère farouchement déterminée à protéger son enfant peut éprouver.

— Ça va la tuer. Et te détruire au passage. Je suis sérieuse, Hyde. Remy va continuer de dépérir si tu ne te décides pas à sortir de l'équation. Elle ne te laissera pas partir, tu le sais aussi bien que moi. C'est à toi de couper les ponts. Elle ne te fera jamais de mal volontairement, ça non. Mais elle se fera du mal à elle-même, encore et encore. Si tu ne prends pas tes distances, j'ai peur que personne ne puisse la sauver la prochaine fois.

Je regardai à travers la petite fenêtre qui se découpait dans la porte fermée de la chambre d'hôpital. Malgré l'obscurité qui enveloppait la pièce, je parvins à distinguer la silhouette sur le lit, branchée à tout un tas de machines qui mesuraient ses signes vitaux. Remy avait de la chance d'être encore en vie. J'en étais conscient. Et sa mère n'avait pas tort. Si le frère cadet de Remy n'était pas rentré plus tôt à cause de cette blessure lors de son entraînement de foot, elle serait restée inconsciente un long, un très long moment. Et ces fleurs auxquelles je m'accrochais comme si ma vie en dépendait, je ne les aurais pas apportées à son chevet mais à son enterrement. Zowen avait pratiqué un massage cardiaque jusqu'à l'arrivée des secours qui l'avaient aussitôt transférée aux urgences. Il n'était resté par terre qu'un flacon vide de somnifères qui gisait à côté d'une bouteille de whisky à moitié entamée – elle avait glissé des doigts de Remy lorsque son cœur avait quasiment cessé de battre.

Bref, Zowen avait sauvé la vie de sa sœur. Et, comme sa mère le laissait froidement entendre, c'était moi qui m'ingéniais à la foutre en l'air.

Je lâchai mon bouquet. Parce que mon corps s'était comme vidé de ses forces, d'un coup. Mais aussi parce que la femme désemparée que j'avais face à moi avait vu juste, je m'en rendais compte.

Ce n'était pas faute d'avoir répété maintes et maintes fois à Remy que je la considérais comme ma petite sœur. Elle était ma meilleure amie, alors à quoi bon mettre en danger la relation inébranlable qui nous unissait depuis qu'on était gosses en y mêlant des sentiments amoureux ou du désir ? Mais rien à faire : elle soutenait qu'on était faits pour être ensemble. Cette fille m'aimait de toute son âme, depuis le premier jour. Et il n'y avait pas moyen de la persuader du contraire. Dans l'esprit de Remy, notre destin était écrit dans les astres et je n'étais qu'un crétin qui refusait de voir l'évidence.

Si je l'aimais ? Bien sûr que je l'aimais. Je n'avais jamais rencontré quelqu'un d'aussi adorable durant ma courte existence. Mais je l'aimais comme si elle était de ma famille. Je ne comptais plus le nombre de fois où je l'avais rejetée, blessée, déçue. Où je n'avais pas su être à la hauteur de cette image de héros quasi parfait qu'elle avait de moi. Je n'avais pas l'étoffe d'un mec exceptionnel, contrairement à ce qu'elle croyait. J'aurais pu essayer. Mais, au lieu de ça, j'avais empêché Remy d'avancer. Pire qu'un boulet. Ça ne l'avait pas dissuadée de m'attendre malgré tout, quitte à gaspiller son temps et son énergie pour quelqu'un qui ne comblerait jamais ses attentes et ses idéaux démesurés.

J'étais juste un type normal. Sans rien de spécial ni d'exceptionnel.

Alors que Remy… Tout était hors du commun chez elle. Elle était magnétique et d'un charisme incroyable. Pétillante, rayonnante. Où qu'elle aille, c'était toujours la folie. Les gens l'aimaient ou la détestaient tout aussi cordialement. Elle attirait les regards sans même le faire exprès. Les gens étaient hypnotisés.

Physiquement, j'étais plus grand qu'elle, mais en un sens, j'étais toujours dans son ombre. Cette fille vivait pour être au centre de l'attention, et savoir tous ces regards braqués sur elle, ne serait-ce qu'une demi-seconde, me donnait envie de vomir. Il n'est pas difficile de se planter quand tout le monde guette vos moindres faits et gestes. Mais ça, Remy s'en fichait éperdument. Là où l'idée de me ridiculiser en public me crispait littéralement et me retournait l'estomac.

La mère de Remy poussa un soupir à fendre l'âme et me donna une petite tape sur l'épaule. Cora Archer avait beau être minuscule, c'était une grande dame. Elle était plus impressionnante que Remy et même encore plus que son mari, Rome, le père de ses deux enfants, qui était presque aussi baraqué que le mien. Même si j'étais très grand moi aussi, il me manquait la carrure qu'avaient la plupart des hommes mûrs de mon entourage. Je n'avais que vingt ans, cela dit : il me restait du temps pour rattraper mon retard et devenir un vrai géant, comme mon père.

Cora serra mon bras et me regarda sérieusement.

— Je ne remets pas en cause ce que Remy t'a fait, Hyde. Ce que je te demande, c'est de m'aider à sauver ma fille.

Les doigts de Cora s'enfoncèrent dans mon bras, c'en était presque douloureux. Et, quand je la regardai, un désespoir intense envahit ses yeux vairons.

— Si les choses ont dérapé, c'est moi la seule responsable. On se ressemble trop, elle et moi. J'aurais dû voir que ses sentiments pour toi étaient malsains. Et dangereux, aussi. C'était mignon quand vous étiez gosses, qu'elle essayait de te couvrir de bisous et de piquer tes jouets pour que tu t'intéresses à elle. Mais vous êtes grands, maintenant. Et puis tu lui as fait clairement comprendre que tu ne partageais pas ses sentiments.

La mère de Remy déglutit difficilement et refoula ses larmes.

— Ces somnifères qu'elle a avalés, c'étaient les miens. Son père a eu un accident terrible quand j'étais enceinte d'elle. Dès que j'ai le malheur de repenser à ce fameux jour, ça me donne des cauchemars et je stresse. Mais peu importe : je n'aurais pas dû prendre la santé mentale de Remy par-dessus la jambe. Tous ces signaux, je les connaissais mieux que personne. Moi aussi, je suis passée par là. Moi aussi, j'ai perdu la tête pour un garçon. Et j'ai bien failli sombrer, d'ailleurs. Si mon père n'avait pas été là pour me sortir la tête de l'eau, j'aurais pu finir comme elle. Remy a plongé dans la même spirale infernale et, bêtement, je ne m'en suis pas aperçue. Si je la perds…

La voix de Cora descendit dans les graves, juste avant de se briser. Elle secoua doucement la tête et serra à nouveau mon bras. Si fort que ça me fit mal pour de bon, cette fois. La mère de Remy n'aurait jamais fait de mal à quelqu'un volontairement, c'était le signe qu'elle était au bord du gouffre. Mais je ne lui demandai pas de desserrer son étreinte ou de lâcher mon bras. Elle avait beau dire, c'était en partie ma faute si Remy avait fini à l'hosto.

— Je n'ai aucune envie de penser à ce qui se serait arrivé si Zowen n'avait pas été là ou à ce qui arrivera quand Remy rouvrira les yeux. Si elle découvre que je t'ai supplié de sortir de sa vie avant qu'il ne soit trop tard, elle va me détester. Et je doute qu'elle parvienne à me pardonner un jour. Enfin, ça ne sert à rien que je me ronge les sangs à l'avance.

Peut-être. Mais Cora oubliait de dire une chose. Si Remy découvrait ce que sa mère me demandait de faire, cela risquait très certainement de déclencher une autre réaction incontrôlable. Remy survivrait-elle si elle tentait une nouvelle fois d'attenter à ses jours ? Alors là…

Seule certitude : elle ne pardonnerait pas à sa mère. Et elle ne me pardonnerait pas non plus si je partais sans dire au revoir. Elle serait même furieuse et révoltée que sa mère n'ait pas essayé de me retenir.

Remy était une vraie tête de mule, elle détestait qu'on lui dise quoi faire de sa vie ou qu'on prétende savoir ce qui était bon pour elle. Quand elle avait une idée en tête, pas grand-chose ne pouvait la faire changer d'avis. Du haut de ses dix-huit ans, elle avait parfois des réactions d'adulte qui a tout vu, tout vécu. Elle était toujours convaincue d'avoir raison, même quand elle était parfaitement consciente de faire des conneries.

Je tendis mon bouquet de fleurs à Cora Archer et frottai ma main libre sur mon visage. Il fallait que je me ressaisisse. Pourquoi tergiverser ? Les prochains mois de ma vie étaient déjà tout tracés, non ? La preuve : si Remy en était arrivée à de telles extrémités, c'était parce que je lui avais fait part de mon intention de m'enrôler dans l'armée. Elle ne pourrait jamais me suivre. Et ça, elle n'avait pas supporté. C'était effectivement le seul moyen de mettre de la distance entre nous. Pour être tout à fait honnête, mon intention de départ n'était pas de la fuir. Ce dont je rêvais par-dessus tout, c'était d'échapper aux attentes de celles et ceux qui tenaient à moi de tout leur cœur. J'étais condamné à décevoir les gens, quelle que soit la voie que je suivrais. Comment ne pas étouffer ?

Ma mère voulait que j'aille à la fac et que je me trouve un métier digne de ce nom. Mon père, lui, voulait que j'entre dans le bâtiment, en me formant sur le tas. Quant à Remy… Elle voulait que je sois l'alpha et l'oméga de son existence. Oh ! elle ne s'en était jamais cachée. Mais je ne pouvais pas accepter.

Je n'étais pas taillé pour faire de longues études ou passer l'été à bosser sur des chantiers, en plein cagnard. Il fallait que je mette la main sur ce je-ne-sais-quoi qui m'échappait encore. L'étincelle qui me remplirait de joie et d'enthousiasme. Absolument tous mes proches semblaient avoir trouvé leur vocation. Moi, je nageais dans le brouillard. Je ne me serais jamais senti aussi nul si je n'avais pas été entouré de gens qui avaient suivi leurs rêves. Et l'ensemble de la famille Archer faisait partie du lot. Ça m'agaçait de voir que des gamins plus jeunes que moi étaient déjà partis pour mener un quotidien heureux et bien rempli. Mais le pire, c'est que mon indécision et mon manque de persévérance avaient failli briser la vie de quelqu'un. Faute de savoir qui j'étais ou ce que je voulais devenir, j'avais fait subir à Remy une déception telle qu'elle ne l'avait pas supportée. Moi qui la croyais habitée par une résilience et une détermination à toute épreuve. Moi qui pensais que son attachement pour moi était sans limites.

J'avais tort.

Notre discussion l'avait révulsée. Elle n'admettait pas l'idée que je puisse la quitter aussi longtemps. Et quand je lui avais dit que nous avions besoin de nous laisser respirer, que nous avions tous les deux besoin de temps pour mûrir et décider de la suite de nos vies, elle l'avait très mal pris. Ça aussi, je le savais. Dans son esprit, tout ce que nous devions savoir, nous étions censés l'apprendre ensemble. Mais, quand je lui avais dit que je souhaitais me laisser une chance de rencontrer quelqu'un, j'aurais dû me douter que j'étais allé trop loin. Avais-je véritablement envie d'avoir une copine ? Pas vraiment. Mais, en affirmant le contraire à Remy, je tenais le moyen de prendre mes distances. Elle avait beau être du genre tenace, elle ne voudrait jamais me voir malheureux. Et, si je lui disais qu'elle m'empêchait de trouver l'âme sœur, notre relation qui durait depuis des années ne s'en relèverait pas.

Remy était convaincue que je finirais par l'aimer comme elle m'aimait. Tellement convaincue, même, qu'elle avait perdu toute confiance en elle, et en moi, quand je lui avais avoué que tout l'amour que j'avais à donner, c'est avec une autre que je voulais le partager. Plusieurs filles avaient fait partie de ma vie au fil des années, mais aucune n'était arrivée à la cheville de Remy. Elle était si rayonnante que, tôt ou tard, elles en avaient marre d'être dans son ombre. Tout ça parce que Remy avait la priorité.

Je connaissais bien ce sentiment. Si on me privait de son caractère lumineux et flamboyant, mon existence n'était plus qu'une vaste étendue de ténèbres où j'avançais à tâtons, comme un idiot. Elle avait toujours été la lumière que je m'efforçais de suivre pour me sortir de ce gouffre de désarroi au fond duquel je sombrais si facilement.

— Promets-moi que tu la protégeras, Cora. Promets-moi que tu ne la laisseras pas se faire du mal quand je ne serai plus là.

Complètement débile, cette phrase, je m'en suis rendu compte en le disant. Si Remy était entre la vie et la mort en ce moment même, c'était à cause de moi. Si je partais, les gens n'auraient aucune raison de s'inquiéter pour elle, terminé. Elle pourrait se recentrer sur elle-même, se faire aider – parce qu'elle en avait grandement besoin – et reprendre le cours de son existence mouvementée et souvent assez chaotique.

La mère de Remy m'adressa un sourire triste et plaqua mon bouquet contre sa poitrine. Je vis sa lèvre trembloter quand elle regarda la silhouette minuscule allongée sur ce lit, de l'autre côté de la fenêtre. Remy était immobile, c'en était glaçant.

— Ça n'arrivera plus, compte sur moi. Je ne demanderais jamais un tel sacrifice à quelqu'un, sinon. Avec son père, je vais faire en sorte que Remy reçoive de l'aide. C'est promis.

Je plongeai les mains au fond de mes poches en essayant d'imaginer ma future conversation avec mes parents, celle où je leur annoncerais mon départ, certes, mais aussi ma décision radicale de changer de vie en m'enrôlant dans l'armée pour les quatre prochaines années. Ils seraient effondrés. Déçus, aussi. Me comprendraient-ils ? Pas sûr. Mais, tôt ou tard, ils me soutiendraient dans mon choix, car c'est ce qu'ils avaient toujours fait. J'avais beau me sentir paumé et bourré de défauts, mes parents n'avaient jamais estimé que je n'étais pas à la hauteur, quel que soit le domaine. Ils m'aimaient sans réserve. La preuve : ils s'étaient toujours démenés pour me garder avec eux.

— Ne t'inquiète pas. Cette conversation restera entre nous. Inutile que Remy nous déteste, toi et moi.

Cora faisait de son mieux pour protéger sa fille. Rien de très illégitime. Ces deux-là étaient très proches. Et pas seulement parce qu'on aurait dit des sosies. Non, ça aurait été terrible que

Remy perde quelqu'un d'aussi dévoué, tout ça par ma faute. Je lui avais déjà pris trop de choses. Pas question de briser aussi le lien qui l'unissait à sa mère.

À mon grand étonnement, Cora me serra fort dans ses bras. Elle m'aurait broyé les os si elle avait été d'une autre carrure. Les larmes qu'elle s'efforçait de retenir se mirent à couler, et elle renifla bruyamment. Le son résonna dans le couloir vide de l'hôpital.

— Tu es un garçon formidable, Hyde. Si l'affection que Remy te porte était moins excessive, je ne pourrais pas rêver mieux pour elle. Si l'amour qu'elle éprouve pour toi ne risquait pas de la tuer, je te supplierais de rester. Si tu as besoin que je mette tes parents au courant de la situation, compte sur moi. Ils vont te perdre pour que je garde Remy. Et ce n'est pas juste…

Elle semblait à la fois désemparée et parfaitement consciente de l'immense sacrifice qu'elle me demandait.

À mon tour, je lui ai donné une tape dans le dos, non sans gêne, et je me suis détaché de son étreinte aussi délicatement que possible.

— Je vais leur parler. Pas de souci. Ça fait trop longtemps que je vis au jour le jour, à vrai dire. Il est temps que je me trouve un but. Et ce n'est pas comme si je partais pour toujours.

Tôt ou tard, Remy serait tirée d'affaire, je finirais par trouver un sens à ma vie et on cesserait de se faire du mal en permanence, elle et moi. Si ça se trouve, on pourrait devenir amis, ou ennemis, même, si c'était son souhait. Tant qu'elle arrivait à s'en sortir ! Ce serait plus bénéfique et plus sain que cette spirale toxique dans laquelle on s'était retrouvés noyés jusqu'au cou depuis qu'on était en âge de comprendre que nos sentiments mutuels divergeaient.

Cora essuya son visage d'un revers de la main et poussa un

soupir en tremblant. Difficile de rester de marbre en voyant une femme aussi forte à deux doigts de craquer.

— Tu as raison. Rien n'est éternel… Pas même l'amour. La manière dont on aime une personne chère à notre cœur doit toujours s'adapter et se transformer, en même temps qu'elle. Les sentiments que j'éprouvais pour le père de Remy quand on s'est mis ensemble n'ont rien à voir avec ceux que je lui porte aujourd'hui. Quand on était plus jeunes, je ne savais pas qu'il serait un papa formidable. Qu'il tiendrait autant à notre famille. Tout ça m'a amenée à l'aimer autrement. Remy ne voit pas plus loin que les sentiments que tu lui inspires, là, maintenant. Ce sont eux qui la font vivre, et elle a l'impression qu'elle n'a rien en dehors de ça. Mais à la longue, elle s'apercevra que ce n'est pas vrai. Et ce sera la même chose pour toi. Tu mérites mieux que d'être celui dont elle est raide dingue depuis toujours, Hyde. Ça prendra du temps, voilà tout.

Moi aussi, je voulais être davantage que le mec qui lui brisait le cœur encore et encore. Qui la poussait à commettre l'irréparable pour mettre un terme à cette douleur dont elle était prisonnière. Combien de temps, combien de kilomètres faudrait-il pour apaiser la situation ? Il n'y avait pas trente-six façons de le savoir…

Et maintenant, le plus dur : annoncer à mes parents que j'entrais dans l'armée.

Après avoir murmuré un au revoir, je m'élançai dans le couloir. Une foule de pensées tourbillonnaient dans ma tête. J'étais tellement absorbé par celles-ci que je faillis bousculer le père de Remy. C'était une véritable armoire à glace, à la présence impressionnante. Ce qui ne m'avait pas empêché d'être à *ça* lui rentrer dedans. Voilà qui en disait long, pas vrai ? Alors que je m'empressais de m'excuser, je restai congelé sur place par son regard d'un bleu glacial, pire que si on m'écorchait vif.

Mes quelques phrases d'excuses restèrent coincées au fond de ma gorge. Et c'est le grand gaillard planté devant moi qui me déclara d'un ton solennel et contrit :

— Ce qui est arrivé à Remy n'est pas de ta responsabilité, Hyde. Les seules personnes qui doivent prendre soin d'elle, c'est sa mère et moi. Sauf que cette gamine…

Rome Archer poussa un grognement en secouant la tête.

— Elle a toujours aimé être au centre de l'attention. Il fallait constamment qu'elle attire tous les regards, mais elle n'a jamais avoué que dans sa tête et dans son cœur, c'était un vrai champ de bataille. Elle a souffert en silence. Moi qui croyais qu'elle nous faisait toute confiance… Si j'ai été incapable de voir l'évidence, comment aurais-tu pu y arriver ? N'écoute pas ma femme. Rien ne t'oblige à partir. Dès qu'elle cessera de se faire un sang d'encre pour Remy, elle regrettera de t'avoir demandé une chose pareille. Mais à l'heure qu'il est, elle n'est pas assez lucide pour le comprendre.

Je dus m'éclaircir la gorge, c'était ma seule façon de parler sans craindre que ma voix se brise ou se mette à trembler. Je sortis mes mains moites de mes poches pour les essuyer sur mon jean.

— Quelle que soit ma décision, je choisirai ce qui est bon pour moi, mais aussi pour Remy. Elle m'a toujours fait passer avant tout le reste. Il est temps que je lui rende la pareille.

Mes sentiments pour elle ne seraient jamais à la hauteur de ses espérances, certes, mais je l'aimais à ma manière. C'est-à-dire de manière imparfaite, mais on pouvait difficilement me demander mieux. Remy ne s'en rendrait pas compte tout de suite, mais la quitter était la meilleure façon de lui prouver qu'elle avait une place à part dans mon cœur. Et que je tenais à elle aussi profondément, aussi intensément qu'elle tenait à moi.

1

Remy – Huit ans plus tard

— Tu as entendu ce qu'on raconte ? À ce qui paraît, Hyde Fuller revient s'installer à Denver ?

Mon frère laissa tomber l'outil qui lui servait à bricoler le moteur de la moto fraîchement repeinte devant laquelle il était accroupi. Il me lança un regard prudent par-dessus son épaule. Décidément, plus Zowen grandissait, plus il ressemblait à notre père ! L'un et l'autre étaient d'une beauté hors du commun. L'un et l'autre avaient aussi une mine sérieuse, une présence intense. Le message était clair : derrière ce calme apparent se cachait un tempérament de feu. J'aurais été prête à parier que la moitié de sa fac était à ses pieds et lui faisait des déclarations d'amour enflammées tous les jours. Entre sa belle gueule et ce caractère rêveur qui était de famille, le cocktail était explosif, forcément ! Et, comme notre père, il n'aurait jamais lancé cette question juste en passant, ou par simple curiosité.

S'il y bien avait quelqu'un sur qui je pouvais compter, c'était mon petit frère. Et je lui faisais confiance pour ne pas prendre de gants avec moi. Il s'inquiétait tellement pour sa grande sœur chérie qu'il essayait toujours de faire obstacle à ce qui pourrait me faire du mal. C'était comme ça depuis la nuit où il m'avait sauvé la vie. Même quand j'étais loin du Colorado et que j'oubliais de lui donner régulièrement des nouvelles, il savait quand j'avais besoin lui. Je le voyais surgir de nulle part tel un chevalier blanc, avec une grosse bécane en guise de fier destrier. On aurait dit que c'était lui, l'aîné, et que c'était à moi de suivre ses conseils à la lettre, pas le contraire.

Mon frère n'ignorait pas qu'il n'y a pas si longtemps, le simple fait d'évoquer Hyde Bishop-Fuller aurait suffi à mettre mon cœur sens dessus dessous. Certaines fois, c'était la dépression et les regrets qui me rongeaient. D'autres fois, c'était une colère dévastatrice qui explosait au fond de mon être dès que j'entendais ce nom qui me hantait.

J'étais de nature très émotive, mais depuis qu'on m'avait diagnostiqué un trouble de la personnalité lors de mon séjour à l'hosto, à l'adolescence, je comprenais pourquoi je fonctionnais de manière aussi intense, aussi extrême. J'étais *borderline*. Les sentiments que j'éprouvais pour les autres ou pour moi-même étaient constamment excessifs. Et, bien souvent, ils étaient déformés par un déséquilibre chimique dans mon cerveau, qui agissait un peu comme une loupe grossissante. Bref, cela faisait des années et des années que Hyde était parti sans un au revoir après cette nuit atroce, mais c'est tout récemment que j'avais réussi à me maîtriser et à maîtriser mes réactions émotionnelles quand je pensais à lui ou quand on m'apprenait qu'il était dans le coin. Le nom de Hyde ne me faisait plus partir en vrille. Cette plaie béante s'était enfin résorbée, ce n'était plus qu'un bleu encore sensible quand on appuyait dessus volontairement. J'avais enfin appris à vivre avec cette douleur-là.

J'ai ramassé l'outil que Zowen avait laissé tomber pour le

ranger dans sa caisse métallique aux reflets étincelants. Tout en me redressant, je me suis efforcée de sourire. Mon frère continuait de m'observer sans cacher l'inquiétude qui animait ses yeux vairons. Le seul détail physique qui prouvait sans l'ombre d'un doute que nous avions la même mère. Pour le reste, il avait tout pris du côté Archer.

— C'est la stricte vérité. La semaine dernière, je suis tombée sur sa cousine Joss, à l'épicerie. Elle était avec ses gosses. Elle m'a dit qu'il risquait certainement de revenir poser ses valises à Denver, vers la fin du mois.

Elle avait essayé de m'en dire plus, mais j'avais coupé court, quitte à passer pour une sauvage, d'ailleurs. Hyde restait un sujet que je ne tenais pas trop à aborder. Et, après avoir entendu qu'il rentrait au bercail, je n'avais eu qu'une envie : boire comme un trou ou manger mon poids en crème glacée. Ma façon d'affronter les difficultés avait peut-être mûri et évolué au fil des années, mais mes mécanismes de défense n'étaient pas extraordinaires. Il y avait encore des progrès à faire…

J'avais quitté le magasin avec des bières de trois marques différentes et des souvenirs de Hyde plein la tête.

Les bras croisés sur ma poitrine, je haussai un sourcil. Zowen essuya ses mains maculées de cambouis sur les jambes de sa combinaison de mécano toute tachée. De toute évidence, cette conversation ne le mettait pas très à l'aise.

— T'inquiète. Ça remonte à loin, cette histoire.

Autant essayer de le rassurer. Cela faisait près de huit ans que je n'avais pas revu Hyde, pour être exacte.

— J'ai été suivie par des psys et j'ai toujours pris mes médocs.

Dans l'ensemble, j'étais consciente que mon cerveau et mes émotions avaient un mode de fonctionnement qui n'était pas celui de tout le monde. Ma santé mentale était ma priorité numéro un, ça valait mieux que de laisser mon humeur en dents de scie décider de chaque minute de ma vie. Moi qui me croyais incapable de les contrôler !

— Le mec pour qui je craquais quand j'étais gosse est de retour, OK, mais je ne vais pas péter les plombs pour si peu. Ça me laisse de marbre.

Enfin, ça, c'était ce que je me répétais sans cesse depuis que j'avais croisé Joss. Un vrai mantra. Je n'étais même pas loin de me convaincre que c'était la vérité. Mais étais-je capable de dire, ou simplement de penser que *Hyde* me laissait de marbre ? Non.

Je tapai l'épaule de Zowen du bout de ma chaussure de sport recouverte de paillettes.

— C'est plutôt toi qui devrais faire gaffe, tiens. Si maman découvre que tu participes à des courses sur ce cercueil à deux roues, elle va t'exploser les deux jambes pour que tu restes cloué à la maison.

Mon frère et moi étions aussi proches qu'un frère et une sœur peuvent l'être. Difficile d'avoir des secrets pour quelqu'un qui vous a sauvé d'une mort certaine. J'étais donc la seule de la famille à savoir exactement ce que Zowen faisait de ses week-ends quand il rentrait de la fac. Et pour cause : mon père et ma mère n'auraient jamais accepté de le laisser faire des trucs aussi risqués, et illégaux par-dessus le marché ! Surtout qu'il ne prenait pas la moindre précaution. Il n'avait strictement rien pour se protéger en dehors de son casque et de sa tenue de motard.

Zowen poussa un profond soupir et me regarda. Une inquiétude sincère se peignit sur son beau visage.

— Sérieusement, Remy, si ça t'emmerde de vivre dans la

même ville que Hyde, tu as le droit de partir. Si tu as besoin d'espace, prends-le. Fais ce qui est le mieux pour toi. Et oublie-le.

L'agacement qui perçait dans sa voix ne m'avait pas échappé. Je lui caressai la tête. Il avait une tignasse noire abondante et soyeuse. Même s'il était assis et moi, debout, j'arrivais tout juste au niveau de sa tête. Zowen avait hérité de la carrure impressionnante de notre père. De mon côté, j'étais pour ainsi dire un clone de notre mère, exception faite de ses yeux vairons. Je n'étais pas aussi minuscule qu'elle, mais cela ne voulait pas dire grand-chose. Mon frère me dépassait déjà d'une bonne tête alors qu'il n'avait même pas dix ans et il n'avait cessé de grandir que très récemment. Mais peu importe. Malgré sa taille de géant ou son attitude protectrice, il restait mon *petit* frère, c'était à moi de veiller sur lui, pas le contraire.

— Je n'ai pas envie de l'oublier. Si je le fais, je risque aussi d'oublier la spirale infernale dans laquelle j'ai sombré à cause de lui. Et il est hors de question que ça se reproduise. Il faut que je me souvienne de celle que j'étais avant que je touche le fond et que je doive demander de l'aide. Pas question que je redevienne cette personne-là, *plus jamais*.

Je n'avais aucune envie que Zowen revive un trauma pareil, aucune envie que mes parents se fassent un sang d'encre une fois de plus. Je les aimais trop. J'avais également appris à m'aimer suffisamment pour éviter de retomber aussi bas. Mon bien-être était à ce prix.

J'ai ébouriffé ses cheveux et reculé d'un pas. Oh ! oh… Je ne connaissais que trop bien ce regard noir dont il venait de me gratifier.

— En plus, j'ai déjà revu Hyde pendant ses permissions. Tout s'est bien passé. Je suis immunisée, maintenant.

L'ambiance avait été tendue, crispée et légèrement agressive, mais, oui, tout s'était bien passé. On avait échangé des plaisanteries et des banalités. En revanche, finis, les regards enamourés. Et cette complicité si évidente ? Envolée ! Les rares fois où il était revenu à Denver depuis cette fameuse nuit, nos routes s'étaient recroisées parce que nos parents étaient proches. Et le monde n'avait pas implosé. Nous n'étions plus que deux étrangers, voilà. Il était parti et il était devenu soldat. Quant à moi… Je n'étais plus la même qu'avant, certes, mais je n'étais pas non plus devenue quelqu'un d'autre, comme par magie.

Une douleur sourde se réveillerait toujours en moi, là, au centre de ma poitrine, chaque fois que je repenserais à la façon dont il avait disparu alors que j'avais terriblement besoin de lui. Ça, je l'avais accepté. Au fil des années, j'avais appris à ignorer ces pincements au cœur. Rien de tel que le temps pour guérir les vieilles blessures. Mais aussi pour mettre à distance les souvenirs et les sentiments qui me hantaient. Je n'étais pas surprise que Zowen me conseille de partir sans hésiter, là, maintenant. J'avais passé le début de la vingtaine sur la route, sans jamais poser mes valises nulle part, sans jamais m'attacher à rien ni à personne. Il y avait peu de risques pour que je sombre à nouveau si je me fichais éperdument de l'endroit où je vivais ou de la personne avec qui j'étais ! Plus je m'enfermais dans l'indifférence, plus j'étais en sécurité. Ce qui était assez triste et pathétique, j'en conviens. Au bout du compte, j'avais compris que ma vie entière était un désert sans nom, même si j'arrivais à surnager. Voilà pourquoi j'avais brusquement décidé de rentrer à Denver après avoir passé des années à mettre des centaines de kilomètres entre moi et cette ville.

J'ai repoussé une mèche blonde de mon visage et marmonné :

— Tu te souviens ? La dernière fois qu'il est venu en permission, il était avec une fille. Les choses ont changé depuis qu'on était jeunes, Zowen. On n'est plus les mêmes.

Nous menions des existences distinctes, qui n'avaient strictement rien en commun. Avions-nous encore des atomes crochus ? Depuis le temps que nous étions séparés…

Si j'étais au courant des femmes que Hyde avait dans sa vie, c'était uniquement parce que ma cousine Daire m'en avait parlé. À vrai dire, elle avait hésité à me raconter que Hyde était de retour et qu'il n'était pas venu seul. Une chance, j'habitais dans l'Arizona, à l'époque. Je pouvais plus facilement sauver les apparences. Hyde avait tourné la page, il menait une vie normale ? Soit. La nouvelle était moins déchirante, moins douloureuse que si nous habitions encore dans la même ville. Daire aurait voulu tout me raconter dans les moindres détails, mais je l'avais convaincue que cela ne changerait rien, de toute manière. J'avais pris mes distances avec Hyde. Et avec la fille qui l'aimait de tout son être sans rien obtenir en retour. Il avait été on ne peut plus clair quand il était parti. Non, je ne serais jamais aussi importante pour lui qu'il ne l'était pour moi.

Ce n'était pas la seule raison pour laquelle j'étais incapable de me poser quelque part et de m'enraciner pour de bon. J'avais beau vouloir échapper à ma mère, elle me manquait. À la place de la confiance que je lui accordais dans mon cœur, il y avait un trou béant. C'était en partie à cause de ma mère que Hyde avait pris le large, lors de cette nuit fatidique. Et même si j'étais désormais consciente que c'était pour le mieux, même si je comprenais qu'elle avait simplement obéi à sa peur bleue et à l'amour sans limites qu'elle éprouvait pour moi, je ne lui avais pas encore complètement pardonné de s'être mêlée de cette histoire. Maintenant que j'étais de retour à Denver pour de bon, je faisais mon possible pour la laisser se racheter et tâcher de réparer une relation si vitale dans mon existence. Lors de cette nuit qui aurait pu si mal finir, je n'avais pas seulement perdu le garçon que j'aimais depuis toujours. En perdant confiance en ma mère, j'avais également perdu celle qui avait été mon modèle et ma plus intime confidente. Que ce soit Hyde ou elle, je n'arrivais plus à les voir du même œil depuis que la vérité avait éclaté. Mais, franchement, est-ce que ma famille portait encore le même regard sur moi ?

On avait tous dégusté.

Mon frère finit par détourner les yeux. Et cette fois, quand il poussa un soupir, c'était en silence. Je ne vis bouger que ses larges épaules, qui s'affaissèrent légèrement en signe de résignation. Logique : il me connaissait mieux que personne. Si j'annonçais mon intention de rester pour affronter cette nouvelle épreuve bille en tête, rien ni personne ne me ferait changer d'avis.

— Préviens-moi au cas où ça deviendrait trop pesant ou au cas où tu commencerais à te sentir vaciller. Parce que si, effectivement, Hyde revient s'installer à Denver, tu vas forcément tomber sur lui à un moment ou à un autre. Ça va peut-être te faire du mal ou te mettre le moral à zéro. Le voir avec quelqu'un d'autre deviendra peut-être trop dur à supporter. Dans ces cas-là, ne fais pas semblant de gérer. Je suis sérieux, Remy. Tu peux compter sur moi. Tes démons ne me font pas peur. Attends que je les croise, ils ne vont pas rigoler…

Tout en l'écoutant, je tapais le sol en béton du garage du bout de ma chaussure. Une trace noire apparut dessus. Et mince… J'aurais aimé rire à sa blague nulle. Mais, pour être honnête, j'étais vraiment touchée par sa gentillesse.

— En matière de petit frère, j'ai tiré le bon numéro. Vraiment. Pas seulement parce que tu m'as sauvé la vie ou parce que tu continues de m'aimer alors que je t'ai salement fait morfler, à l'époque. Tu m'as terriblement manqué pendant cette période où je déménageais sans arrêt. Je suis très fière de l'homme que tu deviens, Zowen. J'avais besoin que tu croies en moi quand je t'assurais qu'il ne fallait pas passer ton temps à t'inquiéter. J'arrive bien mieux à prendre soin de moi en ce moment, je te jure. Laisse-moi avoir peur que tu te brises le cou, ça t'évitera de rester constamment sur le qui-vive à guetter mes coups de déprime. Tu n'auras plus me sauver à nouveau, je ferai tout pour que ça ne se reproduise pas. Je peux être la grande sœur que tu mérites. À condition que tu me donnes une chance.

Je voulais qu'il me fasse confiance, rien ne comptait davantage à mes yeux. Je voulais nous prouver à tous les deux que je m'étais rattrapée.

C'était peut-être un peu trop optimiste de ma part, mais il fallait que je le rassure. Si jamais je replongeais dans mes pires travers, j'aurais besoin d'aide. Et tant pis si ça semblait difficile. J'étais bien plus à l'écoute de mon corps, de mon esprit, des professionnels qui m'aidaient et des gens qui m'aimaient. Dans mon souvenir, ce n'était pas vraiment le cas. J'avais cessé de croire que j'étais *toujours* la meilleure juge de mon état... Mais *la plupart du temps*, oui. J'accueillais les conseils et travaillais à fond sur moi-même car j'avais compris que je le méritais. Ça valait la peine d'engager du temps et de l'énergie pour construire la meilleure version de moi-même.

Mon frère poussa un grognement qui ne ressemblait pas tellement à un oui puis finit par se relever. Apparemment, il n'avait plus envie d'évoquer la stabilité de mon état émotionnel imprévisible. La preuve : fort intelligemment, il préféra changer de sujet. Il observa sa grosse bécane survitaminée et me dit le plus calmement du monde :

— J'envisage de passer professionnel, de courir pour une véritable écurie. J'ai rencontré un type lors de ma dernière course, il a des contacts en Californie. Maman va flipper si je lui annonce la nouvelle, mais j'y pense beaucoup ces derniers temps. Le risque de me crasher ne disparaîtra pas, car ça reste un sport dangereux, mais ce ne sera jamais aussi chaud que rouler en pleine rue à fond la caisse.

J'ai poussé un sifflement et reculé le banc contre lequel je m'appuyais. Était-ce une surprise ? Pas tellement. Depuis toujours, Zowen aimait la vitesse et les sports extrêmes. Dans notre jeunesse, il adorait descendre des collines à toute vitesse au guidon de son BMX et dévaler des montagnes en snowboard. Il était constamment en quête de frissons, il fallait toujours qu'il aille plus vite, qu'il joue plus gros. Mais, comme nous nous comprenions si bien, je doutais fortement que c'était la perspective de rouler sur de vrais circuits de moto qui l'incitait à partir pour la côte Ouest.

Je haussai les sourcils en le voyant éviter délibérément mon regard et s'affairer autour de sa caisse à outils. Tiens, et si je le taquinais un peu ?

— Tu es sûr que c'est pour faire de la moto que tu pars ? Pas pour retrouver Aston Wheeler ?

Le corps musclé de mon frère tressaillit, et ses yeux d'une couleur si originale finirent par plonger au fond des miens. Il était parvenu à cacher ce qu'il ressentait depuis longtemps pour la copine de son meilleur ami – qui se trouvait également être notre cousin. Cependant, comme l'amour à sens unique était un peu mon rayon, j'avais deviné ce que ressentait Zowen avant même qu'il décide de se l'avouer à lui-même. Depuis que l'ex de notre cousin Ry était partie en Californie pour ses études, j'avais remarqué que mon frère était toujours en contact avec elle. Il lui parlait bien plus souvent qu'à l'époque où ils étaient au lycée ensemble. Et il m'avait fait un aveu : pour la toute première fois depuis le début de son cursus scolaire, ses notes avaient commencé à baisser. Ses résultats n'étaient plus exceptionnels mais simplement corrects. Ce qui était déjà un changement énorme. Et le signe qu'il se passait quelque chose d'important dans sa vie.

Tout en poussant un grognement, il m'adressa un regard noir.

— Ça m'étonnerait beaucoup que je parte. Il faudrait que j'arrête temporairement la fac. Maman et papa péteraient un câble.

Je rêve ou il avait sciemment évité de répondre à ma question ? En me hissant sur la pointe des pieds, je parvins à refermer mes mains autour de son visage fermé. J'appuyai sur ses joues pour accentuer son air boudeur et secouai sa tête de droite à gauche pour rigoler.

— Ne décide pas de ta vie en fonction de maman et de papa. Ou de Ry. Si tu leur dis ce que tu ressens au sujet de la moto ou de cette fille, ils feront leur possible pour te comprendre. Surtout Ry. Il s'est séparé d'Aston. Il a tourné la page.

Avec un grand sourire, j'enchaînai :

— Il est avec Bowe, maintenant. Ça se passe super bien entre eux. Et il voudrait qu'il t'arrive la même chose, même si c'est avec quelqu'un qu'il a aimé. Ry n'est pas du genre à se torturer l'esprit avec ce qui aurait pu arriver.

Ce n'était pas dans la nature de notre cousin. Sans quoi, il aurait été incapable de surmonter la blessure qui avait mis un terme à sa carrière prometteuse de footballeur. Mais, si jamais sa réaction n'était pas d'être à fond derrière mon frère, j'irais jusqu'au

Texas pour lui botter le derrière. J'adore ma famille, mais Bowe a toujours été une copine extraordinaire. C'est elle qui m'a toujours le mieux comprise et son regard sur moi n'a jamais changé, même après l'épisode tragique qui a bien failli me coûter la vie. Je ne resterais jamais les bras croisés à la voir souffrir si mon cousin Ry avait encore des sentiments pour son ex. Mais, vu de l'extérieur, il était absolument raide dingue de Bowe.

— Si tu veux faire des courses de moto, vas-y. Si tu veux être avec cette fille qui porte un nom de bagnole de sport, vas-y aussi. La vie est trop courte pour obéir aux injonctions des autres.

Zowen se dégagea et secoua la tête, mais en esquissant un sourire.

— Facile à dire. Si quelqu'un n'a jamais obéi à personne, c'est bien toi. Tu as toujours suivi ta propre voie.

Effectivement. J'avais tracé ma route au fil des années, de manière assez peu discrète, il faut dire. En tous les cas, elle était tortueuse et solitaire. En refusant de me conformer aux exigences ou aux attentes de mon entourage, j'avais souvent suscité des déceptions. Je ne suivrais jamais le chemin que m'indiquaient les autres, malgré tous mes efforts. Si j'avais pu, je serais devenue le genre de fille qui plaisait à Hyde. J'aurais bien moins morflé. Pour le meilleur ou pour le pire, j'avais été fidèle à moi-même et je ne l'avais pas regretté, même quand ça m'avait porté préjudice.

La porte du garage s'ouvrit pile à l'instant où Zowen finissait de ranger ses outils. Sans doute ma mère qui venait voir ce qu'on fabriquait ou demander qu'on passe à table. Pour une fois qu'elle avait ses deux enfants au même endroit, au même moment ! Zowen était rentré de la fac le temps d'un week-end prolongé, essentiellement pour se servir du garage et supplier notre mère de s'occuper de ses montagnes de linge sale. J'avais sauté sur l'occasion de le voir, il était tellement pris par ses études depuis mon retour à Denver ! On n'avait pas passé beaucoup de temps seul à seul à cause du boulot, il fallait profiter de ses visites à la maison. En revanche, c'était encore tendu avec ma mère. Je n'avais toujours pas digéré qu'elle m'avait privée de mon amour de jeunesse.

Je poussai presque un ouf de soulagement : ce n'était pas elle qui venait de franchir la porte, mais mon père. Et, à l'évidence, la manière dont mes traits s'étaient aussitôt détendus ne lui avait pas échappé.

Il me regarda durement de ses yeux d'un bleu de glace. Oh ! il ne me reprochait pas d'être toujours fâchée et distante vis-à-vis de ma mère, même après toutes ces années. S'il avait vendu la mèche, c'était parce qu'il avait flippé au moment des fêtes de Noël, pas très longtemps après l'incident. Je venais de changer de traitement médicamenteux et cela ne me réussissait pas. J'étais déprimée et prisonnière de tout ce qui me tournait dans la tête, alors qu'autour de moi l'ambiance était à la fête et à l'insouciance. Je pensais à toutes ces vacances que mon père n'avait pas pu passer auprès de sa famille quand il était dans l'armée, du temps de sa jeunesse. Ce qui m'avait amenée à me demander comment allait Hyde maintenant qu'il était soldat, si loin de son pays et séparé des personnes qui lui étaient chères. La famille de Hyde était aussi soudée que la mienne. J'étais dévastée à l'idée qu'il ait quitté ses proches, je m'en voulais de l'avoir contraint à partir, loin de moi, mais aussi loin de sa vie à Denver.

Mon père avait paniqué. Si jamais je retombais dans cette spirale infernale… Alors pour m'arracher coûte que coûte à ces pensées négatives qui risquaient de m'entraîner bien trop loin, il m'avait sommairement expliqué pourquoi Hyde était parti :

c'était parce que ma mère l'avait supplié de le faire. Mon père ne m'avait jamais incitée à me réconcilier avec elle après avoir craché le morceau au sujet de la conversation qu'il avait surprise, la nuit où j'étais à l'hôpital. Les premiers temps, je lui en avais quand même voulu de m'avoir caché un secret aussi énorme, aussi longtemps. Je voulais me barrer, très loin, et ne plus jamais revoir mes parents. J'étais convaincue qu'ils complotaient contre moi pour me gâcher l'existence : il fallait que je parte, et je n'avais pas l'intention de faire machine arrière. Finalement, avec le traitement adéquat et un suivi psychologique encore plus poussé, j'avais pris conscience d'une chose. Si Hyde avait quitté cet hôpital en pleine nuit, comme un voleur, c'était à cause d'une seule personne : Hyde lui-même. Mes parents avaient simplement essayé de me protéger. C'était plus facile pour moi de pardonner à mon père parce qu'il s'était contenté de me cacher une information importante. Avec ma mère, c'était une autre histoire. Elle avait volontairement interféré dans ma vie. Et à mes yeux il n'y avait pas pire. Même si c'était pour mon bien.

— J'ai cru voir ta voiture devant la maison. Je ne savais pas que tu comptais passer.

Mon père glissa un bras autour de mes épaules pour me serrer contre lui. Un simple geste qui me donna le sentiment d'être rentrée à la maison, plus fort encore que d'avoir signé le bail de mon loft à Denver. Oui, il commençait à grisonner au niveau des tempes, quelques rides se dessinaient sur son front ainsi qu'autour de ses yeux bleus et il avait perdu un peu de cette silhouette musclée qu'il avait au temps de sa carrière dans l'armée. Mais il était toujours le plus bel homme du monde à mes yeux. La force qu'il dégageait et l'œil attentif qu'il posait sur les personnes et les choses qui l'entouraient m'avaient toujours immensément réconfortée. Enveloppant comme une couverture bien chaude, rassurant comme un chien de garde. L'endroit où je me suis toujours sentie le plus en sécurité, c'était entre ses bras, même quand je lui en voulais à mort.

J'ai enroulé mes bras autour de sa taille fine et je l'ai serré fort à mon tour.

— J'aidais Zowen à réparer sa moto.

Zowen renifla bruyamment, les yeux plissés.

— Elle, m'aider ? lança-t-il d'un ton sarcastique. Elle ne sait pas faire la différence entre une clé à molette et un tournevis.

Tandis que mon père ricanait, j'envoyai un bon coup de pied dans le tibia de Zowen. Et je répondis sur le ton que je prenais quand on était gosses :

— Très bien, je suis venue voir Zowen parce que je m'ennuyais. Maintenant que Bowe est rentrée au Texas, je n'ai plus personne avec qui passer le temps.

Mon père déposa un baiser sur le sommet de mon crâne et me pressa gentiment l'épaule.

— Puisque tu es là, ça te dirait de rester dîner ? J'en connais une qui serait aux anges.

Je me raidis immédiatement, mais je ne refusai pas en bloc. Dans le passé, ça se serait passé différemment. Mon père regrettait d'avoir craché le morceau et donc d'avoir provoqué cette dissension entre ma mère et moi. Il s'était donc fixé une mission : ressouder nos liens. J'étais furieuse qu'elle m'ait menti. Et tout aurait très certainement été fini pour toujours entre nous si mes cousins Ry et Daire n'avaient pas failli mourir dans un horrible accident de la route, il n'y a pas si longtemps. Voir ma tante et mon oncle aussi abattus et presque incapables de vivre normalement m'avait rappelé une évidence. Quand on a une famille, c'est pour la vie, peu importe les erreurs des uns et autres. Mais pas que. Le pardon est bien plus puissant que la colère. Cette prise de conscience n'était-elle pas un signe de maturité et de stabilité mentale ? J'avais envie de changer mon regard sur les choses au lieu de me focaliser sur la douleur qui m'animait encore. Tout ça parce que ma mère avait fait le choix d'essayer de me sauver de moi-même.

Si seulement elle s'était dispensée de sacrifier Hyde par la même occasion...

Mon frère me chercha du regard et prononça sans bruit : « Reste. » Il était comme mon père, il tenait vraiment à ce que notre famille recolle les morceaux.

Je poussai un profond soupir. Et, à contrecœur, j'acceptai de rester dîner. Le sourire de mon père valait largement la soirée compliquée que j'étais condamnée à passer.

Alors que nous sortions du grand garage pour traverser le jardin, mon père m'attrapa par le coude pour m'obliger à m'arrêter. Pendant ce temps, Zowen pénétrait dans la maison où nous avions grandi.

J'imaginais qu'il comptait m'inciter à être gentille avec ma mère. Nous avions toutes les deux une personnalité affirmée et nous étions têtues comme des mules. En cas de dispute, il ne valait mieux pas traîner dans le secteur. Mais non, rien à voir. À ma grande surprise, il me dit :

— Ne sois pas étonnée si ta mère a l'air particulièrement inquiète pour toi, ce soir. L'autre jour, j'ai croisé Zeb Fuller sur le chantier d'un des bâtiments qu'on est en train de rénover. Il m'a annoncé que son fils revenait s'établir ici. Ta mère est au courant, elle risque d'être encore plus préoccupée pour ton bien-être qu'à l'accoutumée. Elle est comme ça, c'est tout.

Exactement le même discours que Zowen m'avait tenu, incroyable !

Je le regardai pendant de longues secondes, les yeux écarquillés, avant de m'éclaircir la voix et de répondre d'un ton plein d'assurance – qui était loin de correspondre à la réalité. Les appréhensions de Zowen et l'inquiétude de mon père, j'arrivais à les gérer. Le caractère surprotecteur de ma mère, lui, avait tendance à être étouffant, écrasant.

— Je sais. J'ai vu Joss, l'autre jour, elle m'a dit qu'il rentrait à Denver. T'inquiète, papa. Je suis au courant qu'il est avec quelqu'un, et puis on n'est plus des gamins. Tout va bien. Je peux vivre dans la même ville sans que ça tourne à la catastrophe, une fois de plus.

Mon père secoua lentement la tête et posa ses grandes paluches sur mes épaules.

— Il comptait se fiancer, mais ça ne se fera pas…

Comme sa phrase restait en suspens, je le coupai :

— Aucune importance. Ce qui se passe dans la vie de Hyde ne me concerne pas.

L'expression de mon père changea, sa voix se fit plus grave. Le bleu de glace de ses yeux semblait encore plus froid que d'habitude quand il me dit :

— Remy, si Hyde a tiré un trait sur ce projet, c'est parce que sa copine est morte il y a deux mois. Elle a été tuée dans un accident de voiture.

J'en eus le souffle coupé, tout mon corps était comme vide.

— Oh non, c'est… c'est affreux.

Mes mots s'étaient échappés dans un murmure étouffé, je n'avais pas pu les retenir.

Mon père serra mon épaule et planta ses yeux si intenses au fond des miens.

— Elle était enceinte au moment de l'accident. Si Hyde est de retour à Denver, c'est parce qu'il a une petite fille et il est complètement dépassé. Le bébé était en soins intensifs. Moi qui me demandais pourquoi on avait tant de mal à mettre la main sur Zeb, pourquoi il déléguait tellement de chantiers à ses employés... C'était parce qu'il faisait la navette entre ici et la Géorgie pour aider Hyde, tant bien que mal. Leur famille a vraiment morflé et je ne voulais pas que tu tombes de haut en découvrant par hasard qu'il avait un enfant. Autant que tu l'apprennes de quelqu'un qui comprend ce que tu as vécu avec lui.

— Je...

Honnêtement, je n'avais aucune idée de comment finir ma phrase. Alors j'optai pour le petit refrain que je m'étais obligée à répéter, ces derniers temps.

— Tout ira bien. Pour ce qui me concerne, ça ne changera rien. Hyde évolue de son côté, moi du mien. C'est terrible qu'il doive traverser tout ça. La vie n'a pas été tendre avec lui, mais je ne peux rien faire pour l'aider, rien du tout.

C'était mon souhait, pourtant. Mais j'étais aussi démunie que lui face à un bébé. Et puis il n'y avait aucune place pour moi dans sa vie. Il avait été clair là-dessus, et ça ne datait pas d'hier. Je tâchai de reprendre le dessus. Il me restait ce dîner à affronter. Oui, Hyde devait salement morfler, il devait être désemparé et flippé à l'idée de rentrer à Denver alors que rien d'autre ne l'avait jamais poussé à prendre cette décision. Mais il n'était pas question que je me laisse entraîner.

— Allez, viens, papa. Mais promets-moi de jouer les arbitres si maman commence à être relou.

Mon père acquiesça. Son regard s'adoucit légèrement, mais

à l'évidence il n'avait pas l'air de croire à mon détachement apparent. Je ne pouvais pas lui en vouloir.

Moi non plus, je n'y croyais pas.

2

Hyde

Bien souvent, dans ma vie, je m'étais senti paumé et impuissant.

Il y avait eu la nuit où j'avais abandonné Remy sur ce lit d'hôpital, sans me retourner une seule seconde.

Il y avait eu le jour où ma mère avait fondu en larmes lorsque je lui avais annoncé mon intention de m'enrôler et qu'elle m'avait supplié de ne pas faire ça.

Il y avait eu mes premières semaines au camp d'entraînement pendant lesquelles je m'étais senti complètement dépassé, avec la certitude absolue d'avoir fait une erreur.

Il y avait eu ma première affectation, mon premier anniversaire et mes premières fêtes de fin d'année loin de ma famille, loin de chez moi.

Il y avait eu cette fois où mon père avait brusquement ressenti des douleurs au niveau de la poitrine. Il avait fallu le conduire d'urgence à l'hosto, en pleine nuit. Ma mère était convaincue qu'il faisait une crise cardiaque, mais personne ne m'avait mis au courant avant son retour à la maison pour sa convalescence. On lui avait posé un stent parce qu'il avait une artère bouchée.

Il aurait pu y passer et je me serais retrouvé comme un con. Ma mère aurait supporté ce drame et cette douleur toute seule.

Il y avait eu aussi cette nuit où ma copine, la fille d'un haut gradé, m'a annoncé qu'elle était enceinte, alors même que je m'apprêtais à rompre avec elle. J'étais à l'entraînement, et elle avait profité de mon absence pour trouver du réconfort entre les bras d'un pote. Elle ne savait pas si l'enfant était de lui ou de moi. Ce qui l'inquiétait, surtout, c'était que sa famille découvre sa grossesse. Pas de savoir comment je réagirais en apprenant sa trahison.

Dans chacune de ces situations, je m'étais montré incapable de soulager les uns et les autres. Ou de me soulager moi-même, pour commencer. Je n'avais protégé personne et je n'avais rien fait pour arranger les choses.

Récemment, il y avait eu un autre moment où je m'étais vraiment senti condamné à laisser la vie décider pour moi au lieu de la vivre pleinement, comme je l'entendais. Et c'était quand mes supérieurs m'avaient convoqué pour m'informer de l'accident qui avait impliqué mon ex et l'enfant qu'elle attendait. Atroce. Quand on m'avait dit qu'il y avait une chance de sauver le bébé – qui n'était peut-être pas de moi – mais pas la mère, j'avais presque oublié comment respirer. J'avais été à *ça* de craquer, écrasé par la peur et la frustration. D'emblée, j'avais su une chose. Impossible de prendre une décision aussi grave au nom de cette enfant tant que je n'avais pas la preuve qu'elle était de moi. Je n'avais jamais été aussi désemparé qu'à ce moment-là.

J'avais perdu une ex-compagne que je n'aimais plus mais à qui je tenais encore profondément. J'avais perdu un ami et un camarade en qui j'avais toute confiance, jusqu'à ce qu'il me trahisse. J'avais failli perdre ma fille. Oui, dans mon cœur, elle était déjà ma fille, indépendamment du verdict du test.

Pendant plusieurs semaines pleines de tension et d'incertitude, il avait fallu que j'épaule le type qui couchait avec ma copine dans mon dos, chaque fois que je m'absentais. À mon avis, s'ils avaient craché le morceau, c'était uniquement parce que j'avais enfin pris ma décision de ne pas rempiler. J'étais tout près de quitter l'armée et de retourner à la vie civile. J'espérais qu'une fois de retour au bercail pour de bon, je pourrais sauver mon histoire avec elle. Pour une fois, quelque chose me motivait. Et je n'avais ménagé ni mon temps, ni mes efforts pour que ça marche. Est-ce qu'on s'aimerait jusqu'à la fin de nos jours ? Difficile à dire. Mais c'était une fille chouette, elle était facile à vivre et elle ne m'en demandait jamais trop. Je tenais beaucoup à elle et j'aimais la retrouver dès que j'en avais l'occasion. Ce que j'ignorais, pourtant, c'est qu'elle n'avait pas l'intention de faire sa vie avec moi. Comme elle venait d'une famille de gradés, elle cherchait à épouser un militaire de carrière. Et je ne cochais pas cette case-là. Me consacrer corps et âme à l'armée n'avait jamais été dans mes intentions. J'avais fait le choix de m'engager à un moment où j'étais aux abois, ça avait été ma seule façon de m'en sortir. Alors oui, l'armée m'avait poussé à grandir et m'avait appris énormément de choses. Tant mieux, d'ailleurs. Seulement, je n'avais pas envie de passer les prochaines années à recevoir des ordres et à me faire balader à droite, à gauche en permanence.

Ma copine avait été incapable de dire qui était le père de l'enfant qu'elle attendait, mais elle aurait tâché de le savoir à la naissance de la petite. Hélas, les événements ne nous avaient pas laissé le choix. J'avais donc décidé de faire ce qui était au mieux pour le bébé et de mettre de côté ma rancune à l'égard de mon pote en voyant les médecins tenter de sauver la petite. Elle était grande prématurée, elle avait pas mal souffert lors du choc, mais elle était vivante. L'équipe médicale faisait tout son possible pour la sauver, on me le répétait sans arrêt. Mais toujours en me conseillant, à demi-mot, de ne pas nourrir trop d'espoirs, c'était préférable.

Au bout du compte, le test prouva que la petite était de moi. Ce qui me permit de mobiliser tout mon temps, tous mes efforts et tous mes moyens pour l'aider à s'en sortir. Je me chargeais de tout ce qui la concernait. L'autre type veilla à ce que la mère puisse reposer en paix dignement. La famille de mon ex n'était pas spécialement arrangeante, ils se fichaient pas mal de l'état de santé du bébé. Je n'avais donc pas à jouer le rôle du compagnon éploré. Et tant mieux, honnêtement, car je n'avais pas tiré au clair les sentiments que m'inspirait toute cette situation. Je n'ai pas trouvé la force d'assister à son enterrement, mais je me suis rendu sur sa tombe et je lui ai promis un million de fois que j'offrirais la meilleure vie possible à notre enfant, même si je naviguais à vue. Pas question que je me prenne la tête avec cette histoire avant que la petite ne devienne le centre de mon univers. Devenir cinglé et aigri en songeant à tout ce qu'elle avait traversé pour arriver parmi nous ne m'aiderait pas à aller mieux. Elle était là, il fallait que je me concentre sur ce qui était le mieux pour elle, à partir de maintenant.

Même si je ne servais à rien.

Durant des semaines et des semaines, je me suis senti impuissant alors que mon enfant se battait pour survivre. Si mon père et ma mère, ma tante et mon oncle ne s'étaient pas relayés pour venir en Géorgie depuis Denver, je n'aurais pas songé à m'alimenter, à me laver ou à mettre un pied hors de l'unité de soins intensifs. Ma famille m'a entouré et a pris soin de moi alors que j'avais du mal à garder le cap pour cette petite dont la vie ne tenait qu'à un fil.

La seule décision que je pouvais prendre, la seule décision cohérente qui m'éviterait de me sentir aussi nul et sans raison d'être, c'était de rentrer à Denver, auprès de ma famille. Je comptais le faire dès que la petite serait en état de voyager. Lorsque je pourrais la ramener à la maison, elle ne vivrait pas dans un endroit vide et dépourvu de tout ce qui pourrait l'aider à se sentir vraiment chez elle. Non, elle serait entourée d'amour et de gens prêts à se donner à fond pour elle, exactement comme moi quand mon père et ma mère m'avaient sauvé de ce foyer d'accueil où il y avait trop d'enfants et pas assez de personnel. Je savais exactement ce que c'était d'être un gosse qui ne se sentait pas désiré. Et il était hors de question que ma petite fille vive la même chose, même si son jeune âge l'empêchait d'en garder le souvenir.

Il fallut un peu plus de deux mois pour qu'elle soit tirée d'affaire et autorisée à quitter l'unité de soins intensifs. Puis un mois supplémentaire pour que je m'acquitte de mes dernières obligations vis-à-vis de l'armée. Le design et l'ingénierie m'avaient toujours intéressé. Avais-je envie de bosser dans le bâtiment comme mon père ? Pas vraiment. Mais je rêvais d'apporter ma contribution à des projets qui rendraient la vie plus facile à celles et ceux qui vivaient dans des environnements hostiles. Au moment de signer mon second contrat dans l'armée, j'avais demandé à intégrer le Corps des ingénieurs. Par chance, ce choix de carrière m'aiderait à trouver des débouchés lors de mon futur retour à la vie civile. La paperasse réglée, j'ai attendu d'être libéré de mes obligations pour réfléchir aux possibilités qui s'offraient à moi. J'ai appelé le bébé Hollyn, en hommage à celle qui m'avait mis au monde.

Elle était morte quand j'étais tout jeune, mais j'éprouvais encore beaucoup d'amour pour elle et un tas de sentiments contrastés. Ma vraie mère, celle qui m'avait élevée depuis que j'avais cinq ans, qui m'avait évité de finir en famille d'accueil et qui avait fini par se marier avec mon père, ainsi que ma tante Echo, qui s'était elle aussi battue pour que je reste dans sa vie, sont toutes les deux venues veiller sur Hollyn quand j'étais retenu loin de chez moi. Elles ont essayé de m'apprendre les rudiments nécessaires pour prendre soin d'un nourrisson, même si aucune n'avait jamais élevé un enfant aussi jeune. Bref, nous avons tous passé les premières semaines à tâtonner.

J'ai appris à manipuler un siège enfant et j'ai fait tout un tas de recherches sur les produits pour bébés, sur les meilleures marques de couches et sur les vêtements les mieux adaptés. Je me suis inscrit à un cours de parentalité pour être bien sûr que je lui donnais à manger correctement et je suis devenu incollable sur les coliques, les croûtes de lait et la ribambelle de petits tracas qui forment le quotidien de tous les nouveau-nés. Une vraie formation en accéléré. Et, quand vint enfin le moment de rassembler mes maigres affaires et de ramener Hollyn chez moi dans le Colorado, j'étais dépassé et tout sauf préparé, franchement. C'était une véritable expédition mais j'ai pu compter sur ma tante Echo et mon oncle Nicholas (qui avait toujours insisté pour que je l'appelle Benny, sans vraiment m'expliquer pourquoi). Pendant qu'on était sur la route, ma mère et mon père bossaient comme des damnés pour meubler l'une des nombreuses maisons qu'il avait achetées, retapées et rénovées aux petits oignons, tout ça pour que nous ayons un toit à notre arrivée, ma fille et moi. L'ensemble de la famille s'était mobilisé pour me permettre de rentrer au bercail. Comment se sentir plus aimé, plus soutenu ?

C'était même assez drôle de voir mon oncle Benny tenir un bébé aussi minuscule. Il avait dû tremper dans le banditisme ou dans des affaires louches, à l'époque. C'était un vrai colosse. On avait toujours l'impression qu'il pouvait vous briser le cou à mains nues. Une vilaine cicatrice lui barrait la gorge. Peu importe ce qui lui était arrivé dans son passé, c'était de là qu'il tenait sa voix grave et rauque. Il portait toujours des vêtements de marque et se baladait à bord de grosses bagnoles tape-à-l'œil. Dans ma jeunesse, il pouvait disparaître de la circulation pendant de longues semaines, ça, je m'en souvenais parfaitement. Ma tante répétait que c'était pour le travail. En grandissant, je m'étais rendu compte que leur vie était remplie de zones d'ombre assez mystérieuses. Mais ma tante était heureuse et mon oncle aurait décroché la lune pour elle. Nous étions les personnes les plus importantes de sa vie, elle et moi. Et il nous le rendait bien. Ce qui m'avait appris à ne pas poser trop de questions sur ses affaires. Il n'y connaissait quasiment rien aux bébés, exactement comme moi, mais il n'avait pas hésité à répondre présent pour s'occuper de Hollyn. Cette enfant l'avait tout de suite pris en affection et ça le faisait marrer. À l'entendre, elle avait déjà des goûts de luxe. Il faut dire qu'il se promenait avec toute une collection de bagues et une montre qui devait coûter plus cher que ce que mes premières années dans l'armée m'avaient rapporté.

À mesure que Denver approchait, nous avions recommencé à respirer normalement, même avec un bébé parfois grognon à l'arrière. Pour la première fois depuis très longtemps, le poids qui m'écrasait depuis toujours et qui me donnait la sensation de ne pas être à la hauteur me sembla moins lourd. Pour une fois, je savais au plus profond de moi que j'avais fait le bon choix. Je pouvais aller de l'avant sans regret, malgré ma peur. Je n'étais pas rongé par le doute, je ne perdais pas mon temps à me prendre la tête inutilement. L'une des choses que ma carrière de soldat m'avait apprise, c'était de me fier à mon intuition et de me faire confiance. Maintenant que j'étais père, j'espérais que cette confiance chèrement acquise m'aiderait à préserver mon enfant quand viendrait le temps des décisions difficiles. Une personne à laquelle je tenais profondément avait souffert à cause de ça dans le passé, je n'avais aucune envie de revivre ces moments-là.

Quand notre petite troupe s'arrêta devant la maison qui n'était qu'à deux blocs de chez mes parents, je restai sans voix. Mon cœur cessa de battre, une fois de plus.

Mais pour une bonne raison.

La maison entière était décorée de ballons et de fleurs. Il y avait du rose bonbon en veux-tu, en voilà. Parfait pour une fête en l'honneur d'une petite fille. On avait tendu une banderole avec le nom de Hollyn, et de petits animaux de cirque mignons comme tout se remplissaient la panse dans le jardin. Mes parents étaient là, mais ils n'étaient pas les seuls.

Ils avaient rameuté tout le monde pour nous accueillir, le bébé et moi.

Ma famille et des amis que je connaissais depuis que j'étais tout gosse étaient rassemblés, ils m'attendaient de pied ferme, prêts à rencontrer le petit miracle que je ramenais avec moi. L'émotion et le soulagement qui m'envahirent étaient tellement intenses que mes mains se mirent à trembler. Mes épaules s'affaissèrent. Je posai le front sur le volant devant moi. J'entendis la portière arrière s'ouvrir et la petite faire du bruit tandis que ma mère plongeait à l'intérieur pour la sortir du siège dans lequel elle était restée sanglée pendant des heures. Je tentai de lui dire merci, de lui montrer à quel point j'étais touché par tout ce qu'elle avait fait pour moi, depuis le début. Elle m'avait choisi à un moment où personne n'avait l'air de vouloir de moi. Et elle m'avait élevé comme son fils.

Malheureusement, les mots ne purent pas sortir.

Au lieu de ça, je laissai échapper un soupir en tremblant et fermai les yeux tandis que des larmes brûlantes se pressaient contre mes paupières.

J'avais beau chercher dans mes souvenirs, je ne m'étais pas autorisé à pleurer depuis un long moment. J'avais refusé de m'apitoyer sur mon sort ou de jouer les victimes. Ce n'était pas moi qui étais en première ligne, à me battre pour survivre. Je me l'étais répété des dizaines de fois : il fallait que je tienne le choc pour Hollyn. Alors je l'avais fait.

Je n'avais pas pleuré en découvrant que j'avais été trompé. Je n'avais pas pleuré en découvrant que j'étais peut-être le père d'un enfant ou lorsque cela ne faisait plus aucun doute. Je n'avais pas pleuré quand la mère de Hollyn était morte ou pendant ces longs jours que Hollyn avait vécus sur un fil, entre la vie et la mort, à l'hôpital. Je n'avais pas pleuré lorsqu'on m'avait laissé la prendre dans mes bras, ou le jour où j'avais enfin pu la ramener à la maison. Je n'avais pas pleuré pendant ces nuits sans sommeil, qu'elle passait à crier de toutes ses forces. Je n'avais pas pleuré quand j'étais incapable de comprendre ce qu'elle voulait. Ou quand je me demandais si je serais un jour capable de lui donner ce dont elle avait besoin.

Mais en voyant *ça* – tous ces visages impatients, tous ces sourires chaleureux, toute cette joie procurée par l'arrivée de la petite –, je craquai. Cette joie, ce bonheur, ce soulagement d'avoir ramené cette jeune vie chez elle a percé mon armure et m'a touché en plein cœur.

Je laissai toutes mes larmes couler.

Je laissai des sanglots venus du fond de mon âme agiter mon corps entier.

J'avais laissé cette tristesse et ce chagrin, pris en embuscade depuis si longtemps, grandir et déborder.

J'entendis vaguement la portière côté passager de mon 4x4 s'ouvrir. Une seconde plus tard, une grande main chaude se posa à l'arrière de mon crâne encore rasé. Je reconnaîtrais les gestes de mon père même les yeux fermés. Il s'agissait des repères les plus stables, les plus solides de ma vie. Ça n'avait jamais varié. Ils n'avaient jamais échoué à me rassurer, jamais cessé de me réconforter et de me consoler. Mon père était l'exemple type du bon géant. Tout était plus grand que la moyenne chez lui, même sa capacité à aimer.

— Bienvenue à la maison, fiston.

Il avait la voix rauque et gonflée d'émotion.

— J'ai l'impression d'avoir attendu ce moment depuis que tu es parti. On est tellement contents que tu sois de retour, ta mère et moi.

Une grande inspiration et je passai le dos de ma main sur mes joues humides. Puis je tournai la tête pour regarder mon père et murmurai :

— C'est bon d'être ici.

Papa et moi, nous avions pas mal de points communs. Nous avions tous les deux les cheveux bruns, même si les siens étaient assez longs pour former une espèce de vague. Pour ma part, j'avais le crâne rasé depuis des années. Nous avions les mêmes yeux vert clair et nous étions tous les deux grands, même si je n'avais jamais égalé sa stature impressionnante ou sa carrure massive. Et je n'étais jamais parvenu à me laisser pousser la barbe comme lui. Il l'arborait en permanence, c'était à se demander si je pourrais le reconnaître sans elle.

— Tu vas y arriver, Hyde. Tu vas apporter à cette petite tout ce dont elle a besoin. Ta mère et moi, on te fait confiance à 100 %. Et si tu as besoin de quoi que ce soit, on n'est pas loin. Tu n'es pas tout seul. Tu n'as jamais été tout seul.

Il fit courir sa main sur ma nuque et pressa doucement les doigts autour de mes muscles tendus. C'est ce qu'il avait coutume de faire pour m'aider à me détendre, depuis que j'étais gamin.

Je me rappelai la fois où il était venu me chercher au foyer d'accueil pour me ramener à la maison. Tante Echo avait remué ciel et terre pour retrouver sa trace et l'informer qu'il avait eu un enfant dont ma mère ne lui avait jamais parlé. On avait mis un certain temps à s'apprivoiser, lui et moi. Je vivais dans la peur qu'il me renvoie au foyer ou que les services sociaux débarquent pour m'emmener je ne sais où. Je n'étais pas un gamin de cinq ans comme les autres et il a fallu en fournir, des efforts, de sa part et de la mienne. En définitive, nous avons réussi à former une vraie famille. Et dès qu'il posait la main à l'arrière de mon crâne et qu'il m'assurait qu'il veillerait sur moi, sans avoir besoin de prononcer un seul mot, tout ce qui ne tournait pas rond dans mon univers rentrait aussitôt dans l'ordre.

— J'ai tellement la trouille, papa. Je n'ai aucune envie de me planter.

Je laissai échapper un long et très lent soupir. Il était temps que je me ressaisisse.

Mon père serra à nouveau ma nuque avant de lâcher prise.

— Tu vas te planter. Et tu vas aussi te débrouiller à la perfection, parfois. C'est ça, le quotidien, quand on est parent. Il y a toujours des progrès à faire, mais tu piges vite. Tu apprendras à tout gérer comme un chef, les moments faciles et les moments moins faciles. C'est exactement ce que j'ai fait avec toi.

De longues secondes me furent nécessaires pour que je me remette en selle, mentalement et physiquement. Mais finalement, je tendis les bras pour serrer mon père.

— Ça fait du bien d'être rentré.

C'était sincère, vraiment.

Après quelques bonnes tapes dans le dos, il finit par me lâcher. Tiens, il avait les yeux brillants, lui aussi. Et l'émotion le faisait rougir jusqu'aux oreilles. À l'évidence, je n'étais pas le seul qui n'en menait pas large.

— Allez, viens. Présentons ta petite à tout le monde. Certains sont jaloux qu'on ait été les premiers à devenir grands-parents, ta mère et moi.

Il eut un ricanement avant d'ajouter :

— Enfin, ils n'en sont pas à mettre la pression sur leurs gosses. Ce sont encore des jeunots, sauf toi et…

Il laissa sa phrase en suspens et détourna le regard, l'air gêné.

— Sauf moi et Remy.

J'avais prononcé le nom qu'il n'avait pas osé évoquer.

— On est les plus vieux de la bande.

Les plus cabossés par la vie, également. J'ai haussé un sourcil et demandé :

— Elle est là ?

Je m'étais souvent posé la question pendant les longues heures solitaires que j'avais passées assis à côté de mon bébé, lorsqu'elle était prisonnière de cet incubateur et que je priais en silence pour qu'elle s'en sorte. Remy était-elle au courant que j'avais rencontré une fille et que j'étais devenu papa ? J'ignorais pourquoi je pensais à elle alors que je traversais les pires moments de ma vie. Mais cela avait toujours été le cas, non ?

Mon père secoua la tête.

— Non. Ses parents et son frère sont là, mais ils ont dit qu'elle ne pouvait pas venir.

Mon père et celui de Remy avaient souvent bossé ensemble sur différents projets. Et nos mères s'entendaient plutôt bien, elles aussi. Nos deux familles avaient toujours été proches.

— Ce n'est pas plus mal, en un sens. Commence par poser tes valises et prendre tes marques avec la petite. Tu affronteras les fantômes du passé plus tard. Et puis Remy aura peut-être besoin de temps pour digérer l'idée que tu es devenu papa. Vous n'avez plus les mêmes priorités qu'à l'époque où vous étiez gosses. Elle vient tout juste de rentrer à Denver, elle aussi. Rome m'a dit qu'elle ne ménageait pas ses efforts pour trouver son rythme et se poser quelque part. Laissez-vous de l'espace. À mon avis, ce n'est pas une mauvaise idée.

Mon père avait beau être une crème, il n'avait toujours pas digéré le fait que si j'avais décidé de quitter le Colorado pour m'enrôler, c'était parce que Remy avait failli mettre fin à ses jours. J'avais régulièrement tenté d'expliquer que je comptais déjà entrer dans l'armée de ma propre initiative, mais ça ne l'avait pas fait changer d'avis. Au bout du compte, mes parents et les siens préféraient que leurs grands enfants s'évitent comme la peste.

Mais comment leur promettre une chose pareille ?

Et même si j'essayais de garder mes distances, impossible de dire si Remy aurait le même réflexe. Arriver à faire ce qui était le mieux pour nous-mêmes ? Cela n'était pas vraiment notre fort…

Je m'éloignai de mon 4x4 et m'étirai le dos. Tout bas, je laissai échapper un juron en le sentant craquer au moindre de mes mouvements. Puis, entendant ma mère m'appeler, je tournai la tête dans sa direction, quand un bruit tonitruant attira mon attention. Une moto rutilante et aux couleurs criardes surgit subitement dans la petite rue tranquille puis vint s'arrêter dans un crissement de pneus, à *ça* du bout de mes chaussures.

Rome Archer avait toujours adoré les Harley bruyantes et conçues pour impressionner leur monde. Et ses deux enfants aimaient rouler sur des bécanes qui allaient à fond la caisse et flirter avec le danger. Je me souvenais très bien de la trouille que j'avais eue quand Remy avait demandé à Zowen de lui apprendre à conduire sa moto de cross, une vieille épave qu'il avait reçue pour ses treize ans. Laisser Zowen être le seul à s'amuser ? Même pas en rêve ! La grande différence, c'est que son frère était parfaitement conscient des risques. Elle, beaucoup moins. La moto qui venait de surgir appartenait à Zowen, c'était sûr et certain. Mais dans mon esprit il n'y avait aucun doute : la personne à l'allure gracile qui était au guidon, c'était Remy. La suite me donna raison. Le viseur du casque noir se releva et je fus aussitôt cloué sur place par une paire d'yeux qui semblaient hésiter entre le bleu et le noisette. Le rembourrage à l'intérieur du casque masquait une bonne partie de son visage. Mais une chose était sûre : elle ne souriait pas. Elle n'avait pas non plus l'air particulièrement heureuse de me voir. Les rares fois où nous nous étions croisés depuis la nuit de mon départ, l'ambiance n'avait pas été très détendue. Et, manifestement, ce jour-ci ne risquait pas de marquer une exception. Débordait-elle d'envie de me souhaiter la bienvenue ou de me présenter ses vœux ? Pas vraiment, non…

Elle coupa le moteur de la moto et releva le bas de son casque.

— Le fils prodigue est de retour.

Nous échangeâmes un regard appuyé et rempli de tension, le temps que je me creuse la tête. Qu'est-ce que je pouvais bien dire ?

— La fille prodigue aussi.

Voilà, je n'avais pas trouvé mieux.

Les sourcils de Remy se froncèrent brièvement. Puis elle se retourna pour sortir une peluche rose bonbon de son sac à dos en cuir noir.

— Je n'avais pas envie de venir gâcher ta petite fête, mais je n'avais pas non plus envie d'être la seule connasse à ne pas te féliciter pour ta petite. Et puis je voulais te présenter mes condoléances.

Elle me passa l'animal en peluche avant d'esquisser un sourire en coin.

— Je détestais tout ce qui était doux et rose, quand j'étais petite. Je préférais vos camions et vos briques de construction. D'ailleurs, quand elle sera un peu plus grande, si elle a envie d'avoir des jouets avec des roues, fais-moi signe.

Remy redressa son corps mince, la main sur le contact. De l'autre, elle remit son casque. Aussitôt, je compris qu'elle allait repartir aussi vite qu'elle était venue.

Elle était passée me voir en coup de vent, mais je l'avais bien cherché. Après tout, n'était-ce pas de cette façon que je lui avais fait mes adieux après des années et des années d'amitié ?

Sans réfléchir une seule seconde, j'attrapai le bas de son casque. Le bout de mes doigts frôla la peau douce de son menton à la courbe si délicate. Et de ses yeux à la couleur si particulière, elle me foudroya littéralement sur place.

— Tu n'es pas obligée de partir, Remy. Tu as le droit d'entrer et de faire la connaissance de la petite. Tout le monde est là. Ça va bien se passer.

J'étais à *ça* de lui dire que je voulais la voir rester et que ses condoléances ne servaient à rien. Et pour cause : je devais encore affronter le fait que j'avais perdu la mère de mon enfant. Malheureusement, les mots ne réussirent pas à sortir. L'avertissement de mon père résonnait encore très nettement dans ma tête,

Remy leva sa main fine pour écarter la mienne. Les doigts posés sur la visière relevée, elle me dit :

— Aujourd'hui, c'est un moment de joie. Mais quand on est tous les deux dans la même pièce…

Elle secoua sa tête casquée.

— Quand on est tous les deux dans la même pièce, personne ne semble très à l'aise. Ce serait une mauvaise idée que je vienne, alors j'y vais.

Pas faux. Chaque fois que nous nous retrouvions ensemble au même endroit, les gens nous regardaient comme s'ils s'attendaient à ce qu'une bombe explose ou que le monde entier s'écroule. Les gens qui nous aimaient savaient que nous avions bien failli nous détruire, dans notre jeunesse. Et personne n'avait envie que cela se reproduise.

Malgré tout, je ne pus m'empêcher de lui demander :

— Une mauvaise idée ? Depuis quand tu te préoccupes de ce genre de choses ?

En général, plus une idée était foireuse, plus elle la trouvait séduisante. J'avais toujours envié sa capacité à prendre des risques, sans avoir peur, sans hésiter.

— En temps normal, les mauvaises idées, je ne suis jamais contre. Mais dès que ça te concerne… je manque d'y laisser ma peau.

Et sur cette phrase finale, elle referma sa visière fumée et se pencha sur sa bécane, avant de partir en trombe comme si elle participait à un Grand Prix.

Je regardai la peluche puis l'endroit où se tenait Remy une seconde plus tôt. J'avais bien fait de ne pas répondre quand mon père m'avait dit de garder mes distances. Car j'étais certain d'une chose : maintenant que je l'avais vue, je n'en serais plus capable.

3

Remy

— Mais comment ai-je fait pour deviner que je tomberais sur la seule autre rabat-joie du quartier ici ?

C'est à peine si ma cousine Daire tourna la tête vers moi quand je me plantai sur la balançoire à côté de celle qu'elle faisait à peine bouger du bout des pieds, d'avant en arrière. Ses grosses bottes noires étaient recouvertes d'une couche de poussière, signe qu'elle avait passé un bon moment sur ce terrain de jeux pas loin de chez elle. Ses cheveux, d'un blond si clair qu'ils semblaient presque blancs, étaient rassemblés en une queue-de-cheval qui n'avait pas vu une brosse depuis une semaine, manifestement. Elle avait des cernes noirs sous ses yeux d'un vert intense, et cela faisait au moins deux voire trois jours qu'elle portait les mêmes vêtements. Elle tirait la tronche. Pas surprenant, étant donné la sale période qu'elle traversait. Voir son frère frôler la mort sous ses propres yeux, vous parlez d'un truc horrible… Ry avait de la chance de s'en être sorti. Dans un sale état, certes, mais il s'en remettrait. Les quatre autres personnes impliquées dans l'accident ne pourraient hélas pas en dire autant. Et j'étais prête à parier que Daire était confrontée à des épisodes de stress post-traumatique ainsi qu'à la culpabilité du survivant. Il fallait que des professionnels lui viennent en aide.

Le voilà, l'intérêt d'avoir le cerveau qui fonctionne bizarrement. Ça vous rend particulièrement sensible aux autres, à commencer par vos proches et par les gens qui traversent peut-être les mêmes épreuves que vous. Plus d'une fois, j'avais dit à ma cousine de prendre rendez-vous avec ma thérapeute. Cette femme m'avait sauvé la vie quand j'étais au fond du trou, vraiment. Et elle m'avait aidée à devenir la femme que j'étais devenue. À la comprendre, aussi. Même quand je traversais le pays en long et en large sans but précis, chaque semaine, je m'arrangeais toujours pour la contacter, le temps d'une séance. Et ça me faisait un bien fou ! Au moins, je gardais un point d'ancrage. Et tant pis si je faisais ça par téléphone ou en visio.

Malheureusement, Daire était encore trop en colère pour trouver le moyen de tourner la page. Au lieu de ça, elle consacrait toute son énergie à rejeter la faute sur son frère aîné, sur ma meilleure amie, sur ses parents et toutes les autres personnes responsables de son état. Enfin, selon elle. Elle voulait se mettre plus bas que terre, tout ça pour se punir d'avoir appelé son frère au secours la nuit de l'accident et, bien malgré elle, de l'avoir privé de sa carrière de footballeur.

Les yeux d'un vert intense de Daire se plantèrent dans les miens. Il n'y a pas si longtemps, ce regard se serait illuminé comme une enseigne lumineuse en me voyant débarquer. Au sein de toute la famille Archer, c'était elle qui me ressemblait le plus. Son tempérament de casse-cou un poil trop aventureuse lui avait déjà joué des tours. Elle n'avait pas froid aux yeux et elle ne se laissait pas marcher sur les pieds, tout comme moi. Et elle n'avait jamais eu peur de dire le fond de sa pensée ou d'obtenir ce qu'elle voulait. Je l'avais toujours trouvée plus équilibrée que moi parce qu'elle n'avait jamais été aussi raide dingue, aussi obsédée par un mec. Au bout du compte, nous avions le cerveau en vrac, mais différemment. C'était dur de la voir sombrer à ce point. Cela me faisait considérer d'un autre œil ce qu'avaient dû subir mes amis et ma famille quand j'étais dans une spirale négative.

Une fois posée sur la balançoire vide à côté d'elle, j'enroulai mes mains autour de ses chaînes chaudes puis regardai fixement Daire jusqu'à ce que je l'entende grogner :

— C'est ma mère qui t'a demandé de venir me surveiller ?

J'ai secoué la tête et mis en mouvement la balançoire à l'aide de mes pieds.

— Non, je n'ai pas échangé avec tante Shaw aujourd'hui. J'ai compris que tu serais la seule personne de toute la ville à ne pas assister à cette fameuse fête pour accueillir Hyde et sa fille. Je te rappelle que je t'ai envoyé un texto pour te proposer de faire un truc, puisque tout le monde serait là-bas. Mais tu n'as pas répondu. Et je suis têtue, tu sais bien. Alors me voilà.

Je penchai la tête en arrière et levai mes yeux vers le ciel. Ça commençait à se couvrir, les épais nuages blancs laissaient la place à des nuages d'un gris sombre, plus denses. Il allait pleuvoir. Le temps serait un peu plus en phase avec mon humeur. Auparavant, voir Hyde Fuller suffisait à me remplir de joie. Et à présent je ressentais quoi quand je le regardais ? Difficile à dire, mais ce n'était certainement pas du bonheur.

— Tu as résisté à l'envie d'aller baver d'admiration devant l'homme de tes rêves maintenant qu'il est de retour ? Ça ne te ressemble pas de te mettre des barrières pareilles.

Daire continua de se balancer, mais elle ne me lâchait pas des yeux tandis que je passais devant elle à intervalles réguliers.

Elle essayait de me chercher des poux dans la tête, mais qu'elle ne compte pas sur moi pour entrer dans son jeu ! Un autre signe que je n'étais plus la gamine capricieuse et impulsive qui croyait que l'univers entier tournait autour d'elle. En plus, ce n'était pas comme si elle racontait n'importe quoi. En règle générale, me mettre des barrières n'était pas mon fort, non. Mais dès qu'il s'agissait de Hyde…

— Je l'ai vu en coup de vent. J'avais apporté un cadeau pour la petite. En plus de sembler bizarre, ça aurait déclenché un drame si je n'étais pas venue. Du coup, j'ai fait le minimum syndical.

Et je n'étais pas mécontente de mon choix. Pas question de penser au temps que j'avais passé à me triturer le cerveau pour savoir si je devais y aller ou pas. Pas question non plus d'admettre que choisir cette peluche à la noix m'avait filé des maux de tête. Surtout qu'elle risquait fort d'être balancée dans un coin et vite oubliée. Mais qui sait ? Ce cadeau laisserait peut-être une trace dans la vie de cette petite.

— Je savais que je le croiserais tôt ou tard. Du coup, j'ai préféré crever l'abcès au plus vite.

— Et donc, c'était chelou de voir Hyde avec un bébé ?

Daire avait posé la question d'un ton neutre, mais la dernière fois que je l'avais vue aussi impliquée ou intéressée, c'était avant l'accident.

— Il est bien plus âgé que Ry et moi, ajouta-t-elle, mais je me souviens encore de Hyde comme du gars qui nous surveillait quand nos parents sortaient. Alors j'ai un peu de mal à l'imaginer papa.

Je laissai échapper un bref soupir avant d'éclater de rire. Je me penchai tellement en arrière que mes cheveux frôlèrent le sol.

— S'il a toujours été de corvée de baby-sitting, c'est uniquement parce qu'on ne pouvait vraiment pas me faire confiance. C'était dur de se marrer avec lui. Alors qu'avec moi…

Je fis traîner un pied pour freiner et tournai la tête vers ma cousine.

— Il approche de la trentaine. Quelque part, ce serait encore plus bizarre qu'il n'ait pas une situation stable et des enfants à ce moment de sa vie. Il a eu plus de mal à trouver son chemin que la plupart des mecs de son âge, c'est tout. Visiblement, c'est toujours de cette façon que ça marche, chez les Fuller.

— Il approche de la trentaine, d'accord. Mais toi aussi.

Les sourcils clairs de Daire se levèrent d'un air provocateur. Une fois de plus, je fus obligée de me rappeler à l'ordre. *Surtout, ne pas la laisser me mettre en rogne.* Elle cherchait un prétexte pour qu'on s'engueule, ça crevait les yeux. Mais sa pique m'était passée bien au-dessus de la tête. Je n'avais jamais été une cible facile, elle aurait dû le savoir…

— Il serait peut-être temps que tu commences à te comporter comme une adulte, une vraie ?

— C'est quoi, une *vraie* adulte ? Quelqu'un qui paye des impôts et qui va bosser tous les jours ? Quelqu'un qui prépare les repas et qui trie son linge sale ? Quelqu'un qui n'oublie pas de fermer la porte à clé et de prendre un ticket de stationnement ? Je fais tout ça, mais je ne suis pas devenue chiante pour autant. Être adulte, ça ne veut pas dire arrêter d'être qui on est ou oublier les choses qu'on aime dans la vie. Je ne suis pas une adulte comme les autres, c'est tout.

Je posai une main sur son épaule pour la pousser. La balançoire partit sur le côté. Mais, comme Daire oublia de freiner quand elle revint dans l'autre sens, elle me rentra dedans, à pleine vitesse. Ouille…

— Je suis la seule adulte de ton entourage qui soit passée par ce que tu vis en ce moment, Daire. La seule qui comprend ce que tu traverses, si précisément que c'en est douloureux, même. Je suis là si tu as besoin de quoi que ce soit. Et quand tu seras prête à résoudre ce qui ne va pas, je ne te jugerai absolument pas.

Daire se souleva de la balançoire et se releva d'un bond. Les mains plongées dans les poches de son jean sale, elle laissa son regard flotter sur le terrain de jeux qui s'ouvrait devant elle. Soudain, un grondement de tonnerre résonna bruyamment dans le ciel, j'en eus la chair de poule. On aurait dit que la nature avait deviné notre humeur et qu'elle avait décidé de se mettre au diapason.

Pile au moment où j'avais le nez en l'air, une goutte de pluie atterrit dessus. D'instinct, je secouai la tête pour la chasser tandis que Daire grommelait :

— C'est bon, je vais bien. Tout va bien. J'aimerais que tout le monde arrête de faire comme si quelque chose allait de travers chez moi. Ça m'énerve que Ry ait décidé de partir pour une autre fille, et alors ? Ils auraient pu se séparer du jour au lendemain. Et puis ce n'est pas comme si Bowe avait été particulièrement sympa avec lui. Il était bien mieux avec Aston.

En entendant ma cousine renifler, je la regardai passer le dos de sa main sous son nez. On aurait pu croire qu'elle allait se briser en mille morceaux d'une seconde à l'autre. Je me levai à mon tour. Brusquement, le ciel nous tomba sur la tête. En un rien de temps, je me retrouvai trempée. Je me rapprochai de ma cousine. À l'évidence, elle tremblait, les bras refermés autour d'elle. Je savais ce que c'était, cette envie de se raccrocher physiquement à soi-même. Je savais aussi à quel point c'était dur d'appeler à l'aide alors qu'il y avait tant de douleur à contenir entre ses bras.

Je serrai fort Daire contre moi. La scène devait être curieuse, vue de l'extérieur : je faisais une tête de moins qu'elle et nous étions toutes les deux trempées jusqu'aux os, avec nos vêtements qui nous collaient à la peau. Il continuait de tomber des cordes.

— Je n'ai pas dit que quelque chose allait de travers chez toi et qu'il fallait le résoudre. J'ai dit que j'étais prête à t'aider à résoudre ce qui ne tournait pas rond dans ta vie en ce moment. Ton esprit n'est pas une entité abstraite, au contraire. Il peut souffrir et même finir en miettes, surtout après un trauma comme celui que tu as subi. Mais il peut aller mieux, aussi.

Je resserrai mon étreinte malgré ses efforts pour s'écarter. Et d'un ton sérieux, je lui dis :

— Tu as le droit d'en vouloir à Ry pour la raison que tu veux, tant qu'elle te paraît légitime. Tu as le droit d'avoir les boules parce qu'il t'a abandonnée ici alors que tu as besoin de lui. Tu as même le droit de lui reprocher d'avoir choisi une vie qui le rapproche de la fille qui lui plaît mais qui l'éloigne de toi. Si c'est ce que tu souhaites… Mais, au bout du compte, rien de tout ça ne t'aidera à te sentir mieux. Ça va te faire vriller, de plus en plus. Tu vas trouver d'autres raisons de pousser les gens qui t'aiment à partir. Tu vas te convaincre que tu te débrouilles bien mieux toute seule car personne ne te comprend. Mais c'est faux. Moi, je te comprends, et si tu penses que je te laisserai suivre le même chemin que moi sans réagir, permets-moi de te dire que tu te goures méchamment.

À force de se tortiller, Daire parvint enfin à se dégager, en grande partie parce que nous étions toutes les deux trempées. Mais elle ne s'enfuit pas une fois libérée. Non, elle me regarda. Et, dans ses yeux clairs, je vis très nettement le combat intérieur qui l'animait.

Elle laissa échapper un soupir et m'observa de la tête aux pieds.

— Tu ressembles à un caniche mouillé.

J'écartai les mèches de cheveux dégoulinantes qui couvraient mon visage et éclatai de rire.

— Et toi, tu as l'air d'une princesse de conte de fées qui serait passée sous un rouleau compresseur. Sérieux, tu devrais prendre une douche et te passer un bon coup de brosse dans les cheveux. Si ça te suffit amplement pour aujourd'hui, si faire plus te semble trop dur, pas de problème. Fais ce dont tu te sens capable, point. Je t'aiderai.

Je balayai du regard le terrain de jeux désormais détrempé pour repérer l'endroit où j'avais garé l'une des motos les moins flippantes de mon frère. J'étais une bonne conductrice, maîtriser cette bécane était largement dans mes cordes. Mais sous une pluie pareille… Heureusement que la maison de mon oncle et de ma tante n'était pas loin. Heureusement aussi que Daire n'était pas partie pour la fac au début de l'automne, comme elle l'avait initialement prévu. Vu son état actuel, on aurait couru droit au désastre !

Mon bras toujours passé autour d'elle – même si ce n'était pas une mince affaire vu notre différence de taille –, nous nous mîmes à marcher vers chez elle, sans un mot. Mais, alors que nous approchions de la porte d'entrée, Daire s'arrêta brusquement et me dévisagea d'un air sérieux. On devinait davantage de tristesse qu'à l'accoutumée dans son regard, mais je n'avais plus l'impression que ses yeux essayaient de planter des poignards au fond de mon âme.

— Ça t'a fait quoi, en vrai ? De voir Hyde et le bébé. D'accord, tu l'avais croisé certaines fois où il était rentré à Denver, mais tu savais qu'il risquait de partir incessamment sous peu. C'était forcément différent, cette fois-ci.

Je laissai échapper un profond soupir et posai la joue sur l'épaule humide de ma cousine.

— C'était différent, oui. Bon, hormis un tas de trucs roses avec des rubans partout et une banderole avec le prénom de la petite écrit dessus, je n'ai pas vu grand-chose. Hyde n'est plus le même. Un peu comme toi. C'est le portrait d'un type à qui la vie n'a pas fait de cadeaux. Il a maigri et on a presque l'impression qu'il pourrait craquer d'une seconde à l'autre. Il en a pas mal bavé, ça se voit.

Ses yeux rougis et gonflés continuaient de hanter mon esprit. De quoi me rappeler sans ambiguïté qu'il venait tout récemment de perdre la femme qu'il aimait. Il ne s'adaptait pas simplement à sa nouvelle vie de parent, il pleurait aussi la perte d'un être cher.

À nouveau, je poussai un soupir tandis que Daire ouvrait la porte d'entrée.

— Malgré tout, il est encore d'une beauté invraisemblable. Tout le monde a des jours sans, mais pas lui.

Hyde avait des pommettes hautes et une bouche charnue à l'air légèrement boudeuse. Il semblait toujours prêt à vous embrasser fougueusement. Tant mieux, parce qu'il ne souriait pas beaucoup. Cette bouche, c'était ce qu'il y avait de plus épanoui, de plus doux chez lui. Tout le reste était anguleux et marqué. Une apparence parfaitement en phase avec son sérieux frappant. Il avait des yeux verts d'une intensité folle sous des épais sourcils. Et même avec les cheveux coupés très court, il avait l'air cool et stylé. Au lieu d'avoir le teint constamment bronzé de son père, Hyde était plus pâle. Ces longues années passées dans l'armée ne lui avaient pas donné une carrure de déménageur : il avait gardé son allure fine et élancée. Il n'avait pas l'air spécialement costaud au premier regard, mais il suffisait de passer un peu de temps avec lui pour deviner qu'il avait des nerfs d'acier et que son cœur était entouré d'une carapace à toute épreuve.

À mes yeux, il avait toujours été le plus beau garçon du monde. Et désormais il était devenu un homme d'une beauté sidérante. Ses traits avaient bien vieilli. Pourvu que le reste ait suivi le même chemin.

Daire eut un petit rire et se dégagea.

— Il a toujours été un beau gosse ultra-ténébreux. Quand j'étais plus jeune, j'étais carrément à fond sur lui. Mais je ne te l'ai jamais dit, ça ne t'aurait sûrement pas fait plaisir.

Avec un soupir agacé, je la poussai à l'intérieur de la maison.

— J'aurais carrément pété un câble, oui ! J'aurais même pu t'en vouloir à mort, sans motif. Je vivais hors de la réalité, en ce temps-là.

Raison pour laquelle j'étais la mieux placée pour aider Daire à aller mieux mentalement. Ce chemin-là était semé d'embûches.

— Aujourd'hui, je suis assez lucide pour te dire de craquer sur quelqu'un d'autre. Hyde est trop vieux pour toi et ce n'est pas la peine d'ajouter les problèmes des autres à tes propres problèmes. Je peux être rationnelle et raisonnable, ça m'arrive.

— Les mecs, ça crée un peu trop d'emmerdes à mon goût. Je ne compte pas devenir dingue de quelqu'un avant un bon bout de temps. Et puis comme tu dis, qui voudrait passer du temps avec moi ? C'est à peine si je suis capable de me laver les cheveux…

Je me plantai devant ma cousine et posai les mains sur ses épaules. Doucement, je la secouai pour qu'elle me regarde dans les yeux. Il m'arrivait rarement d'être sérieuse, mais quand je l'étais on ne pouvait pas se tromper.

— Moi, je serai toujours partante pour sortir avec toi. Je me fiche que tu sois coiffée n'importe comment ou que tu tailles des costards à tout le monde, même si c'est injuste. J'encaisserai tout ce que tu balanceras et je reviendrai à la charge, même. Mais crois-moi, je ne serai pas la seule. Je suis sûre et certaine que ton frère serait prêt à tout lâcher, même Bowe, si tu osais lui avouer que tu as besoin de lui. Tu n'es pas toute seule. Même si tu as envie de l'être. Même si tu as cette impression, indépendamment du fait que je suis devant toi. Je te le répéterai tous les jours, tout le temps, si c'est ce qu'il faut pour que tu me croies.

La lèvre inférieure de Daire se mit à trembler. Et, comme ses yeux s'embuaient, elle battit des paupières pour refouler ses larmes. Au lieu de craquer devant moi, elle renifla bruyamment et murmura :

— Je vais prendre une douche. En attendant, trouve-toi des fringues sèches pour te changer.

Daire renifla à nouveau et s'obligea à sourire avant de me lancer d'un ton moqueur :

— Rien ne t'ira, vu ta taille de nain de jardin, mais c'est mieux que de rester avec des vêtements mouillés.

Je lui donnai un petit coup de pied dans le derrière pour qu'elle file à la salle de bains – je faisais souvent ça avec mon petit frère. Dès que j'entendis l'eau couler, j'allai boire un truc dans la cuisine et sortis mon portable.

Ma tante Shaw ne m'avait pas demandé de passer voir ma cousine aujourd'hui. Donc, je n'avais pas menti ! En revanche, Daire ne m'avait pas demandé si son père m'avait écrit pendant la journée. Mon oncle Rule était un chic type. Dans ma jeunesse, j'avais le sentiment que j'aurais pu être sa fille. Mon père était calme, posé, il gardait la tête froide en toutes circonstances. Décrypter ses émotions n'était pas évident. Oncle Rule, c'était tout l'inverse. Il était du genre sanguin. Avec lui, on savait toujours à quoi s'en tenir. Il était d'une honnêteté presque excessive, qui pouvait facilement passer pour de la grossièreté. Plus d'une fois, j'avais entendu mon père dire que son frère cadet n'avait pas été facile à vivre à l'adolescence.

Ça aussi, je l'avais souvent entendu à mon égard.

J'étais toujours… trop quelque chose. Trop intense.

Trop bruyante.

Trop heureuse.

Trop énervée.

Trop emportée.

Je ne remplacerais mon père pour rien au monde. Mais une chose était sûre : bien des fois, il ne m'avait pas comprise. Tout comme il n'avait pas compris ce que je traversais, malgré ses efforts.

L'oiseau est de retour au nid. Elle prend une douche, je vais essayer de lui faire avaler un morceau. Je reste avec elle jusqu'à votre retour.

Et hop ! Le temps d'envoyer mon texto à oncle Rule, je jetai un coup d'œil dans le frigo. Avec ce qu'il y avait dedans, j'arriverais peut-être à préparer un casse-croûte. Moi qui m'en remettais souvent aux applis de livraison de repas… Mon portable vibra presque aussitôt après.

Tu es la meilleure, Remy. Merci de t'occuper d'elle.

Je répondis le plus sincèrement du monde.

C'est ma cousine, je l'aime. Je n'ai pas envie qu'elle finisse comme moi.

Je sortis un soda et de quoi préparer des sandwichs vite fait. Je fus presque étonnée d'entendre mon portable vibrer à nouveau. Tiens, encore un message.

Et alors, si elle te ressemble, où est le mal, Rem ? Tu es l'une des personnes auxquelles je tiens le plus sur cette Terre. Et elle, pareil. Des tas de gens iraient nettement mieux s'ils prenaient modèle sur vous.

Un grand sourire s'étira sur mon visage et je refermai le frigo du bout du pied.

Voilà exactement ce que j'essayais de dire à Daire. Qu'importe si son esprit la rabaissait en permanence. Qu'importe si son cerveau faisait tout pour la convaincre qu'elle méritait de souffrir. Il y aurait toujours quelqu'un pour l'aimer en dehors de cette bulle toxique. Il y aurait toujours quelqu'un pour lui rappeler qu'elle était très bien comme elle était, avec ses qualités et ses défauts. La petite subtilité, c'était de faire en sorte que ces voix couvrent celles qui résonnaient dans sa tête.

4

Hyde

— Je commençais à me demander si tu allais t'arrêter de pleurer, ma puce.

J'avais eu beau chuchoter, je sursautai presque en entendant résonner ma voix dans la chambre grise et jaune. Une idée de ma mère. Il n'y avait pas à dire, elle touchait sa bille en matière de déco. Après cette indigestion de rose pour la fête en l'honneur de notre arrivée, j'avais pris peur. Pourvu que la nouvelle chambre de Hollyn ne ressemble pas à l'intérieur d'une maison de poupée, sans quoi c'était la migraine assurée ! J'imaginais d'ici un supplice visuel que je m'empresserais d'effacer dès le lendemain. Mais non, la chambre avait été agencée avec goût, dans des tons qui me convenaient tout en gardant une touche douce et féminine. Tant mieux, en un sens, car je risquais bien de passer le plus clair de mon temps dans cette pièce en attendant que la petite se décide à dormir jusqu'au lendemain.

J'avais tout juste réussi à déballer l'essentiel dans le reste de la maison. En revanche, pas moyen de dormir dans la chambre parentale, à l'autre bout du couloir. Et pas seulement parce que la petite me réveillait toutes les heures dès qu'elle se mettait à pleurer. Je me rejouais le film de tout ce qui m'avait fait revenir à Denver. Et, maintenant que j'avais revu Remy, je me rejouais surtout le film de tout ce qui m'avait conduit loin d'ici. Manifestement, dès qu'une femme prenait de la place dans ma vie, d'une manière ou d'une autre, j'étais condamné à tout faire foirer.

Je n'avais pas su offrir à Remy l'amour dont elle rêvait… Non, l'amour dont elle *avait besoin* quand j'étais plus jeune. Je n'avais pas su comment faire. De la même manière, je n'avais pas su être présent physiquement pour la mère de Hollyn à cause de mon métier de soldat et de l'énergie que j'y consacrais. Pas question que ça se reproduise avec la petite qui avait enfin réussi par s'endormir après avoir pleuré toutes les larmes de son corps, bien installée dans son joli berceau blanc. Un jour, j'aurais à lui parler de ce qui s'est passé entre sa mère et moi. Je lui expliquerais pourquoi, comme moi, elle portait le nom de famille d'une absente. Je savais très bien ce que c'était de grandir en se posant des questions sur la personne qui vous a donné le jour. Est-ce que je lui ressemble ? Est-ce qu'on a le même caractère ? Est-ce qu'elle m'aurait donné naissance, si c'était à refaire ? Est-ce qu'elle m'aurait aimé ? Est-ce qu'elle aurait été fière de moi ? Ma vie serait-elle différente si elle était encore de ce monde ? Oui, j'avais des parents qui m'avait tout donné et qui m'aimaient de tout leur cœur, mais peu importe : ces interrogations me hantaient et je souffrais encore d'avoir perdu la femme dont je n'avais quasiment aucun souvenir car j'étais trop jeune et que je n'avais jamais eu la chance de connaître.

Je poussai un profond soupir et me laissai tomber par terre, adossé au berceau. La chambre était plongée dans la pénombre. La seule lumière provenait d'une veilleuse en forme d'éléphant, à l'autre bout de la pièce. Je fermai les yeux. La paume de mes mains sur mes paupières, je les frottai comme un malade. Le manque de sommeil commençait à se faire sentir. Ce que j'avais été bête de ne pas dire oui à ma mère quand elle m'avait proposé de rester ici quelques jours, le temps qu'on s'acclimate à notre nouvel environnement, Hollyn et moi. La petite était très remuante et j'essayais constamment de ne pas surinterpréter ses crises de larmes. Dès qu'elle se mettait à hurler à pleins poumons et que son petit visage devenait tout rouge, je me lançais dans la liste de tous les soucis qu'elle pouvait avoir. Je devais toujours me retenir de foncer aux urgences. Heureusement, mes proches m'épaulaient et n'avaient aucun mal à me calmer dès que je stressais trop.

Ma mère s'était arrangée pour faire mon lit et sortir des cartons ma garde-robe ainsi que celle du bébé. Ma tante, elle, avait veillé à ce que le frigo soit rempli de bons petits plats, je n'avais plus qu'à les passer deux minutes au micro-ondes pour les réchauffer. J'étais décidé à être aux petits soins pour Hollyn, dans la mesure du possible. Mais j'aurais besoin d'aide en cours de route, aucun doute là-dessus. Il fallait que je réfléchisse à ma façon de m'organiser quand il serait temps pour moi de commencer mon nouveau job – ce qui me permettrait de dormir plus de vingt minutes d'affilée. Mes proches étaient top, mais je n'avais aucune envie qu'ils mettent leurs vies entre parenthèses pour s'occuper du bébé et de moi. C'était à moi de veiller sur Hollyn, c'était à moi de faire en sorte qu'elle ne manque de rien, même en mon absence.

La simple idée d'embaucher une nounou ou une jeune fille au pair n'était pas pour me rassurer. Elle me retournait l'estomac, même. Laisser une personne étrangère s'occuper de celle à qui je tenais comme à la prunelle de mes yeux ? Je devrais lui faire confiance pour être là quoi qu'il arrive et croire qu'elle ferait passer les besoins de Hollyn avant tout le reste. Une perspective assez vertigineuse, il faut le dire. Et j'étais à bout. J'avais l'impression de ne pas pouvoir réfléchir normalement. La moindre prise de décision me plongeait dans le doute.

Après m'être relevé, je quittai la chambre de la petite et récupérai mon portable là où je l'avais lâché quand j'avais couru voir pourquoi Hollyn était si agitée. Je tapai le coin de l'appareil contre mon front. En règle générale, c'est vers mon père que je me tournais quand un problème me semblait insoluble. Depuis toujours, c'était lui, la voix de la raison. Des amis, je n'en avais pas des masses, hormis les quelques personnes avec qui j'avais grandi, comme Remy, les autres Archer, ma cousine Joss, aussi. Il y avait également eu les deux, trois types avec qui je m'étais plutôt bien entendu dans les différentes unités où j'avais été affecté. Mais ils n'étaient pas devenus de vrais amis. Enfin, ça, c'était avant que j'aille en Géorgie. Là-bas, j'avais fait la connaissance d'un jeune gars qui s'était enrôlé sans véritable envie de servir le pays, mais parce qu'il était dans l'impasse. C'était le fils d'un officier de police tué dans l'exercice de ses fonctions. Nous étions liés par la douleur d'avoir perdu l'un de nos deux parents dans des circonstances tragiques. Le fait que je sois du genre taiseux et réservé n'avait pas l'air de le déranger. Et manifestement il se fichait que je n'aime pas trop m'amuser ou faire le con, comme la plupart des jeunes soldats. Il ne me forçait pas à parler de mon passé ou à avouer pourquoi j'avais constamment l'air si sérieux. Et ça me faisait un bien fou. C'était mon meilleur pote et je lui ai montré cette part d'ombre que je n'avais jamais montrée qu'à Remy. Mais, pour une fois que j'osais faire un tant soit peu confiance à quelqu'un, qu'est-ce que ça m'a rapporté ? J'ai été trompé, trahi. Et ça me rongerait jusqu'à la fin des temps. Ce n'était pas de moi que ce mec voulait se rapprocher, mais de la mère de Hollyn, depuis le début ! Il n'avait rien lâché. Et ça avait fini par marcher.

Si j'avais été plus enclin à pardonner, j'aurais presque admirer son acharnement et sa persévérance. *Presque.*

Comme il était trop tard, je n'avais pas pu appeler mon père. Il se levait aux aurores pour aller bosser. Un coup de fil à cette heure, et maman et lui paniqueraient direct. Et ils fonceraient à la maison avant que j'aie le temps de dire un mot. Ma cousine Joss, sinon ? Elle était mariée et avait deux enfants. Elle décrocherait certainement si je lui téléphonais, mais ça réveillerait tout le monde… Non, la seule personne qui ne flipperait pas en voyant mon nom apparaître sur l'écran de son portable aux alentours de minuit, c'était ma tante Echo. Vu que mon oncle Benny et elle s'étaient mis en quatre pour moi, ces derniers temps, je ne comptais pas la déranger de sitôt. Surtout si j'essayais de convaincre les uns et les autres que j'avais la situation bien en main.

Il y avait aussi cette petite voix dans un coin de ma tête. Tout le monde attendait que je me plante, voilà ce qu'elle me criait en permanence. Au moindre faux pas, on me priverait de Hollyn ! C'était du pur délire, j'en étais conscient, mais il était tard, j'étais littéralement claqué et cette voix idiote avait l'air sûre de son fait.

Je n'avais donc plus qu'une solution. Joindre Remy.

J'aurais dû oublier son numéro après ces longues années et tous ces événements dramatiques. Mais j'avais eu beau changer plusieurs fois de téléphone et de coordonnées, Remy était toujours dans mon répertoire. C'était comme avoir un gilet de sauvetage à portée de main. Ça me réconfortait, peu importe l'endroit du monde où je me trouvais, peu importe ce que je faisais. Mais c'était comme jouer avec le feu, aussi. Plus d'une fois, l'alcool m'avait fait composer son numéro et je m'en étais mordu les doigts dès le lendemain. Heureusement, elle n'avait jamais décroché, jamais rappelé.

À l'époque de mon départ précipité, elle m'avait appelé non-stop dès l'instant où elle était sortie de son séjour forcé en psychiatrie. Parfois plusieurs centaines de fois en une journée. Elle me laissait des messages d'insulte où elle me traitait de tous les noms possibles et imaginables. Elle m'écrivait des paragraphes entiers où elle me suppliait d'accepter de lui parler et de rentrer. Elle n'y allait pas de main morte, comme toujours… Et puis, sans crier gare, plus rien. Du jour au lendemain, elle avait pour ainsi dire disparu de la surface de la Terre et n'avait plus donné de nouvelles. Ça pour un coup de théâtre… Ça m'avait tellement inquiété que j'avais écrit à son frère pour m'assurer qu'il n'y avait rien de grave. La réponse de Zowen avait été sans ambiguïté : il valait mieux que j'oublie le numéro de Remy et que je n'essaye plus jamais de la recontacter. Pour le reste, elle allait bien. Elle était en thérapie et tentait de trouver un cocktail de médocs qui l'aiderait à avoir une vie un peu moins compliquée. Elle avait coupé les ponts volontairement et n'avait pas envie que je m'immisce dans sa vie ou dans sa tranquillité d'esprit retrouvée.

J'aimerais pouvoir dire que j'avais assez de dignité pour respecter son souhait. Seulement voilà : à certains moments, j'avais terriblement besoin d'entendre le son de sa voix. Elle m'aidait à me recentrer. Elle me donnait l'impression que tout irait bien même si je me plantais royalement. Depuis mon enfance jusqu'à maintenant, c'était grâce à la voix de Remy que j'arrivais à y voir clair dans ma tête. J'aurais pu suivre son rire joyeux et son ton enjoué jusqu'au bout du monde, si nécessaire. Elle avait toujours été la lumière qui m'éclairait dans les ténèbres. Mon étoile polaire à moi. Et ce soir, j'avais besoin de l'entendre, même si ce n'était que sur son message de répondeur.

Je composai le numéro que je connaissais par cœur et retins ma respiration. À l'autre bout du fil, ça sonnait dans le vide, encore et encore. Il était tard et j'étais sûrement la dernière personne à qui elle avait envie de parler. Pas étonnant qu'elle ne s'empresse pas de me répondre. Honnêtement, je m'attendais à ce qu'elle me renvoie illico sur sa messagerie en voyant mon appel. Ça aurait été mieux que de l'entendre décrocher et demander, le souffle court :

— Allô, qui est à l'appareil ?

C'était uniquement ma faute si Remy n'avait pas mon numéro depuis que j'étais sorti de sa vie. Mais constater qu'elle n'avait jamais gardé un moyen de me contacter me faisait mal quand même.

— Salut, c'est Hyde. Désolé de te déranger à une heure pareille.

Ma propre voix me semblait rauque et étranglée. Celle d'un mec écrasé par la fatigue et le stress. Et secrètement, j'espérais que mon état lamentable me ferait marquer quelques points auprès de mon ancienne meilleure amie.

Elle me manquait. La voilà, la vérité. Je regrettais ses appels de minuit. De ne jamais savoir ce qu'elle allait inventer. Sa façon de me faire rire ou de me faire enrager. Ses sourires contagieux et son mauvais esprit. Les couleurs qu'elle mettait dans tout ce qu'elle faisait, l'attachement viscéral que lui inspirait tout ce qui la passionnait. Il m'arrivait même de regretter l'amour insensé qu'elle me portait et mes stratagèmes pour éviter ses avances qui me mettaient si mal à l'aise. Aux yeux de Remy, j'étais l'alpha et l'oméga de son existence. Qui d'autre aurait pu en dire autant ? Autant le reconnaître franchement : j'aurais été très touché par ses sentiments s'ils ne m'avaient pas fait flipper. Et si j'avais su quoi en faire.

— Hyde ? Tout va bien ? Pourquoi tu m'appelles ?

Elle avait l'air inquiète. Je l'entendis remuer sur son lit, comme si elle se relevait.

— Je vais bien. La petite aussi, c'est juste que…

Ma voix se brisa et je laissai ma tête tomber, le front posé sur mes genoux repliés.

— C'est juste que je suis vanné et je ne sais pas ce que je vais faire quand il sera temps de confier Hollyn à quelqu'un. Dans deux semaines, je reprends le boulot et… comment font les jeunes parents pour s'en sortir ? C'est épuisant.

— Pff…

Encore un bruit de tissu froissé. Suivi de celui d'un objet qui tombait par terre. Remy poussa un juron, je l'imaginais parfaitement en train d'écarter sa chevelure bouclée de son visage, l'air agacé.

— Le truc, ajoutai-je, c'est que je n'y connais strictement rien aux gosses. Je ne sais pas comment font les gens qui en ont. Ils ont l'air tellement fragiles.

Remy s'éclaircit la gorge et me dit d'attendre une seconde, le temps qu'elle aille se chercher un verre d'eau. Lorsqu'elle revint au bout du fil, elle paraissait avoir retrouvé du peps.

— Je suis sûre d'un truc. Quand quelque chose nous semble difficile, voire impossible à surmonter, c'est normal d'appeler à l'aide. Tu devrais peut-être commencer par là. Ce ne serait pas une mauvaise idée d'interroger quelqu'un qui a un bébé, ça te donnerait des solutions. Les parents ont besoin d'être amis avec d'autres parents pour demander conseil. Tourne-toi vers eux.

— Je n'ai pas envie de me faire de nouveaux amis.

Mes mots laissèrent percer sans doute trop d'amertume, j'étais vraiment à deux doigts de perdre le contrôle que j'exerçais d'une main de fer sur mes émotions, ces derniers temps.

— Me faire de nouveaux amis ne m'a pas spécialement réussi la dernière fois que je m'y suis essayé.

J'avais envie de lui avouer ce que j'avais sur le cœur. De m'épancher sur ce pote et sur cette petite amie que j'avais perdus. De lui dire à quel point c'était dur de faire son deuil alors qu'on est rongé par la trahison, à quel point c'est dur de se sentir prêt à pardonner. Parce que au bout du compte il fallait que Hollyn sache que sa mère était aussi une belle personne. En revanche, il était hors de question que je balance tout ça à Remy de but en blanc. Je n'avais pas le droit de lui parler à cœur ouvert comme avant.

— Oh. Eh bien, euh… interroge des professionnels. Contacte une puéricultrice ou une assistante maternelle. Ta mère avait forcément quelqu'un qui l'aidait quand tu étais petit, non ? Elle bossait comme une dingue quand vous vous êtes installés chez elle, ton père et toi. Mais regarde, ça a porté ses fruits. Tu t'en es bien sorti. Franchement pas, non. Mais je n'avais pas appelé Remy pour m'apitoyer sur mon sort. Non, si je l'avais appelée, c'était parce que j'avais besoin qu'on me dise que tout irait bien, quoi qu'il arrive. Même si ce n'était pas vrai.

— J'ai réellement du mal à me dire qu'un étranger viendra garder Hollyn en mon absence. Je ne m'imagine pas la laisser toute la journée seule avec quelqu'un que je ne connais pas. Je vais trouver des défauts à tout le monde, volontairement, tout ça pour m'éviter d'avoir à choisir. La possibilité de me gourer me fout la trouille, elle me paralyse littéralement. Ça me glace.

Je n'avais jamais eu aussi froid de ma vie.

— Ne fais pas tout, tout seul. Demande de l'aide. Charge tes parents de faire passer des entretiens d'embauche. Attends, encore mieux : charge ton oncle Benny de s'en occuper. Il est tellement flippant, tout le monde se tiendra à carreau avec lui. Contacte des entreprises qui bossent avec des assistantes maternelles. Vas-y doucement, au début. Petit à petit, ça t'incitera à laisser la petite seule avec quelqu'un. Honnêtement, si Daire n'avait pas eu un été à chier, je t'aurais conseillé de la solliciter, pour les premières semaines où tu reprendras le boulot. Elle sait y faire avec les gosses, et puis ça lui changerait les idées. Tout va bien se passer, Hyde. Tu l'as dit, c'est un problème que les parents qui travaillent doivent inévitablement gérer. Tu as de la chance d'avoir ta famille et tes amis autour de toi. Si tu étais encore en Géorgie, ce ne serait pas la même limonade.

Il avait suffi que Remy me dise ces mots pour que je respire à nouveau, comme par magie. J'aurais sans doute eu intérêt à grappiller quelques heures de sommeil tant que Hollyn dormait. Mais parler à Remy me faisait tellement de bien !

— Merci d'avoir décroché, je ne pensais pas que tu le ferais.

Elle soupira bruyamment, et j'entendis à nouveau bruisser ses draps.

— Si j'avais eu ton numéro dans mon répertoire, je ne l'aurais pas fait.

Je posai la main au centre de mon torse, à l'endroit précis où ses mots m'avaient transpercé, un coup de poignard en plein cœur.

— Ça m'a fait du bien de te parler, Remy. C'est bon d'entendre ta voix.

Ce son m'avait ramené à une époque où mon existence ne m'angoissait pas autant. En huit ans de service, aucun déploiement, aucune mission ne m'avait autant effrayé que ce moment où j'avais failli perdre ma fille qui venait de naître. J'avais beau me sentir entièrement responsable de ce qui était arrivé à Remy, la pression qui m'écrasait actuellement était bien plus forte. J'avais tout foiré avec quelqu'un qui m'aimait de tout son cœur. Je ne pouvais pas recommencer avec celle dont la vie m'avait fait cadeau.

Je m'apprêtais à souhaiter bonne nuit à Remy quand je l'entendis dire, tout bas :

— Te parler m'a foutue au fond du trou, Hyde. Ça me fait du mal d'entendre ta voix. Rends-moi service, s'il te plaît. Réfléchis-y à deux fois, la prochaine fois que tu auras une crise d'angoisse en pleine nuit.

Elle coupa court à la conversation. Sans même me laisser la possibilité de m'excuser. Une fois de plus, elle m'avait raccroché au nez.

Se sentir tout juste toléré par Remy était une chose, être aimé d'elle en était une autre. Il y avait même un gouffre entre les deux. Et à choisir, je préférais la deuxième option, inutile de le nier.

Mon ancienne meilleure amie avait refermé la porte de son cœur qui avait pourtant toujours été grande ouverte, prête à m'accueillir. Et, en ce moment même, j'étais dehors en train de frapper pour la supplier d'ouvrir. Bêtement, j'avais cru que tout pouvait redevenir comme avant, maintenant qu'elle ne m'aimait plus. Mais à l'évidence, il n'était plus possible de sauver notre amitié. À moins de trouver un moyen de me faire pardonner d'être parti lorsqu'elle était au fond du trou.

Problème : je n'étais jamais arrivé à me le pardonner moi-même.

5

Remy

— Zowen, je vais prendre un VTC pour rentrer à la maison. Je viens de t'envoyer une photo de la plaque d'immatriculation. Si je ne t'appelle pas d'ici une heure, dis-toi qu'il m'est arrivé malheur et venge-moi.

Je ricanai de ma propre blague et levai le doigt pour indiquer au chauffeur de patienter une minute.

— J'ai laissé ma bagnole au parking payant près du Suzy's Bar. Si jamais j'oublie où elle est d'ici demain matin, tu me le rappelleras.

J'avais enfin récupéré ma voiture au garage maintenant qu'elle avait été réglée pour affronter l'hiver du Colorado. Qui n'allait pas tarder à pointer le bout de son nez, d'ailleurs… Zowen avait failli pleurer de soulagement quand je lui avais rendu la moto qu'il m'avait prêtée en attendant. Mais était-il soulagé parce qu'il avait récupéré son gros joujou ou parce que je n'étais pas morte brûlée vive dans un accident de la route lors des quelques semaines où je m'en étais servie ? Alors là, mystère !

— Tu as picolé ?

La voix grave à l'autre bout du fil semblait perplexe et légèrement surprise.

Je hochai la tête alors que mon frère ne pouvait même pas me voir…

— Un tout petit peu. J'avais vraiment envie de voir le groupe qui jouait ce soir. Bowe m'a dit qu'ils étaient top. J'ai bossé dans ce bar, tu te souviens ? Je connais tout le monde là-bas. J'ai pris deux, trois verres pour me détendre. Ma semaine n'a pas été de tout repos, je te rappelle.

Je me sentais bizarre depuis ce coup de fil de minuit avec Hyde. Impossible de m'enlever ce moment – et ce mec – de la tête. Et puis si j'avais pu éviter de me répéter qu'il avait encore mon numéro de téléphone après tout ce temps…

— Je te l'ai déjà dit, arrête de t'inquiéter pour moi. Je connais mes limites et j'ai renoncé à prendre le volant.

Le temps de me glisser à l'arrière de la voiture, je fis signe au chauffeur de ma main libre. Il m'avait demandé de vérifier mon adresse tout en me regardant dans le rétroviseur.

— Tu mélanges l'alcool et les médicaments ? Tu joues avec le feu, Remy.

Les sourcils froncés, je fis un doigt d'honneur dans le vide. La scène devait être assez marrante, vue de l'extérieur…

— Il faut que je te le dise en quelle langue ? La grande sœur, c'est moi, et le petit frère, c'est toi. Je ne suis plus une gamine, Zowen.

Avec un profond soupir, je m'affalai sur la banquette en cuir. Et, comme le chauffeur ne me lâchait toujours pas des yeux, je tâchai de prendre une mine moins renfrognée.

— Non, je ne devrais pas mélanger l'alcool et les médocs. Tu le sais, je le sais. Mais il y a des jours où j'ai envie de faire semblant que je suis comme tout le monde et de lâcher prise. Suivre les règles et faire les bons choix H24, ce n'est pas possible. Tant que je ne pousse pas le bouchon trop loin, tout ira bien.

Une litanie de jurons retentit à l'autre bout du fil, suivie d'un profond soupir.

— Le problème, avec toi, c'est que tu ne sais pas t'arrêter à temps. Passe-moi ton chauffeur.

Je reniflai.

— Qu'est-ce qui te prend de jouer au petit chef, ce soir ? J'ai l'impression d'entendre maman.

— Passe-le-moi. Allez.

Pas moyen de discuter face à un ton aussi autoritaire.

Avais-je envie de me prendre la tête avec mon frère ? Non. Et puis, je commençais à somnoler. Je n'étais pas censée mélanger mes médocs et l'alcool, effectivement… Je tendis donc mon téléphone au chauffeur après avoir marmonné que mon frère voulait lui parler.

Lorsque j'étais au bar, en train de me déhancher entourée de mes potes, je n'avais pas senti les effets des quelques cocktails que je m'étais envoyés. J'étais légèrement pompette, c'est sûr, mais maintenant que j'étais seule à l'arrière de la voiture d'un type qui était supposé me ramener chez moi saine et sauve mais que je ne connaissais pas, je me rendais compte d'une chose : j'aurais dû me surveiller un peu plus. Mes paupières pesaient une tonne, et j'avais l'esprit de plus en plus embrumé. C'était tellement difficile d'être toujours sur le qui-vive, car il suffisait vraiment d'un rien pour altérer l'équilibre chimique dans mon cerveau et me faire replonger en l'espace de quelques minutes. En règle générale, je me maîtrisais sans avoir d'état d'âme, car j'en avais besoin. Mais ces derniers temps, fournir tous ces efforts pour garder la tête hors de l'eau me semblait écrasant et je commençais à en avoir ras le bol. Et ça, c'était dangereux. Très dangereux.

Quelque part entre le moment où je tendis mon téléphone au chauffeur et celui où je parvins à destination, je dus m'assoupir. Complètement débile de ma part. J'aurais pu me faire enlever, me faire agresser, voire pire. Et je doute que je me serais réveillée si la portière de la voiture n'avait pas été ouverte à toute volée. Par Hyde Fuller. Qui était furieux.

Le chauffeur me rendit mon portable avec un haussement d'épaules.

— Votre frère m'a dit de vous conduire ici, il m'a versé un pourboire royal pour que je change de destination.

Je déglutis et serrai mon téléphone d'une main toute moite, subitement.

— Ce n'est pas mon frère.

Je me mis à pousser un petit cri quand je me sentis subitement tirée hors de la voiture par le poignet. Encore un peu et je perdais l'équilibre. Parce que je portais des talons, certes, mais aussi parce que j'avais une sacrée dose d'alcool et de molécules qui circulaient partout dans mon corps. Je heurtai le torse de Hyde, c'était comme percuter un mur de muscles. Il était mince mais toujours aussi bien bâti. Et aussi chaud que dans mon souvenir de ces journées où je m'accrochais à lui, partout, tout le temps.

Hyde claqua la portière et m'écarta de la chaussée le temps que le chauffeur s'éloigne. Il suivit la voiture d'un œil noir tout en murmurant dans sa barbe :

— Il faut que tu signales ce type demain matin. Il aurait dû refuser de modifier ta destination en échange d'un gros pourboire. Va savoir où tu aurais pu atterrir si tu avais appelé quelqu'un d'autre par accident en croyant que c'était Zowen ?

Tout en butant dans mon propre pied tandis que Hyde me poussait vers la porte de chez lui, je pianotai sur l'écran de mon portable. Oh ! la vache ! J'avais appelé le premier numéro de mon journal d'appels sans même me demander quelle était la dernière personne à qui j'avais téléphoné. D'habitude, c'était soit Zowen, soit Daire, soit Bowe. Je n'ai pas songé une seule seconde que Hyde serait dans la liste depuis son coup de fil nocturne. Voilà qui expliquait également ce petit ton autoritaire et ces questions insistantes sur ma capacité à me contrôler. Zowen était parfois très protecteur, mais il n'avait pas l'habitude de mettre en doute mon discernement.

— Oh là là, je n'arrive pas à croire que j'étais suffisamment bourrée pour t'appeler toi au lieu de mon frère. Quelle débile.

À nouveau, Hyde me rattrapa de justesse alors que je venais de louper l'une des marches qui menaient jusqu'à sa porte d'entrée. Je fronçai les sourcils et dégageai mon bras.

— Qu'est-ce qui t'a pris de me faire venir ici au lieu de laisser ce type me ramener chez moi ?

Hyde poussa un juron et passa devant moi pour ouvrir.

— Parce qu'il m'a dit que tu menaçais de tourner de l'œil et je n'avais aucune envie qu'il t'emmène on ne sait où pendant que tu étais inconsciente. Je voulais qu'il sache que quelqu'un t'attendait. Ça t'arrive souvent ? De faire la fête et de t'évanouir pendant que tu rentres chez toi ?

Je poussai un soupir aussi bruyant qu'agacé et je me penchai pour défaire la boucle de mes chaussures qui enserrait mes chevilles. Autant que je m'en débarrasse avant de me gameller et de me ridiculiser devant Hyde, une fois de plus. Mes talons à la main, je levai la tête et répondis à l'inquiétude qu'on lisait dans ses yeux verts par un regard méfiant.

— À mon avis, ce que je fais ou ce que je ne fais pas ne te concerne pas. Merci beaucoup d'avoir voulu prendre soin de moi, mais comme je te l'ai dit quand je t'ai pris pour mon frère, je connais mes limites. Je n'ai pas besoin d'un garde du corps.

Mes cheveux étaient regroupés en chignon, ce qui me privait de ces boucles rebelles avec lesquelles je jouais quand j'étais nerveuse. Si je me grattais la tête, Hyde savait que j'étais stressée et que je voulais à tout prix me dépêtrer de cette situation.

— Va voir si la petite va bien. J'appelle un autre VTC pour rentrer. Je ne m'endormirai pas, ce coup-ci.

Bien fait pour moi. Avec un peu de chance, la prochaine fois que je déciderais de ne pas prêter attention aux signaux d'alerte, je veillerais à avoir une baby-sitter et un moyen de rentrer chez moi saine et sauve.

Pas question que je m'assoupisse à nouveau. Je me sentais réveillée et pleine d'énergie.

Hyde me regarda durement. De toute évidence, il luttait contre l'envie de me demander de rester ici. Mais il ne céda pas, c'était un progrès. Il savait sans doute que plus il essayerait de me mener à la baguette, plus je résisterais. De ce point de vue, ça n'avait guère changé depuis nos jeunes années.

— Remy, il est tard et tu as bu. À mon avis, il vaut mieux que tu restes ici ou que tu trouves quelqu'un pour te reconduire chez toi. Je m'en serais bien chargé, mais…

Il marqua une pause et son visage se crispa, comme s'il n'avait pas encore assimilé le fait qu'il devrait faire passer sa fille avant tout le reste, dorénavant.

— Mais je ne peux pas à cause de la petite.

Hyde poussa la porte pour m'inviter à entrer, mais sans me forcer à le suivre à l'intérieur.

Je restai alors plantée sur le seuil. Qu'est-ce qui m'avait pris de me fourrer dans cette situation ? Je n'aurais pas dû tenter le diable et prendre des risques aussi inconsidérés. Je n'aurais pas dû décrocher en voyant s'afficher ce numéro inconnu. Je n'aurais pas dû picoler alors que j'avais déjà toutes les peines du monde à garder le contrôle. Je tapai mon front contre mon portable. Et, vraiment pas de gaieté de cœur, j'entrai dans cette maison où Hyde habitait désormais.

— Si je reste, ce n'est pas parce que tu m'obliges à le faire, crois-moi. Si je reste, c'est parce que j'ai les pieds en compote et remettre ces saletés de chaussures m'ennuie profondément.

Je m'en serais vraiment voulu si, à cause de moi, Hyde avait passé la nuit à se ronger les sangs. Déjà qu'il donnait l'impression d'avoir du sommeil en retard, à en juger par les cernes noirs sous ses jolis yeux. Il m'arrivait d'être bornée et invivable, mais je n'ai jamais dépassé les bornes au point de blesser quelqu'un. Surtout si je pouvais éviter ça…

Et puis la vérité, c'est que je devais beaucoup à ce type.

Si Hyde n'avait pas été là, pas sûr que j'aurais survécu à mon adolescence. Il venait sans hésiter dès que je l'appelais à la rescousse. Qu'importe si c'était parce que j'étais trop bourrée pour rentrer chez moi par mes propres moyens, parce qu'une dispute avec mes potes m'avais mise hors de moi, parce que j'étais partie de la maison en coup de vent, fâchée à mort après mes parents, ou parce que j'étais coincée en haut du toit d'une usine désaffectée sur lequel j'avais grimpé à cause d'un pari. Hyde venait toujours dès que j'avais besoin de lui. Il m'empêchait de me faire du mal et il me retenait avant que je fasse du mal à quelqu'un d'autre. Je lui devais beaucoup. Du coup, je pouvais dormir une nuit sur son canapé, ça lui éviterait de passer la sienne à s'inquiéter pour moi, sans fermer l'œil. Ça ne me tuerait pas.

Les lumières s'allumèrent tandis que je refermais doucement la porte. À première vue, la personne qui avait décoré cette maison avait un sens du design infiniment plus développé qu'un célibataire de vingt-huit ans qui avait vécu les huit dernières années de son existence sur une base militaire. Sayer Fuller, la mère de Hyde, avait un goût très raffiné, mais elle était aussi un peu perchée. J'étais prête à parier que c'était elle qui avait opté pour ces moulures délicates ainsi que pour ce canapé jaune pétard qui trônait dans le salon. Joyeux et original, il ferait parfaitement l'affaire le temps d'une nuit.

Hyde réapparut avec une couette et un oreiller dans les bras. Comme il avait les mains prises, il ne put se retenir de bâiller à s'en décrocher la mâchoire. Il me lança un regard rempli de fatigue et désigna le couloir d'un mouvement de tête.

— Tu prends ma chambre. Elle a à peine servi et puis tu pourras fermer la porte, ça t'évitera d'entendre Hollyn pleurer quand elle se réveillera. De toute façon, je m'endors presque toutes les nuits dans la chambre de la petite.

— C'est un joli prénom, Hollyn.

La mère biologique de Hyde s'appelait Halloran. On parlait souvent d'elle quand on était plus jeunes. Il m'avait expliqué qu'il voulait garder des souvenirs d'elle. Et tant pis si elle était partie si vite… Je trouvais ça beau et touchant qu'il ait voulu perpétuer la tradition du prénom commençant par *H* et qu'il en ait donné un à la petite qui ressemblait à celui de sa grand-mère. J'étais quasi certaine que le *Y* de Hollyn était un clin d'œil à la femme qui l'avait élevé comme son propre fils. Sayer n'était pas un prénom banal, Hollyn non plus.

Après avoir laissé tomber mes chaussures par terre dans un bruit sourd, je m'affalai sur le canapé avec un sourire en coin.

— Le sofa, ça me va très bien. Je ne compte pas squatter ici, de toute façon. J'attends juste d'avoir l'esprit un peu moins embrumé et d'être en état d'aller récupérer ma voiture. Daire viendra me chercher demain matin.

Hyde marmonna quelque chose que je ne saisis pas et me jeta la couette en plein sur la tête. Je ne voyais plus rien !

— Comme tu le sens. Je suis trop crevé pour me bagarrer. Ces jours-ci, je dors quand le bébé dort.

Le temps que je me dégage, j'aperçus qu'il se frottait les yeux. On aurait dit qu'il tenait à peine debout. Mes cheveux étaient enfin libérés de mes barrettes pleines de paillettes et retombaient devant mes yeux. Je soufflai pour les écarter tout en serrant la couette moelleuse contre moi.

— Tu as décidé ce que tu comptes faire quand tu vas reprendre le boulot ? Ça avait l'air de pas mal te stresser, l'autre soir.

Le bâillement de Hyde devait être contagieux car je me sentis de nouveau prête à somnoler. Mais cette fois je savais que ce n'était pas l'effet des médocs ou de l'alcool…

Hyde secoua la tête comme pour s'éclaircir les idées et bâilla à nouveau.

— En fait, j'ai pas mal avancé grâce à toi. J'ai demandé à mes proches s'ils étaient partants pour m'aider à choisir la personne qui s'occuperait de la petite en mon absence. Et étonnamment, mon oncle Benny connaît des gens susceptibles de m'être utiles. A priori, il s'agit d'un jeune couple qui vit quelque part dans le Midwest, ils ont fait appel à quelqu'un pour surveiller leurs gosses, pendant plusieurs années. Un gamin qui a une flopée de frères et de sœurs plus jeunes, avec un quotidien qui n'était pas toujours rose chez lui. Ils l'ont pris sous leur aile, et il a veillé sur leurs enfants jusqu'à ce qu'ils soient assez grands pour se débrouiller seuls. Mon oncle le recommande, c'est donc qu'il n'y a pas mieux que lui pour ce job. Si ce gamin est d'accord pour s'installer à Denver, l'affaire est réglée.

Il fit courir une main sur son visage et m'adressa un sourire en coin.

— Et puis il y a Daire. OK, elle ne passe pas un été de tout repos et on ne peut pas lui faire confiance à 100 % en ce moment. Mais je n'oublie pas que c'est une fille géniale, elle ne me laissera jamais tomber si j'ai vraiment besoin d'elle. Je lui ai demandé de venir surveiller Hollyn pendant deux, trois semaines, si le gamin est partant pour prendre le boulot.

J'ai éclaté de rire tout en me calant au fond du canapé histoire d'être plus confortable.

— Tu as pris une baby-sitter pour ton baby-sitter ?

Hyde acquiesça, lentement et d'un air pataud.

— Exact. À mon avis, c'est la meilleure solution qui s'offre à moi.

J'ai remonté la couette sous mon menton et j'ai fermé les yeux. Tout en agitant la main, je lui ai demandé d'éteindre la lumière. Le *clic* de l'interrupteur retentit et je lui lançai :

— Tu ne t'en rends peut-être pas compte, mais ce n'est pas rien que tu aies sollicité Daire. Ce dont elle a vraiment besoin en ce moment, c'est qu'on lui rappelle qu'elle vaut mieux que les mauvaises décisions qu'elle a pu prendre. Elle a besoin que des gens croient en elle… et pas seulement sa famille.

Avec un bâillement, je me lovai contre l'oreiller.

— Visiblement, tu es toujours mon héros, même sans le faire exprès.

Si Hyde avait répondu à cette déclaration solennelle, je ne l'avais pas entendu. Enroulée dans cette couette si douce, si chaude, je me fichais de froisser ma tenue. Et peut-être, je dis bien peut-être, que le fait de me retrouver sous le même toit que Hyde, avec la certitude qu'il continuait de se faire du souci pour moi m'aida à dormir comme un bébé. Enfin, pas forcément comme un bébé qui se réveille toutes les heures en pleurant. Mais au moins j'allais dormir comme à l'époque lointaine où je ne devais pas chercher le moyen de vivre sans le garçon que j'aimais.

6

Hyde

Je me réveillai en entendant Hollyn gazouiller. Une voix douce lui répondit. J'étais groggy et déboussolé. Pendant la nuit, j'avais migré vers le fauteuil inclinable en cuir blanc dans le coin de la chambre, celui dont je me servais au moment des repas. J'avais dû m'endormir, mais je ne me rappelais absolument pas que Remy était venue déposer sur moi la couette que je lui avais passée pour la nuit. Elle avait même glissé un petit coussin sous ma tête. Soyons honnêtes : ces quelques heures de sommeil étaient sans doute les plus agréables que j'avais eues depuis des mois.

Tout en plaquant une main devant ma bouche pour étouffer le bâillement que je sentais monter, j'observai cette minuscule fée blonde parler tout bas à ma fille, penchée au-dessus de son lit.

— Désolée, je ne parle pas le bébé, ma puce. Je ne comprends absolument pas ce que tu veux, mais je peux essayer. Tu es contente, j'ai l'impression, alors je n'ai peut-être pas besoin de réveiller ton papa.

Elle tendit la main pour caresser la petite. Elle laissa échapper un soupir en frôlant sa joue toute douce.

— On dirait que ton père n'a pas dormi depuis une semaine.

Laisse-le un peu souffler, d'accord ? À partir de maintenant, vous serez dans la même équipe, pour toujours.

Elle secoua la tête et dut faire une tête qui plut à Hollyn parce qu'on l'entendit babiller joyeusement.

— Vous serez ensemble, les jours avec et les jours sans. Il lui arrivera parfois de faire des choix pourris, mais il faudra que tu l'épaules quand même. C'est ça, les vraies équipes.

Remy poussa un petit cri surpris quand Hollyn attrapa son doigt et serra de toutes ses forces de bébé, avant de gazouiller gaiement.

Je finis par bâiller, les bras levés au-dessus de ma tête pour m'étirer. Mon dos émit un *crac* sonore, tout comme ma nuque quand j'esquissai un mouvement circulaire pour soulager la tension qui s'y était accumulée après des semaines sans dormir dans un lit digne de ce nom.

Remy tressaillit et se tourna vers moi, les yeux écarquillés. Ils étaient plus sombres, ce matin. Leur teinte noisette avait pris le dessus sur le bleu qui brillait intensément la veille au soir, quand elle était si méfiante, malgré l'ivresse.

— En général, quand elle a l'air aussi guillerette, c'est le calme avant la tempête. Elle va bientôt se mettre à brailler, soit parce qu'elle a faim, soit parce qu'il faut la changer, soit parce qu'elle a envie qu'on la prenne dans les bras tout de suite.

Je me rapprochai de Remy et posai les avant-bras sur le bord du lit.

— Je pensais que tu serais partie depuis longtemps, vu l'heure qu'il est.

Je l'observai du coin de l'œil. À l'évidence, elle avait dormi tout habillée. Le top en soie très près du corps qu'elle portait était un vrai chiffon, et une jambe de son pantalon noir moulant était remontée plus haut que l'autre. Elle était encore pieds nus et sa chevelure bouclée était en bataille, avec des épis qui partaient dans tous les sens. Du maquillage noir avait bavé sous ses yeux, et ses lèvres avaient perdu ce coloris rouge vif qu'elle avait en arrivant ici. Cette Remy-là me rappelait tellement celle de mon adolescence, qui donnait toujours l'impression que sa dernière soirée avait failli lui être fatale. Une vague de nostalgie me percuta de plein fouet, je fus à deux doigts de tomber à genoux.

— J'allais sortir quand j'ai entendu Hollyn grâce au babyphone. J'ai attendu deux minutes, histoire de voir si tu te réveillais. Comme ce n'était pas le cas, ça m'a inquiétée. Je voulais m'assurer que tout allait bien pour vous deux avant mon départ.

Elle grimaça tout en écartant des boucles rebelles de son visage.

— C'était idiot de ma part. Je n'y connais rien, aux bébés. Je n'aurais pas pu me rendre utile si jamais elle avait eu besoin d'aide. Maintenant que tu es réveillé, je vais récupérer ma bagnole et rentrer chez moi.

Je l'attrapai par le bras pour la retenir, pile au moment où elle se retournait vers la porte.

— Reste encore un peu. Laisse-moi donner à manger à la petite, la changer et l'habiller. Ensuite, je te reconduirai jusqu'à ta voiture. C'est le moins que je puisse faire. Tu as quand même accepté de rester la nuit dernière même si ça t'ennuyait, j'en suis conscient.

Comme je n'avais pas à m'inquiéter pour son sort, j'étais arrivé à engranger de précieuses heures de sommeil. Ça m'aiderait à garder les idées relativement claires pour le mois à venir.

— Reste. S'il te plaît, Remy.

Elle ouvrit la bouche, qu'elle referma aussitôt. L'agacement dans ses yeux étincelants était palpable. Elle m'avait supporté assez longtemps à son goût. Elle voulait vraiment que j'arrête de la soûler. Mais, avant même qu'elle ait trouvé une manière polie de m'envoyer me faire foutre, Hollyn poussa un cri strident. En voilà une qui en avait assez qu'on l'ignore.

Nous sursautâmes tous les deux. Remy retira son bras que je tenais toujours en otage et plongea les mains dans ses cheveux ébouriffés.

— Comment une si petite chose peut-elle faire autant de bruit ?

Elle jeta un coup d'œil au bébé en se bouchant les oreilles d'un geste théâtral.

Je ricanai et pris ma fille dans mes bras.

— Aucune idée. Mais c'est un peu pareil pour toi, non ? Tu as beau être minuscule, on t'entend de loin !

Elle me gratifia d'un regard noir mais n'essaya pas de me contredire. À la place, elle me suivit jusqu'à la table à langer et m'observa me lancer dans notre routine matinale. Ma fille était si petite et fragile que bien souvent je trouvais mes grosses pattes trop maladroites pour la porter. J'avais toujours peur de lui faire mal ou d'être incapable de lui mettre ses vêtements de bébé. Ces saletés de boutons-pression étaient tellement riquiqui… Cela dit, j'étais toujours très prudent quand je la tenais.

— Pourquoi dors-tu ici avec elle et pas dans ta chambre alors qu'il y a des babyphones dans toute la maison ? Tu pourrais même l'installer dans un berceau près de ton lit. Ce ne serait pas plus confortable ?

La question était simple. Mais la réponse…

— À la naissance de Hollyn, on l'a aussitôt transférée en unité de soins intensifs. Elle a été blessée dans l'accident et elle est née prématurée. On l'a mise dans un incubateur, personne n'a vraiment pu la toucher pendant des semaines et des semaines.

À l'époque, je n'étais pas sûr qu'elle était de moi. Du coup, j'ai été obligé de partager le temps autorisé pour les visites avec l'autre type, celui que ma copine voyait dans mon dos. L'horreur absolue. Alors je me suis fait une promesse : dès que Hollyn sortirait de l'hosto, elle aurait la meilleure vie possible. Elle se sentirait désirée et aimée, j'y tenais. Ça a été la croix et la bannière pour la ramener ici, toute ma famille m'a prêté main-forte. Cette pièce, c'est son endroit à elle. Elle est à sa place ici. Et je voulais qu'elle le sache. Alors c'est moi qui viens auprès d'elle. Et je me sens privilégié de pouvoir le faire. J'aurais dormi près de sa couveuse si le personnel de l'hôpital avait été d'accord.

Mon confort personnel n'avait aucune importance par comparaison à mon envie d'être près de ma fille et aux petits soins pour elle quand elle en avait besoin. J'expliquai ensuite à Remy comment fonctionnaient les machines qui avaient permis à Hollyn de survivre, et tout cela en termes simples, ce qui m'arrivait rarement. On apprend beaucoup de choses sur les unités de soins intensifs pour nouveau-nés quand on y passe plusieurs semaines de sa vie.

Remy suivit chaque étape de notre routine d'un air hypnotisé. Pour un peu, on aurait dit qu'elle n'avait jamais vu de bébé de sa vie. Un point commun qu'on avait encore quelques mois plus tôt.

— Personne n'a d'enfants parmi tes proches ?

Elle avait toujours papillonné d'un cercle d'amis à un autre. Et *personne* dans son entourage n'avait fondé une famille, à notre âge ? Impossible

Remy marmonna en guise de réponse et plongea le nez dans la petite commode quand je lui demandai de trouver une tenue pour Hollyn. Ma fille continuait de s'agiter, mais, comme moi, elle avait l'air incapable de détacher les yeux du minuscule bout de femme qui courait aux quatre coins de sa chambre.

— J'ai pas mal bougé ces dernières années. J'ai fait des rencontres dans à peu près chaque État, mais mon vrai groupe d'amis est très restreint. Ici, à Denver, il y a deux personnes avec qui je n'ai pas perdu contact depuis ma jeunesse, mais c'est à peu près tout. Pour le reste, Bowe Keller et moi, on est très liées et j'ai toujours été proche de mon frère et de mes cousins. Mais j'ai eu du mal à laisser des nouvelles têtes entrer dans ma vie après ton départ. Et tu me connais, je ne suis pas spécialement vivable. Tôt ou tard, les gens en ont marre de moi. J'ai arrêté d'investir dans des relations qui sont vouées à l'échec. Un ami qui t'abandonne, c'est parfois pire qu'un petit copain qui te largue. Alors non. Je ne connais personne qui ait un bébé en dehors de toi.

Elle me tendit une grenouillère avec des flamants roses imprimés dessus et chatouilla le bidou de la petite, juste au-dessus de sa couche neuve. On pouvait apercevoir une cicatrice pas loin du haut de son nombril – le souvenir d'une des opérations que Hollyn avait dû subir pour s'en sortir. Remy ne posa pas de question. Et c'était très gentil à elle, vraiment. Étais-je prêt à raconter que j'étais passé à deux doigts de perdre ma fille ? La blessure était encore ouverte.

— Mais à mon avis, aucun autre bébé ne pourrait être aussi mignon qu'elle. Elle te ressemble vachement, je trouve. Elle est adorable et je crois qu'elle m'aime bien.

Après ça, Remy m'adressa un regard indéchiffrable et murmura tout bas :

— Je suis navrée pour sa maman. J'imagine que ça a dû être très dur, pour vous deux.

Hollyn sembla comprendre ce que disait Remy et répondit

en gazouillant doucement. Je la soulevai pour l'installer sur mon épaule avant d'observer Remy en haussant un sourcil.

— C'était déjà compliqué même avant le décès de sa maman. Je n'ai pas encore mis des mots sur ce que je ressens. Et je me demande comment j'aborderai la question avec Hollyn lorsqu'elle sera en âge de comprendre.

Je donnai un léger coup d'épaule à Remy, histoire de changer de sujet et d'alléger l'atmosphère.

— Tu te sentirais la force de lui donner à manger, maintenant qu'elle t'a à la bonne ? Je vais t'apporter un biberon, tu n'auras qu'à t'asseoir avec elle sur le canapé.

Je fermai les yeux et poussai un ouf de soulagement en songeant à la perspective enchanteresse de prendre une douche interminable sans avoir à appeler ma mère à la rescousse.

— Ça me laissera dix minutes pour me préparer. Ensuite, je te conduis à ta voiture.

Impossible de masquer le désarroi qui perçait dans ma voix. Remy voulait garder ses distances avec moi, autant que possible, mais j'avais tellement envie de combler ce gouffre que j'avais moi-même creusé. Ma vie entière était pleine d'incertitudes et si chaotique en ce moment ! Mon seul vrai point de repère, c'était Remy. Ça me réconfortait tellement de l'avoir près de moi. Et le fait qu'elle continue de me voir comme une espèce de héros après la façon dont je l'avais abandonnée… Je n'avais pas les mots pour dire à quel point ça me touchait.

Daire Archer n'était pas la seule personne de l'entourage de Remy qui avait besoin de comprendre qu'on n'est pas uniquement la somme de ses erreurs passées. Qu'un mauvais choix ne suffit pas à résumer la valeur de quelqu'un.

Remy émit un son agacé, mais comme elle n'était jamais du genre à se défiler devant un challenge, elle hocha lentement la tête.

— D'accord. Je vais faire semblant de me débrouiller comme une cheffe, occupe-toi de prendre ta douche. Mais ne t'habitue pas trop. Il vaut mieux éviter de me confier une petite chose fragile et me laisser sans surveillance trop longtemps.

Je répondis d'un grognement avant de lui emboîter le pas pour sortir de la chambre, sans cesser de caresser le dos de Hollyn. Remy arpenta cette maison comme si elle était la propriétaire des lieux.

— Arrête ça.

Je me forçai à ne pas parler trop fort, pour ne pas les faire sursauter, ni l'une ni l'autre. Mais le ton de ma voix était si péremptoire que Remy manqua de perdre l'équilibre. Elle m'adressa un regard par-dessus son épaule.

— Arrête de dire que tu es trop ceci ou trop cela, arrête de dire qu'on ne peut pas te faire confiance. Ça n'a jamais été vrai. Tu es comme tu es. Et la Remy que je connais, la fille avec qui j'ai grandi, je serais prêt à mettre ma vie entre ses mains… et celle de ma fille aussi.

Remy me fixa durement avant de tourner les talons et de reprendre sa grande traversée de ma maison.

— Tu serais prêt à mettre ta vie et celle de ta fille entre mes mains. Et la mienne ? Sans doute pas. C'est bien pour ça que tu as laissé ma mère te convaincre de partir, hein ?

J'encaissai le coup et faillis trébucher dans la foulée. Hollyn sentit le mouvement brusque et manifesta son inquiétude en couinant.

— Qu'est-ce que tu racontes ?

Le rôle qu'avait joué Cora Archer dans ma soudaine disparition était un secret que j'avais bien l'intention d'emporter dans la tombe.

— Si je suis parti, ce n'est pas à cause de ta mère, Remy.

Non, vraiment pas. Si j'étais parti, c'était parce que j'étais inquiet pour elle et pour moi. Nous avions une mauvaise influence l'un sur l'autre, à l'époque, je le pensais sincèrement. Nous nous faisions du mal sans même le vouloir. Et ça me rendait malade, pour nous deux.

Elle poussa un soupir énervé, ses épaules nues se raidirent.

— Je sais qu'elle t'a demandé de partir pendant mon séjour à l'hosto. Mon père m'a tout raconté. Je lui en ai voulu à mort, ça a duré un bon moment. Je lui ai à peine adressé la parole pendant un an, après que j'ai découvert ça. Mais ma mère sera toujours ma mère. Et je sais qu'elle agira toujours au mieux pour moi. Enfin, de son point de vue… Ça a pris pas mal de temps et il a fallu que mon père et Zowen s'en mêlent, mais je commence à lui pardonner, petit à petit. Toi, par contre…

Elle me jeta un regard noir par-dessus son épaule.

— Je doute que je te pardonne un jour de t'être barré sans un mot d'explication… ni même un au revoir. Je sais, j'ai déconné. J'étais paumée et il fallait sérieusement que des professionnels me viennent en aide. Mais j'avais quand même besoin que tu me dises au revoir comme il se doit, Hyde.

— Je n'en reviens pas. Tu savais que ta mère m'avait parlé, cette fameuse nuit ?

Pendant tout ce temps, j'avais fui Remy, j'avais gardé prudemment mes distances, de peur de vendre la mèche. L'idée d'abîmer le lien qui l'unissait à sa mère était ma hantise. Bêtement, je croyais que l'aider à préserver leur relation à toute épreuve était le seul cadeau que je pouvais lui faire après mon départ.

— Je t'assure, ce ne sont pas ses arguments qui m'ont convaincu de partir. J'avais déjà ce projet dans un coin de ma tête. Elle s'est simplement contentée de me faire voir d'un autre œil certaines interrogations qui me tiraillaient. En fait, je lui dois beaucoup, à ta mère. Je n'aurais jamais trouvé ma voie si elle ne m'avait pas donné la petite impulsion dont j'avais besoin. Mes parents avaient toujours eu tendance à me couver car j'en avais vu des vertes et des pas mûres quand j'étais gamin, avant qu'ils viennent me sauver. Ils ne m'auraient jamais encouragé à sortir de ma coquille et à trouver ma voie. Ce que ta mère a fait, elle. C'est grâce à elle qu'aujourd'hui je participe à des projets de construction, comme mon père, et que j'aide des gens dans le besoin, comme ma mère. Je ne regrette pas mon choix d'être entré dans l'armée.

Remy pénétra dans le salon comme une tornade et se jeta sur le canapé. Elle m'observa d'un œil torve tandis que je venais m'asseoir juste à côté d'elle. Je lui tendis la petite qui gigotait en lui expliquant précisément comment la tenir. Remy avait peut-être peur de la prendre entre ses bras, mais elle avait un talent inné pour ça. Et elle avait raison : Hollyn l'aimait bien. La petite agita joyeusement les mains et gloussa de bonheur dès qu'elle se retrouva entre les bras de Remy.

Je lui tapotai la tête avant d'aller dans la cuisine m'occuper du biberon. Remy avait toujours cette mine légèrement renfrognée et ce regard perçant.

— Contente que tu aies trouvé ta voie. N'empêche que tu aurais pu passer me dire au revoir. Je méritais bien ça, indépendamment des circonstances, non ? J'étais au fond du trou. C'est toujours vers toi que je me tournais, c'était toi qui arrangeais les choses. Quand tu t'es barré sans prévenir, ça a été un choc terrible à gérer, en plus de tout ce qui allait de travers dans ma tête. Remonter la pente a été beaucoup plus ardu que prévu.

Mes épaules s'affaissèrent. Je me massai la nuque, fermai les yeux une seconde et me rappelai à quel point ça avait été dur de la quitter alors qu'elle était si fragile à ce moment-là.

— Je n'ai pas pu te dire au revoir. Si j'avais essayé de le faire, je n'aurais jamais trouvé la force de partir. Te quitter a été la décision la plus difficile de mon existence. Surtout que j'ignorais où tu étais, si tu allais mieux, si je pourrais à nouveau avoir une place dans ta vie. Toutes ces questions m'ont empêché de fermer l'œil pendant des semaines, quand j'étais au camp d'entraînement. Pour moi non plus, ça n'a pas été évident, Remy. Tu n'étais pas la seule qui te retrouvais avec une absence à gérer.

J'avais vraiment l'impression d'être en manque, comme si devoir affronter le quotidien sans Remy me rendait malade, physiquement *et* mentalement. Je ne fumais pas. Je n'étais pas un gros buveur. Et, à cause du passé de toxico de ma mère, je ne m'étais jamais tourné vers des saloperies qui ne m'auraient pas fait du bien. Mais je me souviens très bien de mon impression d'avoir été addict à Remy Archer, à l'époque.

— Au bout du compte, l'essentiel, c'est que tu aies remonté la pente et pris tes problèmes à bras-le-corps. Tu ne peux pas me pardonner ? Pas grave, si ça veut dire que tu ne sombreras plus jamais dans un tel désarroi. Je serai le méchant de l'histoire, tant que ce sera nécessaire. Mais ce n'est pas faute de t'avoir répété que tu avais tort de me prendre pour un héros. Tu prenais tes rêves pour la réalité.

Le temps d'ouvrir le frigo, je plongeai mon visage brûlant à l'intérieur pour me rafraîchir.

Nous aurions fini par avoir cette conversation tôt ou tard, mais je n'aurais jamais imaginé qu'elle aurait lieu pendant que Remy tenait ma fille, alors que nous venions tout juste de retrouver notre ville de cœur. Et franchement je tombais des nues. Elle était au courant que sa mère avait joué un rôle dans notre séparation douloureuse, pendant toutes ces années ? Moi qui avais passé tant de temps à l'éviter pour protéger ce secret. J'avais fait tout ça pour rien ? Alors que j'aurais eu grandement besoin tout récemment de l'amie que Remy avait toujours été ? Je regrettais tellement la manière dont j'avais géré cette histoire jusqu'ici !

— Quant au fait que tu puisses te faire confiance à 100 %, je n'en douterai jamais une seconde. On a peut-être passé des années sans se voir, mais je sais que tu n'as pas ménagé tes efforts pour garder la tête hors de l'eau. Ton père donne constamment de tes nouvelles à mon père. Tes parents sont tellement fiers de toi. Personne dans ton entourage ne voudrait que tu changes quoi que ce soit. Et ça vaut aussi pour la manière dont tu fonctionnes, qui n'est pas forcément facile à suivre. Tu me fais peur, parfois, Remy, mais tu es aussi la seule personne capable de me remonter le moral, depuis toujours. Tu ne seras peut-être jamais parfaite, mais c'est le cas pour tout le monde, non ?

Je revins sur mes pas et je lui tendis le biberon chaud, agenouillé devant elle, en lui montrant comment le tenir pour que Hollyn boive sans avaler trop d'air dans son petit ventre. Tandis que le bébé agitait les bras dans tous les sens, nous nous fixâmes droit dans les yeux, Remy et moi. Cela avait tout l'air du moment le plus tendu de notre vie entière. Je voulais croire que l'abcès était enfin crevé, que nous nous étions dit nos quatre vérités. Mais la méfiance veillait toujours au fond de ses prunelles, et elle me regardait encore comme son ennemi.

— Mon père a dit à ton père qu'on m'avait diagnostiqué un trouble de la personnalité ? Que je suis *borderline* ?

Les sourcils haussés, elle plissa la bouche d'un air dur.

— Ça m'étonnerait. Dans ma famille, personne n'aime en parler. Ça a failli me tuer. À leurs yeux, ce trouble est le seul obstacle qui se trouve sur ma route.

Elle poussa un soupir et m'adressa un coup d'œil rempli de tristesse.

— Mais de mon point de vue, il fait partie de moi, c'est tout. C'est exactement comme avoir les cheveux bouclés ou une taille de nain de jardin. Comment veux-tu que je déteste quelque chose qui fait partie de moi ? Ce n'est pas une tare insupportable. Et puis je ne peux pas le laisser définir *entièrement* qui je suis. Je dois en faire, des efforts, pour essayer d'être normale à ma façon, tu n'imagines même pas.

Avant même de réfléchir à mon geste, je laissai courir mon pouce sur les tendres contours de sa joue. Un geste que j'avais souvent coutume de faire dans nos jeunes années. Ça m'aidait à l'apaiser et à l'amener à se concentrer sur moi quand elle n'avait pas le moral ou quand elle avait manifestement du mal à maîtriser ses émotions. La peau de Remy était aussi douce que dans mon souvenir. Et le rouge qui colorait ses joues, aussi ravissant.

Non, ce qui était tout nouveau, c'était la façon dont mon rythme cardiaque s'était emballé et dont ma main tremblait toujours après l'avoir touchée. Une goutte de sueur ruissela le long de ma nuque, ça me fit frissonner des pieds à la tête.

— J'aime ta façon d'être normale, Remy. Tu ne fais pas tous ces efforts pour rien.

Puis, les yeux rivés sur le bout de mes pieds, je m'éclaircis bruyamment la gorge.

— Je file me doucher vite fait. Merci pour ta patience.

Remy grogna presque quand je tournai les talons. Sur le chemin de la salle de bains, je me répétai de rester calme. Surtout, ne pas songer au fait que Remy était si belle quand elle tenait mon enfant. Ou aux grands sourires que Hollyn adressait à la seule autre fille qui avait toujours eu une place à part dans mon cœur. Car ça risquait de tourner à l'obsession…

Malheureusement, avec Remy Archer, je faisais rarement les bons choix. Alors pourquoi faire semblant de croire que j'arriverais à effacer de mon esprit cette image d'elle avec mon bébé dans ses bras ?

7

Remy

Le trajet jusqu'à ma voiture se fit en silence. Hyde m'avait demandé si je voulais m'arrêter quelque part pour prendre le petit déj, mais je n'avais envie que d'une chose : les fuir, lui et sa petite fille trop mignonne, avant que je fasse une connerie. Du genre tomber amoureuse, une fois de plus. Il y avait une maigre chance pour que je résiste à Hyde, vu notre passé douloureux, mais avec ce bébé… Impossible de lui fermer la porte de mon cœur. Hollyn était trop précieuse. Et voir ces cicatrices sur son corps minuscule, comme l'empreinte de tout ce qu'elle avait enduré avant de venir jusqu'ici, me donnait l'impression qu'on se ressemblait, elle et moi. Se battre pour survivre, je connaissais ça. Je savais aussi ce que c'était d'être aimée de toutes ses forces par quelqu'un qui sacrifierait tout pour vous sauver. Ma mère l'avait fait pour moi quand, sans rien me dire, elle avait demandé à Hyde de partir, quitte à prendre le risque que je la déteste si je découvrais le pot aux roses. Et Hyde s'apprêtait à en faire autant pour Hollyn. Pour l'heure, il ne renonçait qu'à dormir dans un lit douillet. Mais je le sentais capable de tout plaquer pour être auprès de sa fille si nécessaire.

Une fois à bord de ma voiture rouge pétard, j'aurais pu rentrer chez moi direct. Mais non. Bizarrement, quelque chose me poussa à faire un saut chez mes parents, qui vivaient à Lakewood, juste à la sortie de Denver. Qu'est-ce qui me décida ? Peut-être le fait que j'avais passé la matinée avec une petite fille qui avait perdu sa mère et qui ne risquerait jamais d'être déçue par elle. Ou le fait de savoir Hyde déterminé à prendre les bonnes décisions pour sa fille, coûte que coûte. Tout ça m'avait ouvert les yeux sur la difficulté du métier de parent. J'avais tendance à voir les choses de mon seul point de vue, en me concentrant sur la manière dont elles pourraient m'affecter. Il m'arrivait rarement de me mettre à la place de quelqu'un. Et, pour mon bien-être mental, ce n'était pas facile à gérer. Je n'avais pas envie d'être égoïste et focalisée sur mon petit nombril, mais c'était tellement dur d'obliger mon cerveau à fonctionner autrement !

Ma famille avait déménagé deux fois quand j'étais plus jeune, à chaque fois dans une maison plus spacieuse, avec un jardin et assez de place pour que mon père et mon frère puissent avoir leur collection de joujoux pour grands garçons. Comme les Archer envoyaient leurs gosses dans une école privée, on pouvait vivre n'importe où : on serait toujours ensemble. En un sens, on a joué les cobayes avant que la plupart des amis et collègues de mes parents y envoient leurs gosses à leur tour. Au bout d'un moment, j'avais l'impression de voir davantage mes camarades de classe en dehors des cours que pendant. Et pour cause : c'est dans la maison de Lakewood qu'on passait le plus clair de notre temps. C'est là-bas que j'ai vraiment grandi et que se rassemblait une bonne partie de la famille pour les vacances et les grandes réunions. Des années durant, je l'avais évitée comme la peste.

Jusque tout récemment, les seules fois où j'y allais volontairement, c'était quand j'étais sûre d'y trouver mon frère.

Et ce jour-là, c'était la première fois depuis des années que je roulais vers la maison en sachant qu'il n'y aurait personne hormis ma mère. Mon père était au travail et mon frère était reparti pour la fac, à Golden. Ma mère bossait encore quelques jours par semaine pour mon oncle Rule, qui tenait un salon de tatouage. Dans sa jeunesse, elle faisait des piercings, mais après la naissance de Zowen et la mienne elle avait commencé à se tourner vers le pôle administratif. Elle gérait toute la paperasse et la comptabilité. Et, quand l'entreprise de mon père avait vraiment commencé à décoller, elle était même allée à la fac pour décrocher un diplôme en finance. Quelques années plus tard, elle devenait expert-comptable. Quand j'étais gosse, elle avait l'air invincible, rien ne l'arrêtait.

Mais ça, c'était avant que les symptômes de mes troubles de la personnalité commencent à se manifester. À cette époque, j'avais pris conscience que ma mère n'était qu'un être humain, sans rien d'infaillible, comme tout un chacun. Pendant longtemps, tout le monde pensait que mes problèmes venaient du fait que j'étais une gamine remuante qui sortait de l'ordinaire. Et puis je grandis. Entre mes soucis scolaires, ma peur de l'abandon et les premiers signes de mon comportement obsessionnel envers Hyde, ils se rendirent compte qu'il y avait autre chose. J'étais traitée pour troubles de l'attention, dépression et anxiété. À un moment donné, un spécialiste était même convaincu que j'étais sur le spectre autistique.

Bref, ce n'était pas comme si parents n'avaient pas essayé de m'aider. Non, le vrai problème, c'était que personne n'était arrivé à mettre le doigt sur ce que j'avais exactement. Jusqu'au jour où j'avais tenté d'attenter à ma vie. J'avais dû faire un séjour en psychiatrie. L'un des médecins qui s'était occupé de moi à l'hôpital avait émis l'hypothèse qu'il pouvait s'agir d'un *trouble de la personnalité borderline*. Mes parents s'étaient accrochés à ces quelques mots comme à une bouée de sauvetage et m'avaient aussitôt pris rendez-vous chez un spécialiste pour me faire tester. Je me souvenais très bien de l'agacement et du désarroi qui s'étaient emparés de ma mère dès que j'avais du mal à changer de traitement ou de médecin. À l'inverse, la moindre amélioration était un tel soulagement pour elle !

De mon point de vue, mon ennemi n'était pas Hyde. Ce n'était pas non plus le fonctionnement anarchique de mon cerveau. Non, le vrai problème, c'était cette connotation négative que trimbalent les problèmes de santé mentale. C'était le fait d'être regardée comme une bête curieuse, tout ça parce que je ne marchais pas comme tout le monde.

Avec toutes ces pensées qui me trottaient dans la tête, le trajet jusqu'à la maison de mon enfance me parut moins long que d'habitude. Mais je mis un temps fou avant de me garer. Que faire ? Entrer sans me poser de questions ou frapper à la porte, comme une étrangère ? Aucune de ces deux options ne m'inspirait. Finalement, je me décidai à envoyer un texto à ma mère pour l'informer que j'étais devant la maison et lui demander si elle était là.

Quelques secondes plus tard, la porte d'entrée s'ouvrit à toute volée et une petite femme blonde passa la tête dehors. Ma mère tendit la main et replia l'index pour me faire signe de venir. Le temps de prendre une grande inspiration pour me donner du courage, je descendis de voiture. Mon père et mon frère n'hésitaient jamais à faire tampon. Nous étions des femmes de caractère, elle et moi. Une ou deux vacheries et ça partait en sucette ! Après la scène pas possible que je lui avais faite le jour où j'avais tout découvert, j'avais quitté Denver sans jamais revenir, hormis pour de très courts séjours. Les rares fois où je l'avais vue pendant cette période, c'était toujours en coup de vent et jamais seule.

Je pris mon temps pour monter les marches tandis qu'elle me scrutait de la tête aux pieds. Il faut dire que je n'avais pas fière allure entre mes vêtements froissés, mon maquillage qui avait coulé et mes pieds nus. Mais ce fut à peine si elle jeta un coup d'œil à mon air hirsute. Car elle me serra dans ses bras de toutes ses forces en s'agrippant à moi comme si elle comptait ne jamais me lâcher.

J'étais légèrement plus grande que ma mère et bien moins originale. En apparence, du moins. Hormis ses yeux vairons, ma mère avait également les bras recouverts de tatouages, de l'épaule jusqu'au poignet. Un côté était rempli de fleurs, l'autre était un incroyable catalogue de créatures mythologiques. Des licornes, des sirènes, des farfadets, un dahu – c'était comme si un enfant avait laissé libre cours à son imagination sur sa peau. J'adorais ces tatouages. Ma mère était la plus cool du monde, je passais mon temps à le répéter aux uns et aux autres. Et franchement, même à l'époque où je lui en voulais à mort, je continuais de penser que je n'avais jamais rencontré personne d'aussi chouette.

Je tapotai son dos pendant qu'elle me broyait presque les os.

— Qu'est-ce qui te prend de te balader pieds nus ?

L'entendre poser cette question me fit éclater de rire.

Au prix d'un effort considérable, je parvins à m'extraire de son étreinte et écartai mes cheveux en bataille de mon visage.

— J'ai passé la nuit chez un pote, j'ai dormi habillée et je n'avais pas envie de remettre mes talons.

Je tapotai mes orteils sur le plancher.

— Je devrais avoir une paire de tongs dans ma voiture, au cas où.

Ma mère haussa les sourcils et me fit prendre le chemin de la cuisine. Vu qu'il était encore assez tôt, elle me proposa de prendre le petit déjeuner. Une bouffée de nostalgie m'envahit. Je me croyais presque revenue à la belle époque, avant qu'on apprenne à connaître nos mauvais côtés respectifs.

— Ne va pas croire que ta visite n'est pas une belle surprise, mais... je peux te demander pourquoi tu débarques comme ça, sans prévenir ? Tu as passé des années à m'éviter soigneusement et d'un coup, te voilà ?

Il n'y avait pas l'ombre d'un reproche dans la voix de ma mère, on ne sentait qu'une curiosité bienveillante, c'est tout. Elle n'était pas du genre à rejeter la faute sur les autres ou à fuir les conséquences de ses actes. Certes, elle avait été déçue quand je m'étais éloignée d'elle. Je lui avais enjoint de me laisser respirer, le temps de faire le tri dans mes émotions. Mais elle ne m'avait jamais accusée de surréagir ou de m'enfermer dans ma colère et mon ressentiment. De toute évidence, elle souhaitait enterrer la hache de guerre. Et elle avait attendu patiemment que je fasse le premier pas.

Je pris place autour du grand îlot central en marbre qui occupait une bonne partie de la cuisine ultramoderne. Tout en pianotant du bout des doigts sur la surface froide, je l'observai s'affairer aux quatre coins de la pièce, comme elle le faisait chaque matin, avant l'école.

— Il y a moins d'une heure, j'étais auprès d'une petite fille qui ne connaîtra jamais sa mère. Elle est trop petite pour savoir ce que ça change à l'heure qu'il est, mais un jour, elle comprendra. Si elle a de la chance, comme son père, une nouvelle maman entrera dans sa vie, mais… ça m'a fait penser que la mienne est bien plus facile parce que tu es là, maman. Même quand je me demandais si j'avais encore envie de te voir, tu me manquais vraiment.

Ma mère acquiesça en marmonnant mais resta plantée devant la gazinière.

— Tu as toujours su où me trouver, Remy. Je ne vais pas m'envoler, tu peux m'en vouloir autant que tu veux. J'ai mérité chaque minute de souffrance que tu m'as fait subir pendant toutes ces années. Mais laisse-moi être honnête avec toi : si c'était à refaire, je n'hésiterais pas. Ton bien-être avant tout. La seule différence, c'est que je t'aurais expliqué ma décision directement, ça t'aurait évité d'apprendre par la bouche de ton père que je m'étais mêlée de ta vie de cette façon.

Ma mère finit par me jeter un coup d'œil par-dessus son épaule. Elle était sincèrement chagrinée, ça se lisait sur son visage.

— Je n'aurais jamais dû partir du principe que tu étais trop fragile pour avoir ton mot à dire sur la situation. Tu ne contrôlais rien et c'était déjà suffisamment dur à accepter pour toi. Je n'ai fait qu'aggraver les choses.

Je passai une main sur mon menton, sans détacher les yeux de ma mère. J'avais l'impression de la redécouvrir.

— Non. J'étais incapable de prendre une bonne décision, à ce moment-là. Mon seul repère, c'était l'amour que je portais à Hyde. C'est la seule chose qui n'avait jamais changé, jamais varié, jamais faibli. Mais pour le reste, c'était les montagnes russes, je ne pouvais pas me fier à ce que je ressentais, ce que j'éprouvais. Et puis le regard que je portais sur moi-même…

Je secouai la tête.

— La lucidité n'était pas mon fort, à l'époque.

Tantôt je me prenais pour la septième merveille du monde, tantôt j'avais la trouille qu'on me trouve absolument ingérable. J'avais peur de ne jamais trouver de vrais amis, de ne jamais être comprise. C'était dur et ça n'avait fait qu'empirer à mesure que Hyde semblait s'éloigner de moi, de jour en jour.

— Tu m'as sauvé la vie, maman, je t'assure. Tu as fait ce qu'il fallait.

Ma mère poussa un autre soupir songeur. Et, même si elle ne me regardait pas, je savais qu'elle était en train de pleurer. Sans quoi, je n'aurais pas vu ses épaules trembler de manière presque imperceptible et elle n'aurait pas gardé la tête baissée de cette façon.

— L'ami chez qui tu as passé la nuit, c'était Hyde, et la petite fille qui n'a plus sa maman, c'est Hollyn, j'imagine ? Après ta visite éclair lors de la fête chez lui, je n'aurais jamais cru que tu le reverrais aussi vite. Tu l'as évité presque autant que tu m'as évitée.

Je reniflai tandis qu'elle se tourna enfin vers moi avec une assiette remplie jusqu'à ras bord.

— Merci…

Elle se servit à son tour et vint s'asseoir à mon côté.

J'enfournai une pleine fourchette d'œufs brouillés brûlants avant de lui dire :

— J'ai un petit peu trop bu, la nuit dernière. Je comptais appeler Zowen pour le prévenir que je prenais un VTC pour rentrer, mais sans le faire exprès, j'ai appelé Hyde. Il a demandé au chauffeur de me conduire chez lui et il a insisté pour que je reste dormir. Il ne pouvait pas me raccompagner tout de suite à ma voiture, ça aurait réveillé le bébé et il était tard. Et puis vu mon état… Du coup, j'ai accepté.

— Tu as bu hier soir ? Est-ce que c'est une bonne idée, avec ton traitement ?

De tout ce que je venais de lui raconter, ma mère n'avait retenu que ça. La phrase avait beau être tournée comme une question, le message qu'elle me faisait subtilement passer était clair : non, ce n'était pas une super idée de boire pendant mon traitement.

Je pris une autre bouchée XXL du petit déj avant de hausser les épaules et de les laisser retomber mollement.

— C'était une idée pourrie, mais j'ai le droit d'en avoir, de temps en temps. Comme tout le monde.

Ma mère acquiesça d'un hochement de tête.

— Tout à fait. Mais ce n'est pas une raison pour oublier que les mauvaises idées ont des conséquences, elles aussi. Même si ton cerveau ne fonctionne pas comme celui de la plupart des gens, tu n'y couperas pas.

À mon tour d'acquiescer.

— Je sais, maman. Quelque part, je suis peut-être deux fois plus consciente des risques que le reste du monde. Mais parfois, ça vaut la peine d'en prendre.

Et parfois, non. Mais ça, c'est vrai pour tout le monde, pas uniquement pour les gens neuro-atypiques dans mon genre.

Avec beaucoup de tact, ma mère préféra changer de sujet et demanda :

— Magnifique, cette petite, pas vrai ? Depuis le temps qu'on rêvait de devenir gagas d'un bébé. Je suis tellement heureuse que Hyde ait pu la faire venir à Denver.

— Il est super avec elle. Elle a l'air minuscule quand il la tient dans ses bras, mais franchement, elle s'illumine quand il lui parle. À mon avis, c'est un père génial.

J'eus un petit rire et poussai mon assiette vide devant moi.

— C'est assez bizarre de se dire qu'il a un gosse. Mais c'est un rôle qui lui va bien.

— Oh ! pour moi, ça n'a rien de bizarre. Hyde a toujours très bien pris soin de toi et des autres enfants plus jeunes que lui. Même quand il était petit, il était tellement plus mature que son âge. J'ai toujours su qu'il deviendrait un mec bien.

Je me tournai vers ma mère pour lui lancer d'un ton très sarcastique :

— Mais pas assez bien pour moi, c'est ça ?

OK, peut-être que ces années de ressentiment avaient laissé quelques traces… Ce n'était pas mon intention d'être désagréable à ce point. Mais les filles n'ont pas toujours envie d'être la douceur incarnée.

Ma mère repoussa également son assiette et se tourna vers moi, son visage empreint d'un grand sérieux.

— Pour tout te dire, à l'époque, je ne savais pas si ce que je faisais était bon pour toi ou pas. J'ignorais complètement si la présence de Hyde avait un effet positif ou négatif, alors j'ai pris une décision radicale et j'ai écarté de ta vie tout ce qui risquait de t'envoyer à nouveau dans un lit d'hôpital… ou pire. Ce jour-là, j'ai agi en pensant à toi, à toi uniquement. Je n'avais rien contre lui, mais c'est comme ça. Je t'ai déjà raconté que ton grand-père avait fait la même chose pour moi ? J'étais un peu plus jeune que toi, mais je m'étais entichée d'un type qui ne m'aidait pas à avancer, à tous les niveaux. Ton grand-père m'a sortie d'un sacré pétrin. Il se fichait éperdument de ce garçon. Tout ce qui comptait à ses yeux, c'était moi. Fort heureusement, j'ai tiré le bon numéro avec ton père quand je me suis sentie prête à rencontrer quelqu'un d'autre. Mais si j'avais fait le mauvais choix, une fois de plus, ton grand-père aurait été là pour me tirer d'affaire. Alors dis-toi que c'est la même chose pour ton père et moi. Quoi qu'il arrive, on sera derrière toi, Remy. Qui que tu choisisses, cette personne te méritera. Ça fait longtemps que tu dresses des barrières tout autour de toi. Quand tu seras prête à laisser entrer quelqu'un, ce ne sera pas pour le premier venu, c'est une certitude. De notre côté, on te soutiendra à fond. Et je te promets que je ne me mêlerai plus jamais de tes affaires.

Comment rester indifférente devant tant de franchise et de gentillesse ? Ça me faisait regretter ces longues années où j'avais fui ma mère parce qu'elle s'inquiétait trop pour moi.

Je m'occupai de faire la vaisselle et de passer un coup d'éponge. Déjà qu'elle avait tout préparé…

— Pas la peine de te faire du souci. Je ne cherche personne en ce moment. Je ne suis pas rentrée à Denver pour sortir flirter. Mais pour m'occuper de *ça*.

De ma main couverte de produit, je nous désignai, elle et moi.

— La seule relation qui m'intéresse à l'heure actuelle, c'est celle-ci.

Ma mère m'adressa un sourire et posa le menton dans le creux de sa main, comme moi tout à l'heure. On était du même bois, mais j'avais poussé différemment, disons…

— Ça me fait super plaisir, je t'assure.

J'entendis distinctement un *mais* à la fin de sa phrase, même si elle ne le dit pas tout haut.

— J'ai l'impression que si tu ne cherches personne, c'est parce que tu attends encore quelqu'un.

Impossible de lui dire qu'elle avait tort. Et, même si je l'avais fait, le rouge qui me monta aux joues m'aurait trahie illico. Je préférais donc m'occuper de nettoyer la cuisine, ça m'évitait ainsi de croiser son regard perspicace.

Comment arrivait-elle à lire en moi aussi facilement, même après toutes ces années de séparation ? J'avais ma petite idée. Maman un jour, maman toujours. La distance n'y changeait rien.

— Et si j'allais te chercher une paire de chaussures ? Ça pourrait te rendre service…

— Impec, merci !

Je la regardai sortir de la grande cuisine avec un large sourire. Même si je ne l'avais pas précisé, je ne la remerciais pas uniquement de me passer des chaussures. Elle le savait, j'en étais sûre.

Des mois que j'étais rentrée à Denver, et pour la première fois, je me sentais enfin de retour.

8

Hyde

— Je n'ai pas besoin d'avoir quelqu'un sur le dos. J'ai élevé mes six frères et sœurs tout seul alors que je n'étais qu'un gosse. Pour ce qui est des bébés, je m'y connais certainement mieux que vous. En tous les cas, je m'y connais mieux qu'elle, c'est sûr.

Le jeune homme pointa du doigt Daire Archer qui était calée au fond de mon canapé jaune canari. J'essayai de la présenter au jeune homme qu'elle était censée surveiller.

Celui-ci la toisa du regard. Mais l'air blasé qu'on lisait sur son ravissant visage ne bougea pas d'un iota. Daire ne ressemblait pas à Remy. Elle était plus grande, plus blonde, et il lui manquait cette touche de bleu qui arrivait toujours à s'inviter au fond des yeux des Archer. Elle ne se distinguait pas vraiment par sa douceur. Elle avait une personnalité et un humour plus moqueur, plus mordant que Remy. Et elle savait mieux cacher ses émotions.

À l'évidence, le jeune homme recommandé par mon oncle Benny faisait tout pour la mettre en rogne. L'idée qu'une belle jeune femme le suivrait comme une ombre pendant près d'un mois le révulsait. Si c'était Remy qu'on avait traitée de boulet, le quartier entier l'aurait entendue. Elle n'était ni discrète ni diplomate, loin de là. Daire, elle, préféra ronger son frein et encaisser cette attaque en règle presque sans broncher.

Lorsque ce gosse était passé à la maison la veille, accompagné de mon oncle Benny, j'avais été à deux doigts de le renvoyer. Il savait y faire avec les enfants, sérieusement ? Il avait plutôt l'air du genre à se bagarrer dans des ruelles et à braquer des épiceries pour le plaisir. Il était plus grand que moi. Plus musclé, aussi. Toute sa gorge était recouverte de tatouages, le dos de ses deux mains, pareil. Une drôle de cicatrice barrait son menton et sa lèvre inférieure, ce qui laissait penser qu'il faisait la gueule en permanence. Et, même s'il avait une véritable tignasse rousse légèrement ondulée, il avait le même air patibulaire que mon oncle. Le message était clair : avec lui, il valait mieux éviter de chercher les embrouilles, même s'il paraissait tout jeunot. Au départ, je pensais qu'il avait bien vingt-sept, vingt-huit ans, d'où ma stupeur quand il me précisa qu'il n'en avait que vingt et un. Il avait des yeux très noirs, et dans son attitude tout montrait qu'il avait vécu bien davantage que la plupart des gamins du même âge.

— Écoute, Campbell.

Je n'étais pas tout à fait sûr que c'était son prénom. Il n'avait rien dit de plus au moment des présentations… Et il ne s'appelait quand même pas Campbell tout court ! Bref, ça m'avait paru bizarre. Mais, puisque mon oncle n'avait pas semblé surpris, je n'avais pas posé de question.

— Si mon oncle Benny dit que ma fille ne peut pas être entre de meilleures mains avec toi, je le crois. Mais je ne te connais pas. Elle, par contre, je la connais.

Je désignai Daire d'un geste moins agressif que lui juste avant.

— Je l'ai vue grandir, j'ai été son baby-sitter. Alors tout comme mon oncle te porte en estime, moi, j'ai toute confiance en Daire. En plus, c'est temporaire, en attendant qu'on trouve le meilleur fonctionnement pour Hollyn lorsque je reprendrai le boulot. Daire sera là pendant quelques semaines, c'est non négociable.

Ça m'aurait ennuyé qu'il prenne la mouche, tout ça parce que j'avais décidé d'assurer mes arrières avec Daire. En admettant qu'il renonce aussi sec, je n'avais pas vraiment de plan B, vu mon peu d'envie de confier Hollyn à un étranger ou une étrangère. Personne d'autre ne viendrait me voir avec la bénédiction de quelqu'un en qui j'avais toute confiance. Et aucun autre candidat n'aurait la carrure nécessaire pour affronter n'importe quel agresseur à mains nues et lui faire sa fête. Sans compter que ce gamin avait des références impressionnantes. La famille pour laquelle il avait travaillé avant moi n'avait pas tari d'éloges à son sujet. La femme bossait dans un cabinet d'avocats cinq étoiles et se verrait bien faire de la politique. Quant au mari… Il avait l'air d'avoir le même CV un peu trouble qu'oncle Benny. Par ailleurs, ils m'avaient également transmis les messages de leurs deux ados qui n'avaient fait que chanter les louanges de ce Campbell. Il les avait pratiquement élevés depuis leur plus jeune âge. De toute évidence, ils le considéraient comme un membre de leur famille et ils avaient envie de le voir faire bonne figure. On aurait presque dit qu'ils supportaient leur grand frère. Adorable, non ? Et puis ça me rassurait un peu. Seulement voilà, Campbell était un étranger. D'où la présence de Daire. Mais, s'il choisissait de renoncer, je ne pourrais rien y changer.

Campbell passa une main tatouée dans ses cheveux aux reflets cuivrés, sans la lâcher des yeux. Ce regard… Il faisait froid dans le dos. Malgré tout, elle resta impassible, sans sourciller. Cet accident dans lequel son frère avait failli y laisser la peau l'avait transformée, ça se sentait.

— OK. J'ai promis à mes anciens employeurs d'essayer de rester ici pendant au moins six mois. Ils tenaient vraiment à ce que je quitte ma ville natale pour échapper à l'emprise de mon père. Ça fait des années qu'ils se démènent pour nous, mes frères, mes sœurs et moi. Je n'ai pas envie de les décevoir.

Il soupira bruyamment et finit par oublier Daire pour poser son regard énigmatique sur moi.

— C'est votre premier gosse, je comprends que vous soyez stressé. Vous voulez qu'elle me surveille et qu'elle vous tienne au courant de tout, c'est normal. Mais si je suis là, c'est pour m'occuper de votre fille. Pas d'une ado.

Pour la première fois, il réussit à faire sortir Daire de sa réserve. Elle se raidit et plissa ses yeux verts.

— Je n'ai pas besoin qu'on s'occupe de moi.

Remy m'avait dit que Daire traversait une sale période. C'était à cause d'elle que Ry était au bord de la route au moment de l'accident. Elle avait un pneu crevé et son frère était venu à la rescousse. Ensuite, tout était parti en vrille. L'horreur. Depuis, Daire tenait absolument à montrer qu'elle n'avait besoin de personne. Un peu comme sa cousine, elle se laissait entraîner dans une spirale négative, quitte à se convaincre de choses qui n'étaient pas vraies.

Je levai la main et dis d'un ton ferme :

— Bien, ça suffit, les chamailleries. Rien ne vous oblige à vous entendre, tant que vous êtes capables de travailler ensemble ces prochaines semaines.

Si je me concentrais sur Daire, c'est parce qu'elle me connaissait assez bien pour savoir que ma patience avait atteint ses limites. Et ça devait s'entendre…

— Tout ce qui m'importe, c'est qu'il n'arrive rien à Hollyn. Pas que vous soyez potes. Deux paires de bras et d'yeux valent mieux qu'une tant qu'elle est encore aussi jeune. C'est compris ?

Daire hocha sèchement la tête tandis que Campbell acquiesçait en levant son menton balafré.

Je posai la main sur son épaule.

— Viens, je te montre la maison.

Lorsqu'il était passé la veille, accompagné d'oncle Benny, il était tard et le pauvre gamin avait l'air épuisé. En dehors de quelques explications succinctes et d'un crochet par le sous-sol qu'il aurait pour lui tout seul, je n'avais pas vraiment eu l'occasion de lui parler ou de l'aider à se familiariser avec la chambre de la petite.

— Daire, surveille Hollyn pour moi, d'accord ?

La grande ado acquiesça et fit le tour du canapé pour s'asseoir par terre près de Hollyn, allongée sur une couverture moelleuse posée sur le tapis. Elle suçait ses doigts en donnant des coups de pied dans le vide, sans se douter de la tension qui courait entre les adultes présents dans la pièce, visiblement. J'entendis Daire parler tout bas au bébé pendant qu'elle s'allongeait à son tour. Elle n'était plus la petite fille enjouée dont j'avais gardé le souvenir, mais cela n'avait rien d'incompréhensible. Elle avait subi un événement traumatisant qui l'avait profondément affectée et poussée à grandir un peu plus vite que prévu.

Sur mon chemin, je montrai au jeune l'emplacement des baby-phones dans chaque pièce. Campbell me suivait sans desserrer les dents, mais je sentais qu'il enregistrait chaque détail et qu'il évaluait les mesures de sécurité en place. Il prenait sa mission très au sérieux. Tant mieux. L'idée de lui confier Hollyn me terrorisait un petit peu moins.

Alors que je dressais la liste de tout ce dont il pourrait avoir besoin pour la petite, je m'interrompis au beau milieu de ma tirade pour lui dire :

— Tu as raison. Si je suis à ce point stressé et surprotecteur, c'est parce que Hollyn est mon premier enfant. Mais c'est aussi parce que j'ai failli la perdre. Elle a frôlé la mort le jour de sa naissance, je sais à quoi ça ressemble, la peur de perdre un enfant. On ne peut rien pour l'aider et c'est atroce. Du coup, je fais tout ce qui est en mon pouvoir pour ne plus jamais revivre un tel calvaire. Tu as le droit de trouver ça débile ou de penser que j'exagère en demandant à Daire de t'aider, mais franchement, je ne sais même pas si je réussirai à laisser ma fille seule à la maison quand le temps sera venu. Désolé si tu le vis mal, ce n'était pas du tout mon intention.

Mon père avait eu beau transformer le sous-sol en un vrai petit studio, avec kitchenette et entrée privative, ce type serait mon coloc pendant les prochains mois, au moins. Alors pas question qu'il y ait une hostilité inutile entre nous deux.

Campbell poussa un soupir et me lança un regard que je fus incapable de décrypter. Il avait des yeux presque noirs qui avaient de quoi vous déstabiliser quand ils étaient braqués droit sur vous.

— Ne vous inquiétez pas. Je sais ce que vous avez traversé, c'est juste la première fois que je me retrouve si loin de mes frères et sœurs. C'est même la première fois que je pars de chez moi.

Il pencha la tête sur le côté et m'observa quelques secondes avant de dire :

— De ce que j'ai compris, vous étiez dans l'armée. En fait, pendant longtemps, j'ai pensé m'enrôler, mais je me suis dégonflé au dernier moment. Si Benny n'était pas venu m'attraper par la peau du cou, je ne serais peut-être jamais parti.

L'ombre d'un sourire s'esquissa au coin de sa bouche.

— Personne ne dit non à Benny, jamais.

Ça me fit rire. Oncle Benny savait se montrer persuasif, aucun doute là-dessus.

— Content que tu acceptes de tenter le coup. J'espère que tu te plairas à Denver. C'est l'endroit idéal pour un nouveau départ.

Campbell hocha la tête tout en observant la chambre de la petite.

— Je connais quelqu'un qui passe assez régulièrement chez un mécanicien du coin, un type qui tient un atelier spécialisé et qui fait du bon boulot. Je connais aussi une fille qui était venue ici pour refaire sa vie, il y a des années. Manque de bol, ses démons voulaient à tout prix la faire replonger en enfer. Et puis bien sûr, il y a Benny. Il adore cette ville. Si on m'avait dit qu'il poserait ses valises ailleurs que dans sa ville natale, comme moi… Mais s'il arrive à s'offrir une vie normale dans un endroit comme Denver, ça vaut pour tout le monde.

Je fronçai légèrement les sourcils. Ce gamin avait l'air de mieux connaître mon oncle que moi. En tout cas, il savait pas mal de choses sur son mystérieux passé, contrairement à moi. Ça me fit une drôle d'impression.

— Ma tante Echo et mon oncle Benny passeront sûrement une tête quand j'aurai repris le boulot. Même chose pour ma mère et mon père. Ils vivent juste au coin de la rue, alors en cas de besoin…

Avec un haussement d'épaules, j'ajoutai :

— Je suis enfant unique, contrairement à toi. Mais j'ai une cousine dont je suis très proche et un ou deux amis d'enfance qui passeront peut-être. Ils connaissent tous Daire, de près ou de loin. Tant qu'elle donne son feu vert, tu pourras les laisser entrer.

Quand j'étais plus jeune, j'avais parfois rêvé d'avoir un frère ou une sœur. Mes deux parents étaient de gros bosseurs, toujours sur la brèche, mais j'étais rarement livré à moi-même. Il y avait toujours quelqu'un pour s'occuper de moi. Et quand j'étais plus grand, il est même arrivé que mes parents accueillent un gamin suivi par les services sociaux. Ma mère travaillait dans un domaine qui l'amenait à être en contact avec des gosses dont le quotidien était vraiment moche. Elle voulait en aider autant que possible, mais elle n'intervenait véritablement que dans les cas graves, très graves. J'échangeais encore avec deux des gamins qui avaient fait partie de ma famille, pour un temps. Mais la plupart avaient tourné la page et posé leurs valises ailleurs. Difficile de faire sa vie là où on a plus de mauvais souvenirs que de bons. Mais ils continuaient tous d'envoyer des cartes de vœux et de donner de leurs nouvelles. Ce qui convenait très bien à mes parents. Ils passaient leur temps à me répéter qu'ils ne regrettaient pas que notre famille n'ait pas été plus élargie. Plus originale, aussi.

— C'est une chance d'avoir tant de gens à proximité.

Campbell poussa un soupir et marmonna :

— Je serai gentil avec la princesse, même si elle tire la tronche. Je ne m'attendais pas à ce qu'elle soit là. Mais franchement, ça ne me fait ni chaud ni froid de l'avoir dans les parages les premières semaines.

J'eus envie de ricaner, mais je secouai la tête.

— Daire n'est pas une princesse. C'est une vraie tornade. Enfin, c'était le cas jusque très récemment. Elle a été impliquée dans un accident de la route avec son frère, pendant l'été. Terrible. Ça l'a réellement secouée, elle s'est assagie, depuis. Derrière son air d'ange, c'était un petit démon. Ne la sous-estime pas, tu risquerais de le regretter.

À l'entendre marmonner, il avait saisi la mise en garde. Et puis ce fut à son tour de me prévenir :

— Si vous savez que vous aurez du mal à laisser votre fille toute une journée, vous devriez commencer à vous absenter de la maison pendant de courtes périodes, progressivement. Sans quoi, vous n'arriverez même pas à mettre un pied dehors. La première fois que j'ai osé sortir pour qu'on vienne en aide à ma famille, ça m'a paru insurmontable. J'ai fait machine arrière alors que ce n'était pas mon intention, croyez-moi. Les choses se font plus facilement quand on y va pas à pas. Commencez peut-être par sortir le temps d'un café avec un ami, puis sur l'heure du déjeuner, puis une demi-journée, par exemple. En plus, ça me laissera de temps de me familiariser avec Miss Boudeuse, et vice versa.

Inutile de dire à Campbell qu'il se fourrait le doigt dans l'œil au sujet de Daire. Il finirait par s'en rendre compte et ça risquait de piquer. Mais il avait raison sur un point : autant que j'apprenne progressivement à laisser ma fille seule avec lui.

Problème : la seule personne avec qui j'avais envie de passer du temps en dehors de Hollyn, c'était Remy. Et elle avait été assez claire : elle avait eu hâte de me fuir, le matin où je l'avais ramenée jusqu'à sa voiture. Oh ! j'aurais pu appeler ma cousine Joss ou mon père, histoire d'organiser quelque chose avec eux. Mais la seule que je voulais voir, la seule que j'avais envie de mieux connaître, c'était Remy. Même si on se contentait de prendre un café ou de manger un morceau vite fait, c'est en sa compagnie que je souhaitais passer mes rares instants de liberté.

Alors que je m'interrogeais sur ce dilemme dont j'étais le seul et unique responsable, je fus tiré de mes réflexions par Daire. Elle venait d'entrer dans la chambre avec Hollyn qui faisait une drôle de tête. Oh ! oh…

— Elle a besoin qu'on la change, j'ai l'impression.

Campbell renifla la couche et lui prit le bébé des mains.

— Effectivement. Je le sens d'ici.

Avant même que je puisse lui demander de me passer la petite, Daire posa la main sur mon torse.

— Laisse-le faire. Tu le paies pour ça. Je garde un œil sur lui. Toi, va faire une sieste, tiens. Tu as l'air crevé.

À quoi bon répliquer ? Elle avait entièrement raison. Tôt ou tard, il faudrait que je lâche un peu la bride en ce qui concernait ma fille. C'était un sacré défi et je manquais de temps pour m'adapter. Il fallait que je me fasse une raison et que je prenne mes marques. Et vite.

J'écoutai donc Daire. Une fois dans cette chambre que j'avais si peu utilisée, je m'assis au bord du matelas. Effectivement, j'étais claqué, une sieste me ferait du bien. Pourtant, je ne m'allongeai pas. Au lieu de ça, je sortis mon portable de ma poche et composai ce fichu numéro que j'avais depuis toujours. Je ne pouvais pas m'en empêcher. J'avais terriblement envie d'entendre la voix de celle à qui il appartenait.

— Hyde, c'est toi ? Qu'est-ce qu'il y a ?

Est-ce que je m'habituerais un jour à ce qu'elle réponde à mes appels ? Encore sous le coup de la surprise, je bafouillai :

— Remy, ça te dirait de prendre un café avec moi demain ?

Elle garda le silence. Jusqu'à ce que je murmure d'un ton désemparé :

— S'il te plaît.

9

Remy

Pour la troisième ou la quatrième fois, je me retins de tourner les talons et de foncer vers ma voiture. Quand Hyde m'avait demandé qu'on se voie, mon premier réflexe avait été de refuser tout net. Mais quand il avait insisté de cette voix si angoissée, si désemparée, j'avais accepté, à contrecœur. Je lui avais donné rendez-vous dans l'un de mes QG, pas loin de chez moi. Ce café était situé dans le quartier des entrepôts et faisait partie d'un ensemble de bâtiments que mon père avait retapés et rénovés au fil des années. Il était également à proximité de l'atelier de Hudson Wheeler, un vrai paradis pour amateurs de deux-roues et de quatre-roues, mon frère y passait le plus clair de son temps libre. J'avais bossé dans ce café comme barista pendant à peu près un an, dans mon adolescence. Mais j'avais aussi été serveuse, fleuriste, *personal shopper*, promeneuse de chiens, paysagiste et spécialiste de la récup. Aucun métier créatif et concret ne m'était inconnu. Tant que ça me permettait de m'occuper l'esprit et le corps… Ces derniers temps, je m'étais lancée dans le développement de sites Internet et le graphisme, mettant ainsi à profit mon diplôme en arts appliqués. C'était sans doute le domaine dans lequel j'étais restée le plus longtemps. Grâce à une amie qui m'avait mise en relation avec des auteurs indépendants, j'avais réalisé des couvertures de livres et des logos, j'adorais ça. C'était marrant de travailler avec d'autres artistes, de les aider à concrétiser leurs idées. Ça donnait un sens à ma vie professionnelle, ce qui n'était pas le cas des autres métiers que j'avais brièvement exercés. Il n'empêche : je me sentais comme chez moi dans ce café, l'ambiance me plaisait bien. Il me fallait au moins ça pour survivre à ce rendez-vous avec Hyde.

Quelle ironie, quand même. Tout mon entourage s'inquiétait que je m'entiche à nouveau de lui et que je le colle en permanence, maintenant qu'il était de retour dans le Colorado. Or c'était exactement l'inverse. Faire ma vie sans Hyde m'avait plutôt bien réussi jusque-là, mais il semblait décidé à ce que nos routes se croisent dès que l'occasion se présentait. Si seulement j'étais légèrement moins sensible à son charme ! Ça m'aiderait à lui dire non quand il me suppliait de rester avec lui ou quand il m'implorait pour qu'on se voie.

Bon sang, mais quelle idiote, quelle idiote.

Après m'être tapé le front avec le poing, j'entrai dans le café. Il y avait du monde. D'un geste absent, je fis coucou aux filles derrière le comptoir et saluai le proprio que je connaissais depuis l'adolescence. C'était l'une des adresses favorites de l'ensemble de la famille Archer, j'aurais eu du mal à compter le nombre d'heures qu'on avait passées ici à faire nos devoirs ou à discuter avec nos premiers petits copains. C'était même là que mon cousin Ry et sa copine s'étaient séparés. Un peu plus tard, ils étaient revenus vider leur sac en ces lieux. Aston travaillait au garage de son père, sur le trottoir d'en face. Mon frère et Ry avaient passé des heures près des fenêtres du café, à la regarder s'affairer dans l'atelier, quand ils étaient plus jeunes.

Mon regard vola immédiatement jusqu'à l'une des tables du fond, où Hyde avait pris place. Il avait les yeux rivés à son portable. Et, malgré l'espace qui nous séparait, j'arrivais à sentir la tension qui émanait de chaque parcelle de son corps musclé. Il avait l'air tendu, stressé et plus si impatient de me voir. Un peu comme moi.

Pourquoi avais-je accepté de sacrifier mon après-midi pour venir ici, franchement ?

Tandis que Hyde restait penché au-dessus de son portable et d'une simple tasse de café noir, je me laissai tomber sur la chaise face à la sienne en poussant un soupir théâtral. À l'autre bout de la salle, une employée m'interpella pour savoir si je prenais ma boisson habituelle. Je répondis que oui d'un hochement de tête.

Quand Hyde leva le nez, je me sentis aussitôt clouée sur place par l'intensité de ses yeux verts. Il avait l'air inquiet. Un peu malade, peut-être. Il me fallut une seconde avant de m'apercevoir qu'il était tout seul. Aucune trace de sa fille. L'importance et le but de cette petite sortie me parurent nettement plus clairs, tout d'un coup.

Le temps de remercier la fille derrière le comptoir en levant le pouce, je lançai :

— Tu as laissé Hollyn avec Supermanny ?

Hyde haussa ses sourcils noirs et le coin de sa bouche se releva.

— Supermanny ?

Avec un haussement d'épaules, j'attrapai le verre que venait de me tendre la serveuse en passant près de notre table.

— Oui. Le type que tu as embauché… Quelque part, il est à mi-chemin entre Superman et Super Nanny.

Enfin, le voilà qui souriait pour de vrai. Mais soudain l'air resta bloqué dans ma poitrine. J'avais oublié à quel point un grand sourire franc pouvait métamorphoser son visage d'ordinaire si sévère, si sombre. Il arborait toujours cette mine sérieuse, mais, quand il souriait, il avait l'air de rajeunir. Et il était cent fois plus attirant.

— Campbell. C'est son nom.

Il pencha la tête sur le côté et ajouta :

— Enfin, il n'a pas précisé si c'était son prénom ou son nom de famille.

— Oh… Très mystérieux, tout ça. Pas étonnant que tu hésites autant à laisser Hollyn seule avec lui.

Je pointai le doigt vers lui.

— Je comprends mieux pourquoi tu m'as proposé ce rendez-vous, tu aurais pu me le dire plus tôt !

J'aurais dit oui tout de suite. Enfin, j'aurais été incapable de l'envoyer bouler quand il m'avait suppliée de ce ton si doux et si grave à la fois.

Le sourire de Hyde pâlit légèrement, et il détourna les yeux.

— Je voulais peut-être voir si tu viendrais, quelle que soit la raison.

Un silence gênant s'abattit sur nous lorsqu'il lâcha ces quelques mots. Une vraie bombe. C'est ce que je faisais, à l'époque : je courais le retrouver dès qu'il m'appelait. Et même quand il ne m'appelait pas. Mais voilà qu'il souhaitait voir s'il avait toujours le même pouvoir sur moi… Ça me faisait un drôle d'effet, difficile de mettre des mots dessus. C'était comme un test surprise. Résultat ? Hum, tout dépendrait du correcteur…

— Et ton Campbell, il s'est bien installé ? Il va bien s'entendre avec Daire ?

J'avais essayé de soutirer des infos à ma cousine, mais pour une fois elle m'avait donné les détails au compte-gouttes. La reine des potins s'était refermée comme une huître, c'est dire !

— Il est super avec Hollyn. On sent qu'il a l'habitude des bébés. Il a élevé ses frères et ses sœurs de leur naissance jusqu'au début de leur scolarité. Je risque d'apprendre pas mal de choses grâce à lui. Mais il est assez discret et on n'a pas vraiment échangé pour le moment, que ce soit Daire ou moi. Tout ce qui lui importe, c'est Hollyn. Dès qu'il termine le travail, il disparaît au sous-sol ou il sort retrouver mon oncle Benny. Je ne m'étais pas rendu compte que ces deux-là étaient si proches quand il a recommandé Campbell pour ce job. Logique, cela dit. Ce gamin me rappelle un peu lui, en plus jeune.

Dans un soupir, je tournai ma paille dans la crème Chantilly qui surmontait ma boisson.

— Personne n'embêtera ta fille, comme ça.

Voyant Hyde pencher la tête sur le côté, je l'imitai.

— La quitter pour la première fois ne sera pas plus facile, c'est sûr. Est-ce que tu crèves déjà d'envie de courir jusqu'à ton 4x4 et foncer jusque chez toi, ou pas ?

Cette fois, il eut un sourire forcé, douloureux.

— Je ne te raconte pas l'effort absolument surhumain qu'il me faut pour m'empêcher de piquer un sprint jusqu'à ma voiture. J'ai envoyé une vingtaine de textos et passé une dizaine de coups de fil. J'ai l'impression que ma peau brûle et quand j'ai pris une gorgée de café, c'était comme boire de l'acide.

J'aurais voulu le toucher. Hyde avait les poings sur la table, les doigts serrés si fort que les veines qui couraient sur le dos de sa main se gonflaient à vue d'œil. Il faisait vraiment de son mieux pour ne pas craquer.

— Et le reste de la famille de Hollyn ? Tu as dit que les choses étaient compliquées avant le décès de sa mère. Enfin, je n'ai pas envie de te rajouter du stress en évoquant le sujet si ça t'ennuie…

Il mit une bonne minute avant d'acquiescer, malgré sa réticence évidente. Mais il avait envie de me faire plaisir, comme toujours.

— Je me demande simplement ce qu'ils pensent de ton départ pour le Colorado avec Hollyn. C'est un petit morceau de la fille qu'ils ont perdue du jour au lendemain. Ça a sûrement été dur pour eux de la voir partir. Ils envisagent de venir lui rendre visite ou pas ?

Hyde se dandina sur son siège et releva les yeux vers moi. La colère que j'y lus me sidéra. Hyde n'était pas vraiment du genre accommodant, mais il n'avait pas non plus l'habitude de perdre son sang-froid sans une bonne, une très bonne raison. Et là, c'était de la colère à l'état pur qui brûlait dans ses yeux vert clair.

— Mon ex, Ava, avait dit à ses parents que Hollyn n'était peut-être pas de moi. Elle avait commencé à voir quelqu'un d'autre pendant mon dernier déploiement et ça avait continué après mon retour. Elle n'aimait pas que je sois prêt à tourner la page de l'armée. Elle voulait être une femme de militaire, coûte que coûte, comme sa mère. Le jour de l'accident, j'étais surtout inquiet pour la petite, parce qu'elle avait survécu. Il n'y avait rien à faire pour Ava. Sans doute que dans mon esprit Hollyn était déjà ma fille, et mon lien avec Ava s'était brisé net dès l'instant où elle m'avait annoncé qu'elle me trompait. Aux yeux de ses parents, je n'ai pas porté le deuil comme il se doit, je n'ai pas suffisamment montré mon chagrin. Ils doivent encore me mettre l'accident sur le dos, je parie. C'est chez moi qu'elle se rendait, le jour où elle a fait cette sortie de route. Je lui avais dit qu'on pouvait rompre, aucun problème. Mais je voulais effectuer un test ADN pour savoir qui était le père du bébé et trancher la question une fois pour toutes. La voir me plaquer pour mon ancien pote ne me dérangeait pas, mais je ne comptais pas lui laisser la petite sans réagir. Pas après tout ce que j'avais traversé quand j'étais gosse. Ava était furieuse, elle voulait que je lâche l'affaire. Elle s'en foutait que le bébé soit peut-être de moi, c'était l'autre qui l'élèverait. Elle avait tourné la page, il fallait que je fasse pareil. Elle n'avait eu aucun mal à m'oublier, elle devait se dire que je pourrais en faire autant avec la petite. Sans doute qu'elle flippait à l'idée que l'autre type se barre si Hollyn était de moi. Ça aurait salement compromis son projet de famille parfaite.

Hyde poussa un soupir et secoua la tête.

— L'autre type était bien plus attaché à Ava que moi. Il servait sous les ordres de son père. Il connaissait mieux sa famille, du même coup. Sa mort l'a vraiment effondré. C'est à peine s'il est venu voir la petite, alors même qu'elle était peut-être son enfant. La famille d'Ava, pareil. Bizarrement, ça les rongeait qu'elle ait survécu et pas leur fille. Ils ne sont jamais venus la voir quand elle était à l'hôpital, ils n'ont jamais manifesté la moindre envie de trouver un arrangement pour la garde ou des visites. La preuve : ils n'ont rien dit quand on a quitté la Géorgie pour le Colorado.

Je battis des paupières, sans trouver de moyen pour calmer la colère qui bouillonnait au fond de moi.

— Quelle horreur. Comment peut-on faire un truc pareil à un bébé ?

Et puis comment son ami et sa copine avaient-ils pu trahir Hyde de cette façon ? Pas étonnant que ce soit si compliqué pour lui de faire son deuil, cela n'avait rien d'évident. Il avait salement morflé avant de rentrer. Il avait tout du héros qui avait enchaîné les épreuves et les galères sur le chemin qui le ramenait au bercail. J'avais toutes les peines du monde à imaginer qu'on puisse *avoir l'idée* de tromper Hyde. À mes yeux, personne ne lui arrivait à la cheville. Il n'y avait pas mieux que lui. Qu'est-ce que son ex avait dans le crâne, franchement ?

— S'ils changent d'avis ou si Hollyn souhaite faire leur connaissance quand elle sera plus grande, je leur tendrai la main le moment venu. À l'heure actuelle, ils ne veulent pas d'elle dans leur vie. Moi, si.

Pas la peine qu'il m'explique ce qu'un enfant pouvait ressentir dans une situation pareille. Son passage entre les mains des services sociaux avait forcément laissé des traces…

Soudain, il me lança :

— Et toi ? J'espère que tu as eu plus de chance en amour que moi.

J'attrapai aussitôt mon verre pour occuper mes mains. Et évacuer mon stress…

— Non. Je n'ai pas beaucoup de chance, quel que soit le domaine. Question drague, pas de souci. J'ai toujours eu un petit talent pour attirer les gens et mettre n'importe qui à l'aise, tu sais bien. Mais, entre mon caractère volcanique et mes sautes d'humeur, toutes les personnes qui ont vraiment tenté de s'intéresser à moi ont eu du mal à s'adapter. J'en ai vite eu ras le bol de ces mecs qui m'aimaient en croyant qu'ils pourraient me changer, comme si j'allais brusquement devenir amorphe et docile au bout de quelques mois de relation. J'ai commencé à croire que personne n'avait envie de faire l'effort de m'aimer telle que je suis, alors j'ai arrêté d'essayer. J'ai toujours été du genre à profiter du temps présent, de toute façon.

« Et puis j'ai pas mal bougé à l'époque où j'étais furieuse après ma mère. Pendant des mois et des mois, je lui en ai beaucoup voulu. Je voulais être partout sauf à la maison. Je ne suis jamais restée assez longtemps au même endroit pour développer une relation sérieuse avec quelqu'un. Ou y consacrer du temps. Et puis dès que j'aborde frontalement la question de ma santé mentale et mon histoire, sans me cacher derrière mon petit doigt, ça en refroidit plus d'un. »

Hyde se cala au fond de sa chaise et un air dur se peignit sur son beau visage.

— Tu aurais pu passer un temps précieux avec ta famille, mais tu n'as pas pu à cause de moi. Désolé, vraiment. C'était la dernière chose dont j'avais envie.

On le sentait rongé par les remords, et je pouvais concrètement voir la culpabilité peser sur ses larges épaules tandis qu'il se laissait légèrement glisser sur son siège.

— Ça m'a obligée à sortir de ma coquille et découvrir le monde, comme toi. À trouver ma voie.

Je reposai mon verre et enroulai un doigt froid autour d'une boucle de cheveux.

— J'ai arpenté le pays de long en large… mais toujours pour revenir ici, en fin de compte. Traduction : ma place est à Denver.

Puis, je haussai un sourcil et murmurai :

— Je ne m'attendais pas à ce que tu décides brusquement que c'était la même chose pour toi. Le timing est légèrement suspect.

On pouvait même dire que le destin jouait avec mon cœur.

— Le timing était parfait. Et ça me fait plaisir qu'on soit à nouveau réunis.

Hyde se pencha en avant, les bras posés sur la table. Je me sentais étouffer même s'il n'empiétait pas vraiment sur mon espace. D'instinct, je me reculai tout en continuant d'enrouler cette boucle autour de mon doigt, de plus en plus nerveusement.

— Tu m'as manqué, Remy.

J'écartai ma chaise de la table si vivement qu'elle crissa sur le sol. Plusieurs têtes se tournèrent dans notre direction. Je levai alors une main tremblante devant moi, comme pour repousser ce qu'il venait de dire, aussi loin que possible.

Combien de temps avais-je attendu avant d'entendre Hyde Fuller prononcer cette phrase, précisément ?

Combien de nuits blanches avais-je passées, l'esprit en ébullition, à me demander s'il pensait à moi de la même façon que moi, je pouvais penser à lui ?

Combien de jours avais-je dû batailler pour me fourrer dans le crâne que ce n'était pas ma faute s'il s'était enfui ?

Je lui manquais ? Il n'avait pas le droit de me dire un truc pareil ! Et moi, je n'avais pas le droit de laisser ces mots faire leur chemin dans mon cœur.

— Entre nous, les choses ne seront jamais plus comme avant, Hyde. Je n'ai aucune envie de jouer la petite sœur de substitution ou la meilleure amie sur qui on peut toujours compter. Si je t'ai laissé me mettre dans ces cases, à l'époque, c'était parce que je voulais avoir la possibilité de me rapprocher de toi. Je ne laisserai plus jamais les gens me dicter qui je suis.

Je tâchai de me calmer. *Allez, respire.* Je posai la main sur ma poitrine, à l'endroit précis par lequel mon cœur tenterait de jaillir, j'en étais sûre.

— Ce n'est pas moi qui te manque, c'est la fille que je devais être à tes yeux. Pas celle que je suis maintenant, pas celle que j'étais à l'époque. Trouve-toi quelqu'un à qui tu pourras te raccrocher quand ton rôle de parent te donnera du fil à retordre. Je te l'ai déjà dit, je ne suis pas la bonne candidate pour ce job.

Le côté vulnérable de Hyde avait toujours été ma faiblesse.

Et je savais que s'il me disait qu'il avait besoin de moi, j'étais fichue. Il n'y avait qu'une seule chose dans la vie que je souhaitais par-dessus tout : qu'il compte sur moi avec la même confiance aveugle que je lui avais toujours portée.

Je voulais qu'il y ait une forme de stabilité entre nous. Un équilibre. Car j'avais tant reçu sans jamais être capable de lui rendre la pareille.

Pourtant, dans la seconde qui suivit, je tournai les talons et fonçai vers la porte, sans me soucier du fait que je me donnais en spectacle ou que les membres du personnel qui me connaissaient essayeraient de me retenir. Je n'avais même pas payé ma conso, mais tant pis, il fallait que j'échappe à Hyde. Et maintenant que je l'avais entendu avouer que je lui manquais, c'était une question de vie ou de mort. Mon esprit allait à mille à l'heure. Toutes ces émotions, tous ces sentiments contre lesquels j'avais bataillé pour les maîtriser étaient en train de se réveiller, prêts à se déchaîner.

Je comptais courir tête baissée jusqu'à ma voiture, mais mon plan tourna court quand une grande main agrippa mon avant-bras, m'obligeant à m'arrêter. Un cri de surprise s'échappa de ma bouche : j'avais pivoté sur moi-même et mon dos venait de cogner contre le mur en briques du bâtiment. Plusieurs personnes qui marchaient sur le trottoir s'arrêtèrent près de Hyde et moi. Mais manifestement la mine menaçante qu'il arborait suffit à les convaincre de ne pas approcher.

Hyde ne me faisait pas peur. Peu importe ce qui s'était passé entre nous ou ce qui se passait en ce moment, il ne me ferait jamais de mal. C'était indiscutable.

Voyant qu'il approchait davantage, je posai la main sur son torse pour qu'il recule.

Cette fois, il empiétait vraiment sur mon espace, il se rapprochait sciemment. Impossible de lui échapper, impossible d'échapper à la chaleur qui émanait de son corps.

— Arrête de me fuir comme ça, Remy. Je n'aime pas ça.

Je ne pus retenir le rire étranglé qui s'échappa de mes lèvres. Tout en continuant de le repousser, je lui adressai un regard noir.

— Moi non plus, je n'ai pas aimé que tu me fuies, mais j'ai appris à vivre avec. Tu y arriveras aussi.

Je tressaillis quand Hyde s'avança, son bras à quelques centimètres au-dessus de ma tête. Il se pencha, et ses lèvres se retrouvèrent dangereusement près de mon oreille. Il murmura :

— Je veux simplement avoir la possibilité de te redécouvrir. J'ai fait beaucoup de conneries dans ma vie et je fais tout mon possible pour arranger les choses. Je ne te dicterai jamais qui tu dois être, Remy. Je te veux telle que tu es.

Je laissai un nouveau rire hystérique m'échapper, mon poing enfoncé dans son torse puissant.

— *Tu me veux* ?

Avec un temps de retard, il dut prendre conscience de tous les sous-entendus qu'il y avait dans cette phrase. Un éclair de panique traversa son regard, il semblait prêt à s'écarter du mur et battre en retraite.

Quoi qu'il en soit, je n'étais pas du genre à reculer devant le danger. Avant que je puisse faire la liste de toutes les manières dont mes prochaines décisions pouvaient me péter à la gueule ou foutre en l'air la trêve fragile que nous avions acquise, j'agrippai son T-shirt pour le tirer vers moi.

Je vis alors les yeux de Hyde s'écarquiller, et un cri de protestation se forma sur ses lèvres. Je ne lui laissai pas le temps de discuter, car je me hissai déjà sur la pointe des pieds pour frôler sa bouche de la mienne.

Depuis que j'avais trois ans et Hyde, cinq, je lui courais après et je lui volais des baisers dès que j'arrivais à le surprendre. Comme ça, pour m'amuser.

Peut-être avais-je l'espoir qu'il aurait la même réaction qu'à l'époque. Qu'il ne prendrait pas mon geste au sérieux ou qu'il serait sidéré, sidéré au point de me repousser et de garder ses distances.

Je ne m'attendais pas à l'entendre doucement rendre les armes. Je ne m'attendais pas à ce qu'il prenne mon geste très au sérieux. Il attrapa mon visage dans le creux de sa main droite et posa la gauche sur la courbe de ma taille, avec une délicatesse ahurissante. Je ne m'attendais pas à me sentir aussi étroitement liée à lui, par le corps et par l'esprit. Encore moins après la manière brutale dont il était sorti de ma vie, toutes ces années plus tôt. J'avais l'impression de brûler et de geler en même temps.

Mais, par-dessus tout, je ne m'attendais pas, absolument pas à ce que Hyde me rende ce baiser comme si sa vie en dépendait.

10

Hyde

Beaucoup de choses avaient changé depuis la première fois que Remy m'avait embrassé.

Nous n'étions plus des gosses. Nous ne nous connaissions plus par cœur. J'avais enfin l'impression d'avoir saisi ce que ça voulait dire d'aimer quelqu'un comme il le mérite. Et ça, c'était grâce à ma fille. Mais le plus gros changement, c'est que je me sentais enfin prêt à lui rendre son baiser.

Il y avait eu comme un déclic dans ma tête, une étincelle avait jailli dans mon cœur. Et désormais, quand je regardais Remy, je ne voyais plus la petite fille que je voulais protéger coûte que coûte. Elle n'était plus la petite sœur que je souhaitais guider. Elle n'avait plus l'air d'une jeune fille flirtant avec le bord du précipice. Plus aucune trace de la sensation qu'elle risquait de s'effondrer d'un moment à l'autre sans moi. Cette Remy-là semblait avoir davantage les pieds sur terre que moi. Je n'aurais jamais pu en dire autant au cours des huit dernières années. J'étais fier d'elle. Jaloux, aussi.

Toutes ces fois où je l'avais laissée me courir après pour qu'elle m'embrasse, c'était pour rire, pour tester mes limites. On jouait, rien de plus. Elle brouillait toujours la frontière entre cette amitié que je voulais préserver et un autre sentiment qu'elle voulait déclencher chez moi. Elle me séduisait et elle me provoquait sans arrêt, mais en n'oubliant jamais quand faire machine arrière. Elle essayait de me mettre mal à l'aise, de me déstabiliser, mais ça ne prêtait pas à conséquence. Cette affection débordante faisait partie de sa personnalité, tout comme son rire contagieux et sa tête de mule. Elle était chaleureuse et démonstrative avec tout son entourage proche, mais cela s'était estompé au fil des années. Elle n'était plus aussi tactile. Elle avait tendance à garder volontairement ses distances. Elle était plus mesurée, elle livrait ses sentiments moins librement. Ce baiser n'était pas un moyen de se rapprocher de moi, comme au bon vieux temps. C'était une arme dont elle se servait pour me faire partir en courant. Malheureusement pour elle, je ne comptais aller nulle part maintenant que ma vie entière semblait enfin rouler dans le bon sens.

Mes doigts plongés dans ses cheveux bouclés, j'attrapai doucement l'arrière de sa tête pour l'empêcher de fuir et je lui rendis ce baiser inattendu. J'étais penché au-dessus son corps minuscule, la cachant à la vue des passants qui marchaient sur le trottoir à ce moment-là. Je refermai la main autour de sa hanche puisqu'elle devait se hisser sur la pointe des pieds pour que nos bouches s'unissent. Sa façon de se lover contre moi éveillait tous mes sens et je savourai intensément sa surprise quand elle se rendit compte que je l'embrassais à mon tour au lieu de la repousser.

Ce n'était pas un bisou amical, nos lèvres ne s'étaient pas simplement frôlées. D'emblée, nos langues voguèrent l'une contre l'autre. Nos lèvres se cherchèrent et nos poumons commencèrent manquer d'air à mesure que la passion et l'intensité de ce baiser augmentaient. Il était humide et brûlant. Troublant, aussi, car mon corps réagissait très vite. Je voulais carrément la dévorer. Je n'étais pas le genre de mec capable de perdre les pédales pour satisfaire ses désirs et ses pulsions. Il était rare que je me laisse emporter. J'étais trop réfléchi et rationnel pour ça. Mais, à cet instant précis, je mourais d'envie de déshabiller Remy des pieds à la tête et de la plaquer encore davantage contre les briques dans son dos. Je voulais goûter la moindre parcelle de son corps et la caresser partout.

Mais d'où sortaient cette attirance et ce désir fiévreux ? Je connaissais Remy depuis toujours, ou presque… Mais peu importe. Ce que Remy avait éveillé au plus profond de moi depuis mon retour semblait impossible à assouvir. Je ne pourrais pas me lasser d'elle.

Donner un baiser digne de ce nom à Remy Archer était une expérience totale pour les cinq sens.

J'avais la chair de poule.

Mes oreilles bourdonnaient, j'entendais mon cœur cogner à travers ce bruit sourd.

Impossible de détourner les yeux du rose qui colorait ses joues et de ses sourcils qui se rejoignaient en lui conférant cet air perdu.

Mes narines étaient envahies par le parfum fruité de son shampooing et l'odeur sucrée qui lui collait à la peau. Une odeur qui n'avait jamais appartenu qu'à elle, ça n'avait pas changé d'un iota depuis tout ce temps.

Et puis ces lèvres avaient un goût… On sentait une note de café et de crème Chantilly de sa boisson. Et puis il y avait cette saveur de miel ou de caramel qui lui donnait un goût sucré. Un vrai bonbon. Remy était une délicieuse friandise qui fondait sur ma langue, et j'avais envie de tout manger. C'était le baiser le plus doux, le plus mémorable que j'avais jamais eu, haut la main.

Finalement, Remy parut se relâcher et je sentis la pointe de sa langue toucher timidement la mienne. Je sentis également sa main, jusque-là cramponnée à mon T-shirt, se détendre et ses doigts se déployer sur mon cœur. Est-ce qu'elle percevait à quel point il battait fort ? Je laissai ma main glisser le long de la courbe de sa hanche et poussai un grognement quand mes doigts frôlèrent sa peau nue. De toute évidence, le dos de son top était plus court que le devant, ce qui donnait un bel aperçu de son corps. Je ne l'avais pas remarqué quand elle était entrée dans le café ou quand elle était partie à toutes jambes car j'étais trop absorbé par mes pensées. Mais désormais je ne souhaitais qu'une chose : la faire tourner sur elle-même pour laisser courir mes doigts et ma langue dans le creux de son dos tellement sexy.

Remy poussa un petit son plaintif et attrapa mon épaule de sa main libre. Je crus qu'elle allait me repousser et peut-être me rappeler qu'on était en public. Mais non. Maintenant qu'elle était solidement agrippée à moi, elle se hissa encore davantage sur la pointe des pieds pour coller ses lèvres contre les miennes, de toutes ses forces.

C'était elle qui avait commencé ce petit jeu. Et, de toute évidence, c'était aussi elle qui sifflerait la fin de la partie.

Je sentais la pointe de ses dents presser contre ma lèvre inférieure et ses ongles griffer ma peau. Nos souffles se mélangeaient et nos cœurs battaient au même rythme. Avais-je déjà été autant en phase avec quelqu'un avant d'embrasser Remy pour de vrai ? Sans doute que non. Mon membre se durcit et le tourbillon qui occupait mon esprit disparut, menaçant de m'entraîner avec lui. Je n'arrivais à me concentrer que sur elle. Je ne pensais qu'au moment où j'aurais à nouveau la possibilité de l'embrasser. De préférence derrière une porte fermée avec un grand lit à proximité. Auparavant, je m'étais toujours arrangé pour qu'elle ne m'approche pas trop. Mais, finalement, est-ce que je ne le savais pas depuis le début ? Qu'une fois qu'on s'embrasserait pour de vrai, une fois qu'on arrêterait de jouer, de flirter comme des gamins, il serait impossible de revenir en arrière... Aurais-je envie d'embrasser quelqu'un d'autre après ça ? Franchement, j'en doutais.

Personne n'avait si bon goût, personne ne m'enivrait aussi vite.

Personne n'était parvenu à me faire oublier qui j'étais et pourquoi ce baiser aurait pu être une très mauvaise idée. Cela avait été déjà si dur de m'éloigner d'elle, alors même qu'elle semblait parfaitement à sa place dans mes bras ou qu'elle répondait passionnément à la moindre caresse de mes doigts sur sa peau. Et dire que j'ignorais tout ça !

Je fis courir ma langue au bord de ses dents avant de me plonger encore davantage dans la douce chaleur de sa bouche. Le goût amer qui collait à ma langue après avoir bu mon café fut chassé et remplacé par la saveur douce et sensuelle de Remy. Le soleil qui tapait dans mon dos était chaud, mais ce n'était rien comparé à la fièvre qui m'envahissait, lové ainsi contre elle. Je brûlais littéralement.

On aurait dit qu'elle avait encore le pouvoir de me déstabiliser. Mais, désormais, c'était d'une tout autre façon.

Je comptais bien balayer d'un revers de main le fait qu'on était en public, quitte à flirter avec l'indécence, quand mon portable vibra subitement dans ma poche. Pire que si on m'avait versé un seau d'eau glacée sur la tête. Le stress et la tension que j'avais eu tellement de mal à contrôler refirent aussitôt surface et je m'écartai si vivement de Remy qu'elle faillit tomber. Tout en la rattrapant pour l'empêcher de basculer, je collai mon portable à mon oreille.

— Daire. Tout va bien ?

Pourquoi ce coup de fil de sa part ? En principe, s'il y avait des infos à me transmettre, Campbell s'en serait chargé. Mais c'est Daire qui avait appelé. Sans doute pour me faire part d'un truc qui concernait le jeune homme à qui j'avais accepté de confier mon enfant… Cette simple idée suffit à me glacer. Et, sans réfléchir, je fonçai vers mon 4x4, que j'avais garé devant l'atelier de Hudson Wheeler.

Lorsque Remy entendit le nom de sa cousine, elle s'agrippa à mon avant-bras pour attirer mon attention. Elle était si légère que je la traînai presque de l'autre côté de la rue tellement j'étais intenable. Rien n'aurait pu me ralentir, pas même Remy.

— Tout va bien. Je voulais juste te dire que ça roule, pas la peine de t'inquiéter. Hollyn a même fait une petite sieste tout à l'heure. Campbell m'a conseillé de ne pas te déranger. Ça t'aurait fait flipper dans la seconde et tu aurais foncé à la maison. Mais ça m'ennuyait de ne pas te donner de nouvelles de tout l'aprèm.

J'aspirai une grande goulée d'air et fermai les yeux une seconde pour me recentrer. Pas question d'avouer à Daire que Cambell avait raison. Dès que mon portable avait sonné, mille et un scénarios catastrophe avaient envahi mon esprit. Et si Hollyn avait brusquement cessé de respirer ? Et si elle avait été kidnappée ou si elle avait eu une réaction allergique à je ne sais quoi ? Et si elle avait refusé de manger comme je n'étais pas là ou pleuré toute la journée parce que j'étais parti ? Tant d'hypothèses… J'avais l'impression de perdre pied dès que je laissais mon esprit s'emballer. Je ne voulais pas que Daire se sente coupable ou pense avoir fait une bêtise. Voilà pourquoi je me ressaisis pour lui dire :

— Je rentre à la maison, justement. Tu pourras partir dès mon retour. Ça me fait plaisir que vous ayez tous les deux passé une bonne journée avec Hollyn.

Je libérai l'air bloqué dans mes poumons et passai une main sur mon visage.

— Du coup, euh… tu veux que je t'amène de quoi manger ?

— Bof, non merci, répondit Daire. J'ai assez profité de l'autre débile, inutile de faire durer le plaisir.

Elle marqua une pause, comme si une idée avait traversé son esprit.

— Tu as pris un café avec qui ? Remy ?

Je regardai la principale intéressée, qui haussa les sourcils, les yeux fixés sur mon téléphone. Si Daire apprenait qu'on se voyait à nouveau, le reste de la famille Archer serait au courant dans la seconde. L'expression de Remy était plus qu'éloquente : il était hors de question que je dise la vérité à Daire. Mais si elle pensait s'en tirer à si bon compte… L'entourage de Remy devait savoir que j'étais de retour et bien décidé à passer du temps avec elle.

— Oui, exact. Elle m'a dit de te dire d'y aller mollo avec le nouveau.

Cette dernière partie de la phrase était totalement inventée, ce qui me valut un petit coup de pied dans le mollet. Remy poussa un soupir outré, les bras croisés sur sa poitrine.

Daire eut un petit rire et marmonna :

— Jamais de la vie. Remy n'est pas la reine des Bisounours. Elle ne me forcerait jamais à m'entendre avec quelqu'un qui ne peut pas m'encadrer. Je ne sais pas ce qui déconne dans la tête de ce mec, mais on ne sera jamais potes. Alors là, aucune chance.

Je lui dis qu'on en reparlerait plus tard et raccrochai. Remy me lança un regard dur tout en tapant le pied par terre.

— Qu'est-ce qui t'a pris de dire à Daire qu'on s'est vus aujourd'hui ? Elle va s'imaginer des trucs.

— Il y a de quoi.

J'enroulai l'une de ses boucles autour de mon doigt. Ses cheveux étaient tellement soyeux, l'envie me prenait de plonger mes mains dedans.

— J'essaye de m'éloigner de la maison, progressivement. Je commence mon nouveau job dans un peu moins de deux semaines. Je t'appellerai pour te proposer qu'on déjeune ensemble. Et puis ensuite, pour qu'on dîne ensemble. Si tu es d'accord pour l'un ou pour l'autre, je t'appellerai pour te proposer qu'on dîne ensemble *et* qu'on passe la nuit ensemble. Ce n'est pas rien pour moi, tu sais. Je ne laisserais jamais Hollyn seule aussi longtemps, sauf si la personne avec qui je suis est aussi précieuse qu'elle à mes yeux. Il faut que ça en vaille la peine. Et tu en vaux la peine, Remy.

Elle me jeta un regard surpris puis recula d'un pas. Elle secoua la tête, libérant la mèche de cheveux avec laquelle je jouais nonchalamment.

— Et si je ne réponds pas à tes coups de fil, Hyde ? Tu es encore en train de prendre tes marques dans ta nouvelle vie. Je n'ai pas envie d'être ta béquille ou ton excuse pour sortir de chez toi. Ne compte pas sur moi pour t'aider à te distraire ou à te servir de cobaye le temps que les choses se mettent en place.

Presque inconsciemment, elle porta la main à ses lèvres gonflées par mes baisers.

— Ne réponds pas.

Je ne pouvais pas forcer Remy à me voir si elle n'en avait aucune envie. Mais je pouvais lui assurer que je serais toujours là, comme dans notre jeunesse. Impossible d'échapper à sa présence. C'était à la fois réconfortant et énervant. Elle était d'une ténacité légendaire, je ne pouvais pas baisser les bras parce qu'elle voulait jouer les difficiles. Je lui devais bien ça, non ?

— Si tu n'as pas envie de voir où ça pourrait nous mener, si tu ne tiens pas à ce qu'on réapprenne à se connaître, si tu souhaites qu'on reste des étrangers, ne décroche pas. Je ne t'en voudrai pas si c'est ta décision. Mais si tu as envie de me laisser une chance de me racheter, si tu veux me laisser la possibilité de connaître la femme que tu es aujourd'hui, réponds et accepte. Je ne mentais pas quand j'ai dit que je te voulais. C'est la vérité. De plein de manières différentes, mais surtout, je te veux à nouveau dans ma vie, de la façon qui te conviendra. Tu l'as dit : j'ai besoin de trouver quelqu'un qui m'épaulera le temps que je m'habitue à mon nouveau rôle de parent. Mais la seule personne que je veux avoir à mes côtés, c'est toi. C'est le cas depuis toujours.

Dans notre jeunesse, Remy me prenait par la main et elle m'entraînait partout. À l'époque, ce lien-là me paraissait indestructible, j'étais toujours prêt à la suivre, où qu'elle aille, ne serait-ce que pour l'empêcher de s'attirer des ennuis. C'est moi qui ai lâché sa main. C'est moi qui suis parti. Et, depuis, me raccrocher à quelqu'un sonnait toujours faux.

La seule main que je souhaitais tenir, dans les bons comme dans les mauvais moments, c'était celle de la femme qui se trouvait face à moi, en ce moment même.

— À mon avis, tu ne sais pas ce que tu veux, Hyde. Ça a toujours été ton problème.

Sur ces mots, Remy tourna les talons pour s'en aller. Enfin, je pouvais voir l'arrière de son T-shirt. Qui donnait un bel aperçu de son corps, effectivement. Le devant était entièrement couvert. L'arrière, lui, était constitué de fines bandes de tissu qui laissaient entrevoir son dos et la courbe délicate de ses omoplates. Elle portait un soutien-gorge en dentelle brodée, très sexy. Elle avait assorti son T-shirt à moitié déchiré d'un short en velours noir et de tennis à paillettes. Une tenue un peu trop sophistiquée pour sortir prendre un café, mais assez sage pour Remy. Elle avait toujours eu un style un rien provocateur et audacieux. Manifestement, il avait mûri en même temps qu'elle.

— On a parfois besoin du bon timing pour obtenir ce qu'on veut, lançai-je. Il faut faire des efforts pour y avoir droit, pour en être dignes. Personne ne reçoit jamais tout ce qu'il désire sur un plateau. Nos envies et nos besoins peuvent changer, grandir, et devenir plus clairs au fil du temps. Je ne savais peut-être pas ce que je voulais et qui j'étais quand on était plus jeunes, mais maintenant, si. Tu refuses que je te résume à celle que tu étais autrefois ? Dans ce cas, laisse-moi une chance de te montrer qui je suis et ce que je peux t'offrir.

Comme je n'avais plus peur de détruire Remy ou de la perdre parce qu'elle m'aimait trop, j'étais prêt à lui donner ce que j'avais construit au fil des années, au prix de tant d'efforts.

— Te dire au revoir me semblait impossible. C'est pour ça que je ne l'ai jamais fait.

Je commençais à me rendre compte que je ne m'étais jamais vraiment investi dans mes précédentes relations. J'avais l'impression de m'investir à fond, mais c'était parce qu'il n'y avait jamais rien de bien sérieux, on me demandait rarement des efforts. Dans mon esprit, c'était suffisant pour m'inciter à me consacrer à mes copines quand j'étais disponible et les abandonner à leur sort quand j'étais en opération ou incapable de répondre présent. Quel connard, franchement. J'avais toujours eu la partie facile, car je ne m'impliquais jamais complètement. Si je m'étais donné à 100 %, le fait qu'Ava m'ait trompé ne m'aurait pas indifféré à ce point. Lui dire adieu aurait été nettement plus douloureux.

C'est au dos presque entièrement nu de Remy que j'avais adressé mes derniers mots, car elle ne s'était pas retournée. Elle s'était contentée de lever la main et de l'agiter par-dessus son épaule. Pas moyen de savoir si elle comptait répondre à mes futurs appels. Peu importe : j'avais bien l'intention de l'appeler. Quoi qu'il arrive. Si j'avais gardé son numéro dans un coin de ma tête pendant toutes ces années, c'était pour une raison évidente. Avant que Hollyn n'entre dans ma vie, Remy avait été la seule fille à laquelle je n'aurais jamais pu renoncer.

Impossible de l'oublier.

11

Remy

Hyde avait promis de m'appeler pour me proposer qu'on déjeune, puis qu'on dîne ensemble : et il tint parole. Il osa même me demander de rester avec lui pour la nuit. Venais-je de basculer dans une réalité alternative, ou quoi ? D'un coup, il faisait tout ce qu'il semblait détester quand on était ados. Je comprenais enfin à quel point ça avait dû être usant de m'avoir sur le dos en permanence. Et désormais, on aurait dit qu'il s'incrustait dans chaque moment de ma vie.

Il appelait plusieurs fois par jour. Il laissait des messages et m'écrivait des textos, du moment où il posait le pied hors de son lit jusqu'à ce qu'il aille se coucher. Il commença également à me donner régulièrement des nouvelles de Hollyn et de la guerre froide entre ma cousine et Campbell-tout-court, le baby-sitter. Apparemment, Daire et lui se prenaient à rebrousse-poil. Même s'ils ne s'adressaient pas beaucoup la parole dans la journée, Hyde se sentait vraiment plongé dans une espèce de bras de fer glacial où on se rendait coup pour coup.

Malgré tout, je m'étais toujours abstenue de décrocher quand il appelait et de répondre à ses messages, même quand il m'envoyait des photos adorables du bébé. Je n'y arrivais pas. Si je cédais, je retournais à la case départ, hypnotisée consumée, obsédée par ce mec. Mais il y avait pire : je pourrais devenir raide dingue de lui, une fois de plus.

Je me revoyais en train de lui donner ce baiser sans réfléchir, je me repassais la scène en boucle dans ma tête. Je n'en revenais pas : oui, j'avais embrassé Hyde Fuller, ce n'était pas une blague. Et chose encore plus difficile à croire : il m'avait rendu mon baiser. Et ce baiser m'avait donné la sensation qu'il n'avait plus peur de me briser à travers ses gestes et ses sentiments.

Par ailleurs, je savais déjà tout sur l'ambiance merdique entre Daire et Campbell : ma cousine m'appelait une fois par jour pour me tenir au courant de tout ce qui se passait entre elle et son nouvel ennemi juré.

Avant ce terrible accident, Daire aimait s'amuser et jouer les séductrices. Elle ne s'attachait jamais aux mecs, même s'il y en avait un bon paquet qui lui couraient après en permanence. Mais, dès que son frère était parti de Denver, elle s'était repliée sur elle-même, jusqu'à couper les ponts avec son cercle d'amis. Elle avait même renoncé temporairement à s'inscrire en première année en école d'arts. Campbell était la première personne dont elle parlait régulièrement et de manière si exaltée depuis longtemps. Elle ne mâchait pas ses mots, évidemment, et une fois sur deux, on la sentait bouillir dès qu'elle commençait à parler de lui. Mais au moins elle ressentait quelque chose, enfin ! Elle semblait même sortir lentement de la dépression profonde dans laquelle elle avait sombré. Je comptais la laisser tranquille jusqu'à la fin du mois puis essayer de la convaincre d'aller voir une thérapeute, afin qu'elle affronte le trauma de l'accident qui la hantait toujours.

Si elle était d'accord, j'étais prête à payer une bouteille de tequila hors de prix au baby-sitter de Hyde, cadeau !

Je tapotai mes ongles sur l'écran de mon portable et observai le dernier message de Hyde.

Je commence mon nouveau taf lundi.

On était vendredi. Après le week-end, ses journées de liberté seraient rares. Et comme sa fille occupait déjà toutes ses nuits, cela ne voulait dire qu'une chose : si je voulais le revoir, à moi de faire le premier pas.

La passivité n'était pas dans ma nature. Je n'attendais pas que les choses *viennent à moi*. Je prenais les devants et *j'allais vers elles*. Si quelqu'un d'autre que Hyde m'avait demandé de faire ce saut dans l'inconnu, j'aurais déjà eu le temps de décider si le jeu en valait la chandelle. Mais, puisqu'il s'agissait de lui, j'étais incapable de trancher : devais-je le fuir comme la peste ou reconstruire tout ce qui avait été détruit ? La suite de l'histoire serait forcément différente. Après tout, nous partions sur de nouvelles bases. Il n'y avait plus ce mélange d'obsession, de rejet, de souffrance et de frénésie pour nous lier. Les sentiments complexes qui nous entouraient désormais n'étaient plus aussi tumultueux et imprévisibles. Mais… seraient-ils assez solides pour nous aider à jeter les bases d'une nouvelle relation, mais aussi pour supporter le poids du passé ? Mes émotions étaient traîtres, on le savait tous les deux. Et cela m'empêchait de répondre à une autre question cruciale. Est-ce que je me faisais suffisamment confiance pour me lancer dans une aventure qui risquait de finir encore plus mal que la première fois où j'étais tombée amoureuse ?

À l'époque, j'aimais Hyde sans réfléchir à ce qui se cachait derrière ces émotions. Je l'aimais parce que je le pouvais et parce que ce sentiment-là était assez puissant pour noyer tous ceux qui m'animaient, alors même qu'ils me foutaient la trouille. Si je m'autorisais à l'aimer maintenant, il y avait tout un tas de paramètres complexes à prendre en compte. Des paramètres d'*adultes*. Il avait un enfant. Il venait tout récemment de perdre quelqu'un avec qui il avait vécu, ça avait été du sérieux. Et il y avait encore des interrogations en suspens à ce niveau-là, clairement. Il démarrait une nouvelle vie. Dans sa famille, les gens n'étaient pas vraiment fans de moi. L'aimer n'avait jamais été l'option la plus facile. Oh ! ce n'était pas comme si j'avais eu tellement le choix : j'avais perdu la tête dès l'instant où mes yeux s'étaient posés sur lui. Il faudrait qu'on trouve une façon de recoller les morceaux de nos existences respectives et ce ne serait pas une partie de plaisir, indépendamment de la nouvelle relation qui serait la nôtre. Avais-je envie de fournir cet effort ? Pas sûr. C'était d'ailleurs pour ça que j'étais restée seule pendant tant d'années.

Il m'en avait fallu du temps avant d'arriver à gérer tous mes soucis. Alors étais-je vraiment prête à accompagner quelqu'un dans les jours avec, dans les jours sans ? Serais-je capable de ne pas craquer si jamais ce que je souhaitais depuis toujours volait en éclats ? Faisais-je assez confiance à Hyde pour avoir la certitude qu'il ne partirait plus jamais ? La dernière chose que je voulais, c'était être un fardeau pour quelqu'un qui avait déjà tellement de trucs à gérer. Et je me demandais si je ne risquais pas de l'enfoncer au lieu de l'aider…

Je me mis à pianoter de plus en plus fort sur mon téléphone. *Merde, merde, merde…* Finalement, je fis défiler mon répertoire et appelai Bowe. Entre sa carrière musicale qui commençait à décoller et sa relation avec Ry qui devenait de plus en plus sérieuse, on n'avait pas beaucoup eu l'occasion de parler depuis son retour à Austin. Bowe avait beau être une petite jeune par rapport à moi, c'était toujours elle qui m'avait le mieux comprise de tout notre groupe d'amis. Il y avait quelque chose dans son caractère plein de bon sens et dans sa personnalité franche qui avait le don de me calmer. Avant même que je commence mon traitement afin de garder la main sur ma santé mentale, passer du temps avec Bowe m'avait toujours remonté le moral. Elle savait me calmer et je pourrais toujours compter sur elle. C'était comme avec mon frère : où que je sois, elle me retrouverait en courant si elle pensait que j'avais besoin d'elle. C'était ma plus grande supportrice et ma plus fidèle confidente.

Lorsqu'elle décrocha dans un grand éclat de rire, je sus tout de suite qu'elle n'était pas seule. En entendant la voix grave de mon cousin en arrière-plan, je levai les yeux au ciel. Ces deux-là étaient fous amoureux, ces temps-ci. Le monde entier était au courant que l'histoire de Bowe et Ry avait commencé de façon assez chaotique. Ils avaient partagé un certain nombre de premières fois, y compris leur premier chagrin d'amour. Question caractère, c'était le jour et la nuit. Du coup, je n'étais pas vraiment certaine qu'ils finiraient ensemble. Bowe aimait s'amuser et elle n'avait pas froid aux yeux. Elle était d'une créativité incroyable, aussi. Ry, c'était tout le contraire. C'était un gros bosseur, il se défonçait pour ce qui l'intéressait, que ce soit le sport ou, à l'heure actuelle, la fac de médecine. Ça m'emmerderait vraiment que Bowe perdre de sa joie de vivre à cause de lui. Jusque-là, il l'avait soutenue et encouragée, mais, s'il redevenait chiant et autoritaire, j'étais prête à m'envoler pour le Texas et lui casser la gueule.

— Tu as l'air tellement amoureuse, c'est insupportable.

Tandis que je faisais semblant de râler, un grand sourire se déploya sur mon visage.

— Tu as l'air heureuse.

Bowe s'éclaircit la voix et prévint Ry qu'elle sortait une minute. Je l'entendis marcher, puis elle dit :

— Toi, non. Qu'est-ce qui se passe ?

Je laissai échapper un soupir, les yeux perdus dans le vide. Par où commencer ?

— Il se pourrait que je fasse l'amour avec Hyde Fuller.

Il n'y avait pas seulement la perspective d'avoir une relation sexuelle avec lui qui me taraudait, mais bizarrement c'est ça qui sortit en premier.

— Je l'ai embrassé l'autre jour, en pensant que ça le ferait fuir. Il a souvent essayé de me voir depuis qu'on est tous les deux de retour à Denver. Dès que je regarde derrière moi, j'ai l'impression qu'il est là. Mon idée de l'embrasser s'est retournée contre moi. L'horreur. Parce que juste après, il m'a embrassée. Et depuis, il m'appelle absolument tous les jours. Il compte bientôt me demander qu'on passe la nuit ensemble, c'est prévu. Je n'aurais jamais cru qu'il me demanderait un truc pareil, mais si, il l'a fait. J'ai l'impression de vivre dans un univers parallèle. Ça me rend dingue qu'il me coure après et qu'il s'en sorte nettement mieux que moi à l'époque.

Bowe poussa un ouf de soulagement.

— J'ai bien fait de m'écarter. Ry aurait eu une attaque s'il avait entendu tout ça. Les mecs de la famille Archer ne sont pas des grands fans de Hyde, après tout ce qui s'est passé entre vous.

Je me passai la main sur le front. Une grosse migraine pointait le bout de son nez.

— Ce serait une autre bonne raison de bloquer son numéro et d'oublier l'idée de le revoir, lançai-je.

Franchement, Ry pouvait avoir les boules que Hyde soit de retour dans ma vie, ça ne me faisait ni chaud ni froid. Avec Zowen, ce serait une autre histoire... J'avais rarement mis mon frère en rogne. Je lui devais tellement.

— Dis-moi de l'ignorer.

— Tu n'écoutes jamais quand on te dit quoi faire. Si je te conseille de l'ignorer, tu feras exactement le contraire.

Elle eut un petit ricanement puis continua :

— Du coup, je parie que tu as déjà ta petite idée sur la question, mais tu veux que je dise de foncer, c'est ça ?

Mais c'est pas vrai... Je me mis à masser mon front encore plus fort. Mon mal de crâne devenait insoutenable.

— Tu es tellement maline, ça me soûle !

— Rien à voir. Je te connais très bien, c'est tout. Si tu veux mon avis, la réaction qu'il a eue quand tu l'as embrassé t'a foutu la trouille. Tu t'attendais à ce qu'il te repousse. Mais quand tu l'as vu faire exactement le contraire, tu as flippé. Et c'est normal, Remy. Avoir peur de ses sentiments, ça fait partie de la vie et de l'amour. Même pour des gens qui ont bien moins dégusté que toi. Je m'inquiéterais davantage si tu n'avais rien ressenti du tout. Tu as quand même embrassé le mec de tes rêves, enfin !

— De mes rêves, de mes rêves... Honnêtement, il m'a surtout donné des cauchemars. En règle générale, je lui courais après. Mais, dès que je le rattrapais, il se barrait aussitôt et je me réveillais. Je n'aurais jamais cru que Hyde se déciderait subitement à venir vers moi. Conclusion : j'en étais toujours au même point. Et pas sûr que ça me réjouisse… J'avais eu beau déménager tous les quatre matins ou essayer de mettre le maximum de distance entre nous, nous n'avions pas avancé d'un cheveu, lui et moi.

— Peut-être, mais ça veut surtout dire que tu l'as toujours eu dans un coin de ta tête. Et c'était la même chose pour lui. Il n'a pas manqué d'occasions de te rendre tes baisers quand vous étiez plus jeune, mais il a voulu attendre le bon moment pour le faire. Il a attendu que ça ait du sens, pour lui comme pour toi. S'il t'avait embrassée plus tôt, est-ce que tu aurais été assez lucide pour décider de la suite ? Et de son côté, est-ce qu'il aurait eu la force de partir vu le nombre de films que tu te serais faits ? Non. Tu aurais sauté à pieds joints et tu aurais sombré. Et je serais prête à parier que tu lui aurais fait prendre le même chemin. Tu ne te le serais jamais pardonné. Toute la colère que tu as reportée sur ta mère quand tu as découvert qu'elle lui avait demandé de partir, elle te serait tombée dessus. Et je doute que tu aurais eu la force d'échapper à une culpabilité aussi écrasante. Hyde a toujours eu le mauvais rôle dans cette histoire, ça t'a évitée d'avoir à l'assumer.

La vache… J'essayai de digérer ce que Bowe venait de me dire.

— Il a eu un enfant avec quelqu'un d'autre. Il envisageait de se marier avec elle. Pas l'impression qu'il attendait le bon moment…

— Il faut parfois se planter avant de trouver la bonne personne. Sinon comment veux-tu faire la différence entre une relation qui se passe bien, sans plus, et une histoire qui pourrait devenir incroyable ?

Tout bas, elle me rappela :

— Ry pensait avoir trouvé l'âme sœur il y a très longtemps. Il n'aurait jamais su qu'il faisait fausse route s'il n'avait pas tenté de prendre un nouveau cap avec Aston. Tout ça pour se planter, finalement. L'amour qu'il me porte, celui qu'il m'a toujours porté, n'a rien à voir avec l'attachement qu'il avait pour elle. Savoir tout ça ne m'empêche pas d'avoir mal de temps en temps, mais l'amour qui nous unit dépasse tout ce qu'il aurait pu vivre avec une autre, et de loin. Tant que je ne l'oublie pas, ça me suffit.

Je cessai enfin de me masser le front et regardai par la baie vitrée qui s'ouvrait sur les montagnes.

— J'imagine que c'est différent pour nous puisqu'on n'a jamais aimé qu'une seule personne. On ne sait pas ce que ça fait d'offrir un bout de notre cœur à des gens qui sont simplement bien, et pas exceptionnels. En un sens, c'est mieux, non ? Ça évite de perdre une partie de soi-même, sans savoir comment la retrouver. Tu auras beau aller n'importe où, vivre des tas d'expériences différentes, tu sauras toujours exactement où tu en es.

Bowe sembla acquiescer tout bas. C'était mélodieux, on aurait dit un bout de chanson.

— Je commence à avoir peur que tu morfles à nouveau. Et puis je te connais assez bien pour savoir que tu flippes sûrement d'être celle qui fera du mal à l'autre, cette fois. Vu qu'il a l'air de vouloir t'ouvrir son cœur, enfin… Si tu veux mon avis, demande-toi si tu lui fais confiance. Et surtout, si tu *te* fais confiance. Les années ont passé, Remy. Tu ne mérites pas de rester seule pour toujours. Tu t'es punie assez longtemps, tu ne crois pas ?

C'était donc ça, ma vie ? Je me punissais parce que l'adolescente que j'étais n'avait pas compris qu'on pouvait expliquer de manière logique et même médicale pourquoi je m'étais toujours sentie si ingérable ? Je compliquais volontairement les choses parce que je regrettais ce que nous avions tous les deux vécu à cause de moi ? Je gardais à distance les gens qui voulaient m'approcher parce que j'estimais que je n'étais pas digne d'être aimée ? Parce que je m'étais fait une fausse idée de l'amour alors que je n'y connaissais strictement rien ?

— À quoi bon payer une thérapeute alors que tu peux répondre à toutes mes questions gratuitement ?

Je plaisantai pour détendre l'atmosphère, mais, en toute honnêteté, Bowe avait vu juste sur plus d'un point.

Elle eut un rire joyeux et dit :

— Ta thérapeute n'a pas vu comment tu le regardais, à l'époque. Et si elle entendait le ton enflammé que tu prends pour parler de Hyde en ce moment… Je te connais depuis toujours, Remy. Et la seule chose qui n'a pas bougé depuis tout ce temps, c'est la place qu'il occupe dans ton cœur. Si tu me dis que tu préfères ne pas le voir, si tu ne meurs pas de savoir comment ce serait de coucher avec lui, ne compte pas sur moi pour te croire.

Évidemment que j'aurais aimé coucher avec lui ! J'en avais toujours eu envie. Ça avait fait partie du chemin que j'avais emprunté. La petite fille qui ne se doutait de rien était devenue une jeune adulte pleinement consciente de ce que Hyde m'inspirait. Je n'avais pas été raide dingue des athlètes bellâtres et des vampires sexy. Les chanteurs de K-pop ultra-mignons ne m'avaient jamais fait rêver. La seule personne dont j'ai eu envie dès que j'avais été assez grande pour savoir ce qu'étaient l'attirance et le désir, c'était Hyde. Je voulais savoir absolument tout sur lui, y compris ce qui l'excitait et ce qui lui faisait perdre la tête. Il était toujours si sérieux, si ténébreux, même quand il était plus jeune. Je m'étais toujours demandé si c'était pareil au lit. Même à l'époque où je le haïssais, je continuais d'avoir envie de lui. Même quand j'étais sûre d'avoir tourné la page, je le comparais à tous ceux qui l'avaient remplacé. Je voulais être proche de lui, toute proche. Rien n'avait changé, même si je mentais en prétendant le contraire.

Comment oublier un garçon qui avait tant compté pour celle que j'étais, pour celle que j'étais devenue ?

— Il a une petite fille. Tu le savais ? Je ne peux pas me contenter de prendre la température et voir où on en est maintenant qu'on est adultes, ce n'est pas si simple. Si je me plante, on ne sera pas les seuls à en subir les conséquences. On ne sera pas les seuls à souffrir.

Savoir Hollyn dans l'équation rendait la question encore plus délicate, moralement parlant. Je ne pouvais pas me payer le luxe d'être folle amoureuse, cette fois. Trop risqué. Et trop de choses pouvaient partir en vrille.

— Ry m'a expliqué que Hyde était rentré à Denver avec un bébé. J'ai entendu dire que la faire venir dans le Colorado n'avait pas été de tout repos. Il n'a toujours pas digéré ce qui lui est arrivé entre le moment où il a perdu sa mère et celui où sa tante Echo a retrouvé la trace de son père, ce qui a permis à Zeb de le sortir de ce foyer d'accueil et de l'élever. Toute cette histoire lui rappelle forcément la solitude horrible qu'il avait dû ressentir, à l'époque. Je suis sûre que Hyde n'est pas inquiet que tu puisses entrer dans la vie de sa fille, contrairement à toi. Il connaît ta loyauté mieux que personne. Il sait que tu donnes une voix à ceux qui ne peuvent pas s'exprimer eux-mêmes. Cette petite fille aura une sacrée chance de t'avoir auprès d'elle, Remy. Exactement comme nous pendant notre enfance.

Je me mis à renifler discrètement. Si ces fichues larmes voulaient bien me laisser tranquille…

— Espèce de saleté, tu voulais à tout prix me faire pleurer, pas vrai ?

— À ton avis ? rétorqua Bowe. C'est pour te rappeler que tu n'es qu'un être humain. Tu peux faire autant de calculs que tu veux avant de prendre une décision, rien ne prouve que ce sera la bonne. Et rien ne prouve que ce sera la mauvaise. Je t'assure : vas-y, tente ta chance, tu verras bien où ça te mène. Si je n'étais pas venue à Denver cet été pour laisser Ry s'excuser et s'expliquer, on n'en serait pas là, lui et moi. Alors sois courageuse. C'est ce que je préfère chez toi, Remy. Tu as toujours été si courageuse. Tu affrontes tous les problèmes à bras-le-corps.

Moi, courageuse ? Ce n'était pas mon impression. Même maintenant, alors que ma vie semblait fonctionner à peu près normalement, j'avais peur de perdre mon équilibre, après tous ces efforts pour l'obtenir ! Mais Bowe me voyait d'un autre œil, ça faisait plaisir à entendre. Juste avant de la saluer, j'ai tenu à la remercier de tout cœur pour ses précieux conseils. L'air de rien, je l'ai incitée à rester telle qu'elle était, malgré mon cousin. À vrai dire, après cette conversation avec elle, je la trouvais encore plus posée et confiante qu'auparavant. Manifestement, avoir Ry dans sa vie l'avait rendue plus épanouie, plus forte et plus heureuse, ça, c'était certain. Pareil pour lui. Regarder mon cousin rebondir sans difficulté après cette blessure terrible qui avait brisé net son rêve de devenir footballeur professionnel me rendait certaine d'une chose : il mesurait sa chance d'avoir Bowe dans son existence.

Ce qui me donnait le maigre espoir de vivre la même chose, à condition que je croie en moi… et en Hyde.

Avant que je me persuade de faire machine arrière, j'écrivis un texto pour répondre à Hyde, après quinze jours de silence.

Je suis libre le reste du week-end. J'ai envie qu'on se voie.

« Et j'espère que je ne vais pas le regretter », avais-je été tentée d'ajouter à la fin de mon message, mais l'allusion me semblait assez claire.

12

Remy

Initialement, lorsque j'avais dit « Je te veux » à Remy et que je comptais lui demander de passer la nuit avec moi, il n'y avait aucune allusion sexuelle là-dedans. Mais, après ce baiser brûlant qu'on avait échangé sur le trottoir, mon corps semblait devancer mon cerveau et deviner jusqu'où ces quelques mots allaient nous conduire. Je la voulais dans ma vie, peu importe comment. Quant à passer la nuit avec elle… Je repensai au bon vieux temps, quand elle surgissait de l'autre côté de la fenêtre de ma chambre, bien après minuit, et qu'elle tapait au carreau pour que je la laisse entrer. On avait passé je ne sais combien de nuits, allongés l'un contre l'autre dans le noir, à partager nos secrets et nos peurs. Dès que la lumière s'éteignait, ce qui me dispensait d'affronter l'admiration sans bornes qui animait ses jolis yeux, me rapprocher d'elle était nettement plus facile. J'aimais la tenir dans mes bras lorsqu'elle s'endormait. À ce moment-là, plus aucune trace de cet air énamouré. En un sens, l'obscurité nous permettait d'être à égalité. Et les baisers qu'elle me volait n'étaient plus aussi flippants dès lors qu'elle ne voyait plus ma réaction. Désormais, nous étions des adultes. Mais peut-être qu'il nous suffirait d'éteindre la lumière pour retrouver notre complicité d'autrefois. Avec un peu de chance, ça nous aiderait à nous rapprocher. Ou à panser nos vieilles blessures, qui sait ?

Je n'avais jamais songé qu'être seul avec Remy la nuit mettrait mes nerfs à rude épreuve ou me donnerait envie de tenter toutes sortes de nouvelles expériences osées. Je voulais l'avoir à nouveau à mes côtés, mais je la voulais aussi dans un lit. Ou contre un mur. Ou dans mon 4x4. Ma libido se fichait un peu de l'endroit, et mon membre viril semblait tout à fait partant pour faire l'amour avec elle de toutes les façons possibles et imaginables. Mon esprit avait toutes les peines du monde à franchir ce cap et à voir Remy comme une femme extrêmement désirable, profondément attirante. Néanmoins, le reste de mon être n'avait pas la même réticence. Même mon cœur avait l'air de tourner à plein régime. Il se mettait à cogner et à battre la chamade chaque fois que je pensais à elle et se serrait quand je repensais à notre baiser.

Qu'il s'agisse d'amitié ou d'autre chose, personne n'avait jamais autant marqué ma vie que Remy Archer. Tout en moi le reconnaissait. J'avais entièrement changé de vie pour elle à une époque où je nageais dans le brouillard, et maintenant, j'étais prêt à le refaire sans hésiter si ça me permettait de l'avoir toujours à mes côtés. Ironie du sort, j'étais prêt à ne plus la lâcher pour garantir sa sécurité et son équilibre. J'avais l'impression que ma propre vie m'échappait et que Remy était la seule personne capable de m'aider à la reprendre en main. Sincèrement, j'étais très admiratif. Il lui avait fallu une sacrée force intérieure et un sacré cran pour revenir de l'enfer, comme elle l'avait fait. Il lui avait aussi fallu beaucoup de maturité et de lucidité pour ne jamais oublier qu'elle ne se résumait pas à l'événement tragique qui avait marqué sa vie. Remy s'aimait assez pour éviter de se mettre à nouveau en danger, et c'était une situation enviable. J'aurais bien aimé l'imiter, ne serait-ce qu'un peu.

J'aurais dû retenir cette leçon qu'elle m'offrait, il y a bien longtemps. Malgré tous mes efforts, malgré toutes les barrières émotionnelles que j'érigeais, j'étais toujours ce petit garçon abandonné par sa maman. J'avais toujours autant de mal à comprendre *pourquoi* quelqu'un m'aimait alors que ma propre mère n'y était pas arrivée. C'était sur ça que je préférais me concentrer au lieu de me réjouir du fait que oui, j'étais aimé de beaucoup de gens. La dernière chose dont j'avais envie, c'était que ma fille doive affronter ces peurs et ces doutes contre lesquels je continuais de me débattre, inconsciemment. Ça me tuerait qu'elle grandisse en doutant de sa valeur ou en se demandant si elle méritait vraiment qu'on s'intéresse à elle. Encore une raison qui me donnait envie de renouer avec Remy. Personne n'aimait avec la même force, la même ferveur qu'elle. Personne n'était aussi attentionnée qu'elle. Un peu de cette affection sans bornes pourrait illuminer la vie de Hollyn. Et la mienne.

À mon avis, Remy ne répondrait jamais à mes textos.

J'avais franchi des lignes rouges invisibles, des lignes pourtant très nettes, depuis toujours. J'avais dû la faire flipper, c'était sûr et certain. Je m'en étais tenu à mon plan : je tâchais de m'occuper et de m'absenter de la maison tous les jours pour aider Hollyn à s'acclimater et, grâce à Campbell, trouver un rythme de croisière qui conviendrait à tout le monde. J'avais passé du temps avec mon père sur l'un de ses chantiers. Emmené ma mère déjeuner deux fois dans la semaine. Partagé les journées de ma cousine Joss et de ses enfants. J'avais même laissé mon oncle Benny me convaincre de sortir prendre un verre, un soir. Oh ! ça me faisait plaisir de renouer avec ma famille, bien sûr. N'empêche que j'attendais impatiemment une réponse de Remy. Passer ces deux semaines sur des charbons ardents m'avait fait comprendre une chose : j'avais besoin de me faire des amis. En matière de sociabilité, j'étais une vraie bille. J'étais mal à l'aise en présence de gens que je ne connaissais pas, et trouver quelque chose à dire était constamment une épreuve. Sans compter que la dernière fois que j'avais ouvert mon cœur, j'avais salement dégusté. Pas étonnant que je sois réticent à l'idée de faire à nouveau confiance à quelqu'un. Cela étant, je ne pouvais pas uniquement compter sur ma famille pour me changer les idées et me tenir compagnie. Remy, elle, avait toujours été ma meilleure amie, même quand on ne s'adressait plus la parole. C'était la seule personne avec qui je me sentais à l'aise, la seule personne avec qui je n'avais aucune difficulté à communiquer.

Quand elle me dit qu'elle était libre, je m'empressai presque de la rassurer : je n'avais pas d'idée tordue derrière la tête. Mais, à vrai dire, j'avais très envie d'avoir des idées tordues avec elle, à condition qu'elle soit partante, bien sûr.

Ma décision était prise : c'est elle qui mènerait la danse. Remy avait toujours aimé prendre l'initiative, je suivrais le mouvement. Tant qu'elle ne me mettait pas un vent… car ça m'aurait fait chier qu'elle m'ignore. Je lui proposai qu'on dîne ensemble, histoire d'avoir un vrai rendez-vous avec elle. Mais elle refusa quasiment dans la seconde. À la place, elle m'envoya l'adresse d'un loft chic et une heure de rendez-vous. Si j'avais su qu'elle m'inviterait chez elle ! Je ne m'attendais pas non plus à tout le mal que j'aurais à laisser ma fille toute seule pour la nuit. Certes, je m'habituais lentement mais sûrement à la confier à Campbell dès le lever du soleil, mais les soirées, on les passait ensemble, elle et moi. Elle remplissait mes nuits de ses ravissants petits bruits de bébé et de ses colères où elle envoyait des décibels. Elle commençait enfin à faire des nuits à peu près complètes, mais je continuais encore de squatter le fauteuil inclinable dans sa chambre à longueur de temps. En principe, j'aurais été incapable de passer une soirée loin d'elle, mais comme c'était pour voir Remy… Ma fille et mon amie d'enfance avaient fini par devenir tout aussi importantes à mes yeux. À moi de les protéger et de prendre soin d'elles.

Le loft de Remy était à son image. Il avait un petit côté industriel, avec ses nombreuses fenêtres et ses poutres métalliques. Il y avait des briques apparentes partout et des œuvres d'art dans le hall de l'immeuble comme dans l'ascenseur. Le sol, lui, était en béton armé, ce qui aurait pu rendre l'ensemble froid et pas très accueillant. Mais non, tout le bâtiment avait une touche moderne et sophistiquée. La porte de l'appart de Remy était peinte en vert clair. Et quand elle ouvrit, je pus constater que l'intérieur était tout aussi vivant et coloré. Elle m'invita à entrer d'un geste, en observant d'un œil inquisiteur le bouquet de fleurs que j'avais à la main.

Tandis que lui tendais les tournesols que j'avais achetés pour elle, mon regard se promena sur le grand espace dégagé. Rien que pour la vue sur les montagnes environnantes, cet appartement devait être absolument hors de prix.

Comme si elle lisait dans mes pensées, Remy me regarda par-dessus le bouquet et me prévint :

— Je loue ce loft à des amis de la famille. Tu dois les connaître, d'ailleurs. Quaid Jackson est un ami de ta mère et Avett Walker a travaillé pour mon père pendant des années. Ils ont acheté un nouvel appart il y a deux ans, mais ils ont gardé celui-ci pour le mettre en location. Le hasard a voulu qu'il soit libre quand j'ai décidé de m'installer à Denver. Du coup, je leur ai demandé de me le louer pour un an. Avett a toujours été très cool. Avec elle, tout est simple. À mon avis, elle a harcelé Quaid pour qu'il dise oui. Elle me dit toujours qu'elle était comme moi, dans sa jeunesse. Logique, vu que mon père l'a toujours traitée comme sa propre fille. Elle faisait pour ainsi dire partie de la famille quand on l'a connue, Zowen et moi. Asa et lui l'adorent.

Asa Cross était l'associé de Rome, mais aussi le parrain de Remy et Zowen. Il ne vivait plus à Denver, mais sa famille était restée très proche des Archer. Le nom de Quaid Jackson ne m'était pas inconnu non plus. Il était avocat, comme ma mère, et ils avaient souvent l'occasion de bosser ensemble. Décidément, dans cette ville, il n'y avait qu'à se tourner vers sa famille ou son cercle d'amis proches pour résoudre un problème. Nos parents avaient un solide réseau qui couvrait un large éventail de spécialités et de professions. Rien n'était impossible, tant qu'on demandait de l'aide aux bonnes personnes. C'était l'une des raisons pour lesquelles je n'étais pas mécontent d'être rentré au bercail.

L'autre raison était plantée devant moi et attendait que je me décide à sortir du silence.

Non sans nervosité, je me frottai la nuque, l'air empoté.

— Tu, euh… tu veux que je commande un truc pour le dîner ? Laisse-moi m'occuper de la bouffe, j'avais l'intention le faire…

Pas question qu'elle se fasse des idées fausses. Je ne voulais pas qu'on s'éclate vite fait et rien d'autre. Ça m'aurait dévasté qu'elle remette en question l'importance qu'elle avait à mes yeux.

Remy secoua la tête et se dirigea vers le long plan de travail presque entièrement en inox qui occupait un mur entier. Elle chercha un vase pour y mettre les fleurs et me dit :

— Je comptais préparer à manger, mais je me suis rappelé que je ne connaissais pas tes goûts culinaires.

Je haussai les sourcils tout en la dévorant des yeux.

— Tu sais cuisiner, maintenant ?

Dans mon souvenir, Remy n'avait jamais eu la patience ou la rigueur nécessaires pour évoluer dans une cuisine. Elle se nourrissait presque exclusivement de nouilles chinoises et de burritos réchauffés au micro-ondes quand sa mère ne pouvait pas se charger du dîner.

— J'ai vécu seule pendant cinq ans. J'ai pas mal bougé et fait tout un tas de métiers pas possibles. Dès que je débarquais quelque part, il y avait toujours un café ou un pub qui embauchait. J'ai été serveuse. J'ai servi au bar. Et j'ai aidé en cuisine. Ça m'a permis d'apprendre deux, trois trucs en cours de route.

Elle haussa une épaule, ce qui fit glisser son T-shirt le long de son bras. Il était bien trop grand pour elle, et manifestement elle ne portait que ça. Joli spectacle. L'ennui, c'est que voir cette peau nue risquait de me détourner de la conversation.

— Et puis j'étais vraiment fauchée quand j'ai commencé à aller un peu partout. J'ignorais où je voulais me poser et ce que je voulais faire de ma vie, c'était compliqué de joindre les deux bouts. J'ai vécu à crédit pendant des mois, ça m'a appris à ne pas être trop exigeante.

Bon sang… Je ne savais pas qu'elle avait autant galéré après mon départ. Quand j'étais en camp d'entraînement, j'étais au fond du trou, l'idée qu'elle ait aussi eu son lot de galères ne m'avait même pas effleuré.

— Je mange de tout. Après toutes ces années dans l'armée… Là-bas, tu acceptes ce qu'on te donne.

Elle posa les fleurs sur un comptoir qui semblait taillé dans un tronc d'arbre. Les deux mains agrippées au rebord, elle demanda :

— Tu veux que je prépare un truc ?

J'étais trop stressé et remué pour manger. Je n'avais qu'une crainte : faire une connerie et ruiner tous les progrès que j'avais accomplis avec Remy. Si jamais ça l'amenait à renoncer à me pardonner… Je ne voulais pas qu'elle se méprenne sur la raison de ma visite. Coucher avec elle ne me dérangerait pas, évidemment que non, mais son corps n'était qu'une partie de ce que je recherchais. Je voulais que tout son être appartienne à tout mon être.

— J'avais envie qu'on sorte ensemble. Tu l'avais deviné, pas vrai ? Je me suis dit que si tu m'avais ignoré pendant deux semaines, c'était peut-être parce que tu n'avais pas su comment m'envoyer bouler.

Je grimpai à l'autre extrémité du comptoir en bois. Exactement comme le reste de ce loft, il avait l'air hors de prix.

— Je n'ai pas envie de déconner avec toi, Remy. Ça m'est arrivé dans le passé, mais je ne ferai pas deux fois la même erreur.

Elle resta muette un long moment, mais sans cesser de

m'observer de ses yeux brûlants. Finalement, au bout d'une minute de silence, elle pencha la tête sur le côté et demanda :

— Pourquoi veux-tu qu'on sorte ensemble maintenant ? Je te suppliais qu'on le fasse à l'époque où tu étais l'alpha et l'oméga de ma vie, mais aujourd'hui je ne sais même pas ce que tu m'inspires, Hyde. Je ne sais pas ce que m'inspire celle que je suis quand tu es là.

Avec un soupir, je baissai la tête. Ce qui me laissait toute la liberté d'étudier le grain du bois sous mes mains.

— Je tiens à toi. Et la seule fois où j'ai vraiment aimé la personne que j'étais, c'était quand tu étais près de moi.

Je levai la tête pour croiser son regard. Pourquoi lui cacher la vérité ?

— Mais j'y travaille pour y arriver au quotidien. Je veux que Hollyn suive ton exemple. Tu veux savoir ce qui a changé ? La réponse est simple : j'ai changé. Avoir un enfant m'a changé. Être loin de toi m'a changé. Quitter ma famille m'a changé. L'armée m'a changé. Je veux être ce genre d'homme qui se concentre sur ce qu'il a, en faisant son deuil de ce qu'il a perdu. Je veux être présent pour ma fille, me donner à fond pour elle. Je refuse qu'elle passe sa vie hantée par l'idée qu'elle a été abandonnée, comme moi. J'ai envie de lui donner une vie meilleure. Et ça implique que je sois un homme meilleur. Si je n'ai jamais accepté de sortir avec toi, à l'époque, c'est parce que les mecs qui te tournaient autour avaient bien davantage à t'offrir. Je ne voulais pas te freiner et je ne voulais pas te perdre. Plus je mesurais l'étendue de l'amour que tu me portais, plus j'étais obsédé par ce qui se passerait si je me donnais à toi. Des fois que ça parte en vrille… L'idée de te faire du mal me retournait l'estomac. Ça n'a pas changé. La différence, c'est que je ne suis plus aussi terrorisé par ce qui pourrait se passer si ça arrivait. Je sais que tu es forte, très forte.

Remy marmonna en guise de réponse et plissa légèrement les yeux.

— Rien ne prouve que j'arriverai toujours à garder le cap, même si c'est l'impression que je donne en ce moment, tu le sais, ça ? Celle que j'étais à l'époque et celle que je suis maintenant partagent le même corps et le même esprit. Ce n'est pas tout l'un ou tout l'autre. Je serai toujours un peu excessive et jamais facile à gérer.

Je me penchai vers elle. Si seulement il n'y avait pas cette énorme planche de bois pour nous séparer.

— Je n'ai jamais cherché la facilité. Ce qui m'intéresse, c'est toi.

Je l'entendis tressaillir tandis que ses joues se coloraient de rose. Je pouvais presque la voir peser le pour et le contre. Devait-elle me laisser une chance de prouver que je ne lui ferais pas faux bond, une fois de plus ? Ce soir, je voulais lui montrer que je pouvais prendre soin d'elle et lui faire sentir du plus profond de son être qu'elle pouvait se fier à moi.

Après avoir laissé planer un long silence méditatif, Remy finit par dire :

— Je ne peux pas t'affirmer sans la moindre hésitation que j'ai envie de sortir avec toi, Hyde. Je ne sais pas si je nous fais suffisamment confiance en ce moment pour te dire oui. Pas en comptant Hollyn dans l'équation. Mais je dois t'avouer qu'après ton baiser de l'autre jour, j'ai envie de voir comment ça se passe entre nous, physiquement. Toute ma vie, j'ai attendu que tu t'intéresses à moi. Pas question de louper une occasion pareille.

Elle pencha à nouveau la tête et m'adressa un sourire taquin.

— On n'a qu'à rester amis, mais… avec des petits avantages. Et si on survit, on pourra réfléchir à ce qu'on fait ensuite ?

J'avais envie de demander plus, mais si Remy était réticente, je m'en contenterais. Après tout, l'amour qu'elle m'avait porté n'avait pas faibli ou varié une seule seconde. Rien ne l'avait jamais effrayée, rien ne l'avait jamais fait reculer. Le moins que je pouvais faire, c'était de tenir à elle avec la même ferveur.

Et je savais comment procéder. Si ces fameux petits avantages la comblaient, elle n'aurait ni l'idée, ni même la force de renoncer à notre amour.

13

Remy

Manifestement, il n'était plus question de préparer le dîner. C'est moi qui allais passer à la casserole.

Hyde fit le tour de la drôle de sculpture qui servait de comptoir et se planta devant moi. Sans dire un mot, il m'emprisonna entre ses bras et inclina son corps immense, les mains agrippées aux rebords irréguliers du bois. Il y avait tant d'intensité et d'impatience dans la manière dont il baissait les yeux vers moi. Sans compter le désir impérieux que j'y lisais. Ce regard était une véritable énigme. Était-il en train de s'interroger sur la meilleure façon de m'embrasser ou sondait-il mon esprit pour voir ce que je pensais de toute cette situation ? Une chance qu'il ne pouvait pas voir ce que j'avais dans la tête. Car mes pensées bondissaient dans tous les sens comme des balles de ping-pong sous acide. Un mélange explosif d'euphorie et d'angoisse.

J'enroulai mes mains autour de sa nuque. La chaleur qui émanait de sa peau envahit immédiatement mes bras, et la douce caresse de ses cheveux courts me donna des frissons.

— On n'a échangé qu'un seul vrai baiser. Si ça se trouve,

il n'y a aucune alchimie entre nous. Ça risque de très mal se passer au lit. On va peut-être rester amis, mais sans les autres avantages.

Les sourcils haussés et la tête penchée sur le côté, je lui souris pour le rassurer. Évidemment que je plaisantais. Enfin, façon de parler. Toutes les fois où je l'avais embrassé quand j'étais plus jeune, ce n'était pas pour rire, même s'il pensait que je m'amusais.

Hyde rapprocha ses mains de mes hanches et laissa ses yeux courir sur mon visage, comme s'il analysait chacun de mes traits pour mieux décider ce qu'il devait faire ou dire ensuite.

— C'était un baiser incroyable, Remy. Après un départ aussi extraordinaire, j'ai hâte de voir ce que la suite nous réserve.

Du bout des ongles, je grattai sa nuque et il émit un son rauque. Il venait subitement de pivoter pour m'arracher du sol. Une seconde plus tard, j'avais les fesses juste au bord de la table. Le T-shirt que je portais était assez long pour cacher ce qui méritait de l'être, mais dans cette nouvelle posture, mes jambes étaient largement offertes à son regard. Et Hyde n'allait pas tarder à découvrir que je ne portais pas grand-chose en dessous.

Je n'avais pas volontairement choisi cette tenue pour le séduire et plus si affinités. Mais si je comptais jouer avec le feu, autant prévoir de quoi attiser les flammes, non ? Quand elles finiraient par s'éteindre, il ne resterait plus qu'un tas de cendres. Quelle fille n'aime pas danser au milieu du paysage de désolation qu'elle a elle-même créé ?

— Je t'ai embrassé des centaines de fois. Si ce baiser sortait du lot, c'est parce que tu t'es enfin décidé à me le rendre.

Je voulais jouer la carte de la provoc avec Hyde et lui

demander s'il avait enfin saisi tout ce qu'il avait loupé. Mais, à vrai dire, ce baiser m'avait appris quelque chose d'important, il m'avait montré une chose sans la moindre ambiguïté : l'amour que je lui portais ou le désir que j'éprouvais pour lui dans le passé ne comptaient pas. Si nos sentiments ne sont pas payés de retour, ils ne valent rien. Il faut que l'autre y mette du sien. Il y a une nette différence entre un amour à sens unique et des sentiments réciproques. Si Hyde avait été intéressé, des années plus tôt, il ne se serait pas privé de me rendre tous mes baisers. Et, comme à présent, ce premier baiser aurait marqué le point de départ d'une histoire bien différente…

Pff. Si seulement l'obsession qui m'embrumait l'esprit ne m'avait pas empêchée d'y voir clair, à l'époque ! Difficile de résister à la culpabilité qui venait me tarauder dès que je repensais aux fois où j'avais essayé de le forcer à partager les sentiments que j'éprouvais pour lui. Il avait dressé des barrières pour nous protéger, et je les avais consciencieusement ignorées, encore et encore. Mon cerveau avait beau m'envoyer des signaux d'alerte sans ambiguïté, c'était plus fort que moi. Je m'en rendais compte maintenant, mais cela n'excusait en rien mon comportement contestable. Tout ce que je pouvais faire, c'était expliquer pourquoi je ne savais jamais quand m'arrêter. C'est que je ne pouvais pas m'en empêcher. Mais désormais c'était moi qui pouvais poser des limites pour essayer de nous protéger. Seulement, que faire ? Pousser Hyde à m'imiter et tenter de vaincre ma résistance ? Ou à rester sage et respecter les règles du jeu ?

Hyde attrapa quelques boucles de cheveux qu'il replaça derrière mon oreille. Il prit ma joue dans le creux de sa main et, du bout de son pouce, il caressa la courbe de ma lèvre inférieure.

— Tu as raison. Tu as toujours pris l'initiative, Remy. Mais j'étais trop lâche et trop paumé pour te suivre. Mais c'est fini, tout ça. Je sais exactement où je vais, tu n'as plus qu'à me suivre.

Hyde baissa la tête, et je sentis ses lèvres frôler mon front. Son pouce pressait tellement contre ma lèvre qu'il s'enfonça dans ma bouche. D'instinct, je plaquai le bout de ma langue dessus. Ses lèvres se posèrent sur mes deux sourcils, sur mes pommettes, sur le bout de mon nez et même sur la pointe de mon menton. Chaque fois, il me devenait de plus en plus difficile de respirer. Et, sans vraiment réfléchir, j'attrapai son pouce entre ses dents et je laissai ma langue s'enrouler tout autour. Hyde exhala un son guttural tandis qu'il faisait courir ses lèvres le long de ma mâchoire, avant de remonter jusqu'à mon oreille, pour mordiller le lobe. Il se servit alors de sa langue pour en chatouiller la partie la plus sensible. De violents frissons s'emparèrent de tout mon corps, et un drôle de fourmillement se mit à circuler dans mes veines. C'était presque imperceptible, mais la vache ! Ça suffisait à me faire grimper aux rideaux, mieux que la plupart des mecs qui avaient essayé de se donner à fond. J'étais déjà à sa merci. Me sentir pleine et entière, voilà une sensation capable de me mettre à genoux et de faire chavirer mon cœur.

Le temps de resserrer l'étreinte de mes doigts autour de sa nuque, je levai la jambe afin de l'enrouler autour de sa taille mince. Quand ma cheville se posa sur sa fesse, je sentis ses muscles durs comme la pierre se tendre immédiatement. La tête en arrière, je le laissai déposer des baisers le long de mon cou. Il s'arrêtait partout où il sentait mon pouls battre fort. À l'aide de ma jambe, je l'obligeai à se rapprocher. Soudain, je tressaillis et lâchai le doigt de Hyde qui était toujours prisonnier de ma bouche. Sa main venait d'abandonner ma hanche pour se refermer autour de ma cuisse. Avec le peu de tissu qui restait, il n'aurait aucun mal à poser les mains sur les parties les plus douces et plus vulnérables de mon anatomie. Mais maintenant que nous étions l'un contre l'autre, ma jambe accrochée à la sienne, il n'y avait pas grand-chose à cacher. J'attirai sa tête jusqu'à ce qu'il baisse docilement la bouche vers la mienne. À présent que nous n'étions plus dans la rue, sans regards curieux pour observer nos moindres faits et gestes, ce baiser me fit un effet incroyable, en un rien de temps. Embrasser Hyde ? J'avais l'impression d'avoir fait ça toute ma vie, alors que c'était notre deuxième vrai baiser seulement. Mais voilà, le goût qu'avaient ses lèvres et la manière dont sa bouche épousait sans difficulté la mienne me comblaient, jusque dans les tréfonds de mon âme. Et mon corps réagissait presque immédiatement à ces caresses délicieuses.

Hyde m'avait déjà vue sous mon plus mauvais jour. Et ce n'était pas anodin. Il savait que je pouvais être invivable, il n'aurait pas de mauvaises surprises. C'était réconfortant de savoir qu'il n'allait pas brusquement me demander de changer de personnalité, d'adopter un autre comportement. Il n'essayerait jamais de se servir de mes sentiments pour me manipuler. Je n'avais plus qu'à me lâcher et éprouver mes sentiments en toute liberté. Je n'étais pas obligée de me mettre des barrières et de me surveiller en permanence, de peur de l'effrayer. Ce que j'avais fait chaque fois que je m'étais lancée dans une relation.

Tandis que nos langues s'entremêlaient, la main de Hyde remonta de plus en plus haut et… voilà, il venait de comprendre qu'il n'y avait rien entre ses doigts et le point chaud et humide en haut de mes cuisses. Un frisson saisit tout mon corps, et je n'opposai aucune résistance quand sa bouche cessa de savourer la mienne pour la dévorer littéralement. Avec sa langue et ses dents, il me faisait perdre les pédales. Je sentis ses doigts hésiter un bref instant tandis qu'ils couraient à l'intérieur de ma cuisse, se rapprochant inexorablement de leur but.

Si je m'attendais à ce qu'il hésite ou qu'il touche mon intimité avec un mélange de délicatesse et de timidité, je me trompais.

Hyde me caressa comme il m'embrassait. C'est-à-dire comme s'il avait patienté une éternité avant d'assouvir cette envie.

De ses doigts puissants, il frôla ma peau humide et se glissa d'un geste expert entre ses replis soyeux. D'instinct, je me cambrai, mon autre jambe levée pour l'agripper et l'attirer contre moi. Mon corps se pencha sans que je m'en aperçoive et s'arqua pour encore mieux accueillir ses caresses. L'une de ses larges mains se posa dans le creux de mon dos tandis que l'autre glissait inlassablement sur ma fente délicate. De sa bouche, il continua de dévorer la mienne. Mon corps commençait déjà mollement à s'abandonner. J'étais submergée par le plaisir qu'il m'offrait, et pour une fois j'avais un aperçu de ce qu'il avait pu ressentir à l'époque où je prenais l'ascendant sur lui. C'était légèrement flippant. Il n'y avait plus qu'une chose à faire : s'accrocher.

J'écartai la tête pour avaler une goulée d'air et je prononçai son nom dans un souffle quand nos yeux se croisèrent. Je ne m'attendais pas à ce qu'une telle fièvre s'empare de nous. Ou qu'il se montre aussi avide, aussi insatiable que moi. J'aurais voulu rester lovée contre lui indéfiniment, lui qui s'était rendu compte si tard qu'une étincelle attendait de jaillir entre nous deux.

Je lâchai sa nuque pour attraper son si beau visage entre mes mains. J'étais déchirée entre l'envie de lui demander de ralentir la cadence et de l'inciter à accélérer. Mes jambes se raidirent autour de lui, et je me redressai sans même m'en apercevoir lorsqu'il se servit de sa main libre pour me débarrasser de mon T-shirt. Je me retrouvai nue en un clin d'œil, juchée au bord de cette table hors de prix, comme si j'étais au menu du dîner.

Les doigts de Hyde s'enfoncèrent profondément en moi et je sentis son pouce appuyer sur le petit point où tout mon plaisir était concentré. Ce simple contact me fit gémir. Et, mes doigts serrés autour de son visage, je demandai :

— Tu ne perds pas ton temps, hein ?

D'une voix étranglée, j'avais articulé ces quelques mots, le cœur battant.

Hyde me regardait avec des yeux étincelants. Lentement, un sourire commença à s'étirer sur son visage sévère.

— J'ai perdu vingt ans et des brouettes. J'ai tout mon temps pour me rattraper.

Il m'embrassa à nouveau, fiévreusement, brutalement, avant de s'écarter pour mieux observer ses doigts musclés qui entraient et ressortaient de mon intimité rose et humide.

— En plus, il faut que je te montre tout ce que tu pourrais y gagner, ce serait dommage que tu changes d'avis.

Je ravalai un petit cri étranglé tandis que son pouce commençait à décrire lentement des cercles autour de ce point sensible. Mon corps tout entier fut parcouru de frissons.

Arriver à formuler une pensée cohérente me demanda un effort invraisemblable. Et parler, un effort encore plus considérable.

— Ne compte pas sur moi pour changer d'avis.

Je caressai ses joues du bout des doigts.

— Pour le meilleur ou pour le pire, je suis prête. On est dans le même bateau.

Les sourcils noirs de Hyde tressaillirent légèrement, et le sourire qui barrait son visage devint encore plus éclatant.

— Je vais tout faire pour t'emmener à bon port. Mais je serais ravi de couler avec toi.

— Tu as toujours été réservé. Si on m'avait dit que tu saurais trouver les mots parfaits pour me rendre dingue…

J'eus un petit rire, mais le son mourut sur mes lèvres lorsque Hyde baissa la tête et attrapa la pointe de mon sein dans sa bouche. Mes mamelons étaient déjà tendus et durcis par l'excitation. Et la chaleur de sa bouche était le plus efficace des combustibles. Un incendie se déclencha à partir de ce point si sensible et se propagea au reste de mon corps, m'obligeant à m'accrocher à lui de toutes mes forces. Il me faisait perdre la tête en me soumettant à cette double séance de torture. Je sentais mon bas-ventre commencer à frémir et vibrer autour de ses doigts. Mon esprit semblait avoir du mal à déterminer si j'avais fait le bon choix en m'engageant sur cette pente avec Hyde. Mais mon corps n'avait aucun doute, lui. Chaque partie de moi, du sommet de mon crâne jusqu'au bout de mes orteils, avait encore plus envie de lui. Encore plus envie de ses mains. Encore plus envie de sa bouche. De ses mots qui semblaient sortir si librement, désormais.

— Ça a toujours été facile de te parler, Remy. Tout le temps. Avec toi, j'arrive à trouver les mots. Avec toi et personne d'autre.

Il parlait d'une voix rauque. Presque inaudible, aussi, mais j'avais l'impression qu'il criait tant ses mots résonnaient au plus profond de mon cœur.

Hyde reporta son attention sur mon autre sein, tandis qu'à force de caresser l'intérieur de mes cuisses, ses doigts devenaient humides. J'avais intérêt à ne pas lâcher le rebord de cette table. Pour ne pas tomber, mais surtout pour résister à la vague de désir qui grandissait dans le creux de mon dos.

Pendant ce temps, mon rythme cardiaque s'accélérait et mes mains s'agrippaient au corps de Hyde. Ma peau s'était empourprée, et une flamme devait animer mon regard tandis que Hyde faisait inexorablement glisser sa bouche le long de mon corps, de plus en plus bas. Entre la chaleur de ses doigts et les cercles que son pouce décrivait entre mes jambes, je n'étais pas loin d'exploser. Je n'avais pas besoin de sa bouche pour franchir le point de non-retour, mais de toute évidence elle ne lui servait pas qu'à dire des mots doux…

Soudain, je crus décoller de la table. La langue de Hyde venait de plonger dans mon nombril. Mais je fus prise au dépourvu en le voyant se mettre à genoux devant moi. Il était suffisamment grand pour que son visage se retrouve au même niveau que l'endroit qu'il explorait de ses doigts. Mes jambes sur ses larges épaules, je m'offrais à lui, j'étais à sa merci. En temps normal, c'était moi qui menais la danse et qui testais les limites de mon partenaire. Devoir m'accrocher pour tenir la cadence n'était pas dans mes habitudes. Hyde m'avait dit de le suivre et c'était exactement ce que je faisais. Mais je n'aurais jamais pensé que la destination qu'il avait en tête me comblerait à ce point, c'était une grande première !

Je pouvais sentir la caresse de son souffle à l'intérieur de mes cuisses et la force de ses mains quand il empoigna brusquement mes fesses qu'il tira vers lui. Le plaisir qui éclairait son visage s'effaça derrière un air presque carnassier. Si ce n'était pas Hyde qui était planté entre mes jambes écartées, j'aurais sans doute flippé. Franchement, j'ignorais qu'il pouvait avoir l'air aussi sensuel et lubrique.

Ce mec était plein de surprises. Et, jusqu'ici, elles avaient toutes été bonnes. Renversantes, même.

La manière dont il se servait simultanément de sa bouche et de ses mains pour me faire perdre le peu de discernement et de décence qu'il me restait était inattendue, elle aussi. Il titillait et goûtait le moindre de mes replis cachés comme s'il savait d'instinct où chercher. Le plaisir qu'il me procurait, inlassablement me faisait perdre les pédales, je le suppliais sans arrêt. De quoi, au juste ? Aucune idée. Une chose était sûre : j'en voulais encore plus.

Hyde plongeait et retirait sa langue de ma fente humide tandis que ses doigts s'amusaient à caresser mon clitoris. Au bout d'un moment, je m'allongeai sur la table et je me contentai de me contorsionner sous ses gestes. Les mains plaquées sur mes seins, mes tétons qui pointaient entre mes doigts, j'avais l'impression que chaque parcelle de mon corps débordait, vibrait de désir. J'étais toujours partante pour m'éclater. J'aimais même me dire que j'avais une vie sexuelle raisonnablement saine, dans l'ensemble, mais bon sang, ça me rappelait pourquoi on avait tort de se contenter des coups d'un soir. Je laissais carte blanche à Hyde parce qu'au fond de moi je lui faisais confiance. Et ça, ce n'était pas anodin. Je pouvais lâcher prise et savourer ce moment sans m'inquiéter de dire ou de faire quelque chose qui serait mal interprété. En temps normal, je dissuadais mes partenaires d'avoir de faux espoirs. Les choses n'allaient jamais plus loin. Alors qu'avec Hyde… Chaque caresse, chaque soupir, chaque frisson qui s'emparait de mon intimité lui disait que j'en voulais encore plus.

Et comme d'habitude, il fallut que j'ouvre ma grande gueule.

— C'est bon, Hyde. C'est tellement bon, putain.

Je sentis un sourire s'étirer sur ses lèvres plaquées contre moi, ce qui me mettait presque autant en transe que de voir sa langue lécher le petit filet qui resta accroché à sa bouche lorsqu'il s'écarta.

— Ça valait le coup d'attendre ou pas ?

Et merde. Pourquoi me posait-il des questions pareilles alors que je n'avais plus rien dans la tête ? Plus rien à part de la barbe à papa et des idées franchement indécentes.

— Jusqu'ici, impec. Attends que je te montre ce que tu as loupé.

— Dès que je t'ai vue débarquer sur cette moto, le jour de la fête, j'ai tout de suite su ce que j'avais loupé.

Hein ? Il venait de dire quoi, là ? Pas possible, j'avais dû rêver. Il fallait dire que mon cerveau nageait dans le brouillard.

Mon silence abasourdi le fit ricaner. Un instant plus tard, sa langue repartit à l'assaut pour s'assurer qu'aucun recoin de mon intimité n'avait été laissé de côté. En un rien de temps, je sentis mes jambes se tendre et mon bas-ventre frissonner sous ses caresses. Un cri muet s'échappa de ma bouche tandis que je plongeais mes doigts dans ma chair. Une traînée humide s'écoula sur la bouche qui venait de me faire complètement changer de regard sur le sexe oral. Et, au même moment, un orgasme remonta du plus profond de mon être. Mille fois plus agréable que de partager un repas pour nous apprivoiser l'un l'autre ! Hyde avait dit qu'il voulait sortir avec moi. Mais à quoi bon si m'envoyer en l'air avec lui était aussi incroyable ?

Pourquoi tout gâcher ?

Tout en articulant son nom dans un murmure, je fermai les yeux et laissai les dernières vagues de plaisir agiter mon bas-ventre. Il me fallut une bonne minute pour reprendre mon souffle. Est-ce que j'avais glissé dans une réalité parallèle ? A priori, non. Même si je m'étais souvent imaginée avec Hyde, je ne m'étais jamais doutée que ce serait aussi intense, aussi puissant.

Tout en promenant nonchalamment ma main sur ses cheveux courts, j'essayai de respirer normalement à nouveau.

— Attends que je reprenne mes esprits, tu vas avoir droit à tes petits avantages, Hyde.

Après tout, pourquoi faudrait-il que je sois la seule à profiter ? Le monde entier semblait avoir changé de visage. Et si notre relation toujours imprévisible avait enfin trouvé le mode d'emploi pour que tout fonctionne ?

14

Hyde

Remy avait la tête penchée en arrière et ses boucles retombaient en cascade à chaque mouvement. Elle me chevauchait comme si elle était sur le grand huit d'un parc d'attractions. La vache, quelle énergie ! Et puis comment avait-elle réussi à faire réagir mon corps aussi facilement ? Moi qui étais certain de ne pas pouvoir remuer un muscle pendant six bonnes heures… Ça faisait une éternité que je n'avais pas terminé une nuit de plaisir avec des courbatures que je traînerais pendant toute la journée du lendemain. Sans parler que j'avais les os en miettes et le cerveau en compote. Pourtant, même au moment où je pensais que j'étais à bout de forces, que mon sexe n'arriverait pas à repartir au combat, Remy trouvait systématiquement un moyen de provoquer une réaction. Au bout du compte, on avait passé la nuit entière à s'envoyer en l'air jusqu'au lever du soleil. De toute évidence, l'alchimie entre nous était parfaite et nous avions pas mal de points communs dans le domaine du sexe et du désir.

Je n'étais pas le mec le plus expérimenté du monde en matière de relations. J'avais même un passé de célibataire endurci. Sortir avec une fille alors que je risquais d'être envoyé en opération ou de changer de caserne du jour au lendemain ? Pas évident du tout. Pour que je m'engage, il aurait fallu que ce soit dans des relations sérieuses et destinées à durer. Au moins, les choses auraient été claires. Soit l'histoire se serait arrêtée tout suite, soit ma compagne aurait tout plaqué pour moi si je devais brusquement m'envoler pour une autre base. Je n'aurais pu demander une chose pareille qu'à une fille avec qui je me serais projeté sur le long terme, avec qui j'aurais eu envie de bâtir un avenir commun. Mais peu importe. Aucune des histoires en question n'avait jamais marché, que je reste au même endroit ou pas. Et j'avais eu beau me convaincre de l'attachement que je portais à ces filles, je n'avais jamais eu le cœur en miettes quand elles avaient décidé de partir ou de ne pas s'engager davantage. Pas même quand la mère de Hollyn m'avait trompé avec mon meilleur ami, c'est dire.

Non, la seule fois où j'avais vraiment morflé, c'était quand j'avais pris la décision de ne plus jamais revoir Remy. Sortir de sa vie avait été l'un des moments les plus difficiles de ma vie. Et, tandis que je la regardais chevaucher mon corps avec ardeur, j'ai su que ça ne pouvait pas se reproduire. Elle était la pièce manquante du puzzle. La clé qui ouvrait le cadenas dissimulé dans les tréfonds de mon âme, là où je cachais mes véritables sentiments, mes véritables émotions. Elle s'inquiétait que j'aie peur de celle qu'elle était réellement ? La vérité, c'était que je m'inquiétais qu'elle voie mon vrai visage, maintenant qu'elle me regardait d'un autre œil., sans cette obsession qui l'animait dans sa jeunesse. L'homme que j'étais réellement était loin d'être parfait et n'avait pas forcément les clés pour rendre une femme heureuse. Mais j'étais prêt à faire tous les efforts nécessaires pour devenir meilleur, pour mériter de partager l'existence de Remy. Je voulais être digne de son amour, cette fois.

Tandis qu'elle s'écroulait sur moi, elle poussa un gémissement de plaisir tout bas. Les ongles qu'elle avait plantés sur mon torse pour garder l'équilibre avaient laissé une petite marque. Mes mains avaient elles aussi laissé des traces rouges sur ses hanches. Même chose pour l'ombre discrète qu'avait dessinée ma bouche sur l'un de ses seins. Je titillais son téton rose, prisonnier entre mes doigts, tout en suivant les doux mouvements de son corps. Au moindre frémissement de son bas-ventre, j'accentuais la pression sur son point sensible. Ce qui poussa Remy à accélérer la cadence. Et quand elle disait mon prénom, c'était toujours d'une voix plus haletante. Elle était extraordinaire. Je l'avais toujours trouvée mignonne et un peu sauvage. Mais la voir si bien maîtriser sa sensualité et obtenir exactement ce qu'elle voulait la rendait encore plus belle à mes yeux. Il y avait un pouvoir immense dans ce corps minuscule, et j'adorais le laisser déferler sur moi. C'était peut-être ma façon de lui rendre tout ce que je lui avais volé quand j'étais parti sans un au revoir, sans une explication valable. Enfin, quelle que soit la raison, c'était un spectacle de toute beauté.

Je fis courir la main sur l'extérieur de sa cuisse. La tension qui animait ses muscles était palpable et un léger voile de sueur recouvrait sa peau. On s'était donnés à fond l'un pour l'autre, je n'avais pas le souvenir de m'être déjà senti aussi profondément comblé. Je glissai mes doigts vers l'endroit où nos corps ne faisaient qu'un et, du bout de mon pouce, je caressai ce petit bouton si délicat qui semblait jouer à cache-cache à chacun de ses mouvements. Cette nouvelle dose de caresses sembla la priver du peu d'air dans ses poumons, elle avait des mouvements presque désarticulés. Elle abandonna son allure effrénée et se mit à ondoyer lentement. C'était à se demander comment j'arrivais encore à respirer. Les yeux révulsés, je n'étais pas sûr de parvenir à jouir à nouveau, mais je comptais m'y employer pleinement, jusqu'au bout.

Je décrivis des cercles autour de son clitoris tandis qu'elle frottait son corps sur moi. Tout en resserrant l'étreinte autour de son téton, je poussai un long soupir tandis qu'elle faisait tout pour m'arracher un nouveau cri d'extase. Le bleu de ses yeux était aussi clair que le ciel, et leurs reflets noisette avaient une teinte si sombre qu'ils semblaient noirs. C'était la première fois que je la voyais dans cet état, mais ce ne serait pas la dernière, oh non.

Remy étouffa un juron et recouvrit ma main de la sienne. Elle plaça ses doigts par-dessus mon pouce et appuya encore plus fort que je n'aurais osé le faire. Au bout d'une nuit entière de passion, je savais que certains endroits de son corps étaient nettement plus sensibles que d'autres. Mais apparemment j'avais tout faux, car plus elle se montrait insistante, plus son intimité devenait chaude et humide. Manifestement, elle n'allait pas tarder à atteindre le septième ciel. Tant mieux. Je n'étais pas sûr de pouvoir tenir encore très longtemps. Sans compter que mon sexe avait déjà beaucoup donné.

Je sentais la caresse légère de ses doigts à la base de mon membre viril chaque fois qu'elle laissait son corps redescendre en ondulant des hanches. Je poussai un grognement de plaisir avant de la prévenir :

— Je ne vais pas tenir longtemps, Remy.

Elle ricana doucement et m'adressa un regard enflammé à travers ses longs cils, les paupières mi-closes.

— Si tu veux jouir, vas-y, commence. Je te suivrai sans problème, je t'ai dit.

Effectivement, mais je ne pensais pas qu'on serait tous les deux dans le même lit à ce moment-là. Vu la situation, je voulais qu'elle jouisse en premier, pour bien lui montrer que je me défonçais pour elle. Avec tous mes talents, toute mon envie de lui rendre les sensations intenses qu'elle m'offrait.

Je retirai ma main de son sein pour la placer sur sa nuque. Là, je l'obligeai à baisser la tête vers moi. Une fois nos bouches toutes proches, j'attrapai sa lèvre inférieure entre mes dents. Dès que nos langues se mêlèrent, je sentis son corps se crisper autour du mien et laissai la vague de plaisir qui l'inondait m'emporter à mon tour. Au lieu que l'un de nous deux passe avant l'autre, nous avons joui ensemble. Il n'en fallut pas plus pour que tout l'air dans mes poumons soit aspiré. Dans ma tête, je n'avais plus qu'un grand vide. Mon sexe se contracta et mes hanches se soulevèrent au-dessus du lit, comme pour grappiller quelques secondes supplémentaires de fièvre et de plaisir.

Je prononçai son nom d'une voix rauque, et tout mon corps se tendit tandis qu'elle puisait les dernières bribes d'énergie et de passion que j'avais au fond de moi. Une seconde plus tard, elle s'écroula sur moi comme un pantin désarticulé, les yeux fermés, sa chevelure bouclée accrochée à mon torse en sueur et à mon cou. J'aurais dû me sentir étouffer, mais non. Me retrouver lové contre elle après ce feu d'artifice avait quelque chose de réconfortant, alors même que j'étais claqué et trop comblé pour me servir de ma tête.

Remy se tortilla et frotta sa joue contre mon torse, comme un petit chat. Adorable.

— On a trouvé le moyen de te faire penser à autre chose qu'à ta fille pendant plus de deux heures, hum ?

Je battis des paupières, l'air surpris, et plongeai la main dans ses boucles emmêlées. *Tiens, c'est vrai, ça.* Je ne m'étais pas inquiété une seconde pour Hollyn… Passer toute une nuit loin d'elle ne m'avait pas torturé l'esprit. Et maintenant que le soleil commençait à poindre au-dessus des montagnes qui se découpaient dans le lointain, de l'autre côté des grandes baies vitrées de l'appartement, je me sentais légèrement coupable.

— Ça prouve bien que je suis un père horrible, non ?

Je venais de poser la question dans un soupir, les yeux levés au plafond.

— Rien n'aurait dû me faire oublier mon rôle de père. Et pourtant, c'est arrivé. Cette nuit, je n'ai pensé qu'à toi.

Remy acquiesça et colla les lèvres au niveau de mon cœur qui recommençait enfin à battre normalement.

— Être le père d'une petite fille n'est pas une raison pour arrêter de vivre. Tu as le droit de penser à autre chose, tant que tout va bien pour elle. Hollyn a le droit d'être au centre de toute ta vie, mais pourquoi faudrait-il que toute ta vie se résume à elle ? Encore un peu d'entraînement et tu seras un papa génial, Hyde. Comme ton père. Tu ne pourrais pas rêver meilleur modèle.

Dans un soupir, je me tournai pour déposer un baiser sur le sommet de son crâne. Elle avait beau me répéter qu'elle n'avait aucune leçon à donner à un jeune parent, elle était de très bon conseil, étonnamment.

— Tu as raison, c'est le meilleur père dont on puisse rêver. Seulement, est-ce que j'ai été un si bon fils que ça ? Ma mère et lui en ont fait, des sacrifices pour moi, ils se sont battus pour me garder, ils m'ont aimé de tout leur cœur. Mais dans un coin de ma tête, j'ai toujours pensé à ma mère biologique. Elle me manquait. C'était comme si on m'avait volé quelque chose, je trouvais ça injuste. Il a fallu que je devienne papa à mon tour pour mesurer tout ce qu'ils avaient fait pour moi. La dernière chose dont j'ai envie, c'est que Hollyn ait le sentiment qu'il lui manque quelque chose. Tout ça parce que sa mère a perdu la vie dans des circonstances tragiques.

— Vouloir ce qu'on n'a pas… Un grand classique chez l'être humain. Si je t'avais mis la main dessus quand j'étais plus jeune, j'aurais tout de suite voulu autre chose. Parfois, on a du mal à se contenter de ce qu'on a. Et c'est au moment où on le perd qu'on mesure l'importance que ça avait pour nous. J'ai eu ça avec ma mère quand j'ai décidé de prendre mes distances avec elle.

Remy bâilla et laissa ses yeux se fermer doucement.

— Ça m'étonne que tu n'aies pas encore appelé le duo de choc pour prendre des nouvelles. Moi qui croyais que je devrais cacher ton portable quand tu as débarqué hier soir… mais non, tu n'y as même pas jeté un seul coup d'œil.

Ça, c'était parce qu'elle avait ouvert la porte dans une tenue aussi courte qu'affriolante. Mon portable était resté dans la cuisine avec le reste de mes vêtements que j'avais balancés n'importe où, à l'instant même où elle m'avait fait comprendre qu'elle comptait prendre mon membre dans sa bouche. Plus rien n'avait eu d'importance, hormis les divines caresses de ses lèvres. Sans compter que mon portable était en mode vibreur, il aurait fallu que je l'aie près de moi. Si quelqu'un avait appelé ou envoyé un texto, je l'avais manqué.

Brusquement, une vague de stress m'envahit. Ce n'était que ma première nuit loin de Hollyn ! Vous parlez d'un irresponsable… Je fis rouler Remy sur le côté.

— Je reviens tout de suite.

Après un bref détour par la salle de bains pour me laver, je courus jusqu'à la grande pièce à vivre. Et maintenant, mon jean…

L'aube jetait une belle lumière pâle sur le sol et baignait la pièce d'une atmosphère presque irréelle. Brusquement, mon cœur se serra. Mon portable vibrait bruyamment par terre. Pourvu que ce soit Campbell ou Daire qui appelait pour donner des nouvelles. Ou alors, c'était mes parents qui voulaient savoir comment s'était passée ma première soirée loin de chez moi. Mes espoirs furent aussitôt douchés : j'avais manqué plusieurs appels de la maison. Et j'avais reçu une flopée de textos signés Daire et Campbell. Après avoir rapidement rassemblé mes vêtements éparpillés un peu partout, je rappelai Campbell en me dirigeant vers la chambre. Et je mis le téléphone sur haut-parleur, afin de m'habiller et de parler en même temps.

Dès que sa voix grave et rauque retentit, il me parut tout de suite fatigué.

— Ah, c'est toi. Pas trop tôt. J'essaye de t'appeler depuis minuit.

Quoi ? J'étouffai un juron tout en passant une main sur mon visage.

— Je n'avais pas mon portable à côté de moi et il était sur silencieux. Je suis trop con. Comment va Hollyn ? Tout va bien ?

— Maintenant oui. Il y a deux heures, c'était plutôt tendu. Elle était assez agitée et elle a commencé à avoir de la fièvre. Je ne savais pas si tu voulais que je l'emmène aux urgences. Elle n'était pas en super forme.

Cette dernière phrase sonnait comme un reproche, je le sentis presque physiquement.

— Heureusement, la mère de Daire est médecin, elle a pu passer nous épauler. La fièvre est tombée et Holly s'est endormie, enfin. La mère de Daire est repartie il y a une petite heure seulement, elle tenait vraiment à être sûre que tout allait bien, vu les antécédents médicaux de la petite. Et comme on n'arrivait pas à te joindre…

Shaw Archer n'était pas simplement médecin. Elle était à la tête du service de chirurgie d'un des plus grands hôpitaux de Denver. Hollyn ne pouvait pas être entre de meilleures mains. Si j'avais été à la maison ou si j'avais décroché dès le premier appel, je l'aurais tout de suite appelée pour lui demander conseil, moi aussi.

— Je serai à la maison dans pas longtemps. Désolé de ne pas avoir répondu hier soir. Ce n'était pas censé se passer comme ça.

J'avais envie de me donner des claques. L'estomac rongé par la culpabilité…

— T'inquiète, allez. Ton métier, c'est de bosser sur des ponts et des tunnels, pas vrai ? Le jour où tu seras dans les montagnes ou au fin fond de la campagne, tu ne pourras pas forcément décrocher ton téléphone. Une chance, Daire était là, mais pour la suite, on devrait sans doute faire une liste de personnes à contacter en dehors des gens de ta famille. Juste au cas où tu serais injoignable. J'aurais appelé ton père si la mère de Daire n'avait pas décroché.

Campbell avait l'air épuisé. Mais ce qu'il disait était parfaitement cohérent. Il avait gardé la tête froide malgré le stress.

— Je m'en occupe dès mon retour. Désolé de ne pas y avoir pensé plus tôt. Je me dépêche de revenir, ça te permettra de dormir un peu.

Campbell bâilla, et je l'entendis murmurer quelque chose. Mais ce n'était pas à moi qu'il s'adressait.

— Rien ne presse, c'est bon. Daire et moi, on s'est relayés toute la nuit auprès de la petite. Elle dit que tu n'as qu'à nous apporter des donuts pour nous remercier. Ah, il faudrait aussi que tu demandes à sa cousine Remy d'allumer son portable. Elle a essayé de l'appeler quand on a vu que tu n'étais pas joignable, ça n'a pas décroché.

Je hochai la tête même si Campbell ne pouvait pas me voir et jetai un coup d'œil en direction du grand lit sur lequel Remy était couchée en travers, la tête dans le creux de la main. Elle m'observa d'un œil méfiant tandis que je me dirigeais lentement vers elle.

— Je vais acheter des donuts et faire passer le message. À toute.

Une fois la conversation coupée, je me rapprochai du lit.

— Ton portable est éteint ?

Remy haussa les sourcils et lança un coup d'œil du côté de la table de nuit sur laquelle était posé son téléphone. L'écran était tout noir, aucun voyant n'indiquait des appels en absence ou des messages non lus.

— J'imagine, oui. J'oublie souvent de le charger. Pourquoi ?

— Les jeunes ont eu pas mal de soucis avec Hollyn, la nuit dernière, ils ont essayé de nous joindre. Daire t'a appelée quand ils ont vu que je ne décrochais pas.

Elle roula sur le côté et attrapa son téléphone, sur lequel elle se mit à pianoter fébrilement.

— Merde. Je suis désolée. La seule personne dont j'attendais les appels, c'était toi. Du coup, ça m'a dispensée de recharger la batterie. Je n'ai pas pensé que quelqu'un pourrait essayer de te contacter en passant par moi.

Elle avait l'air sincèrement contrariée. Ça me chagrinait d'avoir à casser l'ambiance. On était sur notre petit nuage, jusque-là…

J'attrapai l'une de ses boucles entre mes doigts.

— Ce n'est pas ta faute. C'est ma responsabilité. Je n'avais pas l'intention de me barrer de chez toi comme un voleur au petit matin, mais il faut vraiment que je rentre voir comment va Hollyn.

Ça m'énervait de ne pas pouvoir rester auprès de Remy et lui préparer le petit déj, tiens. J'avais promis de ne plus l'abandonner comme un malpropre. Et dès le lendemain, je faisais exactement le contraire !

— Non, c'est *ma* responsabilité, Hyde. Si on compte passer du temps ensemble, il faut qu'on garde en tête que nos actes peuvent avoir des conséquences pour ta fille. S'il n'y avait que nous deux dans l'équation, ça ne poserait pas problème. Mais puisqu'elle est là, évitons de merder. Tu peux partir, je ne vais pas mal le prendre. Je ne suis pas fragile ou égoïste à ce point. Mais tu as intérêt à dire au revoir, cette fois.

Remy agita son portable et attrapa le drap qu'elle remonta sur son corps nu.

— Je vais tâcher de le garder chargé, à partir de maintenant. Dis-moi si je peux faire quelque chose pour toi ou pour Hollyn. Et le moment venu, n'oublie pas de me raconter ta première journée de boulot. Je suis là si ça devient compliqué et que tu ressens le besoin de parler à quelqu'un.

Je me penchai au-dessus du lit pour l'embrasser fougueusement. Au moment de me détacher d'elle, je lui dis au revoir dans un souffle. Vu le sourire qu'elle m'adressa, ça avait dû lui faire plaisir.

Tellement de gens me demandaient de choses que je ne pouvais pas donner. Mais tout ce que Remy demandait, elle, ce n'était que deux mots tout simples. Elle avait entièrement raison : l'importance de ce qu'on a, on la mesure quand on perd tout. Et d'ailleurs, aurais-je été capable d'apprécier pleinement cette fille si je n'avais pas mis tant de distance entre nous, pendant si longtemps ?

Tout en sortant de son loft incroyable, j'allai sur une appli de livraison à domicile pour lui offrir le petit déjeuner. Hollyn n'était pas la seule personne à qui je voulais donner le meilleur de moi-même. Remy méritait elle aussi de savoir que je pensais à elle malgré mes absences. Surtout après la nuit qu'on avait partagée. Ces longues heures de passion avaient été exceptionnelles, mais le reste devait être tout aussi mémorable et hors de l'ordinaire.

Je comptais bien la conquérir, même si le chemin promettait d'être long et difficile. Est-ce qu'un burrito en guise de petit déj n'était pas un bon point de départ ?

15

Remy

Je m'en voulais terriblement que Hyde ait raté tous ces appels alors que Hollyn avait besoin de lui. Mon intention n'avait jamais été de le vampiriser toute la soirée. Et je n'avais pas songé que je devais adapter mes mauvaises manies quand j'étais avec lui. J'avais l'habitude d'apparaître et de disparaître de la circulation quand ça m'arrangeait. Il y avait des jours où je n'avais vraiment aucune envie de parler et des périodes où mon téléphone me faisait penser à un boulet qui m'entraînait vers le fond. Ma mère avait le don de paniquer dès que je ne décrochais pas ou que je ne répondais pas à ses textos. Et, bien souvent, mon silence faisait péter un plomb à mon frère. J'avais moins de mal à me rendre joignable maintenant que j'étais de retour dans ma ville natale. Mais garder un œil sur le pourcentage de batterie de mon portable n'était toujours pas une priorité.

Il fallait y remédier si je comptais emprunter le père de Hollyn de temps en temps. Il fallait que je sois plus responsable et que je réfléchisse à ce qui était le mieux pour la petite plutôt que de me faciliter la vie. C'était un peu comme picoler alors que j'étais sous médocs. Ça me permettait de me sentir normale, mais effectivement c'était dangereux. Et j'avais intérêt à ne pas déconner avec ça si je comptais trouver ma place dans la vie de Hyde et de Hollyn. Avais-je envie de jouer un rôle important ? Aucune idée. Mais, après ces longues heures au lit avec lui, je savais que ce serait du sérieux. Ce qui n'était pas forcément le cas quand je lui avais demandé de passer la nuit avec moi… Le lien qui m'unissait à Hyde ne ressemblait à aucun autre. Je n'étais pas bête au point d'ignorer ce qu'il provoquait chez moi, tout ça pour me protéger. Je n'aurais rien à perdre si je choisissais de tomber amoureuse de lui, une fois de plus. Je lui avais donné mon cœur depuis bien longtemps. Et, comme l'avait dit Bowe, j'avais toujours su qu'une part de moi lui appartenait, même si je prétendais le contraire.

Hyde m'avait dit qu'il voulait aider Hollyn à s'aimer comme moi, je l'avais fait. Par conséquent : je n'avais pas d'autre choix que de montrer l'exemple. Constamment, et pas uniquement quand mon propre bien-être m'autorisait à le faire. Il fallait que je m'accepte, en toutes circonstances, même si c'était difficile.

Hyde m'appela pour me donner des nouvelles. Manifestement, la petite était légèrement enrhumée. Elle avait été patraque pendant le reste du week-end et il envisageait de sauter son premier jour de travail pour rester à la maison avec elle. Visiblement, il avait envie que je le conforte dans l'idée qu'il avait raison de privilégier sa fille plutôt que sa carrière. L'ennui, c'est que j'ignorais totalement quel était le bon choix. Il s'était toujours montré tellement responsable et impliqué dans tout ce qu'il entreprenait, que ce soit ses études, sa carrière dans l'armée, et maintenant son rôle de père. Ce n'était sûrement pas évident de jongler entre la nécessité pour lui de gagner sa vie et son souhait d'être là pour sa fille, si besoin. En ce qui me concernait, personne ne dépendait de moi. Et, s'il m'était arrivé de perdre mon job, j'en avais toujours trouvé un autre dans la foulée. Je n'avais pas autant de mal à mener une vie d'adulte que la plupart des gens de mon âge, mais je sentais comme un changement dans mon insouciance proverbiale dès que j'essayais de comprendre le dilemme auquel Hyde était confronté.

Heureusement, la mère de Daire n'était pas de service ce lundi. Quand Daire avait demandé à Shaw si cela ne la dérangeait pas de venir surveiller le bébé, celle-ci avait accepté avec joie. Puis quand la mère de Hyde avait appris que Shaw comptait passer la journée avec sa petite-fille, elle s'était arrangée pour venir donner un coup de main. Avec l'arrivée en renfort de toutes ces mamans pleines d'expérience, Hyde avait pu donner sa journée à Campbell. Et apparemment, dès qu'on lui avait donné le feu vert, l'intéressé avait aussitôt disparu.

Et moi ? Je n'avais pas grand-chose à offrir à Hyde hormis une oreille attentive. Vu mon peu d'expérience en matière de bébés et ma carrière professionnelle… Mais je n'avais pas oublié ma surprise en réceptionnant le petit déjeuner qu'il m'avait fait livrer après son départ en catastrophe, le matin même. Et techniquement je lui devais encore un dîner.

J'appelai tante Shaw pour qu'elle m'autorise à passer chez Hyde avant qu'il rentre de son premier jour. Elle n'y voyait aucun inconvénient, mais elle allait quand même poser la question à Sayer, la mère de Hyde, par acquit de conscience. Le bébé semblait se remettre. En tout cas, elle avait l'air d'avoir repris du poil de la bête depuis qu'elle s'était réveillée de sa sieste de l'après-midi. Finalement, au lieu de charger ma tante de demander l'autorisation à ma place, je décidai d'appeler directement la mère de Hyde. Mais passer cet appel me stressait un peu. Son mari ne me portait pas dans son cœur, il faut dire…

Zeb Fuller ne s'était jamais montré méchant ou grossier avec moi les fois où nos chemins s'étaient croisés après le départ de Hyde pour l'armée. Mais il avait fait passer le message à mon père, et pas qu'une seule fois. À ses yeux, c'était à cause de moi que son fils avait subitement décidé de partir. Il était distant et froid. Il n'avait jamais eu la même tolérance pour mes bizarreries que les autres amis de mes parents. Nos pères respectifs bossaient ensemble, ils avaient développé une vraie relation de confiance. Mon père avait-il révélé à Zeb Fuller que Hyde n'avait pas quitté Denver de lui-même ? Que c'était ma mère qui avait fait pression sur lui ? J'avais comme un doute. Je ne l'imaginais pas cacher une information pareille à un autre père inquiet pour son fils. Il n'empêche que Zeb était absolument glacial avec moi. La mère de Hyde, elle, était plus dure à cerner. Je n'arrivais jamais à affirmer si elle me haïssait ou si elle me tenait pour responsable de ce qui s'était passé. Ma présence semblait lui inspirer une indifférence totale, mais je ne le prenais pas personnellement. Dans l'ensemble, elle était plutôt austère et hautaine. À vrai dire, je la trouvais plus intimidante que le père de Hyde, malgré sa carrure de géant barbu. Elle était tellement différente de ma mère, qui ne cachait jamais ce qu'elle pensait, ce qu'elle ressentait.

Il me fallut un certain temps avant de trouver le courage de passer ce coup de fil. Et, à mon grand étonnement, mes mains se mirent à trembler quand on décrocha. Encore un signe que l'aventure dans laquelle je me lançais avec Hyde ne se résumerait pas à une amitié agrémentée de petits à-côtés sympathiques. Ce serait bien plus sérieux.

Sayer répondit d'un ton sec. On avait toujours l'impression qu'elle siégeait dans une salle de tribunal. Je savais que c'était une façade, qu'elle était plus douce et plus abordable avec ses amis et ses proches. Mais il y avait quelque chose chez elle qui me donnait systématiquement envie de me redresser, de tourner sept fois la langue dans ma bouche avant de parler. Et globalement de mieux me tenir qu'en temps normal.

— Euh… Bonjour, madame Fuller, c'est Remy Archer, je sais que vous êtes chez Hyde avec ma tante et que vous veillez sur la petite, étant donné qu'il est au travail aujourd'hui. Mais je me demandais si vous seriez d'accord pour que je passe lui préparer à dîner avant son retour.

Je dis tout cela d'une seule traite. Et ce fut un vrai soulagement d'arriver au bout de ma phrase.

À l'autre bout du fil, on n'entendait aucun bruit. Pas très rassurant, surtout que ça durait. Je me mordis nerveusement la lèvre. Car, s'il s'avérait que les deux parents de Hyde me détestaient, j'étais censée faire quoi ? Difficile d'affirmer que j'étais un bon choix pour lui ou pour Hollyn. Entre mon passé et notre histoire commune… Mais je me sentais profondément prête à donner raison à Hyde. S'il avait envie que je sois là… Je voulais prouver à tout le monde qu'il avait pris la bonne décision, cette fois. Et montrer à quel point nous avions changé, mûri. Nous ne devions pas être les seuls à prendre conscience que nous n'étions plus deux gamins paumés et malmenés par la vie. Traverser toutes ces épreuves nous avait rendus plus forts, voilà pourquoi j'étais déterminée à me battre si jamais la famille de Hyde me fermait la porte au nez.

— J'aurais juste une question à te poser avant de te dire oui, Remy.

La mère de Hyde était si sérieuse, ça me stressait encore plus.

Je déglutis difficilement. Cette femme n'était pas Mme Tout-le-Monde. C'était était une avocate de talent, elle avait l'habitude de faire avouer la vérité à ceux qui tentaient de la cacher. Aucune question n'était anodine, avec elle.

— À ton avis, est-ce que Hyde serait heureux de te savoir là ?

Tellement de sous-entendus, dans cette question…

Est-ce qu'il serait heureux que je sois là à Denver ?

Dans sa vie ?

Ici, auprès de sa fille ? Auprès de sa famille ?

Est-ce qu'il serait heureux de rentrer du boulot et me trouver chez lui ? Si ça se trouve, je ne pensais qu'à ma gueule et j'étais en train de lui compliquer l'existence…

Sayer n'avait rien dit de tout ça, mais je l'avais quand même entendue poser toutes ces questions.

Malgré tout, je répondis sans trembler :

— Il veut que je sois là, oui.

C'était Hyde qui s'était rapproché de moi, pas le contraire. C'était lui qui avait gardé mon numéro. Qui avait appelé quand il se sentait perdre pied. Qui s'était enfin rendu compte que j'étais assez forte pour l'épauler. Et qui m'avait permis de m'en rendre compte à mon tour.

J'étais forte.

Mes fondations n'étaient peut-être pas les plus solides qui soient, mais l'édifice ne s'était jamais effondré. Ce n'était pas passé loin. Mais j'étais toujours debout.

J'entendis Sayer marmonner. Impossible de dire si c'était pour acquiescer ou pour autre chose. Elle était tellement difficile à cerner, contrairement au garçon qu'elle avait élevé comme son fils.

— OK. Si tu es sûre que ça lui fera plaisir, viens préparer le dîner. Je comptais lui laisser quelque chose au frais, de toute façon. Mais passe peut-être au supermarché avant, le frigo de Hyde est plutôt dégarni. Franchement, je me demande ce qu'il a mangé, ces derniers temps.

La mère de Hyde me dit qu'on se verrait plus tard et raccrocha. La conversation n'avait duré que quelques minutes, mais une trêve avait été conclue, manifestement. Elle ne m'avait pas donné sa bénédiction avec, mais honnêtement, j'aurais dit qu'elle était plutôt de notre côté. J'espérais que ça l'inciterait à convaincre son mari que je n'avais pas l'intention de foutre la vie de son fils en l'air, une fois de plus.

Après que j'eus terminé ma journée de travail – je bossais sur la refonte d'un site Internet pour un groupe avec lequel Bowe m'avait mise en contact –, je passai faire des courses avant de me rendre chez Hyde. Le fond de l'air était de plus en plus frais maintenant qu'on se rapprochait du cœur de l'automne, les arbres commençaient à changer de couleur et il pouvait brusquement se mettre à neiger. Il fallait que je me couvre davantage pour sortir, ce qui était probablement ce que je détestais le plus quand on changeait de saison. Je n'étais vraiment pas du genre à m'emmitoufler des pieds à la tête, mais je détestais me cailler.

Hyde m'ayant dit qu'il mangeait de tout, je partis sur un plat tout simple et nourrissant. L'idée, c'était aussi qu'il en reste pour Campbell et lui le lendemain… J'avais le temps de préparer un bon plat de lasagnes et une grosse salade avec des croûtons à l'ail d'ici son retour. Tandis que je parcourais les allées du supermarché en long et en large, j'attrapai de quoi remplir son frigo et ses placards. Puisqu'il n'avait rien à manger chez lui, d'après sa mère… Je le fis comme ça, instinctivement. Je ne m'en aperçus qu'au moment de passer à la caisse. Le Caddie m'avait coûté plus cher que si j'avais fait des stocks pour un mois ! Pff, ça allait exploser mon budget… Certes, je gagnais assez pour vivre et avoir un toit au-dessus de ma tête, mais de là à dire que je roulais sur l'or… Je ne cotisais même pas pour ma future retraite !

À mon arrivée sur place, ma tante était déjà partie. Sayer m'aida à rentrer les sacs et à tout ranger. Elle ne semblait pas mécontente que j'aie dévalisé les rayons, j'avais même acheté pas mal de biscuits que Hyde aimait depuis l'enfance, m'a-t-elle dit. Je l'avais fait inconsciemment, alors, car ma mémoire n'avait gardé aucune trace de détails aussi insignifiants en apparence… Pas mal de souvenirs de lui avaient dû continuer de m'accompagner au fil des années. Plus que je ne l'aurais cru. Mais, après tout, Hyde avait bien gardé mon numéro de téléphone depuis tout ce temps…

J'allai dire bonjour à Hollyn. Elle avait l'air toute guillerette. J'adorai la manière dont sa petite bouille se fendit de ce qui ressemblait fort à un sourire quand elle me vit. Elle avait peut-être eu des gaz ou entendu un son qui l'avait rendue heureuse, mais peu importe : j'avais envie de croire qu'elle m'appréciait et que ça lui faisait plaisir de me voir. Tout en caressant le duvet soyeux qui recouvrait sa tête, je lui répondis doucement :

— J'ai entendu dire que tu n'as pas été très en forme, petite beauté. Pas terrible, ça…

Tandis que Hollyn agitait ses minuscules poignets dans les airs, Sayer me mit en garde :

— Fais attention. Si elle attrape une de tes boucles, tu risques d'y laisser des plumes.

— Elle a l'air d'aller mieux.

Hollyn était sanglée dans une espèce de siège bébé qui se

balançait automatiquement d'avant en arrière, avec des mobiles accrochés juste au-dessus. La petite gigota quand sa grand-mère apparut dans son champ de vision. Sayer tapa dans ses mains et prit une voix suraiguë, comme un personnage de dessin animé.

— C'est le cas, oui. Shaw a confirmé qu'elle était tirée d'affaire. Mais prudence, vu les premières semaines de vie compliquées qu'elle a eues. Un peu comme ton père, pas vrai, mon joli trésor ?

Je me retins de rire. Et maintenant, direction la cuisine. Il était temps de préparer le dîner.

Même pour tout l'or du monde, je n'aurais jamais cru qu'une grande avocate pouvait se mettre à parler comme un bébé. Devenir grand-parent devait complètement changer la donne. Je comptais laisser Sayer jouer avec la petite pendant que je lançais le dîner, mais elle reprit brusquement sa voix normale. Et ce qu'elle me dit me cloua sur place.

— Remy, je me fiche de ce que Zeb ou les autres pensent du fait que vous ayez renoué, Hyde et toi. Mon fils ne fend jamais l'armure. Il a essayé de tout gérer seul dans son coin, quitte à porter le poids du monde sur ses épaules. Il a pris cette habitude depuis sa plus tendre enfance. La mort de sa mère le dévastait, et il avait vraiment beaucoup de mal à s'adapter à l'arrivée de son père dans sa vie, du jour au lendemain. Il pensait parvenir à le cacher, mais je voyais clair dans son jeu. Tu es la seule qu'il laisse approcher. La seule à qui il a montré ce qu'il ressentait réellement. Il est honnête avec toi. Sincère, aussi. Et je suis assez égoïste pour espérer qu'une fois qu'il aura compris comment se comporter avec toi, ça l'aidera à s'ouvrir aux autres personnes qui l'ont toujours aimé. Tant que tu sais qu'il veut t'avoir auprès de lui, ça ne me posera aucun problème. Et à terme, ça n'en posera plus aucun à son père.

Sayer avait parlé avec un tel aplomb, une telle certitude. Difficile de ne pas la croire. Je me contentai donc d'acquiescer. Et maintenant, le repas… Très vite, la maison se remplit d'odeurs délicieuses. Quand Sayer repartit, Hyde venait de garer son 4x4 dans l'allée. Juste avant de sortir, elle me serra doucement contre elle. Encore un peu et je tombais à la renverse. Eh bien, quelle surprise ! Je la serrai dans mes bras à mon tour, en veillant à ne pas froisser ses vêtements ou à la salir avec mes mains sales. Je n'étais pas prête à ce que notre relation prenne ce nouveau départ, si brusquement.

Hyde avait forcément remarqué ma voiture au moment de se garer, il ne fut donc pas surpris de me voir une fois la porte franchie. En revanche, il fut abasourdi de me découvrir en train de cuisiner, au sein d'une maison qui sentait si bon. Il avait surtout l'air crevé et il n'avait d'yeux que pour Hollyn. Je crus bien qu'il allait se mettre à pleurer en allant la retrouver auprès du siège dans lequel elle se balançait joyeusement.

La petite laissa échapper un grand cri de bonheur lorsqu'elle aperçut son père. Brusquement, j'eus le souffle coupé en voyant ce grand et beau gaillard tomber à genoux devant elle. C'était l'un des spectacles les plus émouvants auxquels j'avais eu la chance d'assister, et de loin.

Je reniflai discrètement avant de retourner à mes préparations. Autant les laisser profiter de ces retrouvailles.

Si on m'avait demandé comment je préférais voir Hyde, j'aurais sûrement répondu que c'était nu, déchaîné, terriblement sexy, comme pendant cette nuit où il m'avait fait l'amour si bestialement.

Mais la vérité, c'était que je préférais le voir *comme ça*. Il n'y avait rien de plus merveilleux que de le voir dans son rôle de père sensible et vulnérable. Il était tellement attentionné avec Hollyn.

Elle en avait de la chance de l'avoir, cette petite. Pourvu qu'elle soit touchée par tous les efforts qu'il faisait pour elle, autant que lui l'avait été par ceux de ses parents. Dans la famille Fuller, on ne baissait jamais les bras. C'est ça que j'aimais chez eux. Ils avaient ce point en commun avec le clan Archer.

— Tu m'as manqué, aujourd'hui.

La voix grave et rauque de Hyde résonna non loin de là et me fit esquisser un sourire.

— Tu lui as manqué à elle aussi, je parie.

Je poussai un petit cri de surprise. Des bras puissants venaient de s'enrouler autour de ma taille, et des lèvres brûlantes s'étaient collées sur ma nuque.

— Non. Tu m'as manqué aujourd'hui, Remy. Ça me fait tellement plaisir que tu sois là.

Je ne m'attendais pas à ce qu'il se détourne de la petite aussi rapidement. Et puis cette voix forte qu'il avait prise pour me parler… Manifestement, sa fille n'était pas la seule personne devant qui il acceptait de fendre l'armure.

Tout en caressant ses deux mains posées sur mon ventre, je murmurai :

— Ça me fait plaisir d'être là à moi aussi, Hyde.

Il en avait fallu, du temps, et le chemin avait souvent été incertain et semé d'embûches. Mais, au bout du compte, j'étais rentrée au bercail.

Mon héros aussi.

16

Hyde

Franchir la porte d'entrée pour découvrir Remy dans la cuisine et ma fille en meilleure forme m'avait tellement soulagé que j'avais failli m'effondrer. La journée n'avait pas été facile. Confier Hollyn à ma mère et à Shaw jusqu'à mon retour alors qu'elle n'était pas au mieux m'avait demandé un gros effort. Surtout que je devais également me familiariser avec mon premier travail dans le civil et que tous ces bouleversements dans la vie étaient loin d'être faciles à gérer. Comme le Corps des ingénieurs comprenait essentiellement des gens passés par l'armée ou qui en faisaient encore partie, l'organisation et l'ambiance me rappelaient assez nettement l'époque de ma carrière militaire. La différence, c'est que mon nouveau boss était en costard et plus en uniforme. Et toutes ces questions de grade et de hiérarchie étaient nettement secondaires. Malgré tout, retourner dans le civil après un passage sous les drapeaux n'avait rien d'anodin. Sans compter que je devais apprendre les ficelles de mon nouveau métier. Heureusement, la priorité de mes supérieurs était le savoir-faire et la compétence. Et j'en avais à revendre.

L'État du Colorado comptait tout un tas d'infrastructures qui avaient constamment besoin d'être réparées, expertisées et modernisées, la faute aux conditions climatiques et topographiques. Il m'était souvent arrivé de construire des routes au milieu de nulle part, essentiellement pour le bénéfice de l'armée même si elles étaient officiellement censées faciliter la vie de tout un chacun. Bref, j'étais assez impatient de bosser sur des projets qui profiteraient à la région et ses habitants.

Je n'ai pas pu m'empêcher de tomber à genoux devant Hollyn lorsqu'elle me gratifia de son grand sourire de bébé. C'était comme si tout ce qui m'avait permis d'arriver au bout de cette journée s'était évaporé. Je l'observai attentivement, presque sous toutes les coutures, le temps de m'assurer que tout allait bien. Une petite partie de mon cerveau réclamait de manière assez irrationnelle que je fasse la liste de tout ce qui avait pu changer en mon absence. Je savais qu'elle allait grandir et se développer. Il y avait de bonnes chances pour que ma vie professionnelle m'oblige à louper certaines de ces étapes importantes, et cette idée me brisait le cœur. Hollyn ne semblait plus fiévreuse et on aurait dit qu'elle avait repris du poil de la bête. Je l'embrassai sur le front et la laissai jouer avec mes doigts, en luttant de toutes mes forces pour ravaler mes larmes. Un poids me broya la poitrine, et mes mains eurent du mal à ne pas trembler quand j'essayai de rassembler mon courage pour dire à Remy que j'étais content de la voir ici. J'avais croisé ma mère en entrant. Remy et elle avaient dû passer un peu de temps ensemble avant mon retour. J'étais curieux de savoir comment ça s'était déroulé. Mais, pour être honnête, j'étais surtout submergé par l'émotion de rentrer chez moi pour y trouver ma fille, mais aussi celle qui m'avait aidé à comprendre ce que je voulais faire de ma vie.

J'avais un souvenir très net de la première fois que mon père m'avait ramené à la maison et m'avait préparé à dîner. Un sentiment qui m'était entièrement inconnu, entre les problèmes d'addiction de ma mère et la vie instable qui était la sienne. Certaines nuits, on dormait dans une voiture, il nous arrivait de passer des journées entières sans rien manger, et je me rappelle très bien que j'avais toujours trop froid ou trop chaud. Pas extraordinaire, pour un début d'existence. Quand mon père avait retrouvé ma trace, les choses avaient changé du jour au lendemain. Même s'il n'avait jamais eu d'enfant à sa charge, il n'avait pas ménagé ses efforts pour me donner le sentiment d'avoir une existence normale, à l'abri du danger, d'entrée de jeu. Il voulait me montrer ce que c'était, d'avoir un vrai foyer. Et ce soir, en rentrant chez moi, j'avais eu exactement la même sensation qu'à l'époque.

Remy eut un mouvement de surprise quand je l'enlaçai par-derrière, mais elle ne tarda pas à se lover contre moi. Encore quelques minutes et le dîner serait prêt. Elle m'invita à profiter de ce laps de temps pour être auprès de la petite, mais j'avais à tout prix besoin d'une douche, ça me permettrait de troquer ma casquette d'ingénieur contre celle de papa. Elle eut du mal à cacher sa surprise quand je lui demandai de garder un œil sur Hollyn quelques minutes de plus, mais finalement elle acquiesça d'un bref signe de tête. De toute évidence, elle était hypnotisée par le bébé mais avait encore quelques réticences à s'occuper d'elle. Ce qui était tout à fait compréhensible. J'avais éprouvé la même chose quand j'avais quitté l'hôpital avec Hollyn, pour la toute première fois.

L'eau chaude qui ruisselait sur moi chassa une partie de ma fatigue et m'aida à calmer mes nerfs à fleur de peau. Mon estomac gronda alors que je venais d'enfiler un vieux pantalon de jogging gris et un T-shirt noir tout simple. Au moment de regagner la pièce à vivre, je me dirigeai vers le siège à bascule de Hollyn. Sauf qu'à ma grande surprise je le découvris vide. Plus étonnant encore, Remy était juchée sur le canapé et tenait ma fille dans ses bras avec mille précautions. Elle était en train de lui raconter comment nous nous étions retrouvés coincés en haut d'un arbre dans le jardin de ses parents, dans nos jeunes années. Hollyn participait à la conversation en babillant.

— Je m'étais mis dans la tête que je pourrais monter jusqu'au sommet et toucher le ciel. Il y avait un nuage qui ressemblait à un petit chien et j'avais envie de le caresser. Ton papa m'a grondée et m'a dit que j'allais me faire mal, mais j'étais déterminée à monter le plus haut possible.

Remy leva la tête et me regarda avec un sourire au fond de ses yeux à la couleur si spéciale.

— Mais comme je n'écoutais pas, ton papa a lui aussi escaladé cet arbre à la noix, de plus en plus haut, en me criant d'arrêter. Il a le vertige, tu étais au courant ?

La petite gloussa et agita ses menottes comme pour manifester son enthousiasme. J'observai la scène, la gorge nouée. Que de chemin parcouru pour que Hollyn se retrouve dans les bras de Remy. Et Remy dans les miens.

— Finalement, une fois tout là-haut, c'est moi qui ai commencé à avoir peur. Mais à ce moment-là, plus moyen de redescendre. Je me suis mise à pleurer, mais ton père m'a promis que tout irait bien. Et comme il ne m'avait jamais menti, je l'ai cru. Grâce à ton papa et à ton papy, on a pu redescendre. On a passé un sale quart d'heure, mais la fois d'après, ton père a grimpé avec moi dans l'arbre pour me protéger. Non mais tu te rends compte du papa incroyable que tu as ? Même si tu prends des mauvaises décisions, même si tu fais des bêtises, il sera à tes côtés et il te protégera, malgré la peur.

Hollyn poussa un petit cri. Le temps de m'éclaircir la gorge, je m'avançai vers elles. Tandis que je prenais place sur le canapé, Remy me tendit le bébé.

— Elle s'est mise à pleurer. Sa couche était propre et elle n'avait pas envie de son biberon. Du coup, je me suis dit qu'elle était énervée ou qu'elle te voulait. Je l'ai prise pour lui tenir compagnie en attendant que tu finisses ta douche. Le dîner est prêt, alors si tu es partant pour manger…

Remy avait parlé d'une traite, à toute vitesse. Je rêvais ou elle était stressée ?

— Tu as le droit de la prendre, Remy. De la tenir dans tes bras. De lui donner à manger. De prendre soin d'elle. J'ai envie de te voir faire tout ça. Inutile d'avoir peur d'elle ou de penser que je vais m'énerver et t'accuser d'avoir dépassé les bornes. Ça me fait plaisir que tu sois là, je te l'ai dit tout à l'heure.

Tout en entortillant une mèche de cheveux, elle baissa les yeux vers le bébé, calé dans le creux de mon bras.

— Elle est tellement minuscule, j'ai peur de faire n'importe quoi. Il doit y avoir des dizaines de règles à suivre pour tenir un enfant, je parie ? Tout ce que je sais, c'est que sa tête ne doit pas pendre dans le vide, mais ce n'est sans doute pas tout, hein ?

Voyant que son genou tremblait, je remontai la main le long de sa jambe pour attraper sa main. Sous l'effet du stress, elle avait du mal à rester immobile, mais j'avais l'habitude. Et quelque part, j'aimais ça. Être à côté d'elle m'électrisait des pieds à la tête et me redonnait un bon coup de fouet, même quand je me croyais absolument épuisé.

— Les bébés ne sont pas livrés avec un mode d'emploi. Et

c'est bien dommage. Je n'aurais pas été aussi stressé au moment de la ramener à la maison si j'avais su exactement quoi faire.

Voilà pourquoi je l'avais appelée en pleine nuit pour me remonter le moral.

Remy serra ma main et se releva.

— OK, ça suffit, les grandes réflexions existentielles. Allez, on va te donner à manger et tu me raconteras ta journée dans les moindres détails. Ça a dû te faire bizarre d'effectuer un travail que tu as choisi au lieu de t'acquitter d'une mission qu'on t'aurait fixée. J'ai toujours eu du mal à t'imaginer soldat. Tu étais toujours si discret et tu détestais les gens qui te prenaient de haut.

Nous étions assis à la table que ma mère avait choisie lorsqu'elle s'était chargée de la décoration de la maison. Pas aussi cool que la véritable œuvre d'art qui trônait chez Remy, mais ce n'était pas une banale table en bois non plus. Elle était ronde, avec un pied ouvragé, et peinte en noire. Je tins Hollyn tandis que Remy nous préparait deux assiettes. J'étais devenu assez agile dès qu'il s'agissait de me fourrer de la bouffe dans le gosier d'une seule main. Difficile de reposer le bébé... Remy regarda mon numéro de jonglage avec des yeux écarquillés mais préféra attaquer son repas sans rien dire.

— Ton père a joué un grand rôle dans mon envie de m'enrôler. Le mien voulait que je marche dans ses pas, et ma mère, elle, voulait que j'aille à la fac et que je me trouve un job bien payé. Moi, je ne voulais faire ni l'un ni l'autre, mais je n'avais pas envie de les décevoir. La seule autre personne que j'ai vraiment prise pour modèle et admirée, c'était Rome. Il est aussi calme que moi. Aussi sérieux. Il a toujours essayé de te protéger, comme moi. Dès que j'ai commencé à lui poser des questions sur son passage dans l'armée, il m'a expliqué les bons et les mauvais côtés, en toute franchise. S'il s'était enrôlé, c'était plus par altruisme que moi. Mais aussi parce que c'était un moyen imparable de se trouver et de découvrir de quelle trempe il était. Peu importe l'amour que tu portes à ta famille, peu importe la dette que tu penses avoir envers eux. Au bout d'un moment, il faut sauter hors du nid et voir si on sait voler.

Je fis rebondir le bébé et levai un sourcil ravi après ma première bouchée. C'était mieux que bon. Remy cuisinait super bien.

— Mon nouveau boulot ressemble pas mal à ce que je faisais dans l'armée, sauf que maintenant il y a moins de gens qui me tirent dessus et je n'ai pas à m'inquiéter : ce que je construis ne sera pas incendié ou détruit par un tir de roquette. Je n'ai pas à être habillé en tenue de combat des pieds à la tête et, en principe, nos locaux ne finiront pas soufflés par une explosion.

Remy eut un petit cri de surprise et lâcha sa fourchette. Elle me regarda d'un air abasourdi et murmura :

— Mais c'est affreux !

Je haussai les épaules.

— Certains jours, ça allait plutôt bien. Et puis j'aimais aider les gens qui subissaient ce qui nous avait poussés à intervenir dans leur pays. D'ailleurs, mon job actuel n'est pas sans danger non plus. Je vais devoir me frotter à des phénomènes climatiques extrêmes qui provoquent des avalanches, des feux de forêt ou des inondations. Aux tunnels et aux ponts qui s'effondrent du fait de l'usure ou par manque d'entretien. À des tronçons de route entiers emportés ou bloqués par des glissements de terrain. Bref, c'est un travail dans lequel il faut se salir les mains, qu'on porte un uniforme ou pas.

L'adorable jeune femme blonde assise face à moi poussa un nouveau cri, inquiet, tandis que son regard passait de moi au bébé.

— Sois prudent. Elle aura besoin de toi quoi qu'il arrive.

Ça, je me l'étais dit des centaines de fois... Avant que je puisse répondre, Hollyn décida qu'elle avait faim, elle aussi, et se mit à donner des coups de pied. Sa petite bouille prit une expression crispée que je connaissais bien. Si elle n'avalait pas quelque chose, et vite, elle risquait de rouspéter bruyamment. Je repoussai mon assiette et filai dans la cuisine lui préparer un biberon.

Le coude posé sur la table, Remy m'observait. Une fois le biberon donné à la petite, elle demanda :

— Ça t'arrive souvent de sauter des repas pour t'occuper d'elle ?

Je haussai les épaules, une fois de plus.

— Plus tellement maintenant vu que Campbell est là pour m'aider, mais les jours où on est rien que tous les deux, elle et moi, ça arrive.

Remy laissa échapper un soupir et secoua la tête.

— Comme je t'ai dit, ta fille va avoir besoin de toi, Hyde, alors prends soin de toi. Ne saute pas de repas. Appelle-moi à la rescousse s'il te faut quelqu'un pour garder un œil sur elle quelques minutes. Je travaille de chez moi, je peux passer sans problème.

Cette proposition me fit sourire. Elle n'aurait jamais fait preuve d'un tel dévouement quand elle était plus jeune. C'était nouveau chez elle. Et ça me faisait vraiment chaud au cœur.

— Reste ici cette nuit, Remy.

Hollyn se mit à ouvrir et refermer frénétiquement les mains, elle cognait le côté de son biberon tout en buvant son lait.

— Lorsque j'aurai donné le bain à Hollyn et que je l'aurai couchée pour la nuit, on pourra se détendre.

— Tu n'es pas fatigué ?

La tête penchée sur le côté, elle m'observa d'un air pensif.

— En plus, tu passes la plupart de tes nuits dans la chambre de la petite. Et pas question que je dorme dans ton lit flambant neuf avant toi, je te l'ai déjà dit.

Je regagnai la table. Sans un mot, je tendis ma fille à Remy et pris place à côté d'elle. Mais, à son grand étonnement, je ne m'arrêtai pas là. Je lui expliquai comment elle devait inviter Hollyn à faire son rot, ce qui me permettrait de finir mon assiette. Franchement, c'était un luxe d'avoir deux mains supplémentaires à disposition…

Au bout d'un moment, je lui dis le plus sérieusement du monde :

— Si tu es dans mon lit, je ne voudrais pas être ailleurs.

Évidemment que je serais obligé de me lever pour m'occuper du bébé, mais, si Remy était dans ma chambre et dans mon lit, la nuit ne me semblerait pas aussi longue et vide.

— Reste.

Je ne comptais pas la supplier, mais ce n'était pas l'envie qui me manquait.

Lorsque la petite fit son rot presque sans bruit, Remy se tortilla sur sa chaise et finit par acquiescer :

— OK. Je reste ici cette nuit, mais il faut à tout prix que je file avant que Daire se pointe demain matin. Je ne suis pas prête à expliquer cette histoire à ma famille. Je ne veux pas que ma cousine se fasse des films ou qu'elle soit déçue, des fois que ça ne marche pas et que je parte en vrille, de nouveau. Pour le moment, c'est elle qui déguste. J'ai envie qu'elle y voie clair dans ses sentiments et qu'elle me fasse confiance. Mais si elle me soupçonne d'avoir la tête ailleurs…

Je poussai mon assiette vide pour m'appuyer sur le plateau de la table, bras croisés.

— Elle adore les potins. Si elle tombe sur toi demain matin, elle sera surexcitée parce qu'elle aura un truc incroyable à raconter pour les semaines à venir. Et à mon avis, elle serait aussi ravie d'avoir quelqu'un qui pourrait l'aider à énerver Campbell. Je te jure, son nouveau passe-temps favori, c'est de chercher à lui faire péter un câble. J'envisage de lui demander de venir encore quelques semaines. L'ennui, c'est qu'ils risquent de s'entre-tuer et je serai obligé de trouver quelqu'un d'autre pour surveiller Hollyn pendant mes journées de travail.

La tête penchée sur le côté, Remy haussa un sourcil inquisiteur.

— Daire peut être pénible, mais en règle générale, elle s'entend bien avec tout le monde. Cette agressivité, c'est tout nouveau. J'espère que ce n'est pas le symptôme d'un souci plus grave.

Je répliquai aussitôt :

— Ils ne peuvent pas se blairer, c'est tout. Mais je pense que Daire a tort de le prendre à cœur de cette façon. Campbell n'a pas l'allure du mec le plus sympa du monde, de prime abord. Je parie qu'il me tolère plus qu'autre chose. Mais il tient sincèrement à la petite, alors ça me va. Assez étonnant, comme personnage.

Pas sûr que j'aurais été aussi coulant si je n'avais pas un oncle tout aussi ombrageux et prêt à hausser le ton quand on lui tapait sur le système.

— J'aurais bien envie de faire sa connaissance. Mais pas de bon matin alors que j'essaye de quitter la maison sans me faire remarquer.

Je me gardai de répondre. Remy finirait bien par admettre qu'on faisait mieux que s'amuser. Et que, tôt ou tard, tout notre entourage s'en rendrait compte. Elle se demandait si ça pouvait marcher et comment les uns et les autres réagiraient dans le cas contraire. Mais tout irait bien, j'avais confiance. On avait déjà connu le pire, ça ne se reproduirait pas.

Je me levai et lui fis signe de me suivre.

— Viens. Je vais t'apprendre comment donner le bain à un bébé qui gigote en éclaboussant partout. Pire qu'une anguille… mais qui ferait la taille d'un porcelet.

Remy éclata de rire et m'emboîta le pas.

Tout était tellement simple… et normal. Je n'avais jamais éprouvé ces sensations-là avec personne. Et je n'aurais jamais imaginé les associer avec Remy. Dès qu'elle était quelque part, on se sentait comme à la maison. Une qualité que j'étais loin de partager, pour être honnête. Une fois encore, j'avais beaucoup à apprendre grâce à elle. Et j'avais hâte, vraiment hâte d'aller me coucher avec elle pour me réveiller à ses côtés le lendemain matin.

17

Remy

Ce que j'avais imaginé quand j'avais accepté de rester pour la nuit n'eut pas lieu. Du moins pas dès l'instant que nous nous glissèrent sous les draps ensemble. À l'évidence, Hyde était rincé. Il avait presque eu du mal à tenir jusqu'au bout du film que j'avais proposé de regarder après avoir couché le bébé pour la nuit. Il avait des yeux vitreux et il avait eu toutes les peines du monde à rebondir sur les sujets de conversation que j'essayais de lancer. Lorsque les lumières s'éteignirent dans cette chambre où il dormait si peu, je crus qu'il allait sombrer. Mais non. Il se mit à me poser des questions.

Beaucoup de questions.

Dans quelle ville avais-je préféré vivre quand j'avais commencé à déménager à droite, à gauche ? Denver, sans hésiter, mais je m'étais vraiment plu à La Nouvelle-Orléans et à Seattle, aussi.

Et le métier que j'avais préféré exercer ? Celui que j'exerçais en ce moment. J'aimais bosser avec d'autres artistes et gérer mon temps toute seule. Un job si agréable qu'on en oubliait que c'était un travail ? C'était tellement rare !

Et avec les mecs qui s'étaient succédé dans ma vie, c'était du sérieux ? Rarement.

Qui me manquait le plus quand j'étais loin de chez moi ? Zowen, sans hésiter. Suivi de près par le reste de ma famille.

Est-ce que j'avais pensé à Hyde après son départ ? Bien sûr. Mais ce n'était pas forcément des souvenirs joyeux, d'une époque où tout était moins compliqué. Je me disais parfois que j'avais eu raison de ne pas demander ce qu'il devenait. Car si je m'étais tenue au courant des différents coins du monde où l'envoyaient ses missions, j'aurais pété un câble.

Hyde passa ensuite à des choses plus terre à terre, comme ma couleur, mon plat, mes séries télé et mon groupe préférés. Il me posa des questions sur mes amis et ma famille. Il n'eut pas l'air du tout surpris d'apprendre que Bowe et Ry étaient ensemble ou que mon frère était secrètement amoureux de l'ex-petite amie de Ry. Marrant, tiens. Je n'aurais jamais révélé le secret le plus intime de Zowen, mais apparemment il ne cachait pas si bien ses sentiments, contrairement à ce qu'il pensait. Quand j'annonçai à Hyde que mon frère envisageait d'interrompre ses études afin de s'envoler pour la Californie et devenir coureur professionnel, il me demanda quelle était la vraie raison de ce projet de départ : cette carrière dans la moto ou Aston ? Mais comment faisait-il pour être au courant de tout ce qui se passait à Denver alors qu'il était resté sur la touche pendant si longtemps ? Quand je l'interrogeai à ce sujet, il me répondit dans un bâillement que Daire gardait souvent les enfants de sa cousine Joss quand elle avait besoin d'une baby-sitter. Et comme Daire était une vraie pipelette (pas seulement depuis qu'elle surveillait Campbell), elle profitait d'être chez la cousine de Hyde pour lui raconter absolument tout. Joss savait pourquoi Daire avait toujours la langue bien pendue : c'était un moyen de faire circuler les infos jusqu'à Hyde, histoire qu'il ne se sente pas exclu. Ça lui permettait de rester dans la boucle sans être obligé de poser des questions…

Très malin de la part de ma cousine. J'étais tellement fière d'elle.

Pile au moment où je comptais inverser les rôles et le cuisiner un peu, je m'aperçus qu'il était bien silencieux, tout d'un coup. Il respirait profondément, régulièrement. Il s'était presque endormi en plein milieu d'une phrase. Je l'observai un instant dans le noir, ça me rappelait quand on était gosses. On s'allongeait l'un à côté de l'autre et on se bombardait de questions jusqu'au bout de la nuit. Mais au fait, est-ce que Hyde n'en avait pas profité pour essayer de cerner comment fonctionnait mon cerveau ? Brusquement, ce petit interrogatoire en règle ne me sembla plus aussi anodin…

Comme il était encore trop tôt pour que j'arrive à m'endormir, je me lovai près de lui et cherchai une romance à lire sur mon téléphone. Depuis que je bossais sur des couvertures de livres, j'avais commencé à me plonger dans toutes sortes de bouquins pour me faire une idée de ce qu'il y avait dedans. Auparavant, mes goûts me portaient plutôt vers des romans graphiques et des bandes dessinées, pour l'aspect artistique. Mais les romances, c'était tellement bien ! J'aimais ce côté à la fois humain et sexy. Ce qui me plaisait surtout, c'était que les histoires se concluaient presque à coup sûr par un happy end.

Si seulement c'était la même chose dans la vraie vie. Toucher du doigt ce qui ressemble au bonheur a parfois tout du parcours du combattant.

Assez vite, je commençai à fatiguer, mes yeux pesaient une tonne. Mais brusquement un bruit retentit à travers le babyphone. Des pleurs ? Non, juste un petit couinement qui pouvait dire tout et n'importe quoi. Il fallait que j'aille voir, ça dispenserait Hyde de devoir se lever. Il méritait vraiment de dormir, contrairement à moi. Seulement, avant même que je puisse écarter les draps, il avait déjà foncé vers la chambre de la petite. Hollyn l'avait bien formé.

Je regardai rouler les muscles de son dos sans l'ombre d'un tatouage. Il aurait pu s'en faire graver un, depuis tout ce temps... Bizarre, en un sens, vu que le corps de son père était recouvert d'une véritable œuvre d'art, d'une complexité et d'une précision incroyables. Et puis les jeunes soldats avaient coutume de s'offrir un souvenir indélébile de leur passage sous les drapeaux, non ? Cela dit, la peau de Hyde n'était pas complètement vierge. On y voyait des cicatrices, et certaines zones sur ses flancs m'avaient semblé rugueuses la dernière fois qu'on avait partagé le même lit. Des empreintes, mais d'un genre différent... Les avoir gravées à tout jamais sur la peau devait lui suffire. Encore un point sur lequel il avait imité mon père. Sans même s'en rendre compte, d'ailleurs.

Je n'étais pas une adepte des tatouages moi non plus. Et pourtant, ma propre mère n'en manquait pas et avait même travaillé de longues années dans un atelier de tatouage. J'avais les lettres de mon nom de famille délicatement gravées à l'intérieur de mon poignet ainsi qu'une fleur derrière une oreille. Et pas n'importe laquelle : une ancolie, l'emblème du Colorado. L'idée m'était venue à une époque où j'avais vraiment le mal du pays. Mon frère, lui, avait suivi le même chemin que notre mère. Il avait demandé à notre oncle Rule de concevoir un tatouage XXL qu'il s'était fait graver dans le dos. Un cadeau de mes parents pour marquer la fin de son cursus dans le secondaire. Depuis, il s'en était offert d'autres. Si ça continuait, il décrocherait le record absolu au sein la famille Archer. L'oncle Rule était prévenu...

Hyde retourna dans la chambre une vingtaine de minutes plus tard. Avec un bâillement, il étira les bras au-dessus de sa tête et se dirigea vers le lit. Son pantalon de jogging gris moulait ses hanches minces, laissant très peu de place à l'imagination. Pour un vêtement censé être aussi confortable qu'informe, c'était terriblement émoustillant et sexy. Il se gratta le torse et ses sourcils noirs se haussèrent lorsqu'il se planta sur le côté du lit où je l'observais, calée contre une montagne d'oreillers.

— Je t'ai réveillée ?

Hyde repoussa quelques boucles de mon front.

— Non, je lisais. Je comptais jeter un coup d'œil à la petite, mais tu m'as devancée. Comment tu as fait pour te lever aussi vite ?

Tandis qu'il jouait avec mes cheveux, j'enroulai mon doigt autour du cordon blanc qui retenait son pantalon par la taille et le fit glisser le long de son bas-ventre.

— Ça, c'est l'habitude d'être à l'écoute de Hollyn sans arrêt, mais surtout un souvenir de mon passage dans l'armée. Tu apprends à dormir quand tu peux, le temps que tu peux, et à t'habiller des pieds à la tête en quatrième vitesse. Ça peut te sauver la vie ou te condamner à mort.

À force de tirer sur le cordon, le jogging était suffisamment baissé pour me permettre de constater qu'il ne s'était pas embêté à mettre un caleçon après sa douche. Il avait des abdominaux parfaitement dessinés et le bout de son membre viril pointait juste au-dessus de la ceinture. Il n'avait pas besoin de se donner du mal pour être sexy. Et comment ne pas être flattée de voir la vitesse à laquelle il répondait à mes caresses ? Autre bonne nouvelle : je n'étais pas la seule à m'embraser en un rien de temps

— Tu as l'air crevé. Tu devrais peut-être retourner dormir.

J'avais parlé d'une voix légèrement tremblante. J'espérais vraiment l'entendre dire qu'il n'était plus fatigué du tout.

Hyde fit courir le bout de ses doigts le long de la courbe de mon sourcil puis de mon visage. De son pouce, il caressa ma lèvre inférieure tandis que ses yeux vert clair semblaient briller dans le noir.

— Non, je suis entièrement réveillé, maintenant. Mais je suis partant pour te laisser me déshabiller, ça risque d'être sympa.

Une fois de plus, il savait manier les mots quand il le voulait.

Au lieu de lui dire que je serais plus qu'heureuse de l'aider à brûler son trop-plein d'énergie, je me penchai pour embrasser son ventre plat, juste au-dessus de son nombril. Je baissai entièrement son jogging et laissai courir ma langue sur son sexe qui durcissait à vue d'œil. Je décrivis des cercles autour de sa pointe avant de le prendre légèrement dans ma bouche. Hyde plongea aussitôt les doigts dans mes cheveux, à la hauteur de mes tempes, et pencha la tête en arrière tout en poussa un grognement caverneux. Je refermai la main autour de cette érection que je sentais dur comme de la pierre et je serrai fort. Sa douche l'avait rafraîchi, et j'aimais beaucoup l'odeur de son gel douche, avec cette petite touche de menthe. Il avait la peau brûlante, c'était comme du velours sous ma langue. Au moindre mouvement de son sexe dans ma bouche, des frissons parcouraient mon corps tout entier. De ma main libre, je m'agrippai à la courbe de sa hanche tandis qu'il commençait à aller d'avant en arrière. Il s'enfonçait de plus en plus à mesure que je l'accueillais. Soudain, il resserra son étreinte et j'entendis ses poumons se vider d'un coup. La grosse veine sous son membre dressé vibrait contre ma langue, et il grogna mon prénom d'une voix dans laquelle se mêlaient douleur et plaisir. Lorsque je me servis du bout de mes dents, il s'enfonça encore davantage.

Hyde grogna quand la pointe de son sexe toucha le fond de ma gorge, et je dus le serrer plus fort encore. Attention, j'allais m'étouffer s'il continuait. Même si j'étais souvent partante pour tester mes limites, ça m'aurait quand même ennuyée de finir asphyxiée par mon partenaire…

Hyde rectifia immédiatement le tir et pencha la tête vers moi pour m'adresser un sourire d'excuse. Tout en me laissant redoubler d'ardeur, il posa les pouces dans le creux de mes joues.

— Désolé, je me suis laissé emporter.

Il parlait d'une voix haletante et gutturale. De toute évidence, son cerveau avait du mal à fonctionner normalement.

— Je mentirais si je disais que c'était la première fois. Tu me fais perdre la tête.

Amusant, ça. Car lui m'aidait à être parfaitement alignée. Avec mes bons côtés qu'il aimait tant et les pires, ceux sur lesquels je devais encore bosser. Tout était clair quand on était ensemble.

Impossible de répondre puisque j'avais la bouche pleine, mais ma langue se chargea de lui faire comprendre que j'appréciais le compliment. Je ne voyais absolument aucun inconvénient à mettre en œuvre les talents que j'avais développés au fil du temps pour lui offrir un orgasme dont il ressortirait lessivé. S'il ne s'endormait pas aussitôt après ça… Seulement, alors que son sexe était luisant et que tout son corps était tendu, des pieds jusqu'à la tête, il se retira brusquement. Le temps de se débarrasser de son pantalon, il arracha la couverture qui me séparait de lui. Une fois de plus, je ne portais qu'un T-shirt trop grand pour moi. C'était l'un des siens. Et manifestement, il comptait bien le récupérer…

Hyde m'en débarrassa en le faisant passer par l'encolure. Puis se pencha et colla sa bouche sur la mienne. Aucune douceur dans ce baiser, on sentait dans ses gestes une impatience et une fièvre débordantes tandis que ses mains couraient sur ma peau brûlante. Un genou entre mes jambes, il passa au-dessus de moi pour atteindre l'une des tables de nuit qui se dressaient de part et d'autre du lit. Comme j'étais presque certaine qu'il comptait attraper une protection dans un tiroir, je profitai du fait qu'il s'occupe de cet aspect non négligeable pour l'embrasser. Les bras enroulés autour de sa nuque, je l'attirai vers moi. Même dans la pénombre, ce visage qui planait au-dessus de mon corps était d'une beauté sidérante. J'avais toujours été sensible à son charme, mais maintenant que je repérais sans peine les moments où il était submergé par le plaisir ou bien décidé de me faire perdre la tête pour une excellente raison, je le trouvais encore plus beau. Son air sérieux s'adoucissait et ses yeux perçants avaient l'air moins intimidants et distants quand on était ensemble aussi étroitement.

La main plaquée sur le mur derrière le lit, Hyde baissa la tête pour déposer des baisers sur mes clavicules. Du bout des doigts, je caressai ses larges épaules et sa colonne vertébrale. Au passage, je frôlai deux de ces cicatrices auxquelles je pensais un peu plus tôt. Est-ce que j'aurais moi aussi l'occasion de lui faire passer un petit interrogatoire ? Il s'était passé tant de choses dans sa vie depuis que nos chemins s'étaient séparés et j'avais envie de tout savoir. Je voulais qu'il me fasse suffisamment confiance pour vaincre ses réticences et partager avec moi les moments difficiles qu'il avait traversés récemment. Il comprendrait que je ne laisserais plus les ténèbres s'emparer de moi, car j'avais appris à contrôler ces émotions et à me battre.

Hyde referma la main autour de mon genou et remonta ma cuisse par-dessus sa hanche. Puis il se pencha sur moi pour se retrouver pile entre mes jambes. De sa bouche, il se mit à me sucer et à me mordre sans relâche. La pointe de mes seins risquait fort de porter la trace de ses baisers… Son haleine était chaude et la fine barbe qui ombrait son menton chatouillait ma peau tout en la râpant légèrement.

— J'ai pas mal de sommeil en retard, ces derniers temps. Mais ce soir, ça ne me dérange pas trop. Demain, je n'aurai qu'à dire que c'est à cause de la petite quand on me demandera pourquoi j'ai l'air claqué.

Le ricanement de Hyde vibra dans tout mon corps.

Le bas-ventre crispé par l'excitation, je frottai mes jambes contre les siennes tandis qu'il venait presser son membre viril contre ma fente déjà humide, d'un ample mouvement des hanches. Encore un peu et sa pointe appuya sur mon clitoris. De quoi déclencher des frissons dans les tréfonds de mon corps. Tout l'air de mes poumons fut comme aspiré.

— Si on fait ça bien, tu n'auras pas l'air fatigué mais sur un petit nuage. Tes collègues devineront facilement pourquoi…

Il s'esclaffa tout contre ma gorge et s'enfonça entièrement en moi. Mes mains agrippées à ses épaules, je calai ma tête sur la pile d'oreillers derrière moi. Mes hanches se levèrent pour encore mieux l'accueillir, et je criai son nom lorsqu'il commença à aller et venir à un rythme implacable.

— Ça va forcément le faire. Avec une équipe pareille…

Effectivement. Nous avions assez d'expérience pour savoir qu'il n'y avait aucun souci se faire. Entre nous, tout fonctionnait à la perfection. Et vraiment, ça valait la peine d'avoir attendu.

De sa main, Hyde remonta le long de ma cuisse et empoigna subitement mes fesses tandis qu'il plongeait en moi. Il me releva légèrement pour approfondir chaque mouvement et lier encore plus étroitement nos deux corps. À chaque coup de hanches, je sentais la pression de son bas-ventre sur mon clitoris. Tandis qu'il mordillait mon cou, je plongeai le nez dans le creux de son épaule. Soudain, il commença à accélérer la cadence.

Je n'étais pas la seule à avoir acquis une certaine technique au fil des années.

Hyde savait parfaitement décrypter la manière dont répondait mon corps et m'offrait ce que je voulais sans même avoir à le demander. Comment avais-je pu envisager que ça ne marcherait pas forcément bien entre nous au lit ? Ça n'avait aucun sens ! J'avais eu envie de lui pendant une bonne partie de ma vie. Et manifestement ce désir n'était pas à sens unique. Maintenant qu'on avait enfin réglé nos problèmes et trouvé comme nous entendre, ce serait explosif entre nous. Et si ça devait nous péter à la gueule, ce serait le moment venu. Et encore, pas sûr que ça arrive. Je ne voyais pas d'autre alternative.

Hyde s'agrippa encore davantage à mes fesses, et le rythme implacable de ses mouvements sembla ralentir. Contre mon oreille, j'entendais sa respiration devenir de plus en plus rauque et je sentais son cœur battre contre moi, à l'endroit où nos poitrines ne faisaient qu'une. Ma jambe remonta le long de son flanc tandis que mes tétons se mettaient à pointer à mesure que nos corps continuaient de se frotter l'un contre l'autre, c'était presque douloureux. Mes cheveux se collaient à nos corps moites de sueur, d'excitation et d'épuisement.

Il prononça mon nom d'une voix rauque et atteignit la jouissance une seconde avant moi. Sentir son membre vibrer et gonfler fit naître une vague d'extase dans les tréfonds de mon corps. Je laissai échapper un petit cri, et mon dos se souleva au-dessus du matelas tandis que le plaisir déferlait sur moi. Les yeux clos, je laissai ce délicieux raz-de-marée envahir mes sens. S'il était possible de se noyer dans le plaisir, j'étais prête à signer des deux mains.

Hyde s'écroula à côté de moi, le corps luisant, comblé. Il m'embrassa sur le côté de la tête et me dit d'un ton nonchalant :

— Si je m'écoutais, je m'endormirais là, tout de suite. J'ai l'impression d'avoir les os en bouillie. Mon cerveau, pareil. Toute mon énergie était concentrée à un seul endroit. Mais maintenant…

Avec un petit rire, je lovai mon corps chaud contre le sien. Pas question de le laisser partir…

— C'est la preuve qu'on a fait ça bien.

— On a fait ça mieux que bien, Remy. On a frôlé la perfection.

En l'entendant bâiller, j'eus la preuve qu'il ne racontait pas d'histoires. Il était à deux doigts de se rendormir.

— Frôlé seulement ? On a une marge de progression, tu penses ?

Je le taquinais, bien sûr, mais une petite portion de mon cerveau hyperactif se focalisa sur ce que Hyde avait dit d'un ton presque détaché. Ça me tournait dans la tête. On aurait toujours besoin d'un terrain d'entente évident. Et si ce n'était pas le sexe, ce serait quoi ?

Hyde déposa un autre baiser sur mon front et murmura d'une voix ensommeillée :

— Pas de perfection sans entraînement. Et pour ce qui me concerne, je ne compte pas relâcher mes efforts… Mieux on apprendra à se connaître, mieux on se comprendra. Plus on se rapprochera, plus nos nuits de sexe seront exceptionnelles. Il y a toujours une marge de progression. Alors autant essayer de s'améliorer, non ? C'est quand on n'a plus envie de se dépasser qu'il faut commencer à s'inquiéter. Le train-train, il n'y a pas pire pour ruiner une relation. Du coup, j'espère qu'on continuera de frôler la perfection.

Et voilà, une fois de plus, j'étais bouleversée par ce qu'il me disait. C'était un tel privilège d'être la seule à l'entendre parler de cette façon. C'était une chance unique, même. Et je n'étais pas près de m'en lasser.

— La perfection n'a jamais été mon fort. Du coup, notre vie sexuelle ne court aucun risque.

Hyde ne me demanderait jamais quelque chose que je ne pourrais pas lui offrir. Et il n'imaginait pas à quel point ça me réconfortait !

La perfection, c'était surcoté. Mais frôler un tel niveau d'exigence, de temps à autre, ça, je pouvais le faire.

18

Hyde

— Hé, papa, ça fait un bail qu'on ne s'est pas retrouvés seuls tous les deux, tu ne trouves pas ?

Je pris place à côté de lui sous la véranda qui faisait tout le tour de la maison. Il l'avait construite pour l'un des anniversaires de ma mère, la famille entière adorait se rassembler ici pour prendre l'air. Mon père aimait s'y asseoir et observer le coucher du soleil tout en buvant une bière. Il y venait également dans la matinée pour assister au lever du soleil, une tasse de café à la main. Cet endroit avait toujours été comme son refuge personnel, loin du reste du monde. J'hésitais à le déranger. Seulement, au lieu d'avoir l'air tranquille et détendu, il se tournait les pouces, l'air sombre.

Si nous étions seuls tous les deux, c'était parce que ma mère avait débarqué chez moi dès que j'étais parti bosser, dans la matinée. Elle se chargerait de surveiller la petite, je n'avais qu'à en profiter pour avoir une discussion avec mon père. Comme ça, sans raison particulière. J'avais quitté Denver quelques jours à cause du boulot et tout ce qui m'intéressait, c'était de passer du temps avec ma fille et voir si Remy était libre. Entre le travail et ma vie personnelle, je n'avais pas eu le temps de chômer. Je faisais de mon mieux pour jongler avec mes différentes casquettes, ce qui avait empêché mes parents de vraiment s'impliquer dans ma vie depuis mon retour dans le Colorado. Je ne les avais vus qu'en coup de vent, c'est à peine si nous avions passé quelques heures ensemble avant que je reprenne le boulot à temps plein. Avec ma mère, c'était légèrement différent car elle avait coutume de débarquer sans prévenir. Et puis elle n'avait pas ménagé ses efforts pour s'occuper de Hollyn. Elle s'était facilement adaptée à son nouveau rôle de grand-mère de choc et je savais qu'elle faisait de son mieux pour nous faciliter la vie, à moi et à la petite. Mon père me soutenait de manière plus discrète, et je m'étais rendu compte, un peu tardivement, qu'il avait peur d'être trop intrusif. Il avait la trouille que je les quitte une fois de plus si je sentais qu'on me mettait la pression ou si nous avions des opinions divergentes sur de la façon dont je comptais mener mon existence. Le retour de Remy dans ma vie n'était pas complètement pour le rassurer, et il s'inquiétait du fait que je bossais trop, que j'essayais de tout faire moi-même. Mais j'étais un adulte, à présent. Ça me touchait qu'il me voie encore comme un petit garçon qui avait besoin d'être sauvé. Seulement, il était temps qu'il me voie comme un homme dont il pouvait être fier. Après tout, je ne serais pas celui que j'étais aujourd'hui, en tant qu'homme ou en tant que père, s'il n'avait pas été là pour me servir d'exemple.

Je pris la bière qu'il me tendait en silence et calais mes pieds sur la rambarde de la véranda. J'avais passé les derniers jours dans les montagnes, pour observer la potentielle influence de l'érosion sur plusieurs cols en altitude. Je planchais sur un moyen de prévenir les éboulements et les risques d'avalanche en cas de chutes de neige plus importantes et plus denses que prévu l'hiver prochain. C'était agréable de revenir sur le terrain, les mains dans le cambouis, mais la maison me manquait, évidemment. Campbell veillait à me donner des nouvelles et Hollyn semblait s'habituer à voir mon visage par visio. N'empêche que l'éloignement n'était pas évident à gérer.

— Désolé, j'ai eu pas mal de boulot, ces derniers temps. Le temps a filé, bien malgré moi.

La bière était fraîche et la vue splendide. Mais, surtout, ça me faisait du bien de m'asseoir à côté de mon père et m'obliger à lever le pied. Depuis le temps que je n'avais pas passé un moment aussi agréable ! Quel chemin parcouru depuis l'époque où je n'étais qu'un gosse qui fuyait ses problèmes et ses responsabilités.

— J'espère que tu sais combien je suis touché par tout ce que vous avez fait pour moi, maman et toi, sincèrement. Et je ne parle pas seulement de Hollyn et de notre expédition de la Californie jusqu'ici. Si je suis parvenu à me battre pour elle sans jamais baisser les bras, c'est parce que tu avais fait la même chose pour moi. Tu es le meilleur père dont j'aurais pu rêver. Je ne te le dis sans doute pas assez. Merci pour tout ce que tu m'as apporté, merci de m'avoir appris tout ce dont j'avais besoin pour faire de moi un père et un homme digne de ce nom.

Mon père resta muet un long moment. Il décroisa les doigts et caressa sa longue barbe. Un geste familier. Il le faisait souvent quand il était plus jeune, à l'époque où il cherchait soigneusement ses mots.

— Tout ce que j'ai toujours voulu, c'est que tu sois heureux, Hyde. Quand tu as débarqué dans ma vie, tu étais tellement triste, tellement angoissé. Ce que tu avais traversé, aucun enfant ne devrait avoir à le vivre. Je me souviens du premier vrai sourire que tu m'as adressé. J'avais l'impression d'avoir gagné au loto, toutes les erreurs que j'avais pu faire jusque-là n'avaient plus aucune importance. C'était et c'est toujours le plus beau cadeau que j'aie jamais reçu. Et aujourd'hui, te voir heureux est encore la seule chose qui m'importe. Travailler, élever ta fille, trouver la personne qui partagera ta vie, tout ça, c'est le minimum, mais ce n'est pas *vivre*. Songe à bâtir ta vie, oui, mais n'oublie pas de la vivre. Amuse-toi. Fais-toi des souvenirs. Commets des erreurs. Mais par-dessus tout, sois heureux, autant que possible.

Je ricanai et tendis ma bière vers lui pour qu'on trinque.

— J'étais heureux, à l'époque. Je me rappelle que ça m'avait fait bizarre, au début. Je ne savais pas quoi en penser parce que je n'avais jamais ressenti un truc pareil. Et je suis heureux maintenant. Pas tout le temps, évidemment, ce n'est pas possible. Mais je n'ai pas beaucoup de regrets. Et ceux que je peux avoir, j'essaye de vivre avec. Ne sois pas si inquiet pour moi.

Avec un soupir, je lui adressai un regard entendu.

— Et ne sois pas si inquiet de ce retour de Remy dans ma vie.

Mon père plissa les yeux, et sa bouche se raidit légèrement.

— Je vous ai vus grandir. Je vous ai vus vous épauler et vous déchirer. Même quand vous étiez gosses, je savais que cette fille ferait toujours partie de ta vie. Je ne suis pas inquiet que tu l'aies retrouvée, fiston. Mais disons que chez les Archer, ils peuvent avoir tendance à se compliquer l'existence. Et ce qui m'inquiète, c'est que tu le fasses toi aussi. N'importe quel parent éprouverait la même chose.

— À mes yeux, Remy n'est pas plus difficile à vivre que n'importe qui. Elle est comme elle est, point barre. Elle est la seule personne qui m'écoute toujours, même quand je ne dis rien. C'est en grande partie grâce à elle que j'ai appris ce qu'était et ce qu'est encore le bonheur. La vérité, c'est que je suis père célibataire, maintenant. C'est moi qui lui complique l'existence en souhaitant qu'elle se rapproche de moi.

Je souris d'un air contrit à mon père.

— En plus, je me rappelle l'époque où vous vous efforciez de prendre vos marques, maman et toi. Vous veniez de vous mettre ensemble. Non mais tu imagines si tu étais parti parce qu'elle compliquait les choses ou si elle était partie parce que tu m'avais pris avec toi ? Notre situation n'avait rien d'évident, à l'époque. Où est-ce qu'on en serait si vous aviez baissé les bras, chacun de votre côté ? À quoi ressemblerait notre famille ? Je ne peux pas baisser les bras au premier obstacle. Ça m'est déjà arrivé une fois et c'est mon plus grand regret. Tu ne m'as pas élevé comme ça, papa.

Mon père grogna et finit par acquiescer d'un bref mouvement du menton. Il m'avait donné sa bénédiction à sa façon, je n'aurais pas mieux. Il avait fini par comprendre que je revenais de loin. Ce qui expliquait certains de mes choix récents. Pour le reste, toutes mes qualités, c'était de lui que je les tenais. Pourvu qu'il l'ait saisi…

— Merci d'être passé. Je ne voulais pas être intrusif, mais ça me fait plaisir que tu aies consacré du temps à ta famille.

Avec un grand éclat de rire, je reposai ma bière.

— Le truc, c'est que maman est passée à la maison pour me rappeler que je devais être plus présent auprès de mes vieux parents. C'est dur de jongler avec plusieurs casquettes en même temps.

— Sois toi-même. Personne ne devrait te demander davantage, même si ce n'est pas toujours évident pour toi. Tu es déjà un mec super, Hyde. Et ça ne date pas d'hier.

De sa grande paluche, il me donna une tape sur l'épaule qui me fit presque chanceler.

— J'aurais dû faire le premier pas vers toi. Comme toi avec moi. Le jour de notre rencontre, quelqu'un t'a conduit jusqu'à moi. Sans doute qu'on n'arrête jamais d'apprendre à être un bon père, même quand son fils devient père à son tour. Je tâche de m'adapter à l'adulte que tu es devenu. Tu n'as plus besoin de moi pour te tenir la main. Tu sais exactement où tu vas.

— Je n'ai peut-être plus besoin de toi pour me montrer le chemin, mais c'est réconfortant de ne pas faire la route tout seul. Alors vas-y, n'hésite pas, papa. Je suis content de savoir que tu es là, quoi qu'il arrive. Tu as toute ta place dans la vie de ta petite-fille.

Mon père s'éclaircit la gorge, et un sourire s'esquissa à travers sa barbe.

— Ta mère aimerait que tu nous la laisses quand tu dois partir pour le boulot. Elle ne te dira rien pour éviter de te mettre la pression. Et puis tu payes déjà des gens pour t'aider. Mais ça lui ferait très plaisir si tu y réfléchissais.

Les mains jointes derrière la tête, je me penchai en arrière pour contempler le ciel qui s'assombrissait à vue d'œil. Pas de doute : l'hiver pointait le bout de son nez. Les journées devenaient de plus en plus courtes…

— Je n'avais pas envie d'être un fardeau. Vous travaillez encore et vous avez vos propres soucis. C'est moi qui me suis retrouvé avec un bébé sur les bras. Je ne voulais pas vous demander de tout gérer à ma place.

— C'est notre petite-fille. Comment veux-tu qu'elle soit un fardeau ? Je parie que ta mère serait ravie d'adapter son emploi du temps pour être chez toi quand tu auras besoin d'elle. De mon côté, j'ai commencé à m'occuper de la paperasse de la boîte plutôt que de m'user la santé sur les chantiers. Je peux bosser depuis la maison. Ça fait plaisir de savoir qu'on peut toujours se rendre utile, fiston.

Je levai les mains en signe de reddition.

— OK, OK, j'ai compris. Je me ferai une joie de vous laisser la surveiller quand je devrai m'absenter pour le boulot. Campbell se débrouille comme un chef avec elle, mais il n'y a rien de mieux que la famille. Je lui en parlerai en rentrant.

Au même moment, mon père se cala au fond de son fauteuil, les yeux levés vers le ciel. Et il me lança d'un ton hésitant :

— Et Remy ? Elle gère comment la présence du bébé ?

Je ne pus retenir le sourire qui s'étira sur mes lèvres.

— Elles s'entendent super bien. Hollyn l'adore et Remy est de plus en plus à l'aise avec elle. Elle tâtonne encore un peu et je doute qu'elle se sente prête à rester seule avec elle. Mais elle est très ouverte et reconnaît ses limites avec beaucoup de franchise. La place qu'elle prend auprès de Hollyn la tracasse énormément. Elle a beaucoup changé depuis l'adolescence, papa. Je ne suis pas en train de dire qu'elle est parfaite ou qu'elle n'est plus du tout la même personne. Mais elle a vraiment pris conscience des conséquences que ses actes peuvent avoir sur les autres. Elle est très prudente vis-à-vis d'elle-même et des gens qu'elle laisse approcher. Et elle l'est encore plus avec moi et le bébé.

J'eus du mal à ne pas laisser percer une certaine fierté dans ma voix. Je m'enorgueillissais d'être l'une des très rares personnes à qui elle faisait suffisamment confiance pour se permettre d'être elle-même. Je devais encore faire mes preuves, mais c'était en bonne voie.

— Tu comptes faire quoi si ça tourne mal, comme par le passé ? Les soucis de Remy sont imprévisibles, mais on a tous vu jusqu'où ça peut aller. Il faut que tu t'y prépares, Hyde. Je me fiche de l'affection ou de l'amour que tu lui portes. Quand on est avec quelqu'un qui peut avoir besoin d'aide, on est souvent sur le pont.

— Je vais me contenter d'être là pour elle, c'est le mieux que je puisse faire.

C'était aussi la seule chose que je n'avais pas su faire quand tout allait si mal.

— Et je vais continuer de me renseigner sur sa maladie, ça me permettra de savoir à quoi m'attendre et comment l'aider efficacement. Avant, je ne savais strictement rien et c'est ça qui nous a fait beaucoup de mal.

Mon père soupira à nouveau et se releva.

— On était nombreux à ne rien savoir, à l'époque. Ne te donne pas tous les torts. On aurait tous pu faire mieux. Allez, je t'accompagne chez toi. Hâte de retrouver ta mère et ma petite-fille pour dîner en famille. Je me doute que tu as envie de passer du temps seul avec Hollyn maintenant que tu es enfin rentré, mais on ne s'attardera pas. Je parie que ta mère a déjà préparé quelque chose.

Il me donna une grande tape dans le dos et se dirigea vers les baies vitrées qui menaient dans la maison.

Je me levai à mon tour.

— Tu me laisses une minute ? lui dis-je en montrant mon portable. J'aimerais appeler Remy pour lui annoncer que je suis rentré.

Mon père hocha la tête et me laissa seul sous la véranda désormais plongée dans l'obscurité. Le temps que Remy décroche, je me mis à faire les cent pas en regardant s'allumer automatiquement les spots qui avaient coutume de repérer des prédateurs à quatre pattes davantage que des cambrioleurs. Je n'avais pas eu l'occasion de beaucoup lui parler au cours des derniers jours. Elle était en pleine finalisation d'un projet qui l'obligeait à travailler jusque tard dans la nuit. Nos heures de liberté tombaient rarement au même moment. Résultat : elle m'avait manqué et j'avais hâte de la voir.

Elle avait tenu sa promesse de garder son portable chargé et de répondre sans trop tarder aux appels et aux textos. Mais, vu le ton expéditif qu'elle pouvait prendre, on la sentait parfois la tête ailleurs. Voir qu'elle ne ménageait pas ses efforts me réchauffait le cœur. Alors j'essayais de faire mon possible pour ne pas trop l'embêter pendant son travail.

Une bonne minute s'écoula avant qu'elle ne décroche. Elle semblait essoufflée, comme si elle avait piqué un sprint pour attraper son téléphone avant de louper l'appel.

— Coucou. Tu es de retour à Denver ?

Elle avait posé sa question d'une voix haletante. Et, même si je voulais croire qu'elle avait l'air heureuse de m'entendre, son esprit semblait tout de même à des kilomètres et des kilomètres de là.

— Oui, je suis rentré il y a un petit moment, je vais dîner avec mes parents. Ça te dirait de passer plus tard ?

J'étais prêt à m'accorder un peu de temps seul avec Remy. Elle ne dormait pas toujours à la maison quand on se voyait, mais elle était assez souvent dans mon lit, ces derniers temps. J'avais pris l'habitude de me réveiller à ses côtés et d'aussitôt me lover contre elle si j'en avais envie. Partager une minuscule chambre d'hôtel avec un collègue ces derniers jours n'était pas aussi agréable que dormir à côté de Remy, loin de là.

— Oh ! euh… ce soir, je ne peux pas. Il faut que je termine le projet sur lequel je bosse. Je vais sans doute faire une nuit blanche. Mais c'est chouette que tu sois rentré. On peut prévoir un truc dans la semaine ou ce week-end.

Ce fut une petite déception, mais je compris qu'elle avait elle aussi une carrière à gérer et des clients à satisfaire.

— OK, je t'appelle plus tard.

Elle laissa échapper un petit son qui pouvait autant être synonyme de frustration que d'exaspération. Difficile de trancher. Et je n'avais pas envie de poser la question, car en toute franchise, j'étais très impatient de la voir. Mais la réciproque n'était pas forcément vraie…

— Non, laisse-moi t'appeler dès que ce sera derrière moi. Ça pourrait me distraire.

Je poussai un soupir agacé, mais je tâchai de ne pas le montrer au moment de répondre :

— D'accord. Je te laisse travailler. Mais tu m'as manqué, Remy.

— Mmpf…

Cette fois, j'eus ma réponse. Elle était agacée.

— Tu m'as manqué aussi, Hyde. C'est juste que je suis à fond dans ce projet. Dès que j'en aurai vu le bout et que je l'aurai envoyé, je serai entièrement dispo pour toi.

— Je comprends. À plus tard, alors.

Autant raccrocher avant qu'on commence à se prendre la tête ou que je dise quelque chose que je finirais par regretter.

Je savais très bien que Remy pouvait se consacrer corps et âme à tout ce qui la passionnait. Pendant longtemps, c'est à moi qu'elle avait consacré cette énergie débordante. Je n'avais pas l'habitude de la voir se concentrer à 100 % sur autre chose maintenant qu'on jouait un rôle central dans nos existences respectives.

Juste au moment où j'allais quitter la véranda de mes parents, une pensée désagréable me traversa l'esprit. Remy avait changé sur tant de points. Devais-je m'inquiéter qu'elle soit à fond sur son travail, en ce moment ? Avait-elle coutume de s'investir autant pour travailler efficacement ? Cela cachait peut-être quelque chose… Quelque chose qui risquait de lui causer des problèmes mais dont elle ne se rendait peut-être pas compte. Comment aborder le sujet sans la braquer, sans détruire la confiance fragile que j'avais patiemment essayé de reconstruire ? Devais-je lui demander si elle prenait ses médicaments, comme elle était censée le faire, alors que son boulot l'absorbait tellement ? Si elle avait vu sa thérapeute, récemment, et s'il y avait un souci, d'un point de vue médical ? Je ne savais même pas s'il s'agissait d'un sujet sensible depuis qu'elle gérait tout de manière si rationnelle. Elle en parlait calmement, presque avec détachement, mais comment réagissait-elle quand quelqu'un abordait frontalement la question ? Devais-je faire semblant que tout allait bien parce j'étais froissé de ne pas la voir partager mon impatience à l'idée de nos retrouvailles ? Avec un peu de chance, je surinterprétais son attitude récente. Et j'étais tout simplement jaloux de ne plus être le seul pan dans sa vie à laquelle elle se donnait corps et âme ? Peut-être que j'en faisais trop, un peu comme elle quand on était jeunes. Logique : je n'avais pas d'autre façon de montrer mon amour, c'était la seule qu'elle connaissait. Ma sollicitude allait-elle la toucher ou aurait-elle l'impression que je dépassais les bornes ? Après tout, elle s'était parfaitement débrouillée seule en mon absence.

J'avais dit à mon père que je comptais tirer les leçons de mes erreurs afin de ne plus lui faire de mal inutilement. Mais, à l'évidence, j'avais intérêt à m'offrir une formation en accéléré sur les troubles de la personnalité, et vite. Car je voulais tout connaître sur Remy, jusqu'aux moindres recoins de son âme.

19

Remy

Mon appart était un vrai chantier. Je ne me rappelais même plus quand j'avais pris une douche pour la dernière fois. À en juger par mes cheveux ternes et raplapla, c'était il y a bien trop longtemps. Mes repas de ces derniers jours s'étaient résumés à deux ou trois barres de céréales et du café. Mon cycle de sommeil était sens dessus dessous. J'avais toujours été une couche-tard, mais actuellement j'allais dormir au début du journal télé de la mi-journée et je ne me réveillais qu'au moment de l'édition du soir. Les seuls appels auxquels j'avais répondu en l'espace d'une semaine étaient ceux de Hyde et de ma cliente actuelle.

Oh ! ce n'était pas la première fois que je me fichais de faire le ménage et que je sautais plusieurs repas. Même chose pour ces longues nuits de veille. Ça arrive quand on exerce des métiers bizarres, avec des horaires bizarres. Quand on a coutume de vivre au jour le jour, pour ainsi dire. Sans compter que mon esprit n'avait jamais été un modèle de rigueur. Mon univers intérieur reflétait souvent mon univers extérieur. Pas forcément très sain, mais c'était clairement le signe que je devais me ressaisir et me montrer plus attentive à mon état mental et à mes actes. Sans quoi, les choses risquaient de m'échapper, comme par le passé.

Mon projet était pourtant loin d'être important ou intéressant au point de mettre entre parenthèses tout le reste. J'aimais beaucoup cette cliente et nous avions eu plusieurs fois l'occasion de de travailler ensemble. Je voulais donc rester en bons termes avec elle, professionnellement parlant. Mais ce dont j'avais vraiment besoin, c'était un moyen de m'occuper l'esprit et les mains durant l'absence de Hyde. Et comme je n'avais pas ménagé mes efforts pendant les derniers jours, j'étais presque en avance sur mon planning. Ce qui me laisserait quelques jours de liberté que je pourrai leur consacrer, à lui ainsi qu'à la petite, maintenant qu'il était de retour à Denver.

J'étais stressée lorsqu'il était parti pour les montagnes. Il faisait un métier dangereux et il était quand même loin de tout. Si jamais il arrivait quelque chose, de son côté ou du côté de la petite… Ce constat m'avait fait songer que si nous avions été ensemble par le passé, notre relation aurait dû supporter la pression liée à la carrière militaire de Hyde. Avoir peur qu'il finisse écrasé par un rocher ou subitement emporté dans une avalanche était une chose ; savoir qu'on pouvait le prendre pour cible et le tuer en était une autre. Par conséquent, je m'efforçais de m'occuper pour échapper à mes idées les plus sombres. Aimer Hyde et m'inquiéter pour lui avait toujours été le pire défi jamais lancé à mon bien-être mental. À une différence près : à l'heure actuelle, je savais écouter mon cœur au lieu de la petite voix au fond de ma tête qui me rappelait constamment certains épisodes de notre passé. Des épisodes qui n'étaient pas vrais, je m'en étais enfin rendu compte.

Malgré sa carrure imposante, Campbell était un type très

intuitif. Je ne l'avais rencontré qu'une seule fois, brièvement. Malgré ça, il m'avait proposé de me transmettre également les nouvelles qu'il envoyait à Hyde. Je ne m'étais pas aperçue que j'avais profondément besoin de cette fragile tranquillité d'esprit. Il me faudrait peut-être du temps avant de prendre mes marques avec Hyde, mais comment empêcher sa petite fille de ravir mon cœur ? J'adorais Hollyn. Elle était un vrai rayon de soleil au quotidien. Elle était tellement expressive et si facile à décrypter. Je n'avais plus l'impression qu'elle était un alien à n'approcher que prudemment. Elle me manquait presque autant que son père me manquait.

Hyde m'avait assurée que Campbell ne verrait aucun inconvénient à ce que je passe voir la petite. Tant que je le prévenais de ma visite… Mais ces derniers jours j'avais renoncé. Je me demandais si je serais capable de la laisser seule après l'avoir vue. Et puis je n'avais pas envie d'empiéter sur les plates-bandes de Campbell, surtout maintenant que Daire avait été relevée de sa mission de surveillance. Inutile de perturber ses habitudes ou le planning qu'il avait mis en place pour le bébé. Et, en toute honnêteté, ce mec était un peu flippant. Il était encore moins bavard que Hyde et deux fois plus grognon. Ça me sidérait que ma cousine n'ait pas eu envie de se terrer dans un coin comme une souris apeurée dès qu'il essayait de l'impressionner ou quand ils se prenaient le chou à propos de je ne sais quel sujet. Serais-je capable de garder mon sang-froid si je restais seule avec lui à mon tour ? Pas grand-chose ne m'intimidait, mais, quand c'était le cas, je savais reconnaître les signaux de danger.

Hyde avait été déçu que je ne fonce pas le voir dès son retour à Denver, ça ne m'avait pas échappé. Je n'avais pas eu l'intention de lui mettre un vent, mais rien ne me distrayait aussi facilement que lui. D'un coup, plus rien n'existait, hop ! Or j'avais besoin de me concentrer sur ce que j'avais sur les bras. Ce qui me permettrait à mon tour de me consacrer à lui pleinement, sans que ma vie professionnelle ou personnelle en pâtisse. Contrairement au reste du monde, je n'arrivais pas à jongler avec plusieurs priorités. Je ne m'en tirais qu'en me consacrant pleinement à une chose à la fois. La faute à mon trouble de la personnalité…

Je terminai ma mission vers 7 heures le lendemain matin. Après avoir tout contrôlé deux fois, j'envoyai ma commande par mail à ma cliente pour validation et je m'écroulai.

Je ne me réveillai pas avant 18 heures. Le temps de me doucher, de ranger une grande partie du bordel que j'avais laissé s'accumuler et d'échanger avec mon frère qui menaçait de lancer un avis de recherche si je ne répondais pas à ses messages, l'heure du dîner était passée depuis longtemps. Hyde avait appelé deux fois pendant que je dormais et m'avait laissé tout un tas de messages où il me demandait si tout allait bien. Je me sentais un peu coupable d'avoir disparu de la circulation pile après son retour, mais je faisais de mon mieux pour m'adapter. Brusquement, quelqu'un comptait sur moi… Ma tendance à me laisser absorber expliquait sans doute pourquoi j'étais restée célibataire aussi longtemps. La plupart des mecs avec qui j'étais sortie ne supportaient pas d'être mis sur la touche dès qu'un truc réclamait mon attention. Ils n'avaient jamais l'air de comprendre que, tôt ou tard, je viendrais forcément au bout de mon travail du moment. Et que je serais alors libre de leur consacrer tout mon temps à nouveau.

Je n'aurais jamais cru que Hyde aurait le même ressenti.

En principe, mon caractère excessif ne le dérangeait pas. Et puis il me connaissait assez bien pour savoir que rester inactive ne me réussissait pas. Quoi qu'il en soit, ces messages qui restaient sans réponse laissaient percer un agacement de plus en plus palpable.

Au lieu de le rappeler, je rassemblai la poignée d'affaires dont j'aurais besoin pour passer deux jours chez lui et pris la direction de Highland, le quartier où il résidait. Vu l'heure tardive, il avait certainement dû donner le biberon à Hollyn et l'avait préparée pour la nuit. Je m'arrêtai donc quelque part pour acheter des pâtisseries, ce qui m'éviterait de me pointer les mains vides. Avec un peu de chance, un gros gâteau suffirait pour que Hyde me laisse entrer. Surtout si je prenais son préféré…

Une fois garée juste en face de chez lui, je me dirigeai vers la porte en grelottant. On aurait dit que la température venait de chuter de vingt degrés. Il ne tarderait pas à neiger. Je le sentais presque.

Alors que je frappais à la porte, je fus prise d'un doute. Que faire s'il décidait de ne pas ouvrir, tout simplement ? Je n'avais pas les clés de la maison, nous n'en étions quand même pas là… Pff, je me demandais même si nous en étions au stade où chacun s'interdit d'aller papillonner ailleurs. Étais-je prête à admettre que Hyde était redevenu la personne qui comptait le plus dans ma vie ? J'étais terrifiée à l'idée que cela se reproduise. Preuve que tous les doutes venaient de moi. Moi qui étais pourtant si certaine de ce que j'éprouvais pour lui. J'avais toujours su qu'il avait mon cœur entre ses mains. Même quand il l'avait brisé. Je trouvais tellement bizarre d'avoir peur de mes propres sentiments alors qu'il semblait si sûr des siens. Les rôles s'étaient inversés et il me faudrait un peu de temps pour m'y faire.

Hyde finit par ouvrir la porte. Ses cheveux courts étaient humides, et il portait l'un de ces pantalons de jogging terriblement sexy qui enserraient le bas de ses hanches tout en montrant ses abdominaux saillants et des obliques en béton, comme les vrais amateurs de muscu. Son visage presque parfait lui donnait un charme fou, mais son corps n'était pas en reste. Il semblait s'être refait une santé depuis qu'il était rentré dans le Colorado.

Il m'observa en haussant un sourcil, puis son regard glissa jusqu'au carton joliment décoré que je tenais entre mes mains.

— Je t'ai apporté le dessert.

Je frissonnais encore à cause du froid, mais Hyde ne semblait pas pressé de me laisser entrer.

— J'ai essayé de t'appeler aujourd'hui. Tu n'as pas répondu, comment ça se fait ?

Il parlait d'une voix dure, et ses yeux verts se réduisirent à deux fentes.

Je tapai mon sac posé par terre du bout du pied.

— J'ai bossé la nuit entière et dormi toute la journée pour être libre de passer les prochains jours avec toi et Hollyn. J'étais trop claquée pour entendre tes messages. Mais mon portable était ouvert et chargé.

Les sourcils froncés, j'ajoutai :

— Tu comptes me laisser entrer ou pas ? On se les gèle, ici.

Hyde recula immédiatement et me fit signe d'avancer. Il se chargea de ramasser mon sac par terre puis me suivit en silence jusqu'à la cuisine. Une fois ma boîte à gâteau posée sur le comptoir, je me plantai devant lui. Près d'une semaine s'était écoulée sans qu'on se voie. Il y avait mieux à faire que de se prendre la tête. Mais cette relation n'irait nulle part si nous n'arrivions pas à communiquer. Dans le passé, quand il était fâché contre moi, je le harcelais littéralement et je me rendais tellement invivable qu'il n'avait pas d'autre choix que de déposer les armes. Désormais, je ne comptais plus sur mon insistance ou sur mon joli minois pour avoir le dernier mot dans une dispute. J'essayais de me mettre à la place de l'autre et d'envisager un problème sous tous les angles. Mon tempérament pouvait être explosif et dangereux, vu la manière dont les substances chimiques qui agissaient sur mon cerveau pouvaient réagir en cas d'agression. Mais ça n'éclaterait pas tout de suite. Une vraie bombe à retardement…

— Quand je bosse sur un truc ou quand j'ai une *deadline* à respecter, je me donne à fond. Et comme je ne compte pas mes heures, le reste de ma vie est entre parenthèses jusqu'à ce que je sorte la tête de l'eau. J'ai toujours fonctionné comme ça, Hyde. Si tu souhaites que je t'obéisse au doigt et à l'œil, ça ne marchera pas. Ne compte pas non plus sur moi pour faire le ménage chez toi et veiller à ce que tout soit réglé comme du papier à musique. Je suis désolée d'avoir loupé tes appels. Tu es contrarié, je le sens. Seulement voilà, j'étais épuisée. J'ai bossé super dur les deux derniers jours pour pouvoir me consacrer pleinement à toi et à Hollyn. Je pensais à toi et au fait qu'on se reverrait bientôt, je t'assure, même si ce n'est pas l'impression que ça donne.

Hyde passa ses deux mains dans ses courts cheveux noirs avant de prendre une grande inspiration. Il me regarda en clignant des paupières par deux fois puis pencha la tête sur le côté et dit le plus calmement du monde :

— Ça m'inquiète de savoir que quelque chose te prend toute ton énergie et t'empêche même de dormir, Remy. Je ne vais pas te mentir. Ça me rappelle l'époque où j'étais une véritable obsession pour toi. Je ne t'en veux pas d'avoir loupé mes appels. Là où je t'en veux, c'est que tu étais tellement épuisée par ton travail que tu n'as même pas entendu ton téléphone sonner.

Je me sentis aussitôt frémir, mais je fis taire la colère qui bouillonnait au fond de moi. Hyde n'avait pas tort, loin de là, mais je trouvais cette comparaison injuste. L'engouement qu'il m'inspirait fluctuait au gré de ses réactions et l'énergie que j'investissais dans mon travail ne durait que le temps de chaque dossier, rien de plus. Mes sentiments pour lui, quant à eux, n'avaient pas bougé. Ils avaient même été assez puissants pour continuer d'animer mon cœur pendant ma vie entière ou presque. Ils n'évoluaient pas dans la même catégorie.

— Je ne te demanderai jamais de faire le ménage chez moi, Remy. De suivre mon planning à la lettre. De décrocher à chaque coup de fil. Je ne te demanderai même jamais d'être aussi impatiente de me voir que tu pouvais l'être avant. En revanche, je veux que tu ailles bien. Et si ce n'est pas le cas, ne me le cache pas. Il faut que je puisse faire la différence entre les moments où tu es toi-même et ceux où il faut ouvrir l'œil. Il faut que je sache quand il est temps de s'inquiéter.

Hyde semblait si sincère, si vrai, comment le contredire ?

Je poussai un profond soupir et je le regardai d'un air pensif.

— Parfois, c'est dur de faire la différence entre les deux.

Car même sans mes troubles *borderline*, j'étais une vraie pile électrique, légèrement excentrique sur les bords. J'avais une personnalité bien trempée et une fâcheuse tendance à trop en faire quand je me sentais au top.

— La seule façon d'y parvenir, c'est de passer du temps avec moi, beaucoup de temps. Zowen y arrive. Ma mère aussi. À certains moments, mon père arrive à faire la différence. À d'autres, non. C'est d'ailleurs comme ça que j'ai découvert la vérité sur ton départ. Dans l'esprit de mon père, c'était ma maladie qui expliquait ma tristesse, alors que je traversais un moment particulièrement difficile dans ma vie. Ça s'apprend.

Il n'empêche : un comportement qui te déplaît chez moi ne découle pas forcément de mes troubles psychiques, ni de près ni de loin. Tu n'as pas le droit de dire une chose pareille. Ce n'est pas juste. Et ce qu'on essaye de vivre ensemble ne durera pas si tu ne peux pas m'accepter telle que je suis. Ça ne me dérange pas que tu me demandes comment je vais car je sais que ce n'est pas seulement pour être gentil. Je sais que tu tiens à moi. D'ailleurs, moi aussi, je m'inquiète pour toi, tu sais.

Hyde poussa un grognement et passa une main sur son visage. Une fine barbe ombrait son menton et sa mâchoire, ce qui lui donnait un air vaguement inquiétant. Mais c'est d'une voix toujours aussi grave et rauque qu'il me demanda :

— Tu penses vraiment que ça fonctionnera sur le long terme, Remy ? D'accord, tu dois bosser en suivant ton propre planning, tes propres règles. Mais si on vit ensemble, à l'avenir ? Et puis il y a Hollyn. Tu crois qu'elle comprendra que ton travail t'empêche subitement de lui consacrer une minute de ton temps ? Si tu fermes la porte à tout le monde, elle sera dans le lot. Et je n'ai pas l'intention de la laisser souffrir.

Je sentis tout mon corps se glacer, l'air de mes poumons avait été comme aspiré. La vérité me tomba dessus. Peut-être parce que j'avais toujours préféré m'en tenir au moment présent, sans envisager l'après, quand nos existences pourraient suivre le même chemin. Ma plus grande peur, c'était de leur faire du mal, à lui comme à elle. Et c'était exactement ce qui risquait de se passer si je ne rectifiais pas le tir.

— J'ai vécu seule pendant longtemps, Hyde. J'ai appris à vivre mon quotidien à fond en suivant mes règles à moi. Et ça me rend heureuse. Ça fait un bail que je n'ai pas eu à tenir compte de quelqu'un d'autre. Tu as raison. Je ne peux pas me couper du reste du monde si vous êtes dans l'équation, Hollyn et toi. Ce n'est pas juste, ni pour elle ni pour toi. Je ne m'en suis pas aperçue plus tôt, désolée. Pour moi, l'avenir est toujours incertain. Je préfère vivre l'instant présent, mais ce n'est pas possible quand il y a un enfant dans la balance. Je ne peux pas te promettre de changer toutes mes mauvaises habitudes du jour au lendemain, mais je peux tâcher de trouver un meilleur équilibre. Sois patient avec moi, s'il te plaît. Je ne suis pas capable de passer à la vitesse supérieure aussi facilement que les autres. Ne me ferme pas la porte quand je viens vers toi, Hyde. Je n'aime pas ça.

Changer ma façon de travailler m'obligerait à en parler à ma thérapeute. Un temps d'acclimatation serait nécessaire car mon cerveau avait eu le temps de s'habituer au système que j'avais déjà mis en place. Jongler avec plusieurs priorités en même temps, c'était un sacré chantier. Mon esprit n'était pas formé à fonctionner de cette façon. Je risquais de me planter à la première difficulté. Il n'y avait que deux personnes pour qui j'étais prête à tenter un tel virage à cent quatre-vingts degrés : Hyde et Hollyn.

Le premier se plaça derrière moi et me prit dans ses bras. Le meilleur câlin du monde. C'était tellement agréable d'être ainsi enveloppée dans cette douce chaleur. D'être comprise, aussi, me semblait-il.

— J'aime que tu préfères passer avant le reste, Remy. Ne renonce pas à ça. Que ce soit pour moi ou pour quelqu'un d'autre. Je veux simplement que tu envisages éventuellement de nous faire passer juste après, Hollyn et moi. On attendra patiemment, le temps qu'il te faudra pour y arriver. Mais promets-moi que tu feras preuve de la même patience avec moi quand j'apprendrai à connaître les rouages de ton cœur et de ton esprit. La route qui mène vers toi n'est pas une grande ligne droite.

Je ris car c'était tout à fait vrai. Puis je tapai de nouveau sur la boîte à gâteau.

— Maintenant qu'on a géré nos problèmes d'adultes relou, ça te dirait, un petit dessert ?

Alors que je défaisais le ruban en satin qui entourait la boîte, je me sentis brusquement décoller du sol, prisonnière d'une paire de bras musclés. Si on m'avait dit que jouer la princesse emportée par son chevalier servant me ferait chavirer… Et pourtant, mon cœur battait la chamade et j'eus la chair de poule quand Hyde grogna tout contre mon oreille :

— J'ai bien envie d'un petit dessert, mais je ne pensais pas à ce gâteau…

20

Hyde

Je lâchai Remy sur le lit et la contemplai rebondir doucement.

Le visage presque couvert par ses boucles blondes, elle m'adressa un regard surpris. Ses yeux écarquillés étaient à moitié cachés par ses cheveux. Je m'en voulais d'avoir attendu une demi-seconde de trop avant de la laisser entrer. Je m'en voulais aussi de m'être énervé contre elle sans même lui expliquer posément pourquoi j'étais contrarié. C'était moi qui avais décidé de revenir dans sa vie et d'y prendre une telle place. Il était parfaitement normal qu'elle ait besoin de temps pour s'adapter – à moi, bien sûr, mais aussi à Hollyn. Ce n'était pas juste de lui demander de changer de mode de vie, tout ça parce que toute son existence avait tourné autour de moi, à une certaine époque. Pourquoi la forcer à redéfinir ses priorités alors qu'elle avait dû trouver un moyen de se débrouiller seule après mon départ ? La vérité, c'est que j'étais un peu contrarié de savoir que sa vie avait été bien plus facile sans moi. Remy avait su repartir de l'avant pendant mon absence, alors que j'avais eu du mal à me bâtir une vie, comme avait dit mon père.

Du bout du doigt, j'écartai ses cheveux clairs de son visage.

Je passai mon pouce le long de la courbe de son sourcil en lui souriant. J'étais peut-être allé un peu trop vite à son goût, mais j'avais hâte de rattraper le temps perdu. Et puis je ne voulais plus seulement qu'elle me voie comme son ami d'enfance. Elle avait profité de notre longue séparation pour essayer de m'oublier, alors que moi, je n'avais fait que me souvenir d'elle, dans les moindres détails, et comparer toutes les autres filles avec elle. Elle avait du mal à passer à la vitesse supérieure ? Moi, je fonçais déjà vers la ligne d'arrivée. Il valait mieux pour nous deux qu'on trouve comment avancer au même rythme. Et pas seulement dans une chambre…

J'attrapai son minuscule visage entre mes deux mains et je baissai la tête pour frôler ses lèvres des miennes. Depuis que j'étais rentré au bercail, j'avais roulé pied au plancher. J'avais été pressé d'offrir le meilleur à Hollyn. Tellement pressé, même que j'en avais oublié de pleurer comme il se doit la perte de la mère de la petite, sans me laisser envahir par le ressentiment et la colère. Mais j'étais tout aussi pressé de conduire Remy jusque dans ma chambre, comme un coureur verrait approcher la ligne d'arrivée. Je voulais rattraper le temps perdu, oui. Et, tous ces jours-ci, je me demandais si la petite ne risquait pas de nous interrompre ou si le quotidien n'allait pas nous rattraper autrement. En un sens, j'avais peut-être entraîné Remy dans le tourbillon de mon existence sans même la protéger des orages qui l'agitaient.

Je l'embrassai doucement, lentement. Au lieu de me jeter sur elle pour la dévorer, je voulais la savourer. Mettre à profit ces années d'amitié et d'affection, ces décennies d'un amour à sens unique, d'un amour déraisonnable pour lui montrer combien je la connaissais bien. Qu'elle sache que je pouvais combler ses désirs et que j'attendrais qu'elle apprenne à m'aimer à nouveau. J'aurais cette patience-là.

Je n'approfondis pas ce baiser, nos lèvres se touchaient à peine. Avec mes pouces, je caressai ses joues douces. Elles se réchauffaient à mesure que nos bouches restaient collées l'une à l'autre. Il flottait comme une odeur sucrée autour d'elle. Elle avait osé goûter mon gâteau, ou quoi ? Je penchai la tête de Remy en arrière et pressai mes lèvres sur les siennes, encore plus fort, mais toujours en la priant de me laisser entrer, sans rien exiger. Ce serait bien fait pour moi si elle décidait de me mettre au supplice et de me fermer la porte. Je méritais qu'on me rende la monnaie de ma pièce. Fort heureusement, Remy n'était pas rancunière.

Autre hypothèse : elle ne pouvait pas me résister, tout simplement. Mon ego penchait pour cette solution. La preuve : elle ouvrit la bouche et glissa la pointe de sa langue sur ma lèvre supérieure d'un geste expert. Ses mains trouvèrent le chemin de ma taille et s'arrêtèrent juste au-dessus de la ceinture de mon pantalon. Elle plongea deux doigts dans le creux formé par mes hanches et suivit la ligne qui descendait sous l'élastique qui retenait mon jogging. Mes abdos réagirent à cette caresse presque imperceptible en se contractant, et mon sexe se mit à appuyer sous le tissu qui avait du mal à l'empêcher de gonfler. C'était comme si mon sang refluait de tout mon corps pour se concentrer à un endroit bien précis.

La langue de Remy entra en contact avec la mienne tandis que mes mains glissaient de part et d'autre de son cou, tout en gardant sa tête immobile. Je la sentis frissonner et sourire quand elle m'entendit hoqueter. Elle venait de laisser ses doigts s'aventurer encore davantage sous la ceinture de mon pantalon. Le tissu souple n'était pas un obstacle pour ses mains aussi rapides qu'expertes qui se rapprochaient de plus en plus de cette partie de mon corps qui n'attendait que de se déchaîner.

Si jamais elle refermait ses mains autour de mon sexe, mon plan tomberait à l'eau. Plus moyen de ralentir le rythme pour lui montrer à quel point je l'adorais, à quel point j'étais prêt à l'attendre. Seules les caresses de Remy avaient le pouvoir de me faire perdre la tête, de me priver de tout contrôle. Avec elle, tout paraissait plus fort, plus explosif. Faire l'amour m'avait toujours plu. En règle générale, c'était une expérience agréable. Même quand ce n'était pas terrible, c'était l'occasion de comprendre ce qui fonctionnait ou pas. Mais avec Remy, cela n'avait rien à voir.

C'était mieux qu'un moment sympa, un moment agréable. Une telle expérience méritait tous les superlatifs. Chaque parcelle de mon être était en communion avec elle. Et, vu que j'y mettais mon cœur et mon âme, cela allait beaucoup plus loin que si on s'envoyait en l'air, rien de plus. On touchait du doigt ce que *faire l'amour* signifiait à mes yeux. C'était bien davantage qu'un banal rapport sexuel. J'essayais de lui dire ce que j'avais toujours éprouvé pour elle, à travers mon corps. Et le sien répondait en retour. Il y avait beaucoup d'amour entre nous, même si les mots n'étaient pas encore prêts à sortir.

Comme les mains de Remy se rapprochaient dangereusement de ma virilité, je resserrai mon étreinte et, à l'aide de mes pouces, reculai sa tête encore davantage. Les yeux écarquillés, elle se mordit la lèvre. De quoi me donner envie de l'embrasser à cet endroit précis, qui avait pris un si joli ton rose.

— Sois sage. On a tout notre temps, ce soir…

J'aspirai une goulée d'air entre mes dents serrées. Elle venait désormais de coller ses pouces à la base de mon érection. J'avais lancé les hostilités, elle avait réagi.

Elle appuya fort sous mon sexe dressé, de part et d'autre de la veine gonflée. Elle haussa son sourcil clair, et un sourire aguicheur releva le coin de sa bouche.

— Je suis sage. C'est toi qui es intenable…

Je ricanai avant de l'embrasser avec encore plus de force. Enfin, j'avais le droit de goûter à sa bouche délicieusement sucrée. Elle avait dû prendre une lichette de ce gâteau ou du glaçage avant de passer à la maison, c'était certain. En un sens, c'était logique qu'elle m'évoque un bonbon. Elle avait toujours été la touche de douceur dans mon existence. Et, alors que tout paraissait impossible, elle avait été la plus belle des récompenses après des années d'épreuves. J'avais gagné le droit de la goûter, de la savourer.

— Admettons. Mais ce soir, j'ai envie de prendre mon temps. J'ai toujours l'impression d'être pressé, de courir pour ne pas me laisser distancer. Découvrons-nous à notre rythme. Et faisons les choses comme il faut, cette fois, puisque c'est possible. Il faut que j'évite de brûler les étapes avec toi. Sans quoi, je vais louper quelque chose d'important. Et j'ai déjà loupé tellement de choses. Alors oui, prenons notre temps, ce soir.

Les yeux de Remy ressemblaient à des billes. Ils se plissèrent légèrement tandis que mes mots faisaient leur chemin. Elle fit courir ses pouces le long de mon sexe, ne s'arrêtant que pour caresser la pointe tendue, avant de retirer les mains de mon pantalon, d'un coup, pour les poser sur mes hanches. Un grand sourire éclaira son visage.

— D'accord. Prends ton temps. J'espère pour toi que Hollyn sera d'accord pour te laisser faire durer le plaisir pour moi, puisque tu en as envie, brusquement. Mais ne compte pas sur moi pour te plaindre si elle a besoin de quelque chose avant qu'on en termine.

Elle haussa les sourcils d'un air amusé.

— Hâte de voir ce que tu vas m'offrir, Hyde…

— Tout. Je veux t'offrir tout ce que j'ai, Remy.

Voilà une promesse que j'étais sûr de tenir.

Comme elle m'observait d'un air étonné, je profitai de sa surprise pour l'embrasser de chaque côté de son merveilleux visage.

J'embrassai ses sourcils.

J'embrassai le bout de son nez et sa lèvre qui m'évoquait une vague. J'embrassai ses joues et la courbe douce de son menton. J'embrassai chaque côté de sa mâchoire et, sans me presser, j'explorai le creux de ses oreilles, tellement sensibles qu'elle réagit aussitôt. Je mordillai ses lobes, ce qui l'obligea à cambrer le dos en gémissant. Ses seins étaient levés comme si elle m'en faisait cadeau.

Je plongeai mon visage dans son cou, avant de relâcher mon étreinte. Une fois placé entre ses jambes, j'attrapai le bas du sweat rose qu'elle portait. Le tissu caressa mes doigts tandis que je le retirais par l'encolure. Je regardai retomber ses boucles blondes en cascade sur son visage, ce qui lui donnait un air légèrement lascif et coquin. Découvrir qu'elle portait un soutien-gorge en dentelle noire presque invisible, qui créait un contraste encore plus sexy avec sa peau pâle, faillit faire voler en éclats mes belles résolutions. J'avais envie de prendre mon temps et de savourer tout son corps. Mais Remy avait le don de m'embraser et de déclencher en moi une sauvagerie, une avidité dont je ne soupçonnais même pas l'existence.

Je plantai mes dents dans sa clavicule, assez fort pour y laisser une petite trace. Le temps de passer une main dans son dos pour défaire son soutien-gorge, je fis glisser ce voile de dentelle et de soie sur sa peau parfaite. J'en eus le souffle coupé quand ses seins aux pointes rosées se retrouvèrent nus. Comme le reste de son corps, ils étaient à la fois minuscules et ravissants. Mes mains n'avaient aucun mal à les saisir. Ils étaient aussi très sensibles et réagissaient au moindre contact. Avec le doigt, je caressai l'un de ses mamelons dressés, l'observai se durcir puis prendre une teinte d'un rouge plus sombre. Même chose avec l'autre. Pendant ce temps, Remy pencha la tête en arrière et s'agrippa encore plus fort à mes hanches pour m'attirer vers elle.

Tête baissée, je fis courir ma langue sur la pointe de son sein. Remy attrapa aussitôt ma tête et la caressa de ses doigts brûlants. Il faudrait que je me laisse pousser un peu les cheveux maintenant que j'avais quitté l'armée. J'avais envie qu'elle tire dessus quand je serais enfoncé en elle.

Je happais l'un de ses tétons dans ma bouche pour le suçoter, jusqu'à ce que mes joues se creusent. Remy poussa un petit cri et se cambra pour accompagner le mouvement. J'insinuai ensuite ma main libre sur son ventre, jusque dans son pantalon. Elle portait le même legging noir moulant que lors de notre première nuit ensemble. Même à ce moment-là, j'avais remarqué qu'il lui allait comme un gant et qu'il mettait en valeur la moindre de ses courbes. J'avais maintenant la possibilité d'explorer la peau souple et douce qui se cachait juste en dessous. Mes doigts filèrent tout droit jusqu'au centre chaud et humide de son intimité, mais au lieu d'entrer tout de suite dans sa fente qui s'épanouissait pour moi, je les fis glisser sur le liquide satiné qui la recouvrait. Je caressai ses replis aussi délicats que des pétales, en m'attardant sur chacun de ses points sensibles. Remy sursauta quand je m'aventurai jusqu'à ses fesses, j'eus du mal à ne pas ricaner devant son air surpris. Elle voulut ouvrir la bouche, mais, dès que j'eus refermé les dents sur son téton, ce qu'elle comptait dire mourut. Avec une énergie redoublée, ses ongles raclèrent ma tête et elle m'attira contre sa poitrine, ce qui m'invita à poser mes doigts à l'endroit où elle voulait à tout prix recevoir mes caresses.

Remy laissa échapper un soupir quand ma main descendit le long de son corps. Elle frottait inlassablement ses jambes contre les miennes, et sa respiration haletante se mêlait au son érotique, sensuel et lascif de mes caresses. De quoi gonfler mon sexe d'impatience. À mesure que mon bras se glissait entre nos corps, Remy criait de plus belle et sa fente devenait de plus en plus humide sous mes doigts.

Elle attrapa mes oreilles et écarta ma tête de sa poitrine. Je baissai les yeux vers son téton brillant qui était d'un rouge foncé maintenant que j'y avais consacré tant d'attention. Je la laissai alors m'attirer vers sa bouche tout en enfonçant mes doigts avec encore plus d'ardeur au fond d'elle. Je comptais explorer le moindre recoin de sa chair tendre et sensible. Car je finirais bien par tomber sur le point précis de son anatomie qui m'aiderait à lui faire perdre la tête, une fois de plus.

Tandis qu'elle m'embrassait avec une fougue dévorante, je me dégageai pour la débarrasser du reste de ses vêtements. Je me déshabillai à mon tour avant pousser un gémissement soulagé. Mon sexe était libéré, enfin. Mon membre lourd de désir collé contre sa cuisse, Remy poussa un cri plaintif lorsqu'elle en sentit la caresse humide contre sa chair. Elle fit ondoyer ses hanches pour se frotter contre moi, mais je plaquai la main au centre de sa poitrine pour la repousser. Je pouvais sentir son cœur cogner contre ma paume et faillis perdre pied quand elle m'embrassa fiévreusement.

Lorsqu'elle finit par s'écarter pour reprendre son souffle, je caressai son flanc et je l'invitai à se tourner afin qu'elle se retrouve à quatre pattes devant moi.

— J'ai envie que ma bouche explore tout ton corps.

Oui, j'avais envie de déposer des baisers le long de son dos. Laisser courir ma langue sur ses omoplates si sexy. Planter mes dents dans les courbes de ses fesses somptueuses et explorer l'endroit qui l'avait fait sursauter, un peu plus tôt. Le sexe avec Remy, c'était différent, vraiment. Puisque je lui faisais confiance, nous n'avions aucun tabou. Elle voulait que j'essaye tout au moins une fois. Et je voulais laisser mon empreinte sur elle, de la tête aux pieds.

Elle se tourna et m'adressa un regard aguicheur par-dessus son épaule.

— Tu aimes prendre ton temps, d'accord, mais moi, je commence à avoir l'impression que tu me punis. Si tu cherches à me torturer pour que j'aie envie de toi, tu as gagné, Hyde.

Je me penchai pour l'embrasser dans la nuque. Puis ma langue descendit le long de sa colonne vertébrale en laissant une trace humide. Et, quand je lui donnai une claque sur les fesses, l'entendre pousser un juron me fit ricaner. Elle avait vraiment l'air adorable lorsqu'elle se retourna pour m'adresser ce regard plein de volupté. Je tendis le bras vers le tiroir où je rangeais mes protections. Pendant ce temps, elle continuait de me contempler par-dessus son épaule, d'un air plein d'impatience.

J'étais flatté qu'elle veuille me presser. Mais je pris tout de même mon temps pour agripper ses hanches et m'enfoncer lentement en elle. Son corps se colla aussitôt au mien, comme pour m'empêcher de bouger, comme si elle essayait d'unir nos deux corps pour l'éternité. C'était presque aussi bon que d'entrer en elle.

Une main plaquée au milieu de son dos, l'autre enroulée autour de sa hanche, je commençai à aller et venir. Malgré tous mes efforts pour m'en tenir à ce rythme lent et implacable, me retrouver enveloppé par sa chaleur et la sentir lovée contre moi fit voler mon plan en éclats. Peu de temps après, nous étions lancés dans un va-et-vient presque brutal, moi enfoncé en elle, elle chevauchant mon sexe tendu. Il y avait quelque chose de musical dans les halètements qui accompagnaient nos corps quand ils s'entrechoquaient. Remy laissa pendre sa tête entre ses bras tandis que le rythme devenait de plus en plus effréné.

Je sentis le plaisir remonter le long de mon dos, mon sexe tendu gonflait en elle. Mes doigts étaient tellement enfoncés dans sa hanche qu'ils laissaient des traces. Mon envie de ne pas me précipiter, de lui montrer combien je pouvais être patient laissa vite la place à une envie fébrile d'atteindre l'extase qui me dépassait. Je perdais le contrôle de moi-même quand mon corps ne faisait qu'un avec celui de Remy. Et finalement, comment garder la tête froide et ne pas se laisser emporter quand on désire quelqu'un aussi fort ? Tout mon corps ne vibrait que pour elle. Le désir qu'elle m'inspirait embrasait ma peau et circulait partout dans mes veines, il était niché au plus profond de mon âme et me déchirait le cœur. Je ne songeais qu'à la meilleure manière de créer une symbiose entre nos deux êtres, qui nous comble autant l'un que l'autre. Nous avions tous les deux des forces et des faiblesses, elles nous aideraient à coexister de manière saine et heureuse, aussi longtemps que possible.

Je sentis une vague de chaleur envahir brusquement tout mon corps tandis que Remy tournait la tête, les hanches plaquées contre les miennes. Elle se lova contre moi tout en prononçant mon nom d'une voix haletante. Les boucles de ses cheveux collés sur sa nuque, elle courba le dos avec un mouvement sinueux et sexy. Je lui donnai une autre claque sur les fesses, la tête penchée en arrière, en attendant que sa jouissance déclenche la mienne. Ça n'allait pas tarder. Je sentais mes testicules durcir entre mes jambes et une boule de chaleur se mit à grossir dans le bas de mon dos. Tout mon corps se raidit, et mes mains empoignèrent Remy tandis que son corps continuait de me procurer mille sensations.

Elle criait mon nom, mais ce n'était pas pour laisser libre cours à la passion qui la gagnait. C'était pour attirer mon attention. Je m'en apercevais enfin.

Remy s'écarta en se tortillant tandis que je poussais un grognement agacé. J'y étais presque… Pourquoi se retirait-elle maintenant ? Elle n'avait pas le droit de me faire ça… Mais très vite je compris pourquoi. Un cri perçant venait de retenir à travers le babyphone. Pire que si on m'avait balancé un seau d'eau glacée sur la tête. Impossible d'en faire abstraction.

Hollyn avait besoin de quelque chose et elle était furieuse qu'on tarde autant à s'occuper d'elle.

Je marmonnai un juron et baissai les yeux vers mon sexe qui pendait, l'air aussi déçu que moi. Évidemment…

Remy s'esclaffa et attrapa l'un de mes T-shirts dans un tiroir.

— Je te l'avais dit. Vouloir faire durer le plaisir quand il y a un bébé dans les parages, c'est perdu d'avance. Va dans la salle de bains t'occuper du monstre, je vais voir Hollyn.

Elle passa devant moi et se hissa sur la pointe des pieds pour déposer un baiser sur mon menton.

— Je te consolerai dès qu'elle sera calmée. Promis.

En temps normal, je lui aurais dit que je pouvais m'occuper de Hollyn, mais pour le moment pas un seul neurone de mon cerveau était en état de marche. Le temps de me traîner jusqu'à la douche, j'ouvris le robinet à fond.

Remy avait peut-être raison. J'avais besoin de lui montrer que je tenais à elle, qu'il y avait une véritable alchimie entre nous. Et pas seulement au lit. C'était le seul endroit où aller vite n'était pas forcément un mal. Au moins, j'avais eu ce que je méritais, moi qui l'avais laissée se geler devant ma porte, tout à l'heure. Devoir me calmer sous l'eau froide après ce moment de passion, le plus torride que j'avais jamais eu, était la pire des punitions.

J'avais hâte qu'elle me console le moment venu, cela dit.

21

Remy

Ma connaissance des bébés et de leurs besoins était toujours aussi limitée. Mais j'avais passé pas mal de temps avec Hollyn. Et, dès que je franchis la porte de sa chambre, je sus que quelque chose clochait. Elle ne réclamait pas qu'on lui donne à manger ou qu'on change sa couche. Non, elle pleurait bruyamment, en pleine nuit. Un véritable appel à l'aide.

Le temps d'allumer la lampe dans un coin de la pièce, je me plaçai à côté du berceau. À l'autre bout du couloir, on entendait ruisseler l'eau de la douche et je ne pus m'empêcher de ricaner. Hyde devait faire une de ces têtes…

Penchée au-dessus de Hollyn, je voulus caresser sa joue rouge comme une tomate pour l'apaiser. Mais, lorsque j'approchai mon doigt, sa peau toute douce me parut brûlante. Ça alors…

Je la regardai plus attentivement. Les yeux fermés, Hollyn hurlait de toutes ses forces. En règle générale, quand elle avait un souci, elle agitait ses petits poings comme un boxeur, mais là, elle était étrangement immobile. Finalement, elle s'aperçut qu'elle n'était pas seule. Devant l'effort surhumain qu'elle dut fournir pour lever la main, mon cœur faillit s'arrêter de battre. Je posai le dos de ma main contre son front, et un frisson glacé me saisit malgré la chaleur impressionnante qui émanait de son petit corps.

— Oh ! ma puce, tu es brûlante.

Je passai mon pouce sur sa joue couverte de sueur avant de la sortir de son lit. L'entendre pleurer et crier était déjà inquiétant, mais, dès que je tentais de la bercer tout contre ma poitrine, je l'entendais émettre un bruit rauque et étranglé tandis qu'elle bataillait pour respirer, tant bien que mal. L'écouter lutter pour faire entrer un peu d'air dans ses minuscules poumons était encore plus flippant que le jour où je m'étais réveillée à l'hosto après avoir essayé d'attenter à mes jours. Pire que le moment où j'avais pris conscience de mon geste puis du départ de Hyde. Découvrir que ma mère avait osé se mêler de ma vie privée ne m'avait même pas terrifiée à ce point. Moi qui croyais avoir affronté et triomphé des pires épreuves que la vie pouvait m'infliger…

Debout dans la chambre de Hollyn, je mesurais le désarroi et la terreur qui pouvaient être les nôtres face à la souffrance d'un petit être dont la survie dépendait de nous. De quoi me donner un aperçu glaçant de la situation dans laquelle j'avais plongé mes parents, mon frère et Hyde quand j'étais plus jeune. Tous ces épisodes déchirants qui m'avaient fait tant de mal à l'époque où j'avais dû batailler pour remonter la pente m'apparaissaient un peu moins absurdes, un peu moins douloureux. J'avais fugacement saisi pourquoi on était parfois prêt à faire *n'importe quoi* pour aider quelqu'un qui ne pouvait pas se débrouiller seul.

Je me précipitai dans la chambre de Hyde. La petite était légèrement plus calme, mais on aurait dit qu'à chaque seconde qui passait, respirer lui demandait de plus en plus d'effort. Pas question de perdre du temps à frapper à la porte de la salle de bains. En me voyant débarquer, Hyde eut un sursaut. Encore un peu et il se gamellait dans la douche. Nos regards se croisèrent à travers les parois en verre. Un simple coup d'œil au bébé dans mes bras et à mon air alarmé suffit à lui faire comprendre qu'il y avait un souci.

— Qu'est-ce qui se passe ?

Après avoir attrapé une serviette, il approcha en laissant une traînée d'eau derrière lui.

— Hollyn crie très fort. Quand elle s'arrête, on dirait qu'elle a du mal à respirer. Et elle est brûlante. Les bébés, ça a des poussées de fièvre aussi souvent ?

Je fourrai presque la petite fille dans les bras de son père. Et maintenant ? Ma première intuition fut d'appeler ma tante Shaw, mais si le temps nous était compté… Le sang sembla refluer du visage de Hyde dès qu'il entendit Hollyn respirer de manière aussi faible. Sa pomme d'Adam se souleva, et je l'entendis déglutir difficilement.

— Une poussée de fièvre ne veut pas forcément dire grand-chose. Comme Hollyn est née prématurée, elle peut facilement attraper certaines maladies. Au niveau du système respiratoire, pour les plus graves. Il faut que je l'emmène aux urgences, tout de suite.

C'était la première fois que je percevais une telle angoisse dans sa voix. Avec l'ombre de la panique qui planait derrière.

Tandis que j'écartais mes cheveux en bataille de mon visage, j'essayai de maîtriser le tourbillon qui agitait mon esprit. Il m'arrivait d'avoir toutes les peines du monde à me gérer moi-même. Et voilà qu'on me chargeait brusquement de gérer deux personnes en pleine situation d'urgence. C'était beaucoup me demander…

— Passe-la-moi. Je vais la mettre dans une serviette de bain froide pour essayer de faire tomber la température. De ton côté, habille-toi et rassemble toutes les affaires dont elle aura besoin pour la nuit à l'hôpital. Je vais appeler ma tante quand on sera en route pour les urgences, elle aura peut-être des conseils à nous donner.

Hyde était réticent à l'idée de passer son enfant manifestement malade à quelqu'un d'autre. Mais, dès l'instant où il déposa délicatement le bébé entre mes bras avant de regagner la chambre à toutes jambes, je sus qu'il me faisait confiance, sans me le dire. Il nous restait encore pas mal de questions à régler entre nous et il nous faudrait un temps d'adaptation pour faire coïncider nos existences respectives. Mais l'heure était grave, et savoir qu'il me pensait capable de prendre soin de Hollyn eut le mérite de faire taire mes derniers doutes, mes dernières interrogations. Oui, nous arriverions peut-être à construire quelque chose ensemble, lui et moi…

Tout en berçant Hollyn contre moi, je me rapprochai du grand lavabo et imprégnai une serviette de bain d'eau froide. Tout bas, je murmurai une espèce de charabia qui ne voulait strictement rien dire mais qui pouvait avoir un effet apaisant sur le bébé. Et sur moi, peut-être… Dans mes bras, Hollyn était brûlante et j'étais prête à parier que si elle avait cessé de crier et de pleurer, c'était parce qu'elle manquait d'air pour émettre le moindre son. Je voyais sa minuscule poitrine frémir à chaque inspiration qu'elle prenait. La pauvre petite, elle était vraiment mal en point. Elle avait les yeux vitreux et j'avais l'impression qu'ils réclamaient silencieusement mon aide. Si je parvenais à la rafraîchir un peu… Je plaisantais souvent sur le fait que j'étais une ado attardée, que je prenais rarement des décisions d'adulte. Je ne me pensais vraiment pas armée pour les situations qui exigent d'être fiable et responsable. Seulement voilà, il ne s'agissait pas de moi. Je ne songeai pas un instant à ce que je savais ou ne savais pas faire. Qu'importe si cette situation me poussait dans mes retranchements. Une seule et unique chose comptait à mes yeux : m'assurer que Hollyn tenait bon et épauler Hyde qui était à deux doigts de craquer. Inutile de perdre du temps à me sentir dépassée par les événements. Mon esprit devait se focaliser sur la meilleure façon de les aider, tous les deux. Je n'avais jamais été aussi concentrée, aussi calme de toute ma vie, et de loin.

Quelques instants plus tard, Hyde entra en coup de vent dans la pièce. Il récupéra Hollyn, me passa mon téléphone d'une main tremblante et me dit de le rejoindre dehors. J'eus tout juste le temps de me rhabiller avant qu'on fonce à l'hosto. Mon portable coincé contre mon oreille, j'essayai d'appeler ma tante. Non sans mal, j'enfilai également un pantalon de jogging de Hyde. Il fallait que j'enroule le bas des jambes, sans quoi je risquais de trébucher à chaque pas. Ça ferait l'affaire. Et puis je n'avais pas envie de perdre une seule seconde pour une broutille pareille. Le temps nous était compté.

Je fus légèrement surprise d'entendre ma tante décrocher, le plus naturellement du monde. Moi qui pensais la réveiller… D'un ton enjoué, elle me lança :

— Coucou, ma chérie !

Sans cacher mon étonnement, je demandai :

— Tante Shaw ? Je ne te réveille pas ?

— Non, je suis de garde, ce soir. Je sors à peine d'une opération, figure-toi. Une autre m'attend, je ne vais pas vraiment avoir le temps de discuter. Mais c'est rare que tu m'appelles directement, à une heure aussi tardive, surtout. Tout va bien ?

— Oh…

J'aurais dû me douter qu'elle n'était pas chez elle. Ses horaires de boulot pouvaient changer d'une semaine sur l'autre et elle ne chômait pas. Plus d'une fois, la famille avait dû fêter Noël ou Thanksgiving sans elle car on l'avait appelée en urgence. C'était ça, son quotidien de médecin. Le clan Archer ne s'en étonnait presque plus, mais qui songeait vraiment à tous les sacrifices que cela impliquait ? Tante Shaw avait dû se battre pour avoir une carrière aussi remplie.

— Oui, tout va bien. Enfin, moi, je vais bien.

Il valait mieux préciser avant qu'elle se mette à flipper et qu'elle appelle ma mère.

— C'est Hollyn qui a un gros souci. Elle n'arrêtait pas de pleurer, mais maintenant on dirait qu'elle ne peut plus respirer. Elle est brûlante aussi. Hyde l'emmène aux urgences. Je voulais simplement te demander ce qu'il faut faire en attendant qu'elle puisse voir un médecin.

Je sentis presque instantanément le changement d'attitude chez Shaw. Ce n'était plus ma tante mais la professionnelle de santé que j'avais au bout du fil.

D'un ton grave, elle me questionna :

— Elle a du mal à respirer ? Elle a beaucoup de fièvre ?

De ma main libre, je me donnai une claque sur le front. Je venais de glisser les pieds dans mes chaussures et de foncer vers la porte.

— On a oublié de lui prendre sa température. Elle n'a pas l'air d'aller bien. Si tu voyais le mal qu'elle a pour respirer…

— On arrive à la période de l'année où les cas d'infections respiratoires se multiplient chez les nourrissons. Ça peut être dangereux chez des bébés sans antécédents médicaux, mais chez une prématurée…

Ma tante laissa sa phrase en suspens. Sans doute pour éviter de trop s'avancer ou de me donner des informations susceptibles de me faire paniquer.

— Les poumons des bébés prématurés n'ont souvent pas eu le temps de se développer normalement, ils tombent facilement malades. Hollyn fait partie d'une catégorie à risque, mais je suis sûre que Hyde en est très conscient. Amenez-la ici le plus vite possible, Remy.

J'acquiesçai, même si elle ne pouvait pas me voir. Le temps de prendre un sweat pour Hyde, je sortis de la maison à toutes jambes. Il n'avait sans doute pas songé une seule seconde à lui, alors c'était à moi de le faire à sa place pour le moment.

— On arrive.

— Remy.

Je m'arrêtai net en l'entendant dire mon prénom d'un ton si sérieux.

— Je ne connais pas la gravité de l'état de Hollyn. Mais elle risque d'arrêter de respirer avant que vous soyez arrivés à l'hôpital. C'est une petite fille et elle est en danger. On t'a déjà expliqué comment pratiquer un massage cardiaque sur un nourrisson ? Avec un peu de chance, il ne sera pas nécessaire d'en arriver là, mais autant que vous soyez prêts à tout.

Une fois à la hauteur du 4x4, je m'immobilisai, la main sur la poignée de la portière. Je me sentais parfaitement inutile, tout d'un coup. Évidemment que non, je ne savais pas comment faire un massage cardiaque sur un nourrisson. Ou un massage cardiaque tout court, d'ailleurs. Comment pourrais-je aider Hollyn si je ne connaissais même pas les bases ?

Au lieu de monter dans l'imposant véhicule à côté de Hyde, je pris place sur la banquette arrière, juste à côté de Hollyn, qui était attachée au milieu. Elle gémissait doucement, sans cesser de pleurer. C'était un crève-cœur de la voir en larmes, mais elle ne pouvait même plus articuler un son pour les accompagner.

Hyde tourna la tête vers moi, le moindre trait de son beau visage trahissait sa peur.

Je désignai mon téléphone en disant :

— Tante Shaw dit qu'on doit se magner.

Il acquiesça et sortit en trombe de l'allée de la maison. L'ambiance qui régnait dans l'habitacle était étouffante. J'aurais voulu prendre Hyde et sa fille dans mes bras pour les protéger de ce qui se profilait à l'horizon. Mais tout ce que je pouvais faire, c'était laisser Hollyn s'accrocher à l'un de mes doigts. Pendant ce temps, ma tante m'expliquait comment la garder en vie si elle arrêtait de respirer.

Cette idée me terrifiait. Essayer de sauver les gens d'eux-mêmes, ça, je savais faire, comme avec Daire, ou Bowe quand elle était rongée par le doute, ou même avec mon frère qui souffrait de l'amour à sens unique qu'il éprouvait pour Aston. En revanche, si on me demandait de sauver une vie… C'était un vrai choc d'enfin comprendre ce que Zowen avait traversé quand il m'avait retrouvée entre la vie et la mort, des années plus tôt. Je remerciai ma tante pour son aide. Je la tiendrais au courant, promis. Comme elle était déjà à l'hôpital, je la verrais forcément une fois que Hollyn serait admise sur place. Elle risquait d'être très prise, mais elle trouverait toujours du temps pour la famille. Et elle tenait à cette petite fille qui n'avait pas eu la vie facile, depuis le début.

— J'ai appris la technique du massage cardiaque quand j'étais dans l'armée. Dans les grandes lignes.

Hyde avait une voix tellement grave… On aurait dit que sa gorge avait été passée au papier de verre.

— Espérons que je n'aie pas à la mettre en pratique ce soir.

— J'aurais dû prendre des cours de secourisme. Ça me fend le cœur d'être inutile dans une situation pareille.

Je me mis à chantonner une berceuse près de l'oreille de Hollyn tout en passant mes doigts dans ses cheveux bouclés. Elle faisait peine à voir, son visage était à la fois marbré de plaques rouges et d'un blanc alarmant. Elle était encore brûlante et on la sentait faiblir de minute en minute. La tête tout contre sa poitrine, je la voyais hoqueter et se battre pour faire entrer un peu d'air dans ses poumons.

— C'est injuste qu'une si petite fille doive subir tant d'épreuves. L'existence ne lui laisse pas un instant de répit, pourquoi ? Ça donne envie de l'emballer dans du papier bulle pour la protéger de tout ce qui pourrait lui arriver.

Avec un soupir, je me rendis compte, un peu tard, que j'avais sans doute intérêt à écrire un texto à Daire, pour qu'elle prévienne Campbell. Manifestement, il n'était pas là quand j'avais débarqué avec mon gâteau, mais ce type-là était discret comme une ombre, il allait et venait à sa guise en dehors de ses horaires de travail. Il semblait sincèrement tenir à Hollyn, il s'inquiéterait sûrement en trouvant la maison déserte à son retour. Les parents de Hyde méritaient eux aussi d'être au courant de la situation. Du coup, j'envoyai un message à mon père pour lui demander d'avertir Zeb et Sayer. Mais, si je mettais ma famille au courant, ils se pointeraient tous aux urgences, tôt ou tard…

S'il y avait bien un domaine dans lequel les Archer excellaient, c'était l'art de s'épauler en cas de coup dur. On serrait les rangs dès qu'un obstacle se présentait sur notre route. Tout le monde serait là pour me soutenir tandis que je ferais de mon mieux pour empêcher Hyde de perdre pied. Il ferait tout ce qui était en son pouvoir pour sauver sa fille. Pour la première fois dans ce tourbillon incessant qu'était notre relation, je me rendais compte que je pouvais voler à son secours. Tout comme il l'avait fait pour moi. Peut-être qu'il avait besoin de moi. On était à égalité, pour une fois.

Brusquement, Hollyn poussa un râle qui résonna dans l'habitacle. Horrible. La faible pression qu'elle exerçait sur mon doigt se détendit, plus aucun muscle de son visage ne bougeait. Oh non, non…

D'une voix étranglée, j'appelai Hyde. Le 4x4 fit une embardée. Pas très prudent, mais notre propre sort n'était pas notre priorité du moment.

— Elle ne respire plus !

La poitrine de Hollyn avait cessé de bouger, et on ne l'entendait plus hoqueter avec ce bruit affreux.

Hyde poussa une flopée de jurons, et le 4x4 se rabattit brusquement sur le bas-côté. Une peur glaciale descendit le long de ma colonne vertébrale. Vite, appeler les urgences… Je criai quasiment au moment de le faire, tout en ignorant si on était loin de l'hôpital ou non. Je devais avoir l'air dépassée, mais je fis de mon mieux pour répondre aux questions de la personne qui décrocha. Pendant ce temps, Hyde avait détaché le bébé de son siège et commençait à lui faire du bouche-à-bouche sans ménager ses efforts.

Même si Hyde semblait respecter les consignes que ma tante venait de me transmettre, cela ne donnait pas grand-chose. Le petit visage de Hollyn restait d'une pâleur effrayante et elle était anormalement calme. Tout le corps immense de Hyde tremblait. Des frissons agitaient ses larges épaules chaque fois qu'il essayait d'insuffler un peu d'air au bébé. C'était un spectacle déchirant. Inexorablement, ce sentiment latent d'impuissance se renforçait.

L'espoir, lui, faiblissait… Difficile de ne pas se laisser gagner par le découragement. Mais il fallait que je garde le cap pour aider Hyde du mieux possible.

La voix calme de l'opérateur des urgences résonnait près de mon oreille. Pas d'inquiétude, les secours étaient en route. Il me chargea de dire à Hyde de continuer le massage cardiaque. Ce que j'ai fait, mais je doute qu'il m'ait entendue. On aurait dit qu'il était en transe et ça me dévastait de songer qu'il connaissait bien cette sensation d'être à deux doigts de perdre son enfant. Ce n'était pas juste. Lui qui avait remué ciel et terre pour prendre soin d'une jeune fille paumée, qui s'était battu pour un bébé qui risquait de perdre la vie. Lui qui n'avait jamais eu qu'un souhait dans la vie : aider les autres. Lui qui avait dû traverser des épreuves plus difficiles les unes que les autres pour avancer au quotidien. C'était comme si le destin avait souhaité inverser les rôles. J'ai posé la main sur la tête de Hyde pour qu'il sache que cette fois il n'était pas tout seul pour affronter ce combat. Au même instant, le son strident des sirènes déchira l'air de la nuit et l'intérieur du 4x4 se retrouva éclairé comme en plein jour.

Les secours venaient d'arriver, mais c'était Hyde qui était en train de sauver la vie de Hollyn. Et qui y était arrivé. Car pile au moment où les ambulanciers se précipitaient vers l'arrière du véhicule, le bébé poussa un faible cri et agita sa petite menotte, comme pour nous faire coucou et nous assurer qu'elle était de retour parmi nous.

Hyde releva la tête. Son beau visage était sillonné de larmes. Nos regards se croisèrent, et je fus sidérée de le voir aussi perdu, aussi dévasté. Il n'y avait aucun soulagement dans son regard, aucun apaisement, même lorsque Hollyn émit un nouveau son douloureux et que les secours s'affairèrent autour de son corps minuscule.

Si j'avais croisé ces yeux quand il était passé me voir après ma tentative de mettre fin à mes jours, j'y aurais deviné de la culpabilité, de la honte et du remords. Ce regard-là était celui d'un homme qui se sentait responsable d'événements sur lesquels il n'avait aucune prise. Qui portait le poids sur monde sur ses épaules.

Ce regard-là était celui d'un homme qui n'était pas passé loin de perdre tout ce qu'il aimait et qui s'en voulait à mort de ne pas avoir été capable de protéger ce qui lui tenait le plus à cœur.

22

Hyde

Il neigeait.

Il faisait un froid à vous ronger les os. Chaque fois que j'expirais, un petit nuage s'évaporait devant mon visage. J'étais toujours en vie, semblait-il me rappeler ironiquement. Je ne savais même plus quel jour on était. Je ne me souvenais pas à quand remontait mon dernier repas ou ma dernière douche digne de ce nom. Mon cerveau était enveloppé dans la même buée, et mon cœur était aussi glacé que la neige hivernale et le givre qui craquait sous mes bottes tandis que je me dirigeais d'un air absent vers les marches d'une vieille église qui se dressait non loin du grand hôpital.

Le temps lui-même n'avait plus aucun sens, à ce moment-là. Mon existence ne se résumait qu'aux nouvelles que venaient me donner les spécialistes qui se démenaient pour sauver la vie de Hollyn. Elle avait à nouveau cessé de respirer sur le chemin de l'hôpital, et la fièvre était montée à plus de quarante quand elle avait été admise sur place. Tandis qu'une foule d'appareils se chargeaient de la garder en vie, elle se battait pour survivre. Et moi, j'étais planté là à regarder, impuissant. Malgré les phases de conscience qu'elle avait eues le premier jour, on l'avait placée sous assistance respiratoire. Les poumons des prématurés n'étaient pas suffisamment forts ou sains pour combattre le virus qui faisait des ravages au sein de leur système respiratoire.

Mais, au-delà de ce sentiment d'impuissance, c'est le poids de la culpabilité qui menaçait de me broyer.

Comment avais-je pu passer à côté du fait que Hollyn avait du mal à respirer ?

Comment avais-je pu ne pas remarquer qu'elle avait de la fièvre ou qu'elle allait si mal ?

C'était peut-être moi qui avais rapporté ce virus à la maison ou qui avais eu tort de laisser des gens s'approcher d'elle. Et cette saloperie l'avait infectée.

Tout ça pour dire que je n'avais pas pris suffisamment soin de ma fille. Et maintenant elle affrontait une fois encore un adversaire absolument impitoyable. Remy avait raison, c'était injuste qu'une petite fille doive traverser tant d'épreuves pour avoir le droit d'exister, tout simplement. J'avais l'impression d'avoir trahi ma fille.

Cette fois, Hollyn était entourée de gens qui l'aimaient et qui lui offraient leur force alors qu'elle-même en manquait. Mais ça n'y changeait rien. Ma peur et ma culpabilité me hantaient sans me laisser une seconde de répit. Je me sentais indigne d'être son père. La voilà, la vérité.

J'avais également l'impression de ne pas mériter le soutien que m'apportaient à nouveau celles et ceux qui ne m'avaient pas laissé m'écrouler la dernière fois que Hollyn avait affronté le pire. Mes parents m'épaulaient constamment. Mon oncle et ma tante veillaient à ce que tout le monde s'alimente et dorme un peu. Remy jouait les intermédiaires entre moi et le personnel médical. Dès qu'il semblait y avoir du nouveau, elle allait chercher

Shaw Archer pour qu'on m'explique dans les moindres détails les différents scénarios. Ce qui n'était pas évident maintenant que Hollyn avait quitté les urgences surchargées pour être transférée à l'hôpital pour enfants. Par ailleurs, Remy tenait ma main sans jamais la lâcher, même quand j'essayais de la retirer. J'aurais voulu me libérer et me noyer dans cette déprime qui m'accablait, mais elle m'en empêchait. Elle m'aidait à surnager et ne pas être d'une froideur glaciale avec les autres. Et pour ça, il lui suffisait de m'offrir sa chaleur, d'un simple geste. Je croyais que son énergie débordante serait ingérable dans une telle situation, qu'elle m'écraserait. Mais quand le silence se faisait autour de moi, quand la situation semblait absolument sans espoir et douloureuse à en crever, elle était comme une lueur dans les ténèbres. Mon inquiétude pour ma fille m'aveuglait, mais elle, je la voyais. Et comme je n'avais jamais eu aucun mal à la trouver quand tout allait de travers, je cherchais systématiquement Remy. Grâce à elle, j'évitais de sombrer.

Elle refusa catégoriquement de s'éloigner, quitte à se priver de manger, de dormir et de mener un semblant de vie normale. Mais son frère finit par débarquer et la contraignit à me lâcher, non sans mal. Il promit qu'elle reviendrait dès qu'elle aurait repris des forces. J'étais tellement concentré sur le sort de Hollyn que j'en oubliais de m'inquiéter pour Remy – et pour moi-même, en vérité. Dire que je lui avais fait le serment de la protéger si elle me laissait revenir dans sa vie… Je lui avais déjà fait faux bond.

Pourquoi voudrait-elle être avec un mec pareil ?

Je n'avais pas su tenir parole. Je lui avais demandé de s'adapter à ma vie et à celle de ma fille. Je l'avais forcée à éprouver des sentiments qu'elle avait enterrés au fond de son cœur depuis bien longtemps, tout ça parce que je ne supportais pas d'être un mauvais souvenir, rien de plus. Je l'avais incitée à m'aimer car j'avais trop de mal à m'aimer moi-même. Si j'avais été un peu moins égoïste, je l'aurais laissée partir sans attendre une seconde. Mais non. J'avais continué de l'appeler au secours quand le sort s'acharnait sur moi. Une fois Remy partie de l'hôpital, je me sentis englouti par les ténèbres. D'un coup, plus de lumière, plus d'amour. Mes émotions m'étouffaient et je me sentais inutile, tellement inutile ! Je dis à mes parents que j'avais besoin d'air. Eux aussi semblaient déboussolés et fatigués par ces longues journées à mes côtés. Je sortis du service de soins intensifs de l'hôpital pour enfants, sans remarquer les visages familiers que je croisais en cours de route.

Je me mis à marcher sans but, jusqu'à tomber sur la petite église. L'hôpital pour enfants se dressait dans la banlieue de Denver, juste à la sortie de la ville, sur l'autoroute pour Aurora. L'église n'était pas l'un de ces imposants édifices en pierre décorés de vitraux travaillés et flanqués de grands clochers. Celle-ci était petite, toute blanche et se fondait facilement dans le reste du quartier plutôt huppé. Pourquoi mes pas m'avaient-ils conduit jusqu'ici ? Par espoir d'y trouver une solution, peut-être ? Quoi qu'il en soit, quelque chose me poussa à entrer.

Sans avoir la poisse, je n'avais pas de chance, ces derniers temps. La preuve : les portes étaient fermées. Je restai donc planté là, seul dans le froid, les yeux levés vers l'édifice, comme s'il m'avait trahi. Je ne sus pas ce qui me retenait de défoncer la porte à coups de pied. Je n'étais pas très porté sur la religion, de toute façon. Mais si le peu de foi qui me restait pouvait m'aider…

Soudain, une main s'abattit brusquement sur mon épaule. Je poussai un juron sonore et fis volte-face. Heureusement que je n'étais pas à l'intérieur de l'église… Le cœur battant à mille à l'heure, j'attrapai le lourd manteau que la mère de Remy me tendait.

— C'est celui de mon mari. Il sera sans doute trop grand pour toi, mais tu devrais te couvrir avec ce froid de canard…

Elle haussa ses pâles sourcils tandis que son regard glissait sur mes cheveux coupés ras et mes mains nues. Elle secoua la tête et claqua la langue.

— Dès que l'hiver pointe le bout de son nez, on est toujours obligé de répéter aux enfants de mettre un bonnet et des gants, j'ai l'impression.

Elle jeta un coup d'œil aux portes closes de l'église, puis me déclara :

— Si tu comptes rester un long moment là-dehors, je vais chercher de quoi te tenir chaud. Ça n'aidera pas ta petite fille si tu attrapes la crève et qu'on t'interdit d'entrer dans sa chambre.

Je laissai échapper un petit nuage de buée qui remplit l'espace entre nous. Le visage de Cora devint légèrement flou. La mère et la fille se ressemblaient vraiment de manière étonnante. Et, même quand Cora Archer prenait un air farouchement protecteur, on aurait dit une version adulte de la fée Clochette. Elles étaient aussi adorables l'une que l'autre, même gagnées par l'inquiétude et l'angoisse.

Cora se faisait du souci pour moi, on le lisait dans ses yeux à la couleur si particulière. Ça me toucha, un vrai coup de poing en plein dans le ventre.

Je laissai échapper un autre soupir et levai la tête vers le ciel.

— J'avais besoin d'air, c'est tout.

Le temps d'enfiler ce manteau trop large, je plongeai les mains dans les poches. Il était encore chaud, on aurait dit que Cora venait tout juste de l'emprunter à son mari pour me l'apporter.

— Je m'éclaircis les idées et je reviens.

Avec un hochement de tête, Cora se frotta les mains. Son regard se posa à nouveau sur la petite église puis revint sur moi.

— Chez les Archer, on n'est pas spécialement croyant. Mais on a la foi. On a foi les uns dans les autres. On a foi dans le fait que les choses ne se produisent pas sans raison. Dans le fait que chacun trouvera un moyen d'aller là où il est censé aller. Dans le fait que tout s'arrangera même quand c'est très mal embarqué.

Ce fut à son tour de laisser échapper un petit nuage de buée qui embruma l'espace entre nous.

— J'ai connu ce que tu traverses en ce moment, Hyde. J'ai vu mon mari passer à un cheveu de la mort la nuit où il s'est fait tirer dessus. Et j'ai vu ma fille se battre pour échapper au pire. Je me suis sentie désemparée, je me suis posée mille questions. Si j'avais fait certaines choses autrement, est-ce que j'aurais pu éviter de voir souffrir les gens que j'aime ? J'avais le sentiment que c'était ma faute. Que j'étais indigne de leur amour parce que j'avais été incapable de les protéger. Au fil du temps, je me suis rendu compte que je n'aurais jamais pu stopper cette balle de revolver qui a failli tuer Rome. Et dans le cas de Remy, je n'avais qu'une seule chose à faire : l'aider à se soigner, car sa maladie sera toujours là. Il t'arrive exactement la même chose, Hyde. Tu feras toujours de ton mieux pour que ta fille reste en bonne santé, mais elle courra toujours un risque. Il y a des dangers dont tu ne pourras pas la sauver. Elle est si jeune et tant d'épreuves vous attendent, tous les deux. Tu ne peux pas te mettre dans un état pareil au moindre problème. Elle a besoin que tu sois à fond derrière elle, pas que tu sois en miettes.

Elle m'adressa un sourire en coin.

— Je l'ai appris à mes dépens.

Ce n'était pas notre première conversation sérieuse. Mais celle-ci était bien différence. À l'époque, Cora semblait redouter, comme moi, que je sois la cause du problème, que je n'avais fait qu'aggraver les choses. Et voilà qu'elle me conseillait de me ressaisir et d'être présent à 100 %, pour le meilleur et pour le pire. La seule solution, c'était d'être là pour Hollyn tandis qu'elle se battait pour sa survie. Et, même si je n'avais pas le pouvoir de l'arracher au danger, rien ne m'empêchait de me planter devant elle et de faire rempart de mon corps, dans la mesure du possible. Ça, oui, j'en étais capable. J'avais les épaules assez larges, après tout.

— Je me dis que j'aurais dû faire plus, c'est tout.

Je laissai échapper un soupir et baissai la tête. Ce n'était plus le ciel, mais le sol que je regardais. À cause de ce temps pourri, l'un et l'autre étaient du même gris sombre.

— Je comprends enfin pourquoi tu m'as demandé de partir, il y a des années. J'ai envie d'effacer de la vie de Hollyn tout ce qui risquerait de lui faire du mal, dont moi. Si sa mère était encore en vie…

Je secouai la tête, sans aller au bout de ma phrase. Impossible de dire les mots. C'était bien la preuve que je refusais catégoriquement de confier le sort de mon bébé à quelqu'un d'autre sans me battre.

— Peut-être qu'elle aurait été plus heureuse et en meilleure santé. Est-ce que je suis à la hauteur ? Franchement, on a du mal à ne pas se poser la question.

Aussitôt, Cora vint se planter devant moi. Elle leva ses petites mains vers mon visage et les referma autour de mes joues froides. Vu sa taille, il fallut qu'elle se hisse sur la pointe des pieds. Impossible d'échapper à ce regard à la couleur si particulière…

— Évidemment que tu es à la hauteur, Hyde. Même quand tu es rongé par le doute, même quand tu culpabilises, tu es à la hauteur. Elle a simplement besoin de toi, c'est tout. Elle a simplement besoin que tu l'aimes. Même quand tu as l'impression de ne pas suffire à son bonheur, elle ne pourra jamais faire la différence. Elle a de la chance d'être entourée de tant de gens qui ont hâte de lui montrer à quel point elle est unique. Elle ne se posera jamais de questions sur la place qu'elle occupe dans ta vie, sur le rôle vital qu'elle joue dans ton bonheur. Je sais, dans ton cas, c'est différent car tu as des souvenirs de ta mère et de ses choix qui t'ont fait du mal. Mais Hollyn ne connaîtra que toi et l'amour que tu lui portes. Ne lâche rien, pour elle, pour toi.

Tandis que je hochais la tête, des larmes brûlantes pressaient derrière mes paupières fermées. Tout cela était parfaitement sensé, mais je peinais à me convaincre que je pourrais offrir à Hollyn tout ce dont elle avait besoin. Sans lâcher mon visage, Cora baissa la voix et me demanda d'un ton solennel :

— Tu veux que je t'explique ce qui me rend si sûre que Hollyn sera toujours comblée par ton amour ?

Je reniflai en serrant fort mes paupières pour refouler ces larmes aux coins de mes yeux. Ma gorge était en feu, et j'avais comme un grand vide qui se creusait au fond de ma poitrine.

— Oui, explique-moi.

Elle tapota mes joues glacées puis me força à relever la tête, pour que je cesse de regarder le bout de mes pieds.

— Parce que c'était la même chose pour Remy. Elle n'a jamais eu besoin de mieux pour se sentir comblée. Si tu veux mon avis, on ne mesure pas le nombre de fois où tu l'as sauvée quand elle était plus jeune. Mais je l'aurais sûrement perdue si elle ne t'avait pas eu dans sa vie. Il y a beaucoup de choses que je regrette dans mon passé, mais la pire de toutes, c'est de t'avoir donné l'impression que tu lui faisais du mal alors que tu l'aidais à s'accrocher à la vie. Si c'est à cause de moi que tu doutes de toi maintenant, je t'en supplie, arrête. Je te promets que Hollyn ne peut pas rêver mieux que toi pour la défendre. Tu dois t'aimer toi-même autant que tu as toujours aimé ma fille.

Lentement, je laissai échapper un long soupir tandis que les mots de Cora se frayaient un chemin jusque dans certains recoins de mon âme que j'avais longtemps crus vides et incertains.

— J'ai toujours aimé Remy à ma façon. C'est elle qui m'a aidé à tenir, même au temps de notre séparation. Elle a toujours vu le meilleur en moi quand j'en étais incapable.

— Et tu l'as toujours vue telle qu'elle est vraiment. Le regard que tu portes sur elle n'a jamais changé, même quand on a découvert pourquoi elle peut représenter un véritable danger pour elle-même. Rien n'est plus important que cette lucidité-là quand on compte partager la vie de quelqu'un qui composera toujours avec la maladie. Si tu es capable de faire la différence entre *qui elle est* et *ce qu'elle est*, à savoir une personne souffrant de troubles de la personnalité, vous mettrez toutes les chances de votre côté pour que ça marche entre vous. Personne ne la connaît mieux que toi, Hyde. Et c'est moi qui te le dis. Je donnerais n'importe quoi pour avoir votre proximité. Tu as toujours eu une place à part. Alors sache que personne ne sera jamais capable de l'aimer mieux que toi. J'espère que tu ne l'oublieras pas.

J'acquiesçai d'un bref signe de tête. Un frisson me saisit malgré l'épais manteau que je portais. Maintenant que l'intérieur de mon être avait commencé à se réchauffer, l'extérieur ressentait la morsure du froid. Le nez de Cora était tout rouge et ses cheveux étaient constellés de flocons de neige. Désormais, on aurait dit la Fée Dragée dans *Casse-Noisette.*

— Ça caille. Dépêchons-nous de nous mettre au chaud. Ça me touche que vous soyez tous venus nous soutenir. Savoir que je pourrais perdre Hollyn d'une minute à l'autre me fait toujours autant flipper, mais je ne me sens plus aussi seul et désemparé qu'à sa naissance. Si je m'effondre, quelqu'un sera là pour me remettre en selle.

Cora hocha la tête et me suivit en direction de l'hôpital.

— C'est ça, une vraie famille. Quand l'un de nous tombe, il y aura toujours plus d'une main pour nous aider à nous relever. J'ai beau être minuscule, et Remy aussi, on a souvent aidé de grands gaillards à se redresser. Et on ne lâchera jamais quelqu'un qu'on a choisi de soutenir. Tu auras beau essayer, ne va pas t'imaginer que tu pourras te débarrasser de nous.

Pour m'en donner la preuve, elle attrapa mes doigts gelés qu'elle serra entre les siens. C'était bizarre de tenir une main qui n'était ni celle de ma mère, ni celle de Remy, mais pas désagréable non plus. Ma mère biologique m'avait peut-être lâché, mais tant d'autres personnes avaient été là pour me rattraper au vol et m'empêcher de tomber. J'avais été bête de ne pas m'en apercevoir…

Il y aurait toujours une main tendue vers moi quand j'en aurais besoin.

De retour à l'hôpital, je remarquai que mes parents se tenaient devant l'entrée de la chambre de Hollyn. Ils étaient en pleine discussion avec le père de Remy et l'infirmière qui s'était occupée de la petite pendant la journée. Pour la première fois depuis des jours, ils avaient l'air optimiste, comme si on entrevoyait enfin la lumière au bout du tunnel. Dès que je me mis à leur hauteur, mon père posa sa grosse paluche sur ma nuque pour m'attirer vers lui.

— Le taux d'oxygène de Hollyn commence à remonter et sa pression sanguine est en voie de stabilisation. La température sera bientôt revenue à la normale. Très positif, tout ça. Si elle continue dans cette voie, les médecins pensent qu'elle sera capable de respirer toute seule dès demain matin, avec un apport en oxygène limité.

L'infirmière avait l'air de se réjouir de ces progrès, ses yeux reflétaient la gentillesse et l'empathie avec lesquelles elle annonçait ces nouvelles rassurantes à une famille dans l'attente.

Tout d'un coup, mes genoux se transformèrent en guimauve, et je me serais sans doute écroulé par terre si mon père ne m'avait pas retenu. Une main puissante s'abattit sur mon épaule et la serra d'un geste sécurisant. Je n'eus même pas besoin de me tourner pour savoir que c'était Rome Archer. Je sus aussi que ma mère et Cora pleuraient des larmes de joie, même si je ne les voyais pas faire. Avant de nous laisser pour se rendre auprès d'un autre jeune malade, l'infirmière nous dit que Hollyn était réveillée et qu'elle semblait recouvrer un peu d'énergie.

Nous n'étions pas encore arrivés à bon port, mais nous pouvions voir la terre ferme se dessiner à l'horizon.

— Remy est revenue ?

Ça me faisait un drôle d'effet de pousser ce ouf de soulagement alors que tout le monde était là sauf elle.

Lorsque je me libérai de l'étreinte protectrice de mon père, je vis Rome secouer la tête et échanger un regard entendu avec sa femme.

— Zowen la surveille. Elle était intenable. Elle reviendra dès qu'elle sera remise de ses émotions. Tout ce stress peut facilement la faire vriller.

Voilà qui me rappelait une chose importante, l'air de rien. Remy était certes l'une des personnes les plus fortes que j'avais jamais rencontrées, mais elle était aussi profondément fragile. Elle avait dû fournir un effort incommensurable pour être à mes côtés quand j'en avais vraiment besoin.

Derrière sa détermination, on voyait tout l'amour qu'elle me portait.

Et, derrière ma patience, on voyait tout l'amour que je lui portais.

Le temps venu, je devrais absolument dire à Remy l'étendue de l'affection et de la reconnaissance que j'éprouvais pour elle, indépendamment de ce qui arriverait à Hollyn. Je suffirais au bonheur de ma fille, Cora avait eu raison d'insister sur ce point. Mais si j'acceptais de le croire, c'était uniquement parce que, grâce à Remy, je me sentais entier. J'étais pleinement moi-même quand j'étais avec elle. Plus rien n'empêchait mon cœur de battre normalement, enfin.

Non sans mal, je parvins à me ressaisir et jetai un coup d'œil vers cette chambre où Hollyn montrait, une fois de plus, qu'elle était une battante. Ma petite fille refusait de baisser les bras ? Dans ce cas, il fallait que je cesse de me sentir abattu dès qu'un obstacle se dressait sur notre route.

— Je retourne auprès d'elle.

Le temps de prendre une grande inspiration, je sentis ma détermination grandir. Elle était même inébranlable.

— Je ne veux plus qu'elle ait à se battre toute seule.

Je croisai le regard de mon père, qui semblait l'exact reflet du mien. Et je n'hésitai pas une seconde à le croire quand il me dit :

— Ça ne lui arrivera jamais, fiston.

23

Remy

Je devrais passer chez Hyde, histoire de faire place nette en prévision de leur retour de l'hôpital.

Je me donnai une tape sur le front, le poing fermé.

Je devrais l'appeler. S'il a besoin que je lui apporte des trucs à l'hôpital…

Je fermai les yeux et essayai de freiner les pensées qui tourbillonnaient dans mon esprit.

Je devrais…

Je ne pus aller au bout de ma phrase. Manifestement, il y avait des tas de choses que j'aurais dû faire, mais je ne savais pas par où commencer et comment mobiliser efficacement mon énergie. J'étais comme une toupie qui ne faisait que tourner, encore et encore.

Mon frère m'attrapa par le bras, ce qui m'empêcha de me donner des coups et m'incita à le reposer sur la table en bois autour de laquelle nous étions assis. Il appuya légèrement dessus pour le maintenir et me dit :

— Arrête ça. Arrête ça, Remy, vraiment.

Le regard intense de Zowen plongea au fond du mien et sa

bouche devint une ligne sévère. Lorsqu'il me fixait avec cet air-là, il avait des allures de grand frère qui essayait de canaliser sa cadette.

— Commence d'abord par te reposer. Tu ne pourras pas prendre soin de Hyde et de Hollyn avoir d'avoir pris soin de toi.

Je laissai échapper un soupir agacé qui fit danser mes boucles devant mon front.

— Il y a tant à faire, et moi, je ne l'aide pas assez. Je voudrais faire davantage pour lui.

Je voulais *être* davantage pour lui. Sauf que mon expérience dans ce domaine était assez limitée. Toute ma vie, j'avais eu tendance à me reposer sur les autres. Et les rares fois où j'avais apporté mon soutien à quelqu'un, c'était toujours dans des domaines que je maîtrisais, où je me sentais à l'aise. C'était tout nouveau pour moi d'être un pilier. Ça demande beaucoup d'efforts pour ne pas flancher quand quelqu'un qu'on aime est au plus mal.

— Tu en fais déjà assez. Tu es restée auprès de Hyde du matin ou soir. Tu as veillé à ce qu'il s'alimente et à ce qu'il se repose, autant que possible. Tu as veillé à ce que la présence des uns et des autres ne lui pèse pas trop. Tu as pris le relais quand il ne se sentait pas la force de raconter toute l'histoire une fois de plus. Tu as été obligée de revivre je ne sais combien de fois le traumatisme de cette petite fille quand tu as informé les parents de Hyde et tous ceux qui n'étaient au courant de rien. Si tu t'obstines à t'épuiser comme ça, si tu continues de faire passer ton propre bien-être après tout le reste, ça risque de mal finir. Je me fiche d'avoir à te ramasser à la petite cuillère, mais Hyde a déjà assez de soucis en ce moment, pas la peine de lui en rajouter. Lorsqu'il arrivera à voir les signaux de danger, il sera sans doute trop tard. Du coup, je vais m'assurer que tu avales quelque chose et que tu dormes un peu. Je vais te forcer à mettre ton cerveau sur pause et rester assis là à te tenir la main tant que tu n'auras pas laissé tes émotions sortir.

Voir mon frère mettre le doigt sur le problème me donna des frissons. Il avait deviné ce qui me faisait le plus peur depuis que j'avais retrouvé Hyde : devenir un fardeau pour lui. J'espérais qu'on pourrait trouver une forme d'équilibre dans notre relation. En un sens, nos forces et nos faiblesses se compensaient. Mais il y avait toujours une angoisse latente. Car, si jamais je retombais dans mes travers, Hyde n'aurait pas d'autre choix que de prendre soin de moi, exactement comme quand on était gosses. J'arrivais à garder le cap, tant bien que mal, mais mon frère avait raison : j'étais au bord de la rupture.

— Au bout d'un moment, je vais devoir apprendre à me préserver. Tu ne seras pas toujours là pour le faire, Zowen.

Et je ne voulais pas que Hyde prenne ce poids sur ses épaules, lui non plus. À mon avis, il valait mieux que je me défende toute seule. Mais voir Hollyn tomber malade avait été le premier test grandeur nature. Et est-ce que je n'étais pas en train de le louper ? Mentalement, je m'aventurais sur un terrain risqué et je ne m'étais même pas rendu compte que je jouais avec le feu.

Mon frère secoua la tête et serra ma main.

— Tu te trompes. Je serai *toujours* là en cas de besoin. Et même le reste du temps, je serai ton plan B.

Une boule d'émotion serra ma gorge, et je ne pus retenir les larmes qui s'écoulaient de mes yeux. Je sentis leur chaleur tandis qu'elles sillonnaient mes joues, mais le poids qui semblait écraser ma poitrine parut relâcher légèrement son étreinte.

— Je serai ton plan B, moi aussi. Tu as toujours été le plus mature de nous deux. Et j'ai toujours eu davantage besoin de toi que l'inverse, mais je te fais une promesse, Zowen : je serai toujours là pour toi, moi aussi.

Je pleurai pour de bon, désormais. Mes épaules étaient agitées de sanglots silencieux tandis que nous nous regardions, sans avoir besoin de mots pour nous comprendre.

La grande main de Zowen se resserra encore davantage autour de la mienne. Il faudrait se lever de bonne heure pour l'obliger à me lâcher…

— N'exagère pas, Remy. J'ai toujours eu autant besoin de toi que tu as eu besoin de moi. Avec toi, la vie est plus intéressante, plus marrante. Tu me donnes le sourire et tu m'as toujours protégé. Chaque fois que mon amour pour Aston risquait de me faire sombrer, tu débarquais, pleine de lumière et d'amour, et tu veillais à ce que je me raccroche aux branches. Tu es la seule personne à qui j'aie jamais confié mes secrets, la seule qui arrive à me faire rire alors que j'ai envie de chialer. Je ne serais pas qui je suis sans toi. J'aurais eu une enfance chiante comme la pluie si tu n'en avais fait partie. Tout ce qui m'intéressait, c'était de jouer à la console et au foot. Tu m'as obligé à sortir de la maison et tu t'es arrangée pour que chaque jour soit une aventure. Tu as toujours été ma meilleure amie.

Mon frère posa la main sur ma tête, que j'avais couchée sur mon bras. Je pleurais tellement que j'avais du mal à reprendre mon souffle. Voir tous ces grands gaillards taiseux qui peuplaient ma vie prendre subitement la parole me faisait littéralement fondre. Ça faisait tellement chaud au cœur.

— Tu es mon meilleur ami, toi aussi.

Je prononçai ces quelques mots dans un murmure tandis que mes émotions continuaient de s'exprimer, on ne les retenait plus. Je n'arrêtais pas de pleurer, de renifler. C'était une vraie libération de tout laisser sortir. Lentement, le chaos qui régnait dans ma tête commença à s'apaiser.

Je dus tellement pleurer que je m'endormis. Lorsque je rouvris les yeux, le soleil se couchait derrière les montagnes, ça alors ! J'étais sur mon lit. Mes yeux étaient bouffis d'avoir versé toutes ces larmes et j'avais légèrement mal au crâne. J'aurais pu me lancer dans une analyse plus poussée de mon état, mais… il fallait que je mette la main sur mon portable, vite. Il n'était pas en charge et je ne l'avais pas entendu sonner depuis que Zowen m'avait traînée jusque chez moi. En quittant l'hôpital, j'avais promis à Hyde qu'il pourrait me joindre à tout moment. Et je venais peut-être de revenir sur ma parole, j'étais à deux doigts d'avoir une crise de panique.

J'aurais pu hurler pour évacuer ma frustration et m'arracher les cheveux. Non mais vraiment, quelle débile ! Au même instant, je me rendis compte que mon frère était toujours dans la maison. Manifestement, il avait profité de ma longue sieste pour faire le ménage dans mon appart. Il avait même eu le temps de sortir faire des courses, histoire de remplir un peu mon garde-manger. Il y avait des fruits frais sur le comptoir et deux sacs de repas à emporter sur la table. Zowen était posé sur le canapé, un ordi portable sur les jambes. Mon téléphone était sur la table basse en verre à côté du sien. Il avait dû monter la garde et jouer les baby-sitters pendant tout l'aprèm.

Il tourna la tête vers moi en m'entendant m'extirper du lit. J'écartai mes cheveux en bataille de mon visage et pointai du doigt le téléphone.

— Hyde a appelé ?

Ma voix avait beau être rauque et pâteuse, mon angoisse était palpable.

Zowen hocha la tête sans détourner le regard de l'écran de son ordi.

— Oui. Hollyn s'en sort, doucement mais sûrement. Elle n'a presque plus besoin d'assistance respiratoire. Je lui ai proposé de te réveiller, pour qu'il te donne les dernières nouvelles lui-même, mais il m'a dit de te laisser dormir. Il m'a même donné l'ordre de t'alimenter. Il appellera plus tard. Apparemment, tous les grands-parents étaient à l'hôpital avec lui.

Les sourcils froncés, je récupérai mon portable pour prévenir Hyde que j'étais réveillée. S'il avait besoin que je lui apporte un truc…

— Tous les grands-parents ? Zeb et Sayer, tu veux dire ? Hyde a bien dit que les parents de son ex ne s'intéressaient pas à Hollyn, non ?

Zowen renifla et referma son ordinateur.

— Maman et papa sont sur place eux aussi. Si tu es avec Hyde, ça veut dire que Hollyn est leur première petite-fille. Tu connais maman. Ça va la mettre dans tous ses états.

Mon sang se glaça dans mes veines et ma mâchoire manqua de se décrocher. Il me fallut une bonne minute pour trouver les mots. Et quand j'y parvins, ce fut d'une voix étranglée que je déclarai :

— Ça va trop vite. On ne sort pas ensemble depuis longtemps, Hyde et moi.

Je commençais juste à envisager le fait que le père et la fille faisaient partie de ma vie. Et ma mère en était déjà à l'étape suivante ?

— Elle abuse, sérieux…

Zowen haussa les épaules.

— Si tu veux mon avis, elle comptait sur le fait que tu finirais avec Hyde, depuis que vous êtes gosses. Elle est prête à devenir grand-mère depuis son retour. C'est sans doute sa façon à elle de montrer à Hyde qu'elle s'en veut de l'attitude qu'elle a eue, dans le passé. Elle va les accueillir comme il se doit dans la famille Archer, lui et la petite. Quand maman déconne, elle ne fait pas semblant. Mais quand elle veut se racheter et réparer ses erreurs, elle ne ménage pas ses efforts.

Tout en me lançant un coup d'œil entendu, il se releva puis m'indiqua les repas à emporter sur la table et me dit :

— J'ai pris pas mal de bouffe, tu pourras en apporter à Hyde. Je doute que tu arriveras à passer toute la soirée à la maison. Offre-toi une bonne douche. Prends tes médocs. Essaye aussi de voir ta psy, dès que possible. Si tu as besoin de quelque chose, n'importe quoi, appelle-moi.

Zowen vint à ma hauteur et passa son bras autour de ma nuque pour me faire un câlin, tellement fort que je faillis étouffer. Il déposa un baiser sur ma tête. Puis m'ordonna d'un ton inflexible :

— Prends-soin de toi, Remy. Il faut que ce soit ta priorité numéro un, toujours.

Si quelqu'un avait surpris son petit discours, on l'aurait trouvé froid et détaché. Mais je n'oubliais pas que c'était lui qui m'avait découverte la dernière fois que j'avais été incapable de faire de ma santé et de mon bien-être mon objectif principal. Et il l'avait très mal vécu… Zowen refusait que ce fameux jour se reproduise. Moi aussi, d'ailleurs.

Je l'attrapai par la taille et je lui fis un serment.

— Promis. Il faut que j'apprenne comment prendre soin des

autres et de moi-même, en même temps. Ça va me demander de l'entraînement.

Zowen renifla à nouveau et relâcha son étreinte.

— Ça vaut pour tout le monde. Pas uniquement pour toi. On se tient au jus.

Après le départ de mon frère, je m'obligeai à suivre ses instructions à la lettre au lieu de foncer à l'hôpital. Je m'offris une douche, avalai mes médicaments, laissai un message à ma thérapeute pour prendre rendez-vous avec elle et parler de cette foule de changements inattendus dans ma vie. Je mangeai un morceau, appelai mes parents pour avoir la certitude qu'ils avaient quitté l'hosto. Ça m'ennuyait que Hyde ait aussi la famille Archer à gérer s'ils étaient encore sur place. Mais, puisque mes parents étaient déjà rentrés pour dîner, je quittai mon loft sans oublier d'emporter le restant de bouffe achetée par mon frère.

L'hôpital était assez calme, vu qu'il commençait à se faire tard. Il y avait toujours des médecins et des infirmières à droite, à gauche, et on voyait encore une foule de parents inquiets à chaque étage. Mais on était loin de l'agitation incessante des urgences et la tension du moment où Hollyn venait d'être admise.

Je croisai la tante et l'oncle de Hyde alors que je me rendais à la chambre de Hollyn. Campbell était avec eux. D'un air gêné, je les saluai en essayant de ne pas devenir minuscule sous le regard inquisiteur du fameux oncle Benny. Le vieil homme avait toujours été gentil avec moi les fois où nos chemins s'étaient croisés, mais cette fois je sentais qu'on me jugeait, qu'on évaluait l'épouse et la mère que je pouvais être. Derrière ce regard intense, il y avait beaucoup de choses, mais je dus passer le test avec succès car un moment plus tard il me gratifia d'un sourire en coin et me dit :

— Tâche de le faire manger. C'est une vraie pile électrique, il n'écoute personne. Enfin, pas complètement. Ta mère a l'air de lui avoir fait entendre raison, tout à l'heure. J'espère que tu y arriveras toi aussi.

Il me fit un clin d'œil tout en cherchant la main de sa femme.

— Petite taille mais immense volonté. Personnellement, j'adore.

Je murmurai un merci. Car c'était un compliment, non ? Je fus quasi sûre qu'il se mit à ricaner dans sa barbe en repartant.

Après avoir chassé ce drôle d'échange de mon esprit, je poussai la porte de la chambre de Hollyn. Tout était plongé dans la pénombre. La petite avait l'air minuscule dans son lit pédiatrique. Elle avait encore des tuyaux et des câbles partout, et les machines qui la cernaient émettaient tout un tas de bruits à intervalles réguliers. Hyde était assis à côté du lit, une main glissée entre les barreaux. De l'autre, il tenait son téléphone pour lui faire la lecture.

Je me dis qu'il lui lisait un conte ou un bel album. Perdu ! C'était *Sa Majesté des mouches*. J'eus un rire nerveux. Alors celle-là, c'était la meilleure. Je déposai les plats à emporter sur la petite table placée à côté de la seule fenêtre de la chambre.

— Pourquoi tu lui lis un truc pareil ?

Hyde leva les yeux de l'écran de son portable et les posa sur son enfant qui dormait.

— Car elle n'a pas voulu me regarder quand je lui lisais des histoires pour enfants. Mais bien évidemment, ce qui a capté son attention, c'est un bouquin où les personnages tentent de survivre, coûte que coûte et par tous les moyens nécessaires.

Je me plaçai à côté de Hyde, et son corps massif parut légèrement se détendre quand je me penchai sur lui. Le bras passé autour de ma taille, il cala la tête contre mon ventre en poussant un profond soupir. Je fis courir mes doigts dans ses cheveux courts et le long de sa nuque. Je le sentis se lover contre moi, m'appliquant à garder l'équilibre parce que ce n'était pas un poids plume !

— Elle va mieux. Chaque fois que les infirmières passent la voir, elles me disent qu'elle fait des progrès. Et le médecin qui s'occupe d'elle semble optimiste. J'essaye de me réjouir, mais je ne me sentirai vraiment soulagé qu'au moment où on lui retirera ce ventilateur.

La tête de Hyde serrée contre moi, je m'accrochai à lui de toutes mes forces.

— Il ne faut pas négliger les petites victoires. C'est d'elles que naissent les grands triomphes.

Il acquiesça, son front collé contre mon ventre. Je sentais l'effort immense qu'il fournissait pour rester calme, sans sombrer dans le désarroi.

— Mange un peu. Je sais, tout le monde a dû te dire de prendre soin de toi et ça te gonfle. C'était pareil pour moi quand on m'a dit d'être prudente. Je ne sais pas vraiment ce que je peux faire pour toi ou ce que tu attends de moi, mais je crois que je vais simplement imiter les gens qui tiennent à moi. Donc, mange un peu. Tu as besoin de te reposer.

Un sourcil haussé, je caressai sa nuque.

— Et ce ne serait pas une mauvaise idée que tu te trouves un professionnel à qui parler, de temps en temps. Tu as dû faire le deuil de beaucoup de choses dans ta vie, Hyde. Et on finit toujours par le payer, même quand on a de la ressource.

Hyde attrapa ma main libre. Il mêla ses doigts aux miens et leva la tête vers moi.

— Plutôt que de ressasser tout ce que j'ai perdu, je préfère penser à tout ce que j'ai gagné.

Il me gratifia d'un pâle sourire et m'attira contre lui.

— Je vais manger. Me reposer. Et contacter un spécialiste dès que les choses se seront calmées. J'oublie que je dois prendre soin de moi pour ne pas vous mettre en difficulté, Hollyn et toi. Ta mère m'a rappelé ça tout à l'heure, ça m'a quasiment fait l'effet d'une gifle.

Je ne pus m'empêcher de répondre d'un ton sarcastique :

— Oh ! ça ne m'étonne pas.

Ma mère avait l'habitude de dire aux gens leurs quatre vérités.

— Mon frère m'a dit qu'on apprend à prendre soin des autres en prenant soin de soi. À mon avis, tu devrais t'entraîner à le faire. Et moi aussi.

Hyde eut un petit rire et caressa mon poignet du bout de son pouce. Mon rythme cardiaque s'emballa aussitôt. Mais soudain il planta ses yeux verts dans les miens, l'air si sérieux. Et d'une voix à la fois calme et sincère, il me dit :

— Je veux que tu saches que je t'aime, Remy. Je t'ai aimé de dizaines de façons différentes, depuis le premier jour, mais en ce moment je t'aime d'une manière qui m'empêche d'imaginer notre avenir sans toi. Je veux apprendre à prendre soin de moi et de toi en même temps. Je veux regarder Hollyn grandir avec toi. Je veux l'entendre t'appeler maman et, chaque fois que je devrai m'absenter, je veux vous retrouver à la maison en rentrant. Je sais, je te demande beaucoup et c'est un poids que je te mets sur les épaules, mais il me manque toujours quelque chose si tu n'es pas là, je n'arrête pas de me le répéter. Mon amour ne te suffira peut-être pas, mais je te l'offre, sans réserve. Tu es la seule personne que j'aie jamais su comment aimer. À mes yeux, c'est aussi facile que de respirer, même quand ça me terrifie.

À l'époque où je courais après Hyde partout dans Denver,

pas un jour ne s'écoulait sans que je lui dise « Je t'aime ». Je le disais comme ça, sans réfléchir, même quand c'était sincère. Mais, depuis nos retrouvailles, je n'aurais jamais cru qu'il serait le premier de nous deux à avouer ses sentiments d'adulte. C'était le seul homme que je voulais entendre me parler d'amour. Et maintenant qu'il avait prononcé ces mots dont je rêvais, plus question qu'il puisse les retirer.

— Je t'aime depuis le premier jour, moi aussi. Je ne sais pas si l'amour que j'éprouvais à l'époque était différent de celui que j'éprouve en ce moment. Mais je suis sûre d'une chose : je peux l'exprimer plus facilement ces jours-ci. Et il me faudra plus d'une vie pour t'aimer. Car ça voudra dire construire une vie avec toi, t'aider à élever Hollyn, réussir à prendre soin l'un de l'autre, mais aussi de nous-mêmes. Je ne peux pas garantir que je serai là chaque fois que tu rentreras à la maison, parce que, parfois, j'oublierai, j'aurai la tête dans les nuages ou je serai à fond dans un projet. Ça ne voudra pas dire que je ne serai pas impatiente de te retrouver ou que tu ne m'auras pas manqué pendant ton absence. Non, ça voudra simplement dire que mon esprit aura besoin d'un tout petit moment pour changer de logiciel. Très certainement.

Et je ne m'en excuserai pas. Si Hyde savait comment m'aimer, il comprendrait que certains aspects de ma personnalité mettraient son amour à l'épreuve, ils testeraient ses limites.

— J'attendrai. Tu m'as attendu assez longtemps.

— Disons que c'était réciproque.

Je dis ces quelques mots tout bas, mais avec force et certitude aussi

Je baissai la tête jusqu'à ce que mon front vienne toucher le sien.

— On sera une famille.

Je n'avais jamais osé imaginer un tel projet d'avenir. Pas étonnant, je l'avais toujours cru hors de portée. Notamment parce que je croyais Hyde Fuller hors de portée.

Qui aurait osé penser que la seule fois où j'avais trouvé le courage nécessaire pour essayer de décrocher la lune, j'avais réussi à m'emparer de l'univers entier ?

Ce n'était pas comme si j'avais fait quoi que ce soit de spécial ou d'exceptionnel pour mériter un cadeau pareil. Mais j'avais survécu. Et j'avais pu mesurer la valeur de ma vie et mon amour. Pas question de les sacrifier, une fois de plus. Mais fort heureusement pour moi, je partageais l'une et l'autre avec la seule personne qui le méritait à mes yeux.

Hyde et moi étions destinés à mener une vie aussi merveilleuse que chaotique. Un vrai chef-d'œuvre plein de petites imperfections. J'avais hâte de découvrir les hauts et les bas, les jours avec et les jours sans, les instants magiques et les moments de chaos.

Mais par-dessous tout, j'avais hâte qu'on ramène *notre* petite fille à la maison.

Épilogue

Remy

Je m'écroulai sur Hyde tandis que les dernières vagues d'un orgasme dévastateur faisaient trembler tout mon corps jusqu'au bout de mes doigts et de mes orteils. Le bonnet de Père Noël que je portais était à moitié de travers, et nos peaux changeaient de couleur au gré des illuminations qui clignotaient dans le grand sapin qui occupait tout un coin du salon. La sueur qui couvrait le torse nu de Hyde prenait des reflets bleus et blancs, on aurait dit un être surnaturel. Et moi ? Pas sûr… Entre mon chapeau et l'éventail de couleurs qui se reflétaient dans mes cheveux clairs, je devais avoir l'air d'un personnage de dessin animé. Cela étant, le moment de passion torride et débridé que je venais de vivre non loin de la montagne de cadeaux que le Père Noël avait laissés pour Hollyn n'était pas destiné à un public familial, oh non. Je ne regarderais plus jamais de la même manière le tapis sur lequel la petite aimait gigoter.

Avec un petit ricanement, Hyde se mit à jouer avec le pompon duveteux qui surmontait mon bonnet. Une minute plus tôt, il avait rouspété parce que j'avais pour ainsi dire dévalisé tout un magasin de jouets pour le premier Noël de Hollyn. J'avais répondu que s'il m'aidait à tout emballer et à monter les quelques objets qui nécessitaient un peu de bricolage, je lui offrirais un cadeau dont il me dirait des nouvelles. D'accord, elle était encore toute petite et elle n'avait pas besoin de tout ça. C'est ce qu'il avait bougonné tout en enveloppant chaque paquet dans du joli papier cadeau coloré. Peut-être, mais je m'en fichais. C'était le premier Noël où j'avais un bébé à gâter, alors pas question de freiner mon caractère impulsif et mon goût de l'excès. C'était le premier Noël qu'on passait ensemble, et je ne me demandais pas dans quelle partie du monde Hyde avait été envoyé. Il était en sécurité. Hollyn avait déjoué tous les pronostics. Et nous faisions tout notre possible pour devenir une famille.

Je comptais lui préparer une fournée supplémentaire de biscuits de Noël pour le récompenser de tous ses efforts et de sa patience, mais j'aurais dû me douter qu'il aurait une autre idée en tête pour commémorer nos premières fêtes de fin d'année ensemble. Nous avions fait une croix sur Thanksgiving car on l'avait appelé sur un tunnel qui s'était partiellement écroulé dans un col de montagne dont je n'avais jamais entendu parler. J'avais amené Hollyn chez mes parents qui avaient invité ceux de Hyde, ainsi que sa tante et son oncle. Comme ça, la petite avait pu être entourée de sa famille et de ses amis. Tandis que je tâchais de m'intégrer dans le quotidien de Hyde et Hollyn, ma mère s'était chargée de réunir toute la famille élargie. Elle avait même suggéré à Hyde de contacter les grands-parents biologiques de Hollyn, histoire d'enterrer la hache de guerre. Il avait décliné, mais je connaissais assez bien ma mère pour savoir qu'elle ne renoncerait pas au premier refus. Et, si quelqu'un avait le pouvoir de faire venir ces gens et leur montrer ce qu'ils manqueraient quand Hollyn grandirait, c'était bien elle. Je commençais à apprécier ses méthodes de bulldozer. Enfin, quand je n'étais pas directement concernée.

Depuis que Hollyn était tombée malade et avait frôlé la mort, elle avait remonté la pente, et de quelle manière ! Elle avait encore les poumons fragiles, alors quand j'avais attrapé une bronchite, deux mois plus tôt, j'avais veillé à garder mes distances. Mais, à vrai dire, c'était la petite qui s'adaptait mieux que les adultes à tous ces changements dans son quotidien. Elle s'était parfaitement habituée au fait que j'étais là en permanence, un vrai poisson dans l'eau. Désormais, c'était souvent moi qu'elle venait voir en premier, plutôt que Hyde. J'espérais secrètement qu'il soit jaloux de voir qu'elle me préférait, parfois, mais je ne le taquinais jamais là-dessus. Et pour cause : j'étais tellement heureuse d'être entrée dans le cœur de Hollyn, presque aussi vite que son père était entré dans le mien.

— L'année prochaine, je t'achèterai tout un costume de Mère Noël. Pas seulement le bonnet.

Hyde ricana à nouveau, je le sentis entre mes jambes, à l'endroit où nos corps ne faisaient encore qu'un. Mon bas-ventre frémit légèrement autour de son sexe qui commençait à peine à se détendre. Il émit un grognement en guise de réponse.

Je frottai mon visage contre son épaule, comme un gros chat, avant de demander :

— Alors ça veut dire que tu vas te déguiser en Père Noël ? Avec un gros ventre, une longue barbe broussailleuse et tout ?

Je ne pus m'empêcher de sourire.

— Ça pourrait beaucoup me plaire, en fait.

Je parie qu'il serait magnifique avec une barbe. Il ressemblait tellement à son père, et Zeb n'avait jamais été glabre. Ça irait si bien avec la beauté rugueuse de son visage.

Hyde remua les hanches et ce fut à mon tour de gémir, tandis que le bas de nos corps ondoyait ensemble.

— La barbe, peut-être. Le gros ventre, même pas en rêve.

Lorsqu'il tourna la tête, les guirlandes illuminèrent son visage de rouge et vert.

— Tu te rends compte que c'est nous qui allons ouvrir tous ces cadeaux qu'on s'est fait chier à emballer ? Hollyn ne peut même pas lire ce qui est marqué sur l'emballage. On y a passé du temps pour rien.

— Ça me fait plaisir.

À mon tour, je tournai la tête vers la montagne de cadeaux sous le sapin.

— C'est la première fois depuis longtemps que je suis d'humeur festive.

Hyde fit courir sa main le long de mon dos et s'arrêta sur la courbe de mes fesses.

— Eh bien si ça te fait plaisir, tant mieux. Tu peux gâter Hollyn autant que tu veux.

Avec un soupir, je me frottai à lui d'un air aguicheur.

— Jusque-là, je faisais des pieds et des mains pour trouver le cadeau idéal à Zowen. Le truc, c'est qu'il n'est pas difficile. Si je lui offrais un accessoire d'ordinateur ou pour sa moto, il était ravi. Mais je n'ai jamais eu les moyens de lui offrir plus d'un cadeau.

Entre-temps, ma boîte avait décollé et j'avais de plus en plus de clients réguliers qui me confiaient leurs projets. Pour la première fois de ma vie d'adulte, joindre les deux bouts n'était plus une épreuve. Je comptais même commencer à cotiser pour ma retraite, ainsi qu'à mettre de l'argent de côté pour les futures études de Hollyn, dès la nouvelle année.

— Maintenant qu'il compte s'envoler pour la Californie, Hollyn est la seule personne que je peux couvrir de cadeaux.

Et Hyde ? Il était tellement simple, tellement gentil. Quand je lui avais demandé ce qu'il voulait pour Noël, il avait répondu :

— *Toi. Tout ce que je veux, c'est toi, Remy.*

Même chose de mon côté. Tant qu'il était à moi, j'avais tout ce que je voulais, tout ce dont j'avais besoin. Néanmoins, mon cadeau avait été de veiller à ce que la maison soit décorée du sol au plafond pour toutes les grandes premières de sa fille. Comme ça, il n'avait eu qu'à rentrer tranquillement de sa mission et profiter de l'ambiance festive.

— Ton frère part vraiment pour la Californie ?

Le corps de Hyde commença à réagir dès que je fis onduler mes hanches, refermant mon intimité autour de lui.

D'une voix légèrement haletante, je répondis :

— Oui, oui. Il en a enfin parlé à mes parents. Il a promis à ma mère de terminer son semestre et de n'interrompre ses études qu'une seule année si ça ne marche pas. On ne peut pas dire qu'ils étaient enthousiastes, car c'est quand même dangereux, les courses de moto, mais à mon avis ils ont appris la leçon : ils savent qu'il vaut mieux nous lâcher un peu la bride. Ils lui ont dit qu'ils n'essayeraient pas de le retenir. Par contre, ils ne l'aideront pas financièrement. S'il veut y arriver, il devra se débrouiller tout seul. Mon père lui a évidemment rappelé que leur porte est toujours ouverte, Zowen peut revenir dès qu'il le souhaite, sans aucun problème. À mon avis, il vit le départ de Zowen bien plus mal que ma mère. Ils sont tellement proches, ils se comprennent si bien. Mon père va avoir du mal à s'adapter au fait que Zowen soit à l'autre bout du pays. Mais laisser ses enfants partir, c'est le destin de tous les parents.

Hyde acquiesça en grognant.

— Et cette fille, dans tout ça ? Ton frère a enfin accepté d'admettre qu'il partait pour elle ?

Je secouai la tête et me redressai pour poser les mains sur ses larges épaules. Je sentis son sexe durcir et presser là où je le retenais prisonnier. Manifestement, le cadeau de Noël qu'il m'offrirait cette année serait de m'épater par sa capacité à reprendre du poil de la bête en un rien de temps.

— Tant qu'il n'aura pas parlé à Ry, Zowen n'admettra jamais que sa décision de partir est en rapport avec Aston. Il veut avoir la bénédiction de son meilleur ami, mais ce ne sera pas pour tout de suite. Ry est très pris par ses études et il adapte son emploi du temps pour accompagner Bowe sur les premières dates de sa tournée, l'année prochaine. Ça risque de ne pas faciliter les choses pour mon frère, mais ce n'est pas la faute de Ry. Si Zowen n'était pas terrifié à l'idée de perdre l'amitié de son pote et d'être rejeté par Aston, il n'aurait pas passé toutes ses journées à souffrir.

Je poussai un soupir quand Hyde leva les hanches et resserra son étreinte autour de ma taille afin de s'enfoncer en moi plus fort encore. J'en eus le souffle coupé, et mes paupières se fermèrent à moitié.

— Il va me manquer, mais j'ai envie de le savoir heureux. Autant qu'il tente sa chance, il verra bien si ça marche ou pas. Il devra prendre son courage à deux mains.

Voilà la dernière chose que je pus dire. La seconde d'après, Hyde se mit à aller et venir en moi. C'était si bon d'être avec lui. L'instant était absolument magique. Tout mon être se concentrait sur cette sensation.

Hyde me fit glisser sous son corps. Mes épaules se retrouvèrent plaquées contre le tapis. Il cala une main au-dessus de ma tête et, au lieu de ralentir l'allure, comme au round d'avant, il se mit à frotter son corps contre le mien de façon aussi lente qu'implacable. Au lieu d'être emportée par un vrai raz-de-marée de plaisir, c'était comme une vague qui montait peu à peu, en suivant mes terminaisons nerveuses et en circulant dans tout mon corps. Je poussai un soupir satisfait, les bras enroulés autour de son cou, mes yeux plantés dans les siens. Dans ce regard vert, il y avait toutes les formes d'amour que Hyde Fuller avait éprouvées pour moi au fil des années. Cela n'avait pas toujours été facile, mais il m'avait aimée quand même. Et c'était justement pour ça que je n'avais jamais pu cesser de l'aimer.

Les jambes enroulées autour sa taille, je levai les hanches pour accompagner chacun de ses mouvements et me perdre dans les sensations divines qu'il m'offrait. Voilà comment j'avais envie de fêter chaque grande occasion avec lui. Mes mains agrippées à ses épaules, mes ongles plantés dans sa peau. Garder mon bonnet de Père Noël était une mission impossible vu la manière dont mon corps ondoyait à chaque coup de reins. Ma peau était brûlante et les battements de mon cœur bourdonnaient furieusement dans mes oreilles. Ce qui expliquait sans doute pourquoi je n'avais pas entendu mon téléphone sonner. J'avais encore du mal à répondre à tous les appels, mais il y avait du mieux. Et, étant donné qu'il était minuit passé, j'aurais sans doute pris conscience qu'il y avait une urgence. Mais pour ça, il aurait fallu que je ne perde pas pied avec la réalité, le cerveau HS.

J'étais trop concentrée sur Hyde et mon envie de lui rendre le plaisir qu'il m'offrait pour remarquer que mon téléphone n'arrêtait pas de sonner et vibrer. Mon esprit ne pensait plus à rien, si ce n'est à sa main qui caressait mes seins sensibles et à la chaleur qui grandissait déjà entre mes jambes. Fort heureusement, nous avions réglé la question de la protection dès que c'était devenu sérieux entre nous. Sans quoi, Hyde ne serait pas reparti au combat aussi rapidement. Nous étions déchaînés, nos corps couverts de sueur, et nous poussions des cris qui en auraient choqué plus d'un. Pendant ce temps, le sapin continuait de nous faire baigner dans une lumière magique. Et dès que j'atteignis la jouissance, au lieu d'avoir des étoiles dans les yeux ou de fermer les paupières pour plonger dans les ténèbres, mon regard s'emplit de centaines de petites lumières qui clignotaient. Je n'aurais pas pu faire mieux même en le voulant. Les illuminations faisaient briller la peau de Hyde et se miroitaient dans son regard avide.

Il poussa un juron au moment d'atteindre l'extase à son tour et de s'écrouler sur moi. Il tendit son bras musclé pour attraper mon portable, à l'aveuglette. Comme l'appareil devait être enterré quelque part sous ce tas de cadeaux, il dut s'y reprendre à plusieurs fois pour mettre la main dessus. Il me le tendit en fronçant les sourcils. Car, dans une autre pièce de la maison, le sien se mit à sonner à son tour et à recevoir des notifications en rafale.

Nos corps se détachèrent, ce qui m'arracha un petit cri.

— Qu'est-ce qui se passe ?

Ça alors… J'avais plusieurs appels en absence de Ry, quelques-uns de Bowe, pas mal de ma mère et tout un tas de mon oncle Rule. Ils m'avaient tous envoyé je ne sais combien de textos. Zowen, pareil. Toute la famille Archer était en mode panique… Et, comme ils n'avaient pas réussi à me joindre, ils s'étaient tournés vers Hyde. Alors que j'étais en train de passer en revue les messages, je le vis justement débouler dans le salon vêtu de son fameux jogging gris. Il me lança l'un de ses T-shirts favoris et eut un temps d'arrêt après avoir consulté son portable.

Le premier texto que je lus me fit frémir. Je me relevai d'un bond, et nos regards se croisèrent. J'aurais été prête à parier que mon visage reflétait exactement la peur qui se peignait sur le beau visage de Hyde. Je tâchai de calmer mon cœur qui s'était mis brusquement à battre la chamade, la main plaquée sur mon front, comme pour empêcher mon esprit de se laisser submerger par la panique.

— Daire a disparu.

Ma voix se brisa lorsque Hyde approcha pour m'envelopper de sa chaleur réconfortante.

— On dirait, oui. Ne t'inquiète pas, on va la retrouver.

Il déposa un baiser sur le sommet de mon crâne. Mais cela ne m'empêcha pas de sentir la tension qui émanait de son corps immense.

On la retrouverait, évidemment, mais dans quel état ? Et puis qu'est-ce qui avait bien pu l'inciter à sortir toute seule, le soir du 24 décembre ? Ça faisait beaucoup de questions. Et j'avais peur d'avoir les réponses.

Je secouai la tête et levai de grands yeux vers Hyde. Un profond soupir agita mes épaules. Je n'étais pas la seule pour qui tout le monde s'inquiétait. Chez les Archer, on avait coutume d'être imprévisibles et pas toujours faciles à gérer. De vraies têtes de mule, farouchement indépendantes. C'était dans nos gènes. Et celui qui avait initié la tradition familiale, c'était Rule, le père de Daire.

Les chiens ne font pas des chats.

Remerciements

La logique aurait voulu que je remercie d'abord celles et ceux qui ont acheté ce roman, ou n'importe quel autre livre avec mon nom sur la couverture. Se vanter d'être autrice alors que personne ne lit ce que vous écrivez, c'est un peu contradictoire, non ? Mais, une fois n'est pas coutume, j'aimerais commencer par remercier les gens qui m'ont aidée à écrire à une période où j'avais vraiment le sentiment d'avoir oublié comment on fait. Je n'avais même plus l'envie d'essayer, imaginez un peu. Sans tous ces gens, ce livre n'existerait pas. Or sans livre, pas de public. Et sans public, pas d'autrice…

Tant bien que mal, j'ai réussi à l'écrire. Parce qu'il abordait un sujet douloureux, à travers une histoire intense, émotionnellement et personnellement parlant. J'ai toujours su ce que Remy avait dans le cœur, pour le meilleur et pour le pire. Je le savais dès que je l'ai fait apparaître dans la série *Marked Men*, alors qu'elle n'était qu'une enfant. Dans son cas, l'amour ne serait pas un long fleuve tranquille si jamais je décidais de me pencher sur son cas un jour. En fait, si j'ai décidé de commencer par ce livre, c'est d'abord parce que j'avais l'impression de connaître intimement Remy et Hyde. Dans mon esprit, ce serait celui que j'aurais le moins de mal à écrire alors que d'un point de vue créatif, je galérais. Bref, le problème ne venait pas du sujet ou du travail d'écriture. Il venait de moi. Croyez-moi, cette année ne m'a vraiment pas fait de cadeaux. J'ai dû affronter des deuils, des bouleversements d'ordre sentimental, des déconvenues professionnelles. Bref, j'avais la tête ailleurs. D'habitude, j'arrive plutôt bien à rester focus en toutes circonstances. Mais cette année ? Échec sur toute la ligne… En principe, j'écris entre quatre et cinq nouveaux livres par an, à raison d'un par saison. Cette année, j'ai tout juste réussi à en terminer deux. Ma productivité en berne parle d'elle-même. J'étais vraiment au bout du rouleau, lessivée émotionnellement.

Quand j'ai demandé à mes bêta-lectrices de m'aider à créer non pas un bon bouquin mais un super bon bouquin, elles ont pris leur mission très à cœur. Comme moi, elles se sont défoncées pour que Remy et Hyde puissent fièrement marcher dans les pas de leurs parents. Au moindre défaut, au moindre obstacle sur ma route, elles étaient là pour y remédier. Pam, Traci, Alexandra, Kelly, Cheron, Sarah et Karla sont des filles absolument adorables, chacune avec des talents extraordinaires. De vraies perles. Et comme elles viennent toutes d'horizons différents, elles m'ont aidée à cerner parfaitement les soucis de santé mentale auxquels Remy est confrontée, mais aussi le regard qu'elle porte sur le monde et celui que le monde porte sur elle. Vous ne tiendriez pas ce livre entre vos mains sans leur aide. Je suis tellement fière de cette équipe avec laquelle j'ai appris à travailler sur mes créations au fil des années. Ce sont les meilleures. Et si ces deux dernières années ont été éclairées par quelques rayons de soleil, c'est bien grâce à elles.

Et puis il y a Mel. Neuf ans qu'on bosse ensemble ! Elle me connaît mieux que je ne me connais moi-même. Surtout quand ma lucidité et ma ferveur coutumières battent de l'aile. Elle est toujours à fond derrière moi dans les moments difficiles. Sa voix teintée d'accent du Sud a le don de m'apaiser quand j'aurais envie de hurler et de tout casser. Je tuerais pour avoir un dixième de sa sérénité à toute épreuve. Si elle n'avait pas passé son temps à me répéter : « Tu es sur la bonne voie ! » et « Ça va le faire ! », je me demande si j'aurais été capable de traîner ma carcasse et ma créativité en miettes jusqu'à la ligne d'arrivée.

J'aimerais maintenant remercier une nouvelle venue dans ma team 100 % féminine : Lindsay Ehrhardt, qui a rejoint le navire en tant que *sensitivity reader* pour les questions de santé mentale. Un sacré challenge, mais elle était la mieux placée pour le relever. Je connais Lindsay depuis aussi longtemps que je connais Cora. J'ai suivi de près son parcours et ses aventures au fil des années. C'est la personne la plus drôle que je connaisse. Elle est aussi d'une intelligence à tomber à la renverse et d'une sensibilité incroyable. Je lui ai fait toute confiance pour que l'histoire de Remy aide les gens sans les blesser. Ce livre n'aurait jamais été aussi fort sans son œil avisé, c'est moi qui vous le dis !

Bien évidemment, ce livre – qu'il soit bon, mauvais ou pire – n'existerait pas sans mon équipe créative. L'une des choses que je préfère dans le fait de publier mes propres romans, c'est que je suis libre de choisir avec qui je collabore. Avec Hang, Elaine et Beth, j'ai sélectionné la crème de la crème et je vous jure que ce sont de vraies perles. Sans elles, mes livres ne seraient jamais aussi cohérents, aussi bien mis en page, aussi beaux. Ce n'est pas pour rien que je n'arrête pas de faire appel à leurs services : ELLES SONT EXTRA !

Et puis comment ne pas dire merci à mes lectrices et lecteurs ? À celles et ceux qui chroniquent mes livres, qui échangent avec moi sur les réseaux, qui parlent de mes bouquins autour d'eux. Merci également à celles et ceux qui préfèrent rester dans l'ombre, même si je sais qu'ils sont là. Tous les lecteurs sont importants, quels qu'ils soient. Chacune et chacun d'entre vous compte à mes yeux. Surtout si vous continuez de me lire après toutes ces années. Je sais qu'en voulant explorer d'autres territoires, j'ai déstabilisé certaines personnes. Mais c'était volontaire. Je n'ai pas envie de faire du surplace, à resservir des mots que j'ai déjà écrits ailleurs. Chaque livre doit vous réserver des surprises, autant qu'ils m'en réservent. Si vous terminez une page sans jamais vous douter de ce qui vous attend à la suivante, merci du fond du cœur. Je tiens également à dire un grand merci à celles et ceux qui m'ont laissé des messages ou des commentaires pour raconter qu'ils avaient traversé des périodes difficiles et me dire que mes mots leur avaient apporté du réconfort. Les livres ont toujours été un lieu sûr. Je suis ravie et honorée de faire un tel cadeau à quelqu'un dans un moment douloureux. Pour certains, il ne s'agit que d'une simple romance. Vu de l'extérieur, peut-être. Mais pour nous qui sommes liés à travers un livre de manière si unique, si personnelle, c'est tellement plus !

J'aimerais profiter de ces remerciements pour rappeler qu'il n'y pas de honte à demander de l'aide et à s'appuyer sur des gens de confiance en cas de coup dur. Je suis plutôt du genre à souffrir en silence et j'aime me croire capable de tout gérer moi-même. Mais nous avons tous besoin de soutien, de temps en temps. La voilà, la vérité. Mon grand espoir, si vous lisez ces lignes, c'est que vous ayez quelqu'un pour vous épauler quand le monde pèse trop lourd sur vos épaules.

Je n'oublie pas non plus mon super groupe de lecture, le Crownover's Crowd. Ce sont vraiment les personnes les plus cool et encourageantes d'Internet. Quelle joie d'avoir ce lieu sûr où nous retrouver et échanger. Si vous n'en faites pas déjà partie, qu'est-ce que vous attendez ?

Ci-dessous, la liste des endroits où vous risquez de me croiser :

Facebook.com/groups/crownoverscrowd

Bookbub : bookbub.com/authors/jay-crownover

Site web : jaycrownover.com

Boutique : shop.spreadshirt.com/100036557

Page Facebook : Facebook.com/AuthorJayCrownover

Twitter : twitter.com/jaycrownover

Instagram : instagram.com/jay.crownover

Pinterest : pinterest.com/jaycrownover

Spotify : https://open.spotify.com/user/1287425941 et Snapchat : Jay Crownover

E-mail : JayCrownover@gmail.com

Découvrez la dernière série
de Jay Crownover : *The Forever Marked*

Découvrez la saga qui a révélé Jay Crownover

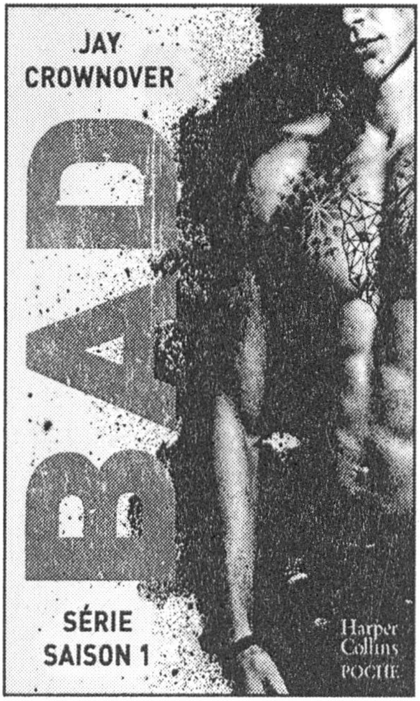

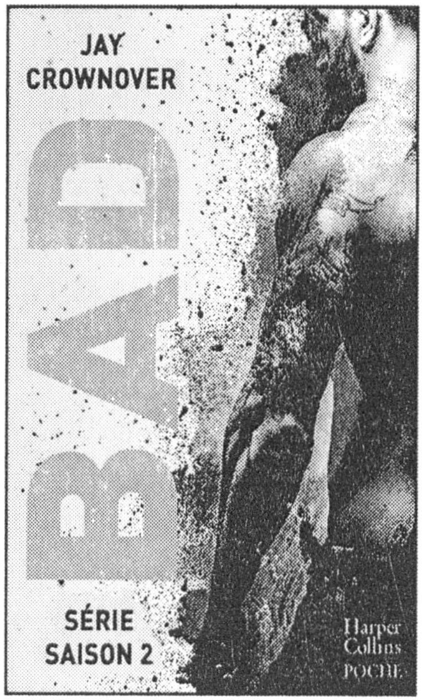

EXCITANT. EXTREME. EXPLOSIF.
Bienvenue à The Point

Tournez vite la page pour décrouvrir un extrait !

Harper
Collins
POCHE

1

Bax

Peu de choses peuvent flinguer les effets planants d'un orgasme. Mais se prendre un coup de poing dur comme l'acier en plein dans la tempe, ça oui. Mon tympan a résonné quand ma tête a valdingué sous l'impact. J'aurais répliqué aussi sec si un autre uppercut tout aussi puissant n'avait pas envoyé mon crâne cogner violemment contre le mur. Des taches noires sont apparues devant mes yeux et j'ai avalé mon propre sang. C'était pas comme si ces types-là en avaient quelque chose à foutre de se battre dans les règles, mais qu'ils me laissent le temps de reprendre mes esprits et j'allais leur montrer qui j'étais. J'ai craché le sang qui avait envahi ma bouche et j'ai pris la cigarette que me tendait mon agresseur.

— Ça fait longtemps, Bax, il a dit.

J'ai vérifié que ma mâchoire n'était pas brisée. Rien de tel que de se prendre une branlée par une bande de demeurés et la peur de perdre quelques dents pour te sortir du trip post-orgasme.

— Comment tu m'as retrouvé, Benny ?

J'ai tiré une taffe, adossé au mur du bâtiment dont je venais de sortir. Le goût acide et cuivré du sang a de nouveau rempli ma bouche et j'en ai profité pour cracher en plein sur ses pompes.

— Cinq ans en taule sans baiser, c'est long pour un homme, il a répondu, tout en remuant les poignets comme pour s'échauffer les mains (ces mains dont je savais d'expérience qu'elles étaient capables de bien pire que le coup qu'il venait de me balancer). Pas de meuf, pas de picole, il a poursuivi, pas de pétards, pas de super bagnole et personne pour en avoir quelque chose à foutre de toi. Je te connais, mec, et je savais très bien que ce que tu irais chercher en premier une fois sorti de taule, ce serait du cul. J'ai demandé à Roxie de m'appeler si tu te pointais par ici.

En premier ? Raté. Le premier truc que j'avais été chercher, c'était la bagnole. OK, je m'en étais servi pour tracer direct vers un plan cul. N'empêche, c'était pas ma priorité numéro un.

— Et donc, j'ai lancé, t'as décidé de me réserver le comité d'accueil le plus merdique possible.

— Comme je connais Roxie, et crois-moi, je la connais, ton retour a pas dû être aussi merdique que ça.

Toute sa bande s'est mise à ricaner. Je me suis contenté de lever les yeux au ciel. On pouvait compter sur Roxie, c'était vrai. Tous. Même moi après cinq ans de taule.

— Je suis pas là pour le plaisir de voir ta gueule, il a repris. C'est Novak qui m'envoie. Lui, il veut te voir.

Novak. Un nom qui à lui seul donnait des frissons à tout le monde. Un nom synonyme de meurtres, de massacres et de toutes les saloperies qui se tramaient dans les rues. C'était un homme froid. Impitoyable. Intouchable. Une légende dans The Point et bien au-delà. Le roi des ombres et des allées sombres. Personne ne l'avait jamais doublé et personne ne pouvait lui échapper. Et à part moi, personne n'osait le défier. Novak voulait me voir ? Il se trouve que moi aussi j'avais besoin de le voir, mais on allait faire ça à ma manière.

J'ai terminé ma clope et je l'ai écrasée sous la semelle de ma ranger noire. J'étais bien plus baraqué maintenant que quand je m'étais fait prendre. Pas sûr que ces débiles l'aient remarqué. Peu importe que tu sois jeune ou sportif : l'alcool, les drogues et les filles faciles, ça ramollit. Mais quand on t'enlève tout ça du jour au lendemain pour te mettre dans une piaule où ta forme physique devient ta seule arme pour ne pas crever, ça te change un homme. Mentalement comme physiquement.

— Et moi, j'ai balancé, j'ai pas envie de le voir, Novak.

Du moins, pas maintenant. Mes oreilles ne sifflaient plus, mais j'avais un mal de crâne carabiné. L'effet de surprise n'était plus en leur faveur et s'ils voulaient forcer leur chance, ça n'allait pas tarder à salement dégénérer. Rien à foutre qu'ils soient en surnombre.

Benny s'est mis à me dévisager et j'ai soutenu son regard. Je n'étais plus un gosse qui devait faire ses preuves. Voir cinq ans de sa vie s'envoler pour des conneries, ça a tendance à laisser des traces. Novak aurait dû savoir ça.

— Race a disparu, Benny a lâché.

Là, ils avaient mon attention. J'ai plissé les yeux et les muscles de mes épaules se sont contractés. Je me suis relevé et j'ai passé la main sur mon crâne rasé. Les cheveux longs, en taule, c'est pas un bon plan, et malgré la cicatrice qui courait sur la moitié de mon crâne, j'avais pas l'intention de les laisser repousser. Dans mon milieu – enfin, mon ancien milieu –, il fallait la jouer discret. Mais je n'avais pas envie de penser à ça pour l'instant. Ni plus tard.

— Comment ça, disparu ? j'ai demandé. Genre en voyage ou genre Novak l'a fait disparaître ?

Extrait

Ça ne serait pas la première fois que Novak se débarrasserait d'un problème encombrant avec une balle entre les deux yeux.

Benny a fait genre qu'il avait pas entendu et ça m'a fait péter un câble. Je l'ai chopé par le col de sa chemise de tapette. Fini, le gamin d'autrefois. Je n'avais plus dix-huit ans, et niveau physique, j'avais changé de catégorie. Le gars n'en menait pas large, une fois soulevé de terre, les yeux dans les yeux. Il m'a pris par les poignets pour essayer de se libérer, mais malgré le bruit d'un flingue qu'on dégainait dans mon dos, je ne l'ai pas quitté du regard une seconde.

— Réponds, Benny. Disparu comment ?

Race Hartman était un bon pote, et globalement un type bien. Trop bien et trop futé pour ce genre de vie en tout cas. Jamais il n'aurait dû se retrouver mêlé aux histoires de Novak, pas plus qu'il n'aurait dû être avec moi le soir où tout avait mal tourné. Faire cinq ans de prison pour arracher un mec comme Race des griffes d'une raclure comme Novak ne m'avait pas paru un grand sacrifice. Mais si cet imbécile était resté dans le coin au lieu de suivre mon conseil et de se barrer au moment où on m'avait passé les menottes, j'allais devoir retourner la ville entière pour le retrouver.

Benny a tenté de me coller un coup de pompe dans le tibia et je l'ai repoussé loin de moi.

J'ai jeté un regard mauvais à son pote qui braquait le flingue sur moi, puis je lui ai tourné le dos comme si de rien n'était.

Benny s'est mis à masser son cou rougi où on distinguait les empreintes de mes doigts – il avait enfin percuté que j'avais pris du muscle. Et il a fini par lâcher :

— Race s'est taillé à la minute même où tu t'es fait choper. Personne l'a revu et personne savait où il était. Les filles l'ont pas vu non plus. Novak l'a guetté partout au cas où tout le bordel que vous avez foutu tous les deux nous retomberait dessus, mais aucune trace de lui en cinq ans. Et voilà que la semaine dernière, la rumeur de ta sortie de prison courait à peine qu'il a refait surface. Il a menacé Novak, comme quoi t'aurais jamais dû te retrouver en taule. Faut être taré pour dire un truc pareil à Novak ! Et puis d'un coup, il a de nouveau disparu, juste après avoir commencé à remuer la merde. T'aurais pas une idée de ce qui lui a pris ?

S'il avait vraiment disparu, ça puait les emmerdes. A part Race, je n'avais personne en qui je pouvais avoir confiance.

— Dis à Novak de se calmer, j'ai répondu. Je vais me renseigner. Mais s'il a quoi que ce soit à voir avec la « disparition » de Race, dis-lui bien que je vais le lui faire regretter.

— T'as une bien grande gueule, pour un mec qui est dehors depuis moins de vingt-quatre heures.

J'ai reniflé avec dédain et me suis détourné de Benny, comme s'il ne méritait pas mon attention. Ce qui était exactement le cas.

— Cinq ans en taule sans baiser, t'as raison, c'est long. Mais ça laisse aussi plein de temps pour penser vengeance et grandir dans sa tête. Tu me connais pas, Benny. Novak non plus, et je me fous pas mal de ce qu'il compte me faire. Que ce soit bien clair : s'il a quoi que ce soit à voir avec la disparition de Race, je lui ferai payer. Et remercie Roxie de ma part pour m'avoir balancé.

— On en a toujours pour son argent.

J'ignorais si cette remarque était destinée à Roxie ou à moi.

— Je sais pas pour toi et ta sale tronche, j'ai répliqué, mais perso, j'ai jamais eu besoin de payer pour ça.

Benny a éclaté de rire et j'ai profité de l'occasion pour lui mettre un coup de boule appuyé en plein sur le nez. Le craquement de son os m'a bien fait plaisir, tout comme de voir toute sa clique se précipiter sur lui pour l'empêcher de tomber à genoux alors qu'il hurlait à la mort. J'ai secoué la tête pour me replacer les yeux en face des trous. Ce coup de boule n'avait pas arrangé ma migraine. J'ai contourné Benny et son nez qui pissait le sang et me suis dirigé vers le bout de l'allée.

— Tu ferais bien de ne pas me sous-estimer, Benny. Ça a toujours été ton problème.

Je m'appelle Shane Baxter. Mais tout le monde m'appelle Bax. Je suis un voleur.

Vous avez une copine ? Je vous la piquerai. Une belle bagnole tout juste retapée ? Je vous la piquerai. Des appareils électroniques très chers que vous croyez à l'abri dans un coffre ? Je viendrai et je vous les piquerai, parce que, de toute façon, vous n'en avez pas besoin.

D'ailleurs, il n'y a rien qui soit à vous qui ne puisse être à moi, à moins que vous vous l'attachiez au corps avec des chaînes ultra-solides.

C'est la seule chose pour laquelle j'aie jamais été doué. Prendre aux autres ce qui est pas à moi, c'est comme une seconde nature. Enfin, ça et me retrouver mêlé aux pires embrouilles. J'ai seulement vingt-trois ans et je m'étais fait choper à même pas dix-huit. Et encore, c'était pas mes premiers ennuis avec la justice, loin de là. Je suis pas un mec clean, ni un pro des bons choix, mais je connais mes points forts et je me débrouille avec pour m'en sortir. Quel que soit le prix.

Dans ma vie, il n'y a que deux personnes qui comptent : ma mère et Race. Il y en avait une troisième, mais il m'a trop souvent laissé tomber et je me suis juré de me le faire la prochaine fois que je le croiserais. Ma mère est du genre buté et a pas mal morflé, mais elle m'a toujours soutenu. Niveau mecs, elle a toujours eu mauvais goût. Elle a aussi un gros penchant pour l'alcool et des difficultés à garder le moindre boulot. Elle est l'incarnation de l'alcoolo paumée, limite SDF, malgré tous mes efforts pour l'aider.

Lorsque j'ai commencé à voler des trucs, je savais pas ce que je faisais. J'en avais juste marre de me priver de tout. En grandissant, je suis devenu de plus en plus doué et je me suis mis à voler pour payer les factures et garder un toit au-dessus de nos têtes. Ma mère ne m'a jamais jugé : elle est même la seule personne au monde qui se réjouirait d'apprendre que je suis sorti de taule.

Quant à Race… lui et moi on était les amis les plus improbables qui soient. Vif, intelligent et doué pour tous les trucs technos, il avait étudié dans les meilleures écoles et venait d'une famille avec un super pedigree et des putains de relations. Il causait et présentait bien, toujours fringué comme pour un entretien d'embauche. Un mec charmeur, patient et malin avec ça. Bref, un éclat de soleil dans mon ciel noir de The Point. Moi, j'avais jamais fini le lycée – je pouvais à peine lire une phrase entière –, j'avais pas grand-chose à part ma mère et le taudis dans lequel on vivait, et je ressemblais à un voyou. Ce que j'étais. Même avant que je me forge un physique de brute, personne ne venait m'emmerder. Personne, sauf Race.

Une nuit, alors qu'on n'était encore que deux ados, j'ai essayé de lui piquer sa caisse, une sublime Mustang Roush avec une blonde tout aussi sublime sur le siège passager. Je n'avais pas la moindre idée de ce qu'un gars aussi classe venait foutre dans le quartier, mais je n'allais pas laisser passer une si belle occasion. J'ai sorti mon couteau et j'ai viré Race de la bagnole. Sauf qu'il avait pas du tout l'intention de se laisser faire. J'ai jamais su si c'était la caisse ou la fille qu'il protégeait mais, ce jour-là, on s'est tous les deux mis une grosse branlée. Je lui ai pété le poignet, il m'a défoncé plusieurs côtes et mes deux dents de devant. C'était sanglant. Epique, même. Le genre de baston où, si tu butes pas ton adversaire, ça devient ton meilleur pote. C'est ce qui s'est passé.

J'ai pris la place de la blonde sur le siège avant et on est allés à l'hôpital. Race est devenu mon frère de sang. Je ne suis jamais allé à la baraque de ses vieux, ni à son école. Ça aurait terni sa réputation. Il ne traînait pas non plus avec moi dans le ghetto et j'avais pas envie de lui faire subir la présence de ma mère, souvent complètement cuite. Quand j'ai commencé à retaper des bagnoles pour Novak, j'avais besoin d'aide pour les systèmes électroniques de certaines caisses de grand luxe. Race était le seul à qui je faisais confiance pour me couvrir. On passait du bon temps ensemble, on sautait des meufs ultra-chaudes et on prenait des trucs que des gamins de notre âge n'auraient pas dû connaître. Chaque jour en taule, j'ai regretté de l'avoir embarqué dans ce merdier, de l'avoir entraîné si bas. Cinq longues années durant lesquelles j'ai préparé ce que j'allais lui dire pour m'excuser. Cinq putains d'années pendant lesquelles j'ai attendu les excuses qu'il me devait, en espérant que le jour venu, elles m'empêcheraient de lui broyer la gorge. Lui et moi, on avait fait beaucoup d'erreurs. Il allait falloir qu'on s'explique.

Je devais le retrouver. Le problème, c'est que je ne savais pas par où commencer. Quand je m'étais fait choper, Race venait d'être accepté dans une fac très réputée de l'Ivy League, dans l'Est. Je ne savais pas s'il y était allé. Je m'étais sacrifié pour qu'il le fasse, mais dans la vie, rien n'est garanti. J'avais appris cette leçon au prix fort.

Extrait

J'ai sorti une clope du paquet piqué chez Roxie, et le téléphone à carte prépayée que j'avais récupéré en même temps que ma caisse. J'avais garé la beauté quelques rues plus haut, loin de toute main baladeuse et de tout regard indiscret. J'étais bien placé pour repérer les bagnoles qui attiraient les voleurs et celles qui tentaient les amateurs de belles carrosseries. Ma Plymouth Road Runner de 1970, jaune à rayures noires, avec son moteur Hemi et sa capote, entrait dans les deux catégories. C'était une voiture puissante et qui avait de la gueule. C'était tout ce qui me restait. Quand j'étais en taule, j'avais demandé à ma mère de la vendre mais elle avait refusé. Elle savait combien de temps, de larmes et de sueur j'avais donnés pour entretenir cette voiture. Alors aujourd'hui, même si elle attirait les regards, hors de question d'en conduire une autre.

J'ai aspiré une bonne bouffée de fumée toxique et j'ai regardé vers le ciel. J'aurais tué pour une aspirine, mais j'avais des affaires urgentes à régler. Sans parler du fait que malgré quelques heures passées avec Roxie, j'avais pas eu ma dose de cul. J'aimais les filles et elles me le rendaient bien. Quand on grandit dans la misère et qu'on est livré à soi-même, baiser est un moyen comme un autre de passer le temps et d'oublier son quotidien merdique. Il suffit d'être deux et on se sent mieux après, alors pourquoi s'en priver ? Avant la prison, je n'aurais jamais pu m'en passer. Baiser, c'était comme respirer. Ça ne demandait aucune réflexion et aucun effort.

J'étais plutôt grand, plus d'un mètre quatre-vingts. Mes cheveux et mes yeux noirs avaient toujours plu aux filles. Genre, ça me donnait des airs mystérieux. Je n'étais pas un grand bavard, à moins d'avoir un truc vraiment important à dire, ce qui entretenait mon image – fondée – de dur. Je savais que j'avais une belle gueule.

Pas le mannequin de l'année, mais les filles faisaient comme si. Et ça, malgré la cicatrice sur mon crâne et mon nez mille fois pété. Le détail qui me différenciait du reste des beaux gosses, c'était ma petite étoile noire tatouée juste à côté de mon œil droit. A seize ans, alors que j'étais en plein trip, ce dessin m'était apparu comme l'idée du siècle. Avec le recul, ça me paraissait encore assez intimidant et provocateur, genre je-suis-assez-taré-pour-me-faire-tatouer-le-visage. J'avais l'air d'un mec dangereux. Un mec qui présentait assez bien, mais un mec dangereux.

Il fallait que je retrouve Race, puis que je me débrouille pour choper une nouvelle meuf. Si Roxie devait me balancer chaque fois que je débarquais chez elle, autant l'oublier. Je n'avais jamais eu confiance en elle, de toute façon. Elle jouait trop bien la jeune vierge innocente pour être honnête. D'autant qu'elle n'avait strictement rien d'innocent. Ou de vierge.

Enervé par les emmerdes accumulées dès mes premières heures de liberté, j'ai appelé un vieux contact.

— Salut.

Silence à l'autre bout du fil. J'ai écrasé ma clope sur le bitume et je me suis installé derrière le volant. Cette bagnole m'apportait plus de réconfort que m'envoyer Roxie ou coller une droite à Benny.

— C'est qui ?

Tous mes contacts étaient en permanence en mode parano. C'était encore plus vrai quand j'appelais un dealer.

— C'est Bax.

— T'es sorti quand ?

— Aujourd'hui.

— Déjà besoin de came ?

Extrait

Carrément pas. Cinq années de sevrage m'avaient convaincu de plus jamais toucher à cette saloperie. La came, c'est le genre de truc qui te fait prendre les pires décisions possibles. Quitte à merder, autant le faire en étant *clean*.

— Non, je lui ai répondu, d'un ton neutre. Je cherche Race. Il paraît qu'il a fait une apparition il y a quelques jours, qui a fait péter un câble à Novak. Personne l'a revu depuis. Toi non plus ?

Nouveau silence. J'avais une chance sur deux d'obtenir une réponse honnête. J'espérais que ma réputation planait encore assez sur le quartier pour effrayer Dieu lui-même. Si ce n'était plus le cas, j'allais devoir défoncer quelques gueules pour refaire passer l'info.

— Non, pas vu. Quand t'as été arrêté, j'ai essayé de le choper plusieurs fois. Je voulais qu'il me fasse entrer dans ses fêtes de bourges mais il a bloqué mes appels.

Race avait bien fait.

— Il va toujours en cours ?

— Personne ne sait. Novak a essayé de garder un œil sur lui quand tout est parti en couille, mais il a disparu.

— Faut que je le trouve, je lui ai dit, avec assez de gravité pour lui faire comprendre l'urgence de la situation.

J'ai entendu quelqu'un marmonner et un bruit de draps froissés. A croire que même les dealers ont besoin de pioncer.

— Ecoute, il a fini par répondre, la dernière fois que j'ai entendu parler de lui, il traînait avec une fille de The Point. Une rousse. Benny est passé chez elle avec sa bande, mais il n'y était déjà plus.

Une meuf de The Point ? Moi, j'avais grandi à The Point, tout le contraire de The Hill, où avait grandi Race. Je la sentais de moins en moins, cette histoire.

— Une pute ? j'ai demandé.

Extrait

— Non, juste une fille ordinaire. Pas une coincée de son bahut, ni un plan cul. Une fille, c'est tout. Benny et ses potes lui ont foutu la trouille, et c'est pour ça que Race a rendu visite à Novak. Cette petite merde sait parler comme nous, mais est-ce que tu lui as aussi appris à assurer derrière ?

Je n'en avais pas eu besoin. Race tournait toujours sept fois sa langue dans sa bouche avant de l'ouvrir. Sans parler du fait qu'il avait des choses à perdre. Ce qui en faisait un gars dangereux. Quelqu'un qui a quelque chose à défendre est toujours dangereux.

— Cette fille, je la trouve comment ?

— J'en sais rien, Bax. T'as pas le Net ?

J'allais devoir aller en défoncer certains plus tôt que prévu.

— Si t'as aucune adresse à me filer, je te conseille de mettre un froc rapidos, parce que je peux être là en moins de dix minutes pour traîner ton cul en ville, histoire de voir si la mémoire te revient sur place.

D'autres marmonnements, froissements de draps, puis un briquet qu'on allume.

— Passe voir dans le quartier de Skylark. C'est là que j'ai entendu parler de tout ça.

— Tu crois vraiment que je vais aller frapper aux portes en plein milieu de la nuit ?

Ça commençait sérieusement à me gonfler. Il le savait. Et il n'avait pas intérêt à ce que je débarque chez lui vu mon humeur.

— Il y a un restaurant de l'autre côté de la rue. Pointe-toi là-bas et demande. La fille, c'est une rouquine, genre poil de carotte. Même Benny l'a trouvée, et dans sa bande, c'est pas des flèches.

Je me suis marré. J'aurais pas mieux dit. J'ai mis le contact et le moteur a ronronné. Putain, ce bruit m'avait trop manqué.

— J'ai entendu dire que tu lui avais ramoné la tronche, il a repris.

— C'est lui qui a commencé.

— Benny, c'est pas le genre de mec à laisser pisser, tu sais.

— Benny, je l'emmerde.

Le dealer s'est marré.

— Tu te prends toujours pour la terreur du quartier, pas vrai ? Beaucoup de choses ont changé en cinq ans, Bax.

Pas besoin de répondre à ça. J'ai raccroché et balancé le téléphone sur le siège passager. Vu que j'étais déjà dans The Point, Skylark n'était qu'à quelques minutes en voiture de là. Je n'avais plus qu'à trouver le restau en question.

Une fois sur le parking, je me suis garé sous un réverbère, et j'ai enfilé un bonnet. J'ai claqué la portière et j'ai repéré un groupe de gosses qui n'avaient rien à foutre dehors à une heure pareille. J'ai lancé un regard noir à chacun d'entre eux et j'ai attendu qu'ils aient tous bien capté le message avant d'entrer dans le restau.

J'étais crevé. Ma sortie de prison me semblait remonter à des mois alors que je n'étais dehors que depuis quelques heures. Même si j'en avais déjà plein le cul de ma vie, il y avait des choses dont je devais m'occuper.

Dans la salle, une serveuse m'a lancé un regard inquiet et m'a indiqué d'un petit hochement de tête qu'elle allait s'occuper de moi dans quelques secondes. Serveuse, c'est vraiment un métier de merde. Mais serveuse dans un rade ultra-glauque d'un des quartiers les plus craignos de The Point, ça, c'était vraiment la grosse loose. Je me sentais mal pour elle.

— Qu'est-ce que je peux pour toi, mon chou ?

Son regard a bloqué sur les marques de mon tête-à-tête avec

Benny. Ça ne devait pas être beau à voir mais, vu sa gueule à elle, elle était mal placée pour l'ouvrir.

— Je cherche un pote à moi.

— Je te mets une table pour deux alors ?

— Non. Mon pote est sûrement passé plusieurs fois. Un grand type, genre ma taille mais plus maigre. Blond aux yeux verts, avec des airs de mannequin d'Abercrombie & Fitch. Accompagné d'une rouquine qui vit dans le coin.

Elle a jeté un coup d'œil par-dessus mon épaule et engueulé deux mecs bourrés qui se balançaient des serviettes dans le box du fond.

— Des beaux blonds, je n'en croise pas souvent, mais je connais une fille rousse. Dovie Pryce. Elle passe ici chaque matin. On prend le café toutes les deux quand je termine mon service. Elle vit de l'autre côté de la rue.

— Et t'es sûre que t'as jamais vu mon pote ? On m'a dit qu'il traînait souvent avec elle.

— Avec Dovie ? Impossible, elle vit comme une nonne. Elle suit des cours du soir en plus d'un job à plein temps, sans parler d'un temps partiel le week-end. Elle n'a pas la place pour un mec… Aussi mignon soit-il, elle a ajouté en me regardant droit dans les yeux.

Je lui ai souri et j'ai checké ma mâchoire du bout des doigts. J'allais avoir un putain de bleu.

— Tu es toujours aussi bavarde quand on parle de tes amis ? je lui ai dit.

Ça expliquerait comment Benny avait pu retrouver la fille aussi facilement.

— Non. D'ailleurs, le dernier type qui est venu me demander des infos sur elle a dû se débrouiller tout seul. Un type en costume dans un quartier pareil, ça vient jamais pour les bonnes raisons. Notre cuistot est un ancien marine. Il s'en est occupé.

— Et moi, tu trouves que j'ai l'air honnête, comme type ?

Ce n'était pas ironique. La serveuse m'a vu venir à des kilomètres.

Elle s'est contentée de secouer la tête et de faire claquer sa langue.

— Non, chéri, mais tu as tout l'air de quelqu'un qui a passé une sale journée.

Je me suis marré de nouveau. Un rire blasé.

— Crois-le ou pas, ça fait longtemps que j'en ai pas passé d'aussi bonne.

— Humm, elle a lâché, avant de regarder une dernière fois mon visage défoncé. Bonne chance pour retrouver ton copain, chéri, mais laisse Dovie tranquille. C'est une fille bien, elle ne mérite pas qu'on lui attire des problèmes.

— Et comment tu sais que j'attire les problèmes ?

Elle a pris un air méprisant.

— Je vis dans le quartier depuis un bail, mon cœur. Un garçon qui cache autant de secrets dans un regard noir comme le tien, ça sent toujours les ennuis. Ceux du genre dont on ne réchappe pas.

Elle avait pas tort, et j'avais toutes les infos dont j'avais besoin. Je lui ai fait un signe de tête et je me suis dirigé vers la porte en verre, qui a claqué derrière mon dos. J'ai vérifié que ma caisse était intacte et j'ai observé discrétos l'immeuble que je m'apprêtais à visiter.

— Hé mec, t'as pas une clope ?

Le plus massif des gamins avait eu assez de couilles pour venir me parler. Treize ans à tout péter. On aurait dit moi au même âge.

Extrait

— T'es pas un peu jeune pour fumer ?

— Tu te fous de moi ?

Un simple froncement de sourcils l'a fait reculer direct.

— J'ai l'air de me foutre de ta gueule ? j'ai répondu avant de pointer l'immeuble du doigt. Tu connais une fille rousse qui habite là ?

Les yeux du gamin se sont étrécis.

— Pourquoi ?

— Parce que je te le demande.

Est-ce que j'avais été aussi relou quand je zonais dans les rues ?

— Si je te réponds, j'ai droit à une clope ?

Je me suis retenu de soupirer.

— Ça marche, mec.

Il s'est mis à marmonner et a raclé l'asphalte du bout de sa basket trouée.

— Dovie. Elle habite au même étage que moi. Elle est super cool. Des fois, elle fait à manger pour moi et Paulie.

Du pouce, il m'a montré un autre gamin de dix ou onze ans. C'était quoi ce monde de merde où des gosses me négociaient des clopes au lieu de pioncer bien tranquillement avant d'aller à l'école ?

— Quel étage ?

— Pourquoi ?

Je lui ai lancé un regard noir.

— On va jouer à ce petit jeu toute la nuit ?

Il s'est agité avant de jeter un coup d'œil sur ma voiture.

— Belle bagnole.

— Ouais, j'ai répondu en grinçant des dents.

— Tu l'as volée ?

Ce gosse me connaissait ou quoi ? Avant, j'étais une légende.

Extrait

Aujourd'hui, j'étais tout juste bon à faire flipper les gamins pas sages.

— Non. Et c'est peut-être le seul truc dans ma vie que j'ai pas volé.

— Tu m'emmènes faire un tour ?

Je devais bien lui reconnaître ça, à ce gosse : gonflé comme il était, il avait de quoi se faire un nom dans le quartier.

— Ça se négocie. Si je vois la fille et qu'elle m'aide à retrouver mon pote, on en discutera.

Pendant un moment, on s'est dévisagés, lui et moi. Sa bande de petites frappes s'impatientait. Ma tête leur revenait pas : ils avaient peur de moi mais n'avaient pas envie de m'aider pour autant.

— Tu promets ?

Est-ce que j'avais l'air d'un mec qui fait des promesses ? J'ai haussé les épaules.

— OK, mec.

— Elle habite au deuxième. Appartement 12. Le dernier gars qui voulait la voir m'a promis cent dollars. Il mentait.

Putain, Benny avait tenté de soutirer l'info à ces gosses. C'était chacun pour soi ici, et ce salaud le savait. J'ai soupiré et sorti un bifton de cent de ma poche. Quand je m'étais fait prendre, j'avais un peu de fric sur moi et ça me dérangeait pas d'en faire profiter ce morveux. Il a pris son billet et je suis parti en direction de l'immeuble miteux de l'autre côté de la rue.

— Les clopes, c'est mauvais pour la santé, j'ai lancé. Va t'acheter de la bouffe, des pompes ou n'importe quoi.

— Et ma balade ?

— On verra plus tard.

Extrait

J'ai couru tranquillement vers l'immeuble, enjambant au passage le clochard qui dormait devant l'entrée. J'ai poussé la porte de sécurité couverte de rouille et j'ai avancé vers les escaliers. La cage d'escalier sentait la bière bon marché et un autre truc que je préférais pas identifier. Même si le couloir était désert, j'ai fait le moins de bruit possible et j'ai rabattu ma capuche par-dessus mon bonnet. Vu ma dégaine, personne ne ferait l'erreur de m'ouvrir. Pas grave, aucune serrure ne m'avait jamais résisté, mis à part celle de ma cellule.

L'immeuble était pourri, la porte de l'appart aussi. J'aurais pu la crocheter avec une simple carte de crédit, mais un bon coup d'épaule bien placé a suffi.

Malgré un craquement sourd, aucun voisin ne s'est pointé pour voir ce qu'il se passait. En général, les gens qui vivent dans ce genre d'endroits n'ont pas de quoi attirer les voleurs. Et les filles forcées d'habiter ces taudis, elles se payent de nouvelles serrures.

Une fois la porte ouverte, je me suis glissé dans l'appartement plongé dans le noir. La fille allait flipper, mais j'avais besoin de l'effet de surprise. Rien ne m'empêcherait de retrouver Race.

J'avais une très bonne vision nocturne. A force de vivre la nuit, de traîner dans des endroits sombres et de sauver mon cul en prison, mes yeux s'étaient habitués à l'obscurité. J'ai repéré l'objet qui volait dans ma direction avant même qu'il ne m'atteigne. Quelqu'un a lâché un : « Merde ! » J'ai évité un poing et bloqué un Taser qui menaçait de s'enfoncer dans mon flanc. J'ai chopé un poignet dans ma main et j'ai serré jusqu'à ce que j'entende le Taser tomber par terre. J'ai fini par distinguer la fille sur le point de crier, et lui ai collé aussitôt ma main sur la bouche. Je l'ai embarquée plus loin dans l'appart pour l'éloigner de l'entrée et elle n'a pas arrêté de se débattre.

— T'as appelé les flics ?

Elle a secoué vivement la tête pour me signaler que non. Si ç'avait été le cas, elle aurait lutté davantage pour gagner du temps avant qu'ils se pointent. Les flics mettaient toujours une plombe pour venir dans ce quartier.

— Tout ce que je veux, c'est l'endroit où crèche mon pote Race. Je sais que tu sais où il est.

D'un coup, elle s'est figée et ses ongles ont arrêté de me déchirer la main. Elle avait les cheveux très roux, et ses mèches m'ont touché le visage quand elle a redressé la tête pour me faire face.

— Je n'ai rien à voir avec le gars en costard, je lui ai dit. Je suis un vieux pote de Race. S'il a des ennuis, je veux juste l'aider. OK ?

Au bout d'un long moment, elle a hoché la tête.

— Si je te relâche, tu vas pas me la mettre à l'envers, hein ?

Elle a secoué vivement la tête pour me faire comprendre que non. J'ai enlevé ma main de sa bouche et j'ai relâché ses poignets. Plutôt grande, pour une fille. On pouvait quasiment se regarder dans les yeux.

— Je commence à en avoir marre des gens qui s'invitent chez moi pour poser des questions. La prochaine fois, je tire dans le tas !

Sa peau pâle contrastait avec l'obscurité. Ses cheveux étaient une masse de boucles couleur cuivre et son visage était couvert de taches de rousseur. Elle avait l'air d'une gamine, genre seize ou dix-sept ans. Avec son baggy, sa chemise à carreaux et ses joues roses de fille en bonne santé, elle avait rien d'une meuf de The Point. On aurait dit qu'elle débarquait de sa campagne.

— Trouve-toi une serrure plus solide, j'ai dit.

Elle m'a dévisagé et a remis en place ses mèches rebelles.

— Les bonnes serrures, c'est cher. Et je ne connais personne du nom de Race. Donc toi et ton pote en costard, vous pouvez aller vous faire foutre.

Courageuse. Grande gueule. Une combinaison dangereuse face à un mec qui n'avait rien à perdre, et surtout pas du temps. D'un pas menaçant, je me suis avancé vers elle. Elle s'est retournée et a allumé la lumière. J'ai cligné des yeux pendant un instant et elle s'est figée en me voyant, les yeux bloqués sur le tatouage près de mon œil.

— Carmen m'a appelée à la seconde où tu as quitté le restaurant, elle a dit. Tu n'as tout de même pas cru qu'elle n'allait pas me prévenir de l'arrivée d'un type dans ton genre ? Marco et Paulie ont relevé ta plaque d'immatriculation. Si je n'allume pas toutes les lumières dans moins de cinq minutes, les flics débarquent. Sans parler de ce qui arrivera à ta jolie voiture.

J'ai bloqué comme un con. Putain, jamais on ne m'avait doublé comme ça. Jamais. Et cette fille avec son air de bouseuse n'aurait pas dû être la première à y arriver.

— Pourquoi je suis encore là, alors ?

Je craignais pas les flics. Par contre, les gamins autour de ma bagnole…

La fille a croisé les bras sur sa poitrine toute plate et m'a observé de ses yeux verts. Cette meuf me disait quelque chose.

— Dans quoi s'est fourré Race ? elle a demandé.

— Je croyais que tu ne connaissais personne de ce nom-là ?

Ses yeux se sont étrécis et elle a lancé :

— Tu as quatre minutes pour m'expliquer.

— Y a pas grand-chose à expliquer. J'ai été pas mal occupé ces derniers temps et là, j'essaye juste de comprendre ce qui s'est passé en mon absence.

Elle s'est mordu la lèvre inférieure, ce qui lui a donné l'air encore plus gamine. Je savais pas ce que cette fille venait foutre dans l'histoire mais j'avais beaucoup, beaucoup de mal à comprendre ce que Race avait pu lui trouver. Il aimait les meufs à longues jambes et à grosses poitrines, et un peu connes. Cette fille avait peut-être de jolies jambes mais de ce que je pouvais voir de son visage anguleux, y avait pas de quoi s'exciter. Elle dégageait un truc trop doux ; et Race, les gentilles, c'était pas son truc. Pas plus que le mien, d'ailleurs, mais j'avais jamais vraiment essayé. Quand une fille gentille me croise, elle change de trottoir.

— Est-ce que tu peux l'aider ? elle a demandé.

— Je peux essayer.

— Tu es Bax, c'est ça ?

J'ai essayé de ne pas avoir l'air surpris qu'elle me connaisse et je me suis contenté d'acquiescer. La fille s'est encore mordu la lèvre et a enroulé une de ses mèches autour de son doigt.

— Il m'a dit que si on venait me poser des questions à son sujet, je devais faire comme si je ne le connaissais pas. Ça m'a inquiétée. Après, le gars en costard a débarqué avec sa bande. Quand j'en ai parlé à Race, il a pété les plombs. Il m'a dit de faire profil bas, qu'il s'en occuperait. Il m'a aussi dit que si un gars venait me voir, un gars avec une étoile tatouée sur le visage, alors je devrais lui faire confiance. Il m'a dit qu'il s'appelait Bax.

OK, mais ça ne me disait pas dans quel merdier Race s'était foutu et ce que cette fille venait faire là.

— T'es qui ?

— Dovie.

J'ai plissé les yeux et croisé les bras, comme elle.

— Et pour Race, t'es quoi ?

Si elle me répondait qu'elle était sa meuf, Race allait devoir m'expliquer ce qu'il avait foutu pendant que j'étais au trou.

Extrait

Elle m'a observé d'un air concentré, ses sourcils formant deux traits couleur rouille.

— Je suis sa sœur.

Après une longue minute, j'ai éclaté de rire. Je me marrais tellement que j'en ai eu mal au crâne. Je me suis pincé l'arête du nez et j'ai secoué la tête.

— Ecoute, je sais pas qui t'es et d'où tu connais Race, mais j'ai pas le temps pour ces conneries. Je sors de cinq ans de taule, j'ai besoin de pioncer, de baiser, et surtout faut que je comprenne dans quelle embrouille s'est foutu Race. Si tu veux pas m'aider, je vais devenir nettement moins sympa.

Je me suis approché d'elle ; elle s'est protégé direct le visage avec sa main.

— C'est la vérité ! C'est mon grand frère !

J'ai gueulé un bon coup.

— Je connais Race depuis un bail, et il est fils unique.

La rouquine a rigolé avant de partir vers l'espace cuisine pas plus grand qu'un placard pour prendre un truc sur la porte du frigo. Elle m'a tendu une photo ; elle datait de quelques années mais impossible de ne pas reconnaître Race et sa belle gueule, le bras passé autour des épaules de cette fille bizarre.

— T'en connais toi, des hommes riches et puissants qui arrivent à garder leur braguette fermée ? Je suis le secret honteux de Hartman. Un secret pas si bien gardé puisque Race m'a retrouvée il y a quatre ans, juste après mon seizième anniversaire. Pas la même mère, pas le même nom, mais le même salaud de père. Si tu peux vraiment aider Race, alors je te dirai tout ce que tu veux savoir. Sinon, je le trouverai toute seule. Il est ma seule famille et je tiens à lui plus que tout. Il m'a sauvé la vie.

J'ai détourné mes yeux de la photo et j'ai regardé la fille.

Extrait

Race était un beau gosse, raffiné et classe. A l'exception de sa crinière rousse et de ses lèvres sexy – et de ses beaux yeux, il fallait l'avouer –, cette fille était carrément banale, à côté. Son regard a accroché le mien et c'est là que j'ai percuté. Des yeux verts. Profonds. Qui te transpercent. Les mêmes yeux que Race.

— Tu vas te contenter de me balancer tout ce que tu sais. Race est ma famille aussi, et je ferai tout ce que je peux pour le tirer de ce merdier.

Après tout, j'avais déjà tiré cinq ans pour lui. Après ça, une confrontation avec Novak serait easy.

2

Dovie

J'avais vécu assez longtemps dans les pires quartiers de The Point pour faire la différence entre un bad boy et un mec vraiment dangereux. Et ce Shane Baxter avait clairement un panneau « Attention, mec très dangereux » qui clignotait au-dessus de sa tête. Ce n'était pas tellement à cause de l'étoile tatouée au coin de son œil ou de sa façon inquiétante de bouger, comme s'il était prêt à vous injecter son venin au premier mouvement. Non, ça venait de son regard. Ses yeux étaient noirs et froids, comme si toute émotion les avait désertés depuis longtemps et qu'il n'avait aucune intention de ressentir quoi que ce soit.

J'ai grandi dans la misère. Le genre de misère où être juste « pauvre » est un luxe, parce que ça veut dire qu'on a au moins un peu d'argent à dépenser. J'avais croisé ce genre de regard vide plus d'une fois, mais jamais encore je ne l'avais vu sur un visage qui affichait la promesse silencieuse de pouvoir détruire tout ce que vous aimiez sans sourciller. Ce gars avait sûrement vécu – et vu – plus de choses au cours de son existence que la plupart des gens dans toute leur vie. Dans le monde de Bax, on ne survivait qu'en étant capable du pire, et je ne doutais pas que c'était ce qu'il avait fait.

D'accord, Race m'avait dit et répété que Bax était quand même un type bien. Qu'il n'avait pas eu de chance, qu'il avait dû faire avec ce qu'il avait. Qu'une fois sorti de prison, il pourrait l'aider à se tirer de ses ennuis avec Benny et Novak. Mais en le voyant au milieu de mon minuscule appartement, j'ai tout de suite compris combien mon frère se plantait. Race n'avait pas eu la même vie que moi, il n'avait jamais manqué de rien ; il n'avait pas pu voir ce que moi je voyais dans ce type en face de moi. Une froide détermination à faire n'importe quoi pour rester en vie. Cinq années de prison avaient transformé ce qui devait être un ado effrayé en un homme plus fort, plus menaçant et – à moins que je ne me trompe – en un dangereux criminel. Je ne voulais rien avoir à faire avec lui, mais s'il était mon unique chance d'aider mon frère, j'étais prête à faire tout ce qu'il me demanderait. Race comptait tellement pour moi.

Bax a sorti une cigarette et s'est mis à fumer, sans même prendre la peine de me demander mon avis. Sa lèvre inférieure était enflée et fendue, il s'était sûrement pris un coup. De ses yeux sombres, il a passé en revue mon mobilier, comme s'il établissait un rapide inventaire. Ça m'a énervée. Tout ici était à moi. Je travaillais comme une folle pour m'en sortir, et j'étais parfaitement capable de me défendre dans le quartier. Pas question qu'il me juge ou me traite comme je ne sais quelle assistée indigne de son monde. Après tout, il avait été arrêté pour vol. Je n'avais peut-être pas grand-chose mais au moins, moi, je l'avais obtenu honnêtement.

— Qu'est-ce que tu sais ? a-t-il demandé.

Sa voix était enrouée, comme s'il ne parlait pas souvent. Il a avancé vers la fenêtre cassée et a écarté les rideaux pour jeter un coup d'œil vers le restaurant de l'autre côté de la rue. Il voulait sans doute vérifier que rien n'était arrivé à sa précieuse voiture.

— Pas grand-chose, ai-je répondu. Race a débarqué au foyer où j'habitais après le déménagement de ma dernière famille d'accueil, c'était juste après ton emprisonnement. Il m'a annoncé qu'il était mon frère et m'a tout dit sur les Hartman. C'est comme ça que j'ai appris que mon père était lui aussi une ordure, comme ma mère. Race m'a sortie d'une situation vraiment pourrie. Pendant quelque temps, lui et moi, on a formé une famille, on menait la belle vie, puis il m'a ramenée ici et m'a demandé d'attendre.

— Attendre quoi ?

J'ai haussé les épaules et me suis affalée sur mon vieux canapé.

— Toi, j'imagine.

J'ai envoyé un texto à Carmen pour lui dire que tout allait bien. Cela faisait une semaine que tout le voisinage guettait l'arrivée du fameux voleur au tatouage en forme d'étoile. Malgré son entrée plutôt brutale, j'étais presque soulagée de le voir enfin. Mais j'étais dégoûtée de l'avoir loupé avec le Taser. J'allais devoir reprendre des cours de self-defence. Quand on est une fille et qu'on vit dans ce genre de quartier, on n'est jamais trop prudente.

— J'ai grandi dans un endroit au moins aussi craignos que The Point, ai-je repris. De ce que j'ai compris en écoutant les conversations de Race, lord Hartman, mon père, a payé ma mère pour qu'elle se débarrasse de moi. Ce qu'elle n'a pas fait. Elle a pris le fric et elle s'est tirée ; je ne valais pas quelques grammes de poudre, apparemment. J'ai été trimbalée de foyer d'accueil en foyer d'accueil. Race m'a retrouvée juste avant que je ne sois placée dans une famille à la réputation douteuse. Le père avait les mains baladeuses et la mère alcoolique se foutait de tout. J'ai voulu m'enfuir, mais Race m'en a dissuadée. Il a dit qu'il s'occuperait de moi. Il a payé un pot-de-vin et a fait jouer son lien de parenté pour me sortir de là. Lui et moi, on a vécu ensemble jusqu'à ce que j'aie mon bac. Il ne voulait pas revenir à The Point, et comme il ne voulait pas me dire pourquoi, j'ai arrêté de demander. Et d'un coup, il y a un an de ça, tout a changé. On est revenus vivre ici. C'était comme s'il était chargé d'une mission. Comme s'il avait un plan. Je l'ai suivi sans poser de questions ; je lui devais bien ça.

J'ai secoué la tête et j'ai croisé nerveusement mes doigts avant de reprendre :

— Je ne savais pas ce qu'il avait en tête, mais les gens du coin étaient sympas et le centre universitaire me plaisait. Alors je suis restée. Race a été très discret sur ses allées et venues. J'ai pensé qu'il attendait qu'on te libère. Puis le type en costume a débarqué. Il m'a un peu secouée et j'ai flippé. Race est devenu fou, quand il l'a su. Je ne l'avais jamais vu dans cet état. Je sais qu'il est allé voir Novak. Puis il a dit qu'il en avait marre d'être un pantin dont on tire les ficelles, qu'il se sentait responsable pour ce qui t'était arrivé et que si tu venais, je devais te faire confiance. C'était il y a des semaines et personne ne l'a revu depuis.

Bax a soufflé une bouffée de fumée et a rabattu sa capuche en arrière, révélant un gros bonnet de laine qui lui donnait un air encore plus inquiétant. En fait, tout chez lui le rendait inquiétant. Le bleu sur le visage, son pantalon et ses rangers noirs, le tatouage de Bip Bip sur le dos de sa main, ses sourcils épais qui assombrissaient encore son regard noir, et ses lèvres, bien trop belles pour un visage aussi intimidant. Il émanait de lui tant de force brute que pour rien au monde je ne me serais retrouvée coincée avec lui sans issue de secours – sans compter que je détestais profondément son mutisme et l'obscurité de son regard.

— Il est jamais allé à son école, finalement ? a-t-il demandé.

Une question bien étrange, et sans rapport avec tout ce que je venais de lui confier. Mais je devais jouer son jeu.

— Non, il a utilisé son argent pour nous faire vivre pendant quelques années. Pour mes deux dernières années d'études, il m'a retirée de l'école publique et m'a inscrite dans une école privée.

— Quel altruiste à la con.

Ce type commençait sérieusement à m'énerver.

— A l'école où j'étais, il y avait des détecteurs de métaux. Les élèves comme les profs étaient armés et une fille a été violée dans un vestiaire. Je ne savais jamais si on allait me donner des devoirs ou des coups de couteau. C'était horrible. Race voulait mieux pour moi, et comme lord Hartman n'a rien fait pour m'aider, Race s'est occupé de tout.

— Il n'a pas pu me sauver, alors il t'a sauvée toi, hein ?

Chaque fois que Race avait parlé de son meilleur ami qui avait fini en prison, j'avais pensé la même chose : les types dans le genre de Bax étaient juste des gros durs sans rien dans la cervelle. Je m'étais trompée. Bax était bien plus malin et perspicace que je ne l'avais supposé. Ce qui le rendait mille fois plus dangereux.

— Je ne sais pas pourquoi il a fait tout ça, et je m'en fous, ai-je poursuivi. J'avais quelqu'un qui m'aimait, et qui se souciait de moi. Race m'a donné une chance de vivre une vie normale ; il m'a montré ce que pouvait être une vraie famille. Il s'est démené pour moi et je ferai tout – j'ai bien dit *tout* – pour lui rendre la pareille.

Race était plus que mon frère. C'était mon héros. Mon

sauveur. Le seul et unique élément essentiel à ma vie. L'argent, les meubles et même ma sécurité, rien de tout cela n'avait d'importance, comparé à Race. Il avait fait irruption dans mon existence et prouvé à l'ado seule et désespérée que j'étais que la vie valait la peine d'être vécue. Je ne pourrais jamais assez le remercier pour ça. J'étais prête à tout donner pour qu'il soit en sécurité à son tour.

Bax a écrasé sa cigarette sous la semelle de sa chaussure et s'est approché de la fenêtre. Il a remis sa capuche en place et s'est éloigné de moi de quelques pas. Il m'a toisée, de ses yeux insondables et sombres. Des yeux dont j'étais certaine de me souvenir toute ma vie.

— Fais-toi discrète, m'a-t-il dit. Si Benny ou un mec louche traîne dans le coin, appelle ce numéro.

Il m'a montré un numéro de téléphone griffonné à la hâte et dont je n'allais sûrement pas me souvenir, mais j'ai tout de même acquiescé.

— Si Race te contacte, peu importe comment, tu lui dis que je suis sorti, a-t-il repris. Dis-lui de me trouver et que Novak c'est mon problème, plus le sien. Dis-lui que jusqu'à ce que je dise le contraire, il ne me doit rien. T'as pigé, Red[1] ?

Je détestais ce surnom. Vivre dans des endroits craignos, c'est une chose, mais quand en plus on a une couleur de cheveux rouge pétant qui fait rire tout le monde, ça devient vraiment lourd. Mais Bax n'était pas le genre de mec que j'allais pouvoir rembarrer avec un surnom encore plus ridicule. En fait, il n'avait pas l'air d'être le genre de mec que l'on rembarrait tout court.

Il s'est dirigé vers la porte et j'ai bondi.

1. Diminutif de *redhead*, qui en anglais signifie « rouquine ».

Extrait

— C'est tout ?

Il m'a regardée par-dessus son épaule et a ouvert la porte d'entrée.

— A moins que t'aies un truc utile à me dire, ouais, c'est tout.

— Mais qu'est-ce qui va se passer maintenant ? ai-je demandé sans le quitter des yeux. On fait quoi pour retrouver Race ?

Bax a levé un sourcil.

— *On* ne fera rien. *Je* vais me rencarder et faire parler quelques personnes. Il faut que je sache ce que Race a fait pour que Novak et Benny se fassent autant chier pour le retrouver. Toi, tu te contentes de me prévenir s'il te contacte.

Puis il est sorti si vite et si silencieusement que j'ai dû courir pour le rattraper. Je suis grande et avec mes longues jambes, je suis plutôt rapide. Mais pas autant que lui. Son ombre gigantesque s'est fondue dans l'obscurité de la cage d'escalier.

— Je veux t'aider ! Je dois t'aider ! Je dois au moins ça à Race !

Il m'a lancé un regard tandis que je me figeais quelques marches au-dessus de lui. J'ai frissonné. Ses yeux étaient si froids, et sans vie. Personne n'aurait dû avoir de tels yeux.

— Race n'est peut-être pas mon vrai frère, mais c'est comme si, a-t-il rétorqué. Et je le connais assez pour savoir que tout ce qu'il a fait pour toi, il l'a fait parce qu'il en avait envie, pas parce qu'il le devait. Jouer les héros, c'est son délire.

Je ne savais pas comment j'étais supposée le prendre.

J'ai eu à peine le temps de me remettre les idées en place que Bax était déjà en bas des marches. S'il disparaissait, je ne le reverrais jamais – et ça, c'était hors de question. Que ça me plaise ou non, Bax était la seule piste pouvant me mener à Race.

— Il faut que je t'aide !

Son regard m'a dissuadée de m'approcher davantage.

Extrait

— Regarde-toi, a-t-il dit, tu ne peux même pas t'aider toi-même. Tu penses sérieusement sauver Race avec un Taser et une poêle ?

Race m'avait aussi laissé un neuf millimètres chargé. Il m'avait appris à m'en servir. Mais je jugeais préférable de garder cette information pour moi.

— Je t'attendais, ai-je répliqué. Je t'ai reconnu.

— Et si ça n'avait pas été moi ? Tu te serais bien fait baiser. Je bosse mieux en solo. Déjà que je sais pas ce qui se passe, j'ai pas besoin en plus d'une bouseuse qui me ralentira et fera foirer mes recherches.

J'en suis restée muette. J'avais déjà entendu mille remarques sur mon apparence, certaines moins flatteuses que d'autres, mais jamais encore on ne m'avait traitée de bouseuse.

— Pardon ?

Il s'est marré – ou du moins, il a fait un bruit que j'ai interprété comme un rire – et il a descendu quelques marches de plus.

— C'est les taches de rousseur et ta peau toute blanche, a-t-il dit. Ça te donne des airs de campagnarde. T'as vraiment pas l'air d'une fille de la ville, et t'as même pas l'air d'avoir vingt piges.

De son côté, Bax ne faisait pas son âge non plus. Par contre, il avait le look typique du criminel.

— Je n'ai jamais mis les pieds dans une ferme de ma vie, ai-je dit. Et je ramènerai Race à la maison avec ou sans ton aide.

Il fallait que j'aie l'air sûre de moi. Que je lui prouve que je n'étais pas un poids mort. Mais c'était raté. Je n'avais pas confiance en moi et j'avais peur. Et il l'avait senti.

— Sans moi, Red.

L'instant d'après, il était parti. Volatilisé. Disparu dans la nuit comme le voleur qu'il était.

Extrait

J'ai soupiré et suis rentrée chez moi. Ce soir, plus de raison d'avoir peur ; toute possibilité de visite surprise était écartée, maintenant. Lester, le sans-abri qui dormait sur le perron, ne laissait aucun inconnu entrer dans l'immeuble. En échange de sa vigilance, je lui descendais un repas chaud et un pack de bières de temps en temps. La fois où Benny et sa bande m'étaient tombés dessus, c'était un dimanche matin, le seul jour où Lester se déplaçait ; il traînait ses loques jusqu'à l'église. Ils avaient eu du bol. Moi pas. Et j'avais eu la trouille de ma vie.

J'avais peur pour Race. Peur pour moi. Et pour être honnête, j'étais complètement terrifiée par Bax. Je connaissais bien le monde de la rue et je savais comment me protéger, mais je n'avais aucune idée de la manière de gérer un type pareil. Il était vraiment flippant.

Seulement voilà, j'avais quand même besoin de lui, moi qui n'avais jamais eu besoin de qui que ce soit à l'exception de Race depuis qu'il avait fait irruption dans ma vie.

J'avais à peine tiré les verrous de la porte – maintenant bien inutiles en cas d'intrusion nocturne – que mon portable s'est mis à sonner dans ma chambre. J'ai décroché et suis allée à la fenêtre pour faire signe à Carmen.

Je l'ai entendue rire et me suis écroulée sur le lit. Carmen était adorable. Elle était mère célibataire et ses fils, Marco et Paulie, lui menaient la vie dure. Ces gamins étaient de braves gosses et Carmen était une bonne mère, mais leur vie n'avait rien d'un conte de fées. Surtout depuis que Marco avait eu ses treize ans. Carmen n'avait que six ans de plus que moi. On veillait les uns sur les autres mais, dans ce genre de quartier, c'est surtout chacun pour soi. Plus tôt on apprend cette règle, mieux on s'en sort. C'était stupide d'attendre autre chose des gens. La réalité de nos situations respectives ne nous permettait pas de nous attacher les uns aux autres.

— Alors, qu'est-ce qu'il t'a dit ? a demandé Carmen.

J'ai soupiré et tortillé une mèche de cheveux autour de mes doigts, les yeux rivés sur le plafond jauni. Cet appart n'était pas le grand luxe, mais c'était loin d'être le pire endroit où j'avais vécu.

— Pas grand-chose, ai-je répondu.

— Il ne sait vraiment pas où peut se trouver Race ?

— Non, et il n'a pas l'air plus inquiet que ça.

— Ton frère t'a bien dit que ce type était du genre à « régler les embrouilles », non ? Tu devrais lui faire confiance. Race a toujours été franc avec toi, même quand tu ne voulais rien entendre.

— Il ne reviendra pas, ai-je dit. Je ne saurai sûrement jamais ce qu'il se passe. Race est sans doute là, dehors. Blessé, ou même pire, et je n'en saurai rien !

Carmen a marmonné quelque chose et j'ai entendu des bruits de vaisselle.

— Ce Novak, c'est pas un rigolo, a-t-elle repris. Ton frère était bien conscient que se brouiller avec lui a été la pire erreur de sa vie. Je déteste avoir à te dire ça, ma chérie, mais c'est peut-être le genre d'affaire que les criminels doivent régler entre eux. Il n'y a pas de place pour les héros dans ce genre de combat. C'est œil pour œil, dent pour dent. Et on dit que dans The Point, il n'y a pas plus rancunier que Novak.

Je savais bien que Race n'était pas parfait et qu'il avait parfois pris de mauvaises décisions – de celles qui changent une vie ; n'empêche, il était MON héros, et si je devais vendre mon âme au diable pour l'aider, je le ferais.

Extrait

— Si ce Novak est bien ce qu'on dit, ai-je rétorqué, je ne vois pas comment deux garçons qui ont à peine l'âge légal pour boire de l'alcool pourraient avoir la moindre chance contre lui. Ni comment ce Bax aurait assez d'influence en ville pour obtenir des infos sur Race. Il sort à peine de prison ! C'est déjà surprenant qu'il tienne debout.

D'accord, il émanait de lui quelque chose de suffisamment brutal pour que, en moins d'une heure, je me mette à espérer qu'il pourrait sauver mon frère. Mais son regard me hantait encore. Il avait l'air d'être si… indifférent à tout ce qui l'entourait. Comment allait-il pouvoir aider Race ? Il fallait d'abord qu'il comprenne à quel point aider mon frère était important pour moi. Personne n'avait plus envie que moi de le savoir sain et sauf.

— Ma chérie, a répondu Carmen, tu as bien vu comment Race parlait de ce Bax. Comme s'il était une sorte de super-héros. C'est le meilleur ami de ton frère et le lien qui les unit est si fort qu'il a même été en prison pour lui. Ça, Dovie, ça veut tout dire.

Je savais bien qu'elle avait raison. Mais entre ma peur, la panique et l'adrénaline, il n'y avait plus de place pour la logique.

— Il faut que je file, a-t-elle ajouté. J'ai une bande de gosses qui viennent d'entrer et je ne crois pas que leurs parents soient au courant qu'ils traînent dehors à cette heure.

Son ton était grinçant : elle savait très bien que ses deux fils à elle n'étaient pas non plus dans leurs lits.

— Je te l'ai déjà dit, mon chou, a-t-elle continué. Les gens finissent toujours par devenir ce qu'ils sont destinés à être. Si ce Bax cherche les ennuis, alors peut-être qu'il en créera à Novak. Reste vigilante et surveille tes arrières. Je n'aime pas le gars en costume, et ce que j'ai vu dans les yeux de Bax ne me dit rien qui vaille.

Extrait

— Moi je n'y ai vu que du vide, ai-je ironisé.

— Oh ! mon chou, si tu regardes bien, tu y verras beaucoup de choses, au contraire. C'est pour ça qu'ils sont si sombres. Pleins de promesses, de secrets et de tentations qui peuvent rendre une fille sans histoires complètement accro jusqu'à l'entraîner sur la mauvaise pente. Fais attention à toi, Dove, ou ça pourrait très vite mal tourner pour toi.

C'était déjà le cas : mon appartement était retourné, un gangster notoire savait où j'habitais, mon frère était aux abonnés absents et mon seul espoir de le retrouver, c'était un criminel tout juste sorti de prison... J'ai dit au revoir à Carmen et me suis roulée en boule contre l'édredon déplumé. Je ne contrôlais plus rien et je détestais ça. Depuis toute petite, je m'étais toujours débrouillée pour survivre dans ce monde et pour me tenir à l'écart des ennuis. Puis Race était entré dans ma vie, tout avait changé et j'avais pu me reposer entièrement sur lui. Je lui avais fait confiance et je l'avais aimé, deux sentiments que je n'avais jamais éprouvés pour un être humain. Alors, me retrouver aussi impuissante et n'avoir que ce Bax sur lequel miser pour régler la situation me rendait folle.

On a frappé à la porte, ce qui m'a fait sortir de mes idées noires. C'étaient sûrement les gosses ; ces derniers temps, mes autres visiteurs ne se donnaient même pas la peine de frapper avant d'entrer. J'ai ouvert et trouvé Marco et Paulie sur le seuil. Marco était en bonne voie pour devenir un vrai caïd, mais c'était tout de même un bon garçon qui veillait sur son petit frère et me considérait comme quelqu'un de sa famille grâce aux gâteaux que je leur préparais de temps à autre.

Extrait

— Ça va ? ai-je demandé.

— Je voulais juste être sûr que t'allais bien, a-t-il dit en se tortillant. Ce gars, il plaisante vraiment pas, c'est pas comme l'autre avec son costume.

— Je sais, Marco, t'inquiète pas. Il va essayer de retrouver Race.

— Ouais. Il en parlait au téléphone avant de partir. Elle est belle, sa caisse ! a-t-il ajouté avec envie.

— Qu'est-ce qu'il racontait au téléphone ? ai-je demandé en me mordant la lèvre.

Je n'aime pas cuisiner les gosses, mais comme Bax ne voulait pas que je l'aide, je n'avais pas le choix.

— Il parlait d'un endroit dans le District, le Spanky's.

Le District était le quartier des prostituées. Elles y vivaient et y travaillaient. On y trouvait tous les clubs de strip-tease et les bars où les filles pouvaient se faire de l'argent facile. C'est un de ces quartiers de The Point où on échoue quand la vie ne nous laisse plus d'autre choix.

— Qu'est-ce qu'il a dit sur le Spanky's ?

Marco m'a dévisagée d'un air dubitatif et j'ai voulu lui sourire pour le rassurer. Mais j'étais tellement angoissée que je n'ai pu sortir qu'une grimace. Il m'a répondu tout de même.

— Il a demandé si une fille qui s'appelle Honor y travaillait encore. Je sais pas à qui il parlait, mais il a dit qu'il viendrait demain pour la voir et lui causer.

Bax avait parlé du sexe comme une de ses priorités absolues, et cette fille n'était peut-être que son plan cul. Mais si elle avait un rapport quelconque avec mon frère, je ne pouvais pas me permettre de laisser passer une telle occasion d'en savoir plus.

J'ai ébouriffé les cheveux de Marco, qui a râlé avant de prendre son petit frère par le bras pour le ramener dans leur appartement.

Extrait

— Fais gaffe, Dovie. Il pue l'embrouille, ce gars.

Si un gosse de son âge pouvait sentir tout le mal qui irradiait de Shane Baxter, alors peut-être que me mettre en travers de la route de ce gars n'était pas l'idée du siècle. Peut-être que je risquais gros. Mais je n'avais malheureusement pas le choix.

— T'as l'air pressée de partir, ce soir, toi !

J'ai jeté un rapide coup d'œil à la collègue près de laquelle j'étais assise. Brysen Carter et moi étions serveuses au même restaurant situé entre The Point et The Hill. J'étais originaire du premier et elle de l'autre, mais nous nous entendions à merveille. Si j'avais été du genre à avoir des amies, j'aurais considéré Brysen comme telle. Elle était sympa, ne se mêlait jamais de mes affaires et se montrait toujours disponible pour me remplacer si j'avais cours ou si mon autre employeur avait besoin de moi. Et elle n'était pas du genre à se laisser faire. Comme elle venait des quartiers chics et qu'elle était petite et jolie, les gars de The Point la prenaient pour une fille facile. Ils se plantaient complètement.

— Assez pressée, oui.

J'avais compté ma caisse bien avant la fin de mon service et laissé mes deux dernières tables à une petite nouvelle. J'allais perdre de l'argent mais tant pis, je pouvais me laver à l'eau froide pendant un mois, ça ne me dérangeait pas. Race devait passer en priorité.

— Tu as des devoirs à faire ? m'a demandé Brysen d'un ton amical.

Je n'avais pas le temps de discuter. Je n'avais toujours aucune idée de l'heure à laquelle Bax se rendrait au Spanky's, il fallait donc que j'y sois le plus tôt possible pour guetter son arrivée.

— Pas ce soir, non.

Le week-end, je travaillais dans un foyer pour des jeunes en attente de placement, comme je l'avais été. Malgré le nombre de familles d'accueil, beaucoup n'étaient pas recommandables. Je voulais apporter mon aide à ces gosses, leur donner une chance de mener une vie normale, comme Race l'avait fait pour moi. Je suivais des cours du soir pour avoir mon diplôme d'assistante sociale. Ainsi, les gamins dont je m'occuperais auraient une chance de s'en sortir, eux aussi.

— Comme les poules n'ont pas encore de dents, ce n'est pas pour un rencard, a ironisé Brysen. Donc, tu vas où ?

Je l'ai regardée avant de lever les yeux au ciel. Brysen était une fille sympa. Je m'étais toujours demandé ce qu'elle faisait ici au lieu de faire partie d'une des confréries étudiantes de la fac. Sa couleur de cheveux oscillait entre le blond platine et le blond cendré. Sa tenue de travail – jupe et T-shirt noir cintré – s'accordait à merveille avec ses beaux yeux bleus et son visage. Une fille adorable et d'un naturel curieux, mais je ne pouvais pas me confier à elle. Je n'avais pas besoin qu'une personne de plus me mette en garde contre le danger que Bax représentait. J'avais saisi, merci, c'était un gars dangereux. Et je ne pouvais rien y changer. J'ai incliné la tête et regardé Brysen d'un air interrogatif.

— Est-ce que j'ai l'air d'une bouseuse ?

Pendant un moment, elle m'a fixée comme si des cornes venaient de me pousser sur le front, puis elle a finalement éclaté de rire.

— Quoi ? Mais qui t'a dit une chose pareille ?

J'ai fourré dans l'enveloppe de dépôt la recette du jour et

les reçus pour la banque, et j'ai glissé mes pourboires du soir dans mes poches.

— Un mec. J'en reviens toujours pas.

Brysen m'a examinée pendant quelques instants, puis a replacé ses cheveux derrière son oreille.

— Eh bien, tu as un petit côté innocent et frais, mais je te connais et je sais que tu n'es pas comme ça. Il a sûrement dit ça à cause de tes fringues trop larges et parce que tu ne portes pas de maquillage. Sans oublier que tu négliges tes cheveux. Ils sont tellement en désordre que ça te donne des airs de gamine de cinq ans, parfois.

Pour une fille, être bien habillée, bien coiffée et maquillée, ça attire trop l'attention dans The Point. Mes cheveux me rendaient déjà reconnaissable au milieu d'une foule. Autant ne pas en rajouter.

— C'est ce qu'il a dit, oui.

— C'est qui, ce gars ?

J'ai haussé les épaules avec autant de nonchalance que possible.

— Un ami de mon frère. Il est passé pour le voir et je lui ai dit que je n'avais pas eu de visite de Race depuis un moment.

Brysen a fait une drôle de moue. Elle n'aimait pas Race et je n'avais jamais compris pourquoi. Ils avaient pourtant le même passé et s'étaient tous les deux retrouvés dans des situations compliquées, mais étrangement, ils ne s'entendaient pas. Elle était toujours très sèche et cassante avec lui, et Race l'évitait le plus possible. Ça restait un mystère pour moi. J'appréciais sincèrement Brysen, et ce n'était pas le genre de choses que je disais souvent.

— Est-ce qu'il sait où Race peut être ?

J'ai secoué la tête et me suis éloignée de la table.

Extrait

— Non, et s'il le savait, il ne me dirait sûrement rien. Il ne m'a pas paru du genre à partager ses infos.

— Vu ce qu'il t'a dit sur ton physique, il n'a pas l'air très sympa, en tout cas.

— T'as pas idée… Bon, il faut que je me sauve. On se voit plus tard, d'accord ?

Je n'ai pas attendu sa réponse et j'ai filé.

J'avais une voiture – enfin, celle de Race – mais pas question de m'en servir pour aller dans The Point. J'avais autant de risques de me la faire voler que de tomber sur un dealer à chaque coin de rue. J'ai rassemblé mes cheveux rebelles en queue-de-cheval et les ai planqués sous un large bonnet gris. Seule ma chevelure pouvait me trahir ; sinon, avec ma tenue basique – jean, grand sweat-shirt et Converse usées –, je ressemblais à un ado parmi tant d'autres. Comme Bax n'avait pas eu l'air le moins du monde impressionné par ma dégaine, il ne risquait pas de me repérer.

A chaque coin de rue du District, on croisait des hommes et des femmes venus gagner leur vie grâce au plus vieux métier du monde. Au milieu de tous ces bars et clubs de strip-tease, dont les enseignes et les noms se ressemblaient à s'y méprendre, le Spanky's ne se démarquait pas vraiment et j'ai eu plus de mal à le trouver que je ne l'aurais cru.

Du fluo et des néons. L'endroit respirait la débauche et le sexe. Rien que de me tenir sur le trottoir me hérissait le poil. Ma vie n'était pas toute rose, mais jamais je n'avais envisagé de vendre mon corps pour subvenir à mes besoins. Après avoir rassemblé mon courage, je me suis forcée à entrer. Dans le genre criard, c'était encore pire que vu de dehors. J'ai passé les lieux en revue pour trouver un endroit discret où me dissimuler, quand j'ai senti une main se poser sur mon épaule et m'obliger à faire volte-face.

— T'es sûre que t'as l'âge d'être ici, ma p'tite ? m'a demandé un Black taillé comme une armoire à glace.

Son crâne rasé luisait sous les lumières flashy. J'ai senti ma gorge se serrer. En dehors de son air hargneux et de ses incisives ornées d'un grill de diamants, ce qui m'effrayait le plus chez lui, c'était le flingue qu'il portait fièrement à sa ceinture. La violence et les types pas recommandables, j'avais l'habitude, mais les armes à feu, non. Il fallait pourtant que j'essaye de faire illusion.

— Ouais, j'ai l'âge.

— Toi, tu bosses pas là et t'es pas venue pour le spectacle, a-t-il deviné. T'es venue pour quoi ?

J'ai essayé de libérer mon bras mais il me tenait fermement.

— Je cherche quelqu'un.

Mauvaise réponse. Le videur a froncé les sourcils et m'a secouée. Mes dents se sont entrechoquées et j'ai senti un goût de sang sur ma langue.

— Ecoute-moi bien, si ton mec te fait des crasses, c'est pas mon problème. Mais si tu dois te mettre sur la gueule avec une des danseuses, tu fais pas ça ici pendant qu'elles bossent, c'est clair ?

Si ce gorille prenait ce genre de précautions à l'avance, c'est que des bagarres entre filles devaient souvent se produire.

— Allez, la rousse, casse-toi. Va te ravaler la façade et peut-être que ton mec aura pas à venir ici, la prochaine fois.

Mon orgueil a failli l'emporter sur ma volonté. J'ai de nouveau essayé de me dégager. J'allais envoyer le videur se faire voir quand la porte d'entrée s'est ouverte derrière moi. L'air frais de la nuit s'est engouffré à l'intérieur du club et l'atmosphère s'est chargée d'électricité.

— Salut, Chuck, faut que je voie Honor.

Aucun doute sur l'identité de l'homme à qui appartenait cette voix autoritaire, enrouée par le tabac.

— Deux secondes, Bax, je raccompagne ça à l'entrée.

Génial. Moi qui espérais passer inaperçue, c'était raté. Je sentais déjà Bax me fusiller du regard. De sa poigne d'acier, le videur m'a traînée vers la sortie, faisant tomber mon bonnet au passage. Ma queue-de-cheval m'a fouetté le visage. J'ai soufflé pour ôter une mèche de ma bouche, et mes yeux ont croisé le regard furieux de Bax. L'étoile tatouée près de son œil a été agitée d'un tic nerveux en même temps que sa joue. Il était aussi terrifiant que fascinant.

Le videur s'est écarté de moi, ce qui m'a fait heurter Bax de plein fouet.

— Qu'est-ce que tu fous là, toi ? s'est énervé Bax.

— Tu la connais ? a demandé sèchement le videur.

Bax m'a lancé un regard suspicieux avant de me pousser à son tour si brusquement que j'ai eu du mal à rester debout. Je me sentais comme un enfant qu'on punit de n'avoir pas fini son assiette. J'ai ramassé mon bonnet et l'ai enfoncé sur mon crâne avant de croiser les bras.

— Non, a répondu Bax. C'est Race qui la connaît.

— Ah… Niveau meuf, il a meilleur goût, d'habitude, a dit le videur d'une voix traînante.

S'il n'avait pas été si baraqué, je l'aurais giflé.

— Lâche-la, c'est sa frangine.

— Désolé, a fait Chuck.

Une excuse adressée à Bax et non à moi. Allez comprendre.

— Honor a encore cinq minutes de scène, a précisé Chuck.

Elle savait pas que tu étais sorti de taule. Je lui ai dit que tu passerais la voir ce soir.

— J'ai été un peu occupé.

— C'est moche, ce qui t'est arrivé, Bax. On était tous tristes quand t'es allé au trou.

Bax a eu un petit rire sans joie et m'a tirée vers lui.

— Quand les flics ont débarqué, j'étais au volant de la bagnole, a expliqué Bax. Ça, plus mon casier, c'est le genre de trucs qui pardonne pas. J'ai eu du bol de prendre que cinq ans.

— J'ai entendu dire qu'il y avait bien plus que ça, dans l'histoire.

Bax m'a toisée de son regard sombre avant de se tourner vers le videur.

— Eh ben t'as mal compris. J'ai été chopé pour trafic de bagnoles pour Novak. Rien de plus. Maintenant je suis libre, et Novak peut aller se faire foutre. Je veux juste trouver Race, puis je continuerai mon chemin. Cinq ans sans rien faire, c'est trop long.

Le videur a hoché la tête pour indiquer qu'il comprenait et j'ai de nouveau tenté de libérer mon bras. Visiblement, Bax n'avait pas plus l'intention de lâcher prise que Chuck avant lui. Il me faisait mal et, à en juger par le regard qu'il avait, il en était tout à fait conscient.

— Dis à Honor que j'arrive dans deux minutes. Je dois d'abord gérer ça.

Ça, c'était moi, la fille qu'il était en train de traîner dehors. J'ai émis un petit cri de douleur doublé de surprise ; je n'avais pas l'habitude qu'on me malmène de cette façon, pas plus que d'être la cible d'autant de fureur. Si j'avais réussi à survivre, c'était parce que je ne me mêlais pas des affaires des autres. Me retrouver sur le chemin de Bax n'allait pas être sans conséquence.

— Qu'est-ce que tu fous là ? a répété Bax. Comment tu connais ce club ?

Pas question que je lui réponde. Je n'allais pas le laisser m'intimider. Je me suis libérée de sa poigne avec la ferme intention de m'éloigner le plus possible. Mais c'était sans compter qu'il s'agissait de Bax. Ce n'est pas le genre de gars qu'on peut ignorer. En un clin d'œil, je me suis retrouvée plaquée contre le mur de briques d'un club de strip-tease glauque dans l'un des quartiers les plus flippants de la ville, par un type tout aussi flippant. J'ai hoqueté et tenté de me dégager de son emprise. Il m'a quasiment soulevée de terre et je me suis retrouvée avec les yeux plongés dans les siens : deux trous noirs comme un ciel de minuit, qui brûlaient de rage.

— Tu penses que tu peux jouer à ça avec moi ? T'as cru que j'avais l'air d'un mec peinard et sans histoires ? Maintenant, je vais te le demander une dernière fois et si j'ai pas de réponse satisfaisante, alors on va le regretter tous les deux. Qu'est-ce que tu es venue foutre ici ?

Je tenais toujours ses poignets. Deux chaînes brisées y étaient tatouées. Comme s'il s'était libéré de ses propres liens, prêt à lâcher sa rage sur un monde qui ne se doutait encore de rien.

— Je suis inquiète pour mon frère, ai-je dit. Il pense que tu peux l'aider, il te fait confiance. Il faut que je sache ce que tu sais. Marco t'a entendu dire au téléphone que tu viendrais ici ce soir, alors je suis venue. J'aime mon frère.

Ma voix s'était brisée. Montrer mon émotion à mon ennemi était une faiblesse que je ne pouvais pas me permettre, mais impossible de retenir mes larmes.

— T'as pas la moindre idée de ce que t'es en train de foutre, a-t-il déclaré. Tu ne feras que me gêner. Chuck n'oublie jamais un visage. Si quelqu'un l'interroge sur une rouquine, il se souviendra direct de toi. Retourne à tes cours et à ton restau, à ton appart. S'il n'est pas trop tard, et que je trouve Race, je te préviendrai.

Il m'a relâchée. Je me suis laissée glisser le long du mur et mes cheveux se sont accrochés aux briques. Bax m'a tourné le dos pour s'en aller mais je l'ai rattrapé par le poignet. Je connaissais le désespoir, ce terrible besoin de vouloir quelque chose sans pouvoir l'obtenir. Mais là, c'était différent. J'étais prête à tout.

— Je t'en prie, Shane, laisse-moi t'aider. C'est mon frère, je ferais n'importe quoi pour lui. S'il te plaît. Je te donnerai tout ce que tu veux.

Je n'avais jamais supplié quelqu'un de ma vie, et je savais bien que Bax était le genre de type à qui il valait mieux ne rien devoir. Mais Race méritait bien une dette, il fallait que Bax le comprenne.

J'ai tenté de lui faire voir tout ce que je ressentais d'un regard, mais ses yeux noirs n'ont pas flanché. Il a fait claquer sa langue et m'a contemplée du haut de mon bonnet jusqu'à mes tennis usées.

— T'es vierge, Red ?

J'ai eu un mouvement de recul. Quel rapport avec le reste ? Une vague de chaleur a embrasé mes joues et j'ai croisé les bras.

— Pourquoi ? Qu'est-ce que ça vient faire là-dedans ?

Bax a sorti un paquet de cigarettes de la poche de son sweat et m'a lancé un regard équivoque.

— T'as dit que tu me filerais tout ce que je veux. Je pense pas que tu aies ce qui m'intéresse, mais j'ai passé cinq longues années seul en taule, alors…

Je n'aurais pas su dire s'il essayait vraiment de me draguer ou s'il était volontairement blessant et vulgaire. Est-ce qu'il était sérieux ? Ç'aurait été la pire des options.

— Ce n'est pas drôle, ai-je grincé.

Extrait

Il s'est marré et a soufflé une bouffée de fumée avant de me tourner autour en passant son pouce sur sa lèvre inférieure.

— Déjà, personne m'appelle Shane. Pour toi, ça sera Bax et rien d'autre. Et ne dis pas que tu es prête à tout donner si tu ne peux pas assumer derrière. Les gens de cette ville, ils te prendront tout, avec ou sans ton accord. Allez, rentre chez toi.

Bax a posé sa main sur la porte, prêt à retourner à l'intérieur du club. Il allait de nouveau m'échapper. Je ne savais toujours pas quel échange il risquait de me proposer mais j'envisageais d'accepter. Pour Race. Quitte à haïr Bax de tout mon être.

— Je ne suis plus… vierge, ai-je finalement lâché. On ne peut plus me prendre ma virginité, je l'ai déjà donnée à Billy Clark. On avait bu. Une bouteille de vin volée. J'avais seize ans et il me trouvait jolie. C'était bien le seul. Je n'ai pas peur de toi, Bax. Mais je suis terrifiée pour Race. Alors, dis-moi ce que je dois faire.

J'avais dû être très persuasive car il a jeté sa cigarette et a ouvert la porte du club en grand.

— On va tous les deux le regretter, Red. Et tu pourras pas dire que je t'ai pas prévenue.

Il m'a laissée entrer dans le club et j'ai senti son regard peser sur moi. J'ignorais ce pour quoi je venais de signer, et ce qui m'attendait au tournant. Mais en cet instant, ce que je savais au plus profond de moi-même, c'est que j'allais sans doute y laisser une partie de mon âme.

Également disponibles

Composé et édité par HarperCollins France.

Achevé d'imprimer en octobre 2022.

FIRMIN-DIDOT

à Mesnil-sur-l'Estrée (Eure)

Dépôt légal : novembre 2022.

Pour limiter l'empreinte environnementale de ses livres, HarperCollins France s'engage à n'utiliser que du papier fabriqué à partir de bois provenant de forêts gérées durablement et de manière responsable.

Imprimé en France